全国计算机等级考试

四合一过关训练

二级 Visual FoxPro 数据库程序设计

全国计算机等级考试命题研究组 编

南开大学出版社

天津

内容提要

本书提供了全国计算机等级考试二级 Visual FoxPro 数据库程序设计的笔试和上机模拟试卷及真题,并给出精准的答案、详细的分析、考核的知识点、重点难点。主要内容有:笔试全真模拟试卷及解析;笔试真题及解析;上机全真模拟试题及解析;上机真题及解析;备考策略。

本书配套光盘主要内容有:(1)上机考试的全真模拟环境,可在此环境中练习 100 套上机题,进行答题和评分,以此进行考前强化训练。(2)笔试考试的全真模拟环境,可在此练习大量笔试考题。(3)上机考试过程的录像动画演示,从登录、答题到交卷,均有指导教师的全程语音讲解;(4)本书上机试题的源文件。

本书针对参加全国计算机等级考试二级 Visual FoxPro 数据库程序设计的考生,同时也可作为普通高校、大专院校、成人高等教育以及相关培训班的练习题和考试题使用。

全国计算机等级考试专业网站百分网 http://www.baifen100.com 为读者提供全方位的技术支持。

图书在版编目(CIP)数据

全国计算机等级考试四合一过关训练:2011版.二级
Visual FoxPro 数据库程序设计 / 全国计算机等级考试命
题研究组编.—4 版.—天津:南开大学出版社,2010.12
　　ISBN 978-7-310-02773-6

Ⅰ.全… Ⅱ.全… Ⅲ.①电子计算机—水平考试—习题
②关系数据库—数据库管理系统,Visual FoxPro—程序
设计—水平考试—习题　Ⅳ.TP3-44

中国版本图书馆 CIP 数据核字(2009)第 194400 号

版权所有　侵权必究

南开大学出版社出版发行

出版人:肖占鹏

地址:天津市南开区卫津路 94 号　　邮政编码:300071

营销部电话:(022)23508339　23500755

营销部传真:(022)23508542　　邮购部电话:(022)23502200

*

天津泰宇印务有限公司印刷

全国各地新华书店经销

*

2010 年 12 月第 4 版　　2010 年 12 月第 4 次印刷

787×1092 毫米　16 开本　16.125 印张　405 千字

定价:30.00 元

如遇图书印装质量问题,请与本社营销部联系调换,电话:(022)23507125

编委会

前　言

　　全国计算机等级考试（National Computer Rank Examination，NCRE）是由教育部考试中心主办，用于考查应试人员的计算机应用知识与能力的考试。本考试的证书已经成为许多单位招聘员工的一个必要条件，具有相当的"含金量"。

　　为了帮助考生更顺利地通过计算机等级考试，我们做了大量市场调查，根据考生的备考体会，以及培训教师的授课经验，推出了《四合一过关训练——二级 Visual FoxPro 数据库程序设计》。

本书主要特点

　　本书主要特点如下：

- **选题经典，解析详尽**。书中所选题目是极具代表性的经典试题，形式和难度都与真题类似，并涵盖了方方面面的考点。透彻深入的详尽解析可使您触类旁通，掌握解答相关问题的关键。

- **海量试题，物超所值**。书中提供了几十套模拟题和最新真题；光盘中还有 100 套上机题和大量笔试题，可检验知识的掌握程度和训练答题的速度和准确性，以练促学，做到心中有数。

- **模拟考场，真实感受**。光盘中的上机全真模拟系统与真实考试环境相同，却比真实考试多了自动阅卷、自动评分和详尽解析的功能。您在这里可以感受真实的考试氛围，做到胸有成竹。

- **备考策略，简明实用**。每年，我们都收到一些考生的反馈信息，比如，考生的源代码写对了，上机考试却得 0 分，原因是什么呢？为此，我们在附录中为您准备了备考策略，使您能够避免发生类似的问题。这里还提供了答题技巧、注意事项等考试必备知识。

- **视频引导，直观详细**。附赠光盘包含上机操作过程的多媒体教学演示，其流畅的画质、简便的控制按钮、详实的步骤提示，可使您在不经意间迅速掌握要领。

本书主要内容

　　对于备战等级考试而言，做题，是进行考前冲刺的最佳方式。通过实际练习，可检验自己是否真正掌握了相关知识点，了解考试重点，并且根据需要再对知识结构的薄弱环节进行强化。本书的第一部分到第四部分分别是笔试全真模拟试卷及解析、笔试真题及解析、上机全真模拟试题及解析以及上机真题及解析。附录中的备考策略，说明了选择题和填空题的答题技巧、上机考试注意事项、上机考试过程等考试必备知识。

　　本书配套光盘主要内容有：

　　（1）上机考试的全真模拟环境，可在此环境中练习 100 套上机题，进行答题和评分，以此进行考前强化训练。

（2）笔试考试的全真模拟环境，可在此练习大量考题，并查看评分。

（3）上机考试过程的录像动画演示，从登录、答题到交卷，均有指导教师的全程语音讲解。

（4）本书上机试题的源文件。

本书针对参加全国计算机等级考试二级 Visual FoxPro 数据库程序设计的考生，同时也可作为普通高校、大专院校、成人高等教育以及相关培训班的练习题和考试题使用。

为了保证本书及时面市和内容准确，很多朋友做出了贡献，陈河南、贺民、许伟、侯佳宜、贺军、于樊鹏、戴文雅、戴军、李志云、陈安南、李晓春、王春桥、王雷、韦笑、龚亚萍、冯哲、邓卫、唐玮、魏宇、李强等老师付出了很多辛苦，在此一并表示感谢！

在学习的过程中，您如有问题或宝贵意见和建议，请通过电子邮件与我们联系。或登录百分网，在"书友论坛"与我们共同探讨。

电子邮件：book_service@126.com
百分网：　www.baifen100.com

全国计算机等级考试命题研究组

配套光盘说明

光盘初始启动界面，可选择安装笔试模拟系统、上机系统、查看上机操作过程，安装源文件

上机操作过程的录像演示，有指导教师的全程语音讲解

单击光盘初始界面的 图标，可进入百分网，您可以在此与我们共同探讨问题

单击光盘初始界面左下角的 图标，您可以给我们发送邮件，提出您的建议和意见

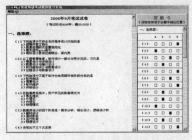

笔试系统中，您可以练习大量笔试题，并查看评分结果

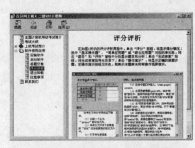

从"开始"菜单可启动帮助系统，在这里可看到考试简介、考试大纲以及详细的软件使用说明

您可以随机抽题，也可以指定固定的题目

浏览题目界面，查看考试题目，单击"考试项目"开始答题

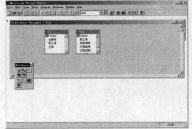

在实际环境中答题，完成后单击工具栏中的"交卷"按钮

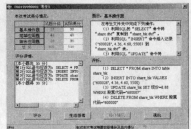

答案和分析界面，查看所考核题目的答案和分析

目　录

第一部分　笔试全真模拟试卷及解析

第1套全真模拟试卷

一、选择题

（1）对于现实世界中事物的特征，在实体—联系模型中使用

    A）属性描述   B）关键字描述

    C）二维表格描述   D）实体描述

（2）下列关于队列的叙述中正确的是

    A）在队列中只能插入数据   B）在队列中只能删除数据

    C）队列是先进先出的线性表   D）队列是先进后出的线性表

（3）下列关于栈的描述中正确的是

    A）在栈中只能插入元素而不能删除元素

    B）在栈中只能删除元素而不能插入元素

    C）栈是特殊的线性表，只能在一端插入或删除元素

    D）栈是特殊的线性表，只能在一端插入元素，而在另一端删除元素

（4）下列叙述中正确的是

    A）一个逻辑数据结构只能有一种存储结构

    B）数据的逻辑结构属于线性结构，存储结构属于非线性结构

    C）一个逻辑数据结构可以有多种存储结构，且各种存储结构不影响数据处理的效率

    D）一个逻辑数据结构可以有多种存储结构，且各种存储结构影响数据处理的效率

（5）采用面向对象技术开发的应用系统的特点是

    A）重用性更强   B）运行速度更快

    C）占用存储量小   D）维护更复杂

（6）在 Visual FoxPro 中创建项目，系统将建立一个项目文件，项目文件的扩展名是

    A）pro   B）prj   C）pjx   D）itm

（7） 软件需求分析阶段的工作可以分为四个方面：需求获取、需求分析、编写需求分析说明书和

    A）阶段性报告   B）需求评审   C）总结   D）都不正确

（8）下面有关索引的描述正确的是

    A）建立索引以后，原来的数据库表文件中记录的物理顺序将被改变

    B）索引与数据库表的数据存储在一个文件中

    C）创建索引是创建一个指向数据库表文件记录的指针构成的文件

    D）使用索引并不能加快对表的查询操作

（9）设有如下关系表：

R		
A	B	C
1	1	2
2	2	3

S		
A	B	C
3	1	3

T		
A	B	C
1	1	2
2	2	3
3	1	3

则下列操作中正确的是

    A）T=R∩S   B）T=R∪S   C）T=R×S   D）T=R/S

（10）在 Visual FoxPro 中，表结构中的逻辑型、通用型、日期型字段的宽度由系统自动给出，它们分别为：

    A）1、4、8   B）4、4、10   C）1、10、8   D）2、8、8

（11）用命令"INDEX ON 姓名 TAG index_name UNIQUE"建立索引，其索引类型是

    A）主索引   B）候选索引   C）普通索引   D）惟一索引

（12）扩展名为 mnx 的文件是

    A）备注文件   B）项目文件   C）表单文件   D）菜单文杵

（13）下面可使程序单步执行的命令是

    A）SET STEP ON   B）SET ESCAPE ON

    C）SET DEBUG ON   D）SET STEP OFF

（14）有如下赋值语句

```
a="你好"
b="大家"
```

结果为"大家好"的表达式是

    A）b+AT(a,1)   B）b+RIGHT(a,1)

    C）b+LEFT(a,3,4)   D）b+RIGHT(a,2)

（15）两表之间"临时性"联系称为关联，在两个表之间的关联已经建立的情况下，有关"关联"的正确叙述是

    A）建立关联的两个表一定在同一个数据库中

    B）两表之间"临时性"联系是建立在两表之间"永久性"联系基础之上的

    C）当父表记录指针移动时，子表记录指针按一定的规则跟随移动

    D）当关闭父表时，子表自动被关闭

（16）在 SQL 语句中，与表达式"工资 BETWEEN 1210 AND 1240"功能相同的表达式是

    A）工资>=1210 AND 工资<=1240

    B）工资>1210 AND 工资<1240

    C）工资<=1210 AND 工资>1240

    D）工资>=1210 OR 工资<=1240

（17）MODIFY STRUCTURE 命令的功能是

    A）修改库文件的结构   B）修改库文件的类型

    C）删除库文件   D）增加新的文件

（18）在 Visual FoxPro 中，如果希望跳出 SCAN…ENDSCAN 循环体，执行 ENDSCAN 后面

的语句，应使用

　　A）LOOP 语句　　　　　　　　　　B）EXIT 语句

　　C）BREAK 语句　　　　　　　　　　D）RETURN 语句

（19）打开数据库 abc 的正确命令是

　　A）OPEN DATABASE abc　　　　B）USE abc

　　C）USE DATABASE abc　　　　　D）OPEN abc

（20）在 SQL SELECT 语句中用于实现关系的选择运算的短语是

　　A）FOR　　　　B）WHILE　　　　C）WHERE　　　　D）CONDITION

（21）对于创建新类，Visual FoxPro 提供的工具有

　　A）类设计器和报表设计器　　　　B）类设计器和表单设计器

　　C）类设计器和查询设计器　　　　D）类设计器

（22）在 Visual FoxPro 中有如下程序：

```
*程序名:TEST.PRG
*调用方法: DO TEST
SET TALK OFF
CLOSE ALL
CLEAR ALL
mX="Visual FoxPro"
mY="二级"
DO SUB1 WITH mX
?mY+mX
RETURN
*子程序:SUB1.PRG
PROCEDURE SUB1
PARAMETERS mX1
LOCAL mX
mX=" Visual FoxPro DBMS 考试"
mY="计算机等级"+mY
RETURN
```

　　执行命令 DO TEST 后，屏幕的显示结果为

　　A）二级 Visual FoxPro

　　B）计算机等级二级 Visual FoxPro DBMS 考试

　　C）二级 Visual FoxPro DBMS 考试

　　D）计算机等级二级 Visual FoxPro

（23）在 Visual FoxPro 中，以下关于视图描述中错误的是

　　A）通过视图可以对表进行查询　　　B）通过视图可以对表进行更新

　　C）视图是一个虚表　　　　　　　　D）视图就是一种查询

（24）　有一学生表文件，且通过表设计器已经为该表建立了若干普通索引。其中一个索引的索引表达式为姓名字段，索引名为 XM。现假设学生表已经打开，且处于当前工作区中，那么可以将上述索引设置为当前索引的命令是

　　A）SET INDEX TO 姓名　　　　　　B）SET INDEX TO XM

　　C）SET ORDER TO 姓名　　　　　　D）SET ORDER TO XM

（25）在 DO WHILE…ENDDO 循环结构中，LOOP 命令的作用是：

　　A）退出过程，返回程序开始处

    B）转移到 DO WHILE 语句行，开始下一个判断和循环

    C）终止循环，将控制转移到本循环结构 ENDDO 后面的第一条语句继续执行

    D）终止程序执行

（26）在 SQL 在 CREATE TABLE 命令中用于定义满足实体完整性的主索引的短语是

    A）DEFAULT   B）UNIQUE

    C）CHECK   D）PRIMARY KEY

（27）在表单中为表格控件指定数据源的属性是

    A）DataSource   B）RecordSource

    C）DataFrom   D）RecordFrom

（28）SQL 命令中用于插入数据的命令是

    A）INSERT   B）APPEND

    C）INSERT BEFORE   D）INSERT INTO

（29）在表单运行中，当结果发生变化时，应刷新表单，刷新表单所用的命令是

    A）RELEASE   B）DELETE

    C）REFRESH   D）PACK

（30）有关查询设计器，正确的描述是

    A）"联接"选项卡与 SQL 语句的 GROUP BY 短语对应

    B）"筛选"选项卡与 SQL 语句的 HAVING 短语对应

    C）"排序依据"选项卡与 SQL 语句的 ORDER BY 短语对应

    D）"分组依据"选项卡与 SQL 语句的 JOIN ON 短语对应

（31）使用"调试器"调试程序时，用于显示正在调试的程序文件的窗口是

    A）局部窗口   B）跟踪窗口

    C）调用堆栈窗口   D）监视窗口

（32）在表单控件工具栏中，创建哪个控件，用于显示一段固定的文本信息字符串？

    A）文本框   B）命令组   C）标签   D）复选框

（33）下面对表单若干常用事件的描述中，正确的是

    A）释放表单时，Unload 事件在 Destroy 事件之前引发

    B）运行表单时，Init 事件在 Load 事件之前引发

    C）单击表单的标题栏，引发表单的 Click 事件

    D）上面的说法都不对

（34）如果文本框的 InputMask 属性值是 #99999，允许在文本框中输入的是

    A）+12345   B）abc123   C）$12345   D）abcdef

（35）一个 Visual FoxPro 过程化程序，从功能上可将其分为

    A）程序说明部分、数据处理部分、控制返回部分

    B）环境保存与设置部分、功能实现部分、环境恢复部分

    C）程序说明部分、数据处理部分、环境恢复部分

    D）数据处理部分、控制返回部分、功能实现部分

二、填空题

（1）　算法的复杂度主要包括_____复杂度和空间复杂度。

（2）　在 Visual FoxPro 中说明数组后，数组的每个元素在未赋值之前的默认值是_____。

（3）　使数据库表变为自由表的命令是_____TABLE。

（4）　数据库系统在其内部分为三级模式，即概念模式、内模式和外模式。其中，_____是用户的数据视图，也就是用户所见到的数据模式。

（5）　在 Visual FoxPro 中，BUILD_____命令连编生成的程序可以脱离开 Visual FoxPro 在 Windows 环境下运行。

（6）　统计学生总人数，请写出下面 SELECT 语句的完整形式：

```
SELECT _____ FROM student
```

（7）　在 Visual FoxPro 中释放和关闭表单的方法是_____。

（8）　在 Visual FoxPro 中，可以使用_____语句跳出 SCAN…ENDSCAN 循环体外执行 ENDSCAN 后面的语句。

（9）　将学生表 STUDENT 中的学生年龄 (字段名是 AGE) 增加 1 岁，应该使用的 SQL 命令是

```
UPDATE STUDENT _____。
```

（10）　为了使用表单设计器设计一个表单,在命令窗口中键入_____命令即可进入表单设计器。

（9）~（10）题使用如下的"值班"表和"部门"表。

"值班"表：

值班号	姓名	职称	年龄	加班费	部门号
11020001	肖天海	员工	35	20.00	01
11020002	王岩盐	部长	40	30.00	02
11020003	刘星魂	临时工	25	15.00	01
11020004	张月新	临时工	30	15.00	03
11020005	李明玉	部长	34	20.00	01
11020006	孙民山	部长	47	21.00	02
11020007	钱无名	部长	40	22.00	03

"部门"表：

部门号	部门名
01	生产部
02	财会部
03	公关部

（11）使用 SQL 语句将一条新的记录插入部门表：

```
INSERT
_____部门（部门号，部门名）
_____（"04"，"营销部"）；
```

（12）使用 SQL 语句求"公关部"的所有职工的加班费总和：

```
SELECT_____（加班费）
FROM 值班
WHERE 部门号 IN
```

```
（SELECT 部门号
FROM ____
WHERE 部门名="公关部";
```

（13）在使用 SELECT 语句中，使用____子句指定查询所用的表。

第 1 套全真模拟试卷解析

一、选择题

（1）【答案】A【解析】本题考查对实体－联系模型的理解和掌握。在实体－联系模型中，用属性来描述现实世界中对象的属性所表示的对象的性质、特征和行为，因此正确答案为选项 A。

（2）【答案】C【解析】对队列可以进行插入和删除数据的操作，只是插入数据只能在队尾，删除数据只能在队头。所以队列是先进先出的线性表。

（3）【答案】C【解析】栈是一种特殊的线性表，其插入与删除运算都只在线性表的一端进行。由此可见，选项 A、选项 B 和选项 D 错误，正确答案是选项 C。

（4）【答案】D【解析】一般来说，一种数据的逻辑结构根据需要可以表示成多种存储结构，常用的存储结构有顺序、链接、索引等存储结构。而采用不同的存储结构，其数据处理的效率是不同的。由此可见，选项 D 的说法正确。

（5）【答案】A【解析】面向对象方法具有很多特点，比如多态、继承等。这些特点都决定了面向对象方法支持软件复用。对象类可以派生出新类，类可以产生实例对象，从而实现了对象类数据结构和操作代码的软件复用。可重用性是面向对象思想的一个重要特征。

（6）【答案】C【解析】本题考查 Visual FoxPro 中常见文件的扩展名。在创建项目时，项目管理器将一个应用程序的所有文件集合为一个有机的整体，形成一个扩展名为.pjx 的项目文件。其他几个选项都不是合法的扩展名，故选项 C 为正确答案。

（7）【答案】B【解析】需求分析的四个方面是：需求获取、需求分析、编写需求分析说明书和需求评审。

（8）【答案】C【解析】本题考查考生对索引的理解。选项 A 是错误的，当建立索引表之后，原来数据库表文件中数据记录的物理顺序是不会因为建立索引而被改变的，即建立索引不会影响原有数据表中记录的排列次序。选项 B 也是错误的，索引文件和数据库表的数据分别存储在两个不同的文件之中，不能混为一谈。选项 D 错误的原因是，否定了索引文件的作用，要清楚建立索引的一个目的就是加快对表的查询。

（9）【答案】B【解析】选项 A、选项 B 和选项 C 分别进行交运算、并运算、笛卡尔积运算，选项 D 不是关系运算。T 由属于关系 R 以及关系 S 的元组组成，简单来说，就是 S 和 R 的元组之和，是并运算，选项 B 正确。

（10）【答案】A【解析】在 Visual FoxPro 系统的表结构设计中，系统自动给某些字段指定宽度，其中日期型字段宽度为 8，备注型和通用型字段宽度为 4，逻辑型字段宽度为 1。因此答案为选项 A。

（11）【答案】D【解析】在 Visual FoxPro 中使用命令建立索引时，表达式中如果出现 UNIQUE 表示建立惟一索引，出现 CANDIDATE 表示建立候选索引。没有这些关键字表示建立的是普通索引。故选项 D 为正确答案。

（12）【答案】D【解析】本题考查 Visual FoxPro 系统中不同类型文件的扩展名，属于常考题目。在 Visual FoxPro 中，菜单文件的扩展名为.mnx，备注文件的扩展名为.fpt，表单文件的扩展名为.scx，项目文件扩展名为.pjx。正确答案为选项 D。

（13）【答案】C【解析】命令 SET STEP ON|OFF 可用于设置是否单步执行程序中的命令行。设置为 OFF，不能进行单步执行方式，如果设置成 ON，则表示单步执行程序命令方式，故选项 C 为正确答案。

（14）【答案】D【解析】选项 D 中的函数 RIGHT(a,2)的作用是从 a 字符串的末尾向前取长度为 2 的字符串。请注意，Visual FoxPro 中规定，每个汉字的宽度为 2。因此其结果为"好"。"+"运算符能够顺序连接两个字符串，因此 b+RIGHT(a,2) 的结果为"大家好"，故选项 D 为正确答案。选项 A 中 AT()函数的结果是一个数值型数据，因此选项 A 的是错误的。选项 B 中的 RIGHT(a,1)只能得到半个"好"字，因此其结果无意义。选项 C 的 LEFT(a,3,4) 是从 a 的第 3 个字符开始取长度为 4 的字符串，其结果为"家好"，再与 b 连接后会得到"大家家好"，也无法得到与题干相同的结果。

（15）【答案】C【解析】在 Visual FoxPro 中，关联是能够控制表间记录指针联动的临时关系，所以，当父表记录指针移动的时候，子表的记录也会按照一定的规则跟随移动。故正确答案为 C 选项。

（16）【答案】A【解析】"工资 BETWEEN 1210 AND 1240"所设定的查询条件是工资在 1210 和 1240 之间的，即工资大于等于 1210 并且小于等于 1240。故正确答案为选项 A。

（17）【答案】A【解析】命令 MODIFY STRUCTURE 的功能是修改数据库文件的库结构。修改数据库结构包含这样几个方面：增加字段、插入字段、删除字段、修改字段名、改变字段类型、改变字段宽度或小数位数，故选项 A 为正确答案。

（18）【答案】B【解析】LOOP 语句的功能是结束循环体的本次执行，重新回到循环的开始。EXIT 语句表示结束循环体的执行，执行循环后面的语句。BREAK 语句是结束本程序的执行。RETURN 语句的功能是结束当前程序的执行，返回到调用它的上级程序。因此正确答案为选项 B。

（19）【答案】A【解析】本题考查打开数据库的命令。打开数据库命令格式为：

OPEN DATABASE ＜数据库文件名＞

四个选项中只有选项 A 是正确的书写方法。

（20）【答案】C【解析】本题考查对 SQL 语句中 WHERE 子句的理解。在 SQL 语句中，WHERE 用来描述查询条件（即进行选择运算），SQL 语句中没有 FOR、CONDITION 或 WHILE 等短语或关键字。故选项 C 为正确答案。

（21）【答案】D【解析】在 Visual FoxPro 中创建新类，只能通过类设计器来创建，故选项 D 为正确答案。

（22）【答案】D【解析】题目中的主程序 TEST 调用了子程序 SUB1，调用过程中传递给子程序 SUB1 一个参数 mX，由于在子程序 SUB1 中 mX 被定义为一个局部变量，其作用域只是在 SUB1 中有效，所以 SUB1 中的变量 mX 的值不会影响到主程序中 TEST 程序中的 mX，值发生改变的只是变量 mY。子程序 SUB1 执行完毕后变量 mY 和 mX 值分别为"计算机等级二级"和"Visual FoxPro"。主程序最后利用"+"运算符将两个变量 My 和 mX 顺序连接，其结果为"计算机等级二级 Visual FoxPro"，故正确答案为 D。

（23）【答案】D【解析】视图是一个定制的虚拟逻辑表，只存放相应数据的逻辑关系，并不保存表的记录内容。视图和查询在功能上有许多相似之处，都可以对表进行查询，但是又有各自的特点，视图可以更新字段内容并返回源表，而查询文件的数据不能被修改，所以视图不是查询。故选项 D 为正确答案。

（24）【答案】D【解析】本题考查的是考生对索引命令语句的掌握。可以使用排除法，选项 A 和选项 C 中出现的"姓名"是字段名而不是索引名，可排除；选项 B 是打开索引文件命令；选项 D 为把 XM 设置为当前索引，所以选项 D 为正确答案。

（25）【答案】B【解析】本题考查对程序控制结构中循环结构的理解。在 DO WHIIE 循环体中，如果包含了 LOOP 命令，那么当遇到 LOOP 时，就结束循环体的本次执行，不再执行其后的语句，而是转到 DO WHILE 的入口处重新判断条件。因此正确答案为 B。

（26）【答案】D【解析】选项 A 是用于定义默认值；选项 B 是用于建立候选索引，但不是惟一索引；选项 C 是用于指定字段的有效性规则；选项 D 是用于建立主索引。故选项 D 为正确答案。

（27）【答案】B【解析】在 Visual FoxPro 中，表单的 RecordFrom 属性指定数据源，故正确答案为选项 B。

（28）【答案】D【解析】向表中插入数据的 SQL 命令是 INSERT INTO，这两个关键字必须结合使用，请注意 APPEND 虽然也可以向数据表中增加记录，但是这个命令不属于 SQL 命令。故选项 D 为正确答案。

（29）【答案】C【解析】刷新表单用到的命令是 REFRESH。故选项 C 为正确答案。

（30）【答案】C【解析】查询设计器中，"连接"选项卡与 SQL 语句的 JOIN 短语对应。"筛选"选项卡与 SQL 语句的 WHERE 短语对应，"分组依据"选项卡与 SQL 语句的 GROUP BY 短语对应，故选项 C 为正确答案。

（31）【答案】B【解析】用于显示正在调试的程序的程序文件的窗口是跟踪窗口。局部窗口用于显示模块程序，调用堆栈窗口用于显示当前处于执行状态的程序、过程和方法程序中的内存变量的信息。监视窗口用于监视表达式在程序调试执行过程中取值变化情况。故选项 B 为正确答案。

（32）【答案】C【解析】标签的作用是用于显示一段固定的文本信息字符串。它没有数据源，把要显示的字符串直接赋予标签的"标题"（Caption）属性即可，故选项 C 为正确答案。

（33）【答案】D【解析】选项 A 错误，表单的 Destroy 事件先于 Unload 事件引发。选项 B 错误，Load 事件先于 Init 事件引发。选项 C 错误，单击表单的标题栏不会引发表单的 Click 事件。故 D 为正确答案。

（34）【答案】A【解析】当文本框的 InputMask 属性值是#99999，允许输入正负号和数字，故选项 A 为正确答案。

（35）【答案】A【解析】Visual FoxPro 中一个过程化程序的功能可分三部分：程序说明、数据处理和控制返回。故选项 A 为正确答案。

二、填空题

（1）【答案】时间【解析】算法的复杂度主要指时间复杂度和空间复杂度。

（2）【答案】.F. 或 逻辑假 或 假 或 .N.【解析】本题考查 Visual FoxPro 中数组定义后的默认值。在 Visual FoxPro 中，数组在使用之前一般要用 DIMENESION 或 DECLARE 命令显式创建。数组

创建后，系统自动给每个元素赋逻辑值.F.。

（3）【答案】REMOVE【解析】可以使用 REMOVE TABLE 命令将一个表从数据库中移出，具体命令格式是：
```
REMOVE TABLE <表名>
```

（4）【答案】外模式【解析】外模式由概念模式推导而出，给出了每个用户的局部数据描述，即数据视图。

（5）【答案】EXE【解析】Visual FoxPro 中可以使用命令
```
BUILD EXE <项目名>
```
连编生成应用程序。

（6）【答案】COUNT(*)【解析】COUNT()函数的功能是统计记录的个数。要求有自变量，当使用*号时，用于统计表中所有记录个数。

（7）【答案】RELEASE【解析】释放和关闭表单的方法是 RELEASE 方法。

（8）【答案】EXIT【解析】本题考查退出循环命令。EXIT 命令跳出循环执行循环体后面的语句；LOOP 返回到循环体开始执行。

（9）【答案】SET AGE=AGE+1 或 SET AGE=1+AGE【解析】SQL 语句中的 UPDATE 命令可以实现对数据表的字段的更新操作，语句中的 SET 子句后面的表达式指明具体的修改方法。本题要求对年龄字段增加一岁，可以用表达式 AGE=AGE+1 来实现。

（10）【答案】CREATE FORM【解析】使用表单设计器建立表单，可以利用菜单方式、命令方式和项目管理器进行。使用窗口命令创建表单的命令是 CREATE FORM。

（11）【答案】INTO【答案】VALUES【解析】根据 SQL 语句插入命令的格式：
```
INSERT
INTO<表名>[(<属性列>[，<属性列2>…1])
VALUES(<常量1>[1，<常量2>]…);
```
可以得出正确答案。

（12）【答案】sum【答案】部门【解析】该 SQL 语句是一个内外层嵌套查询，内层查询关系表"部门"中部门名为"公关部"记录的部门号，外层查询根据该部门号的值确定"值班"表中部门号

为"03"的所有记录的加班费总和。用 sum() 函数完成求和。

（13）【答案】FROM【解析】在 SELECT 语句中，FROM 语句用于指定查询所涉及到的表。

第2套全真模拟试卷

一、选择题

（1）在下列四个选项中，不属于基本关系运算的是

　　A）连接　　　　　B）投影　　　　　C）选择　　　　　D）排序

（2）在数据结构中，从逻辑上可以把数据结构分成

　　A）动态结构和静态结构　　　　B）线性结构和非线性结构
　　C）集合结构和非集合结构　　　　D）树状结构和图状结构

（3）在一棵二叉树上第5层的结点数最多是

　　A）8　　　　　B）16　　　　　C）32　　　　　D）15

（4）　源程序中应包含一些内部文档，以帮助阅读和理解程序，源程序的内部文档通常包括选择合适的标识符、注释和

　　A）程序的视觉组织　　　　B）尽量不用或少用 GOTO 语句
　　C）检查输入数据的有效性　　　　D）设计良好的输出报表

（5）将内存变量定义为全局变量的 Visual FoxPro 命令是

　　A）LOCAL　　B）PRIVATE　　C）PUBLIC　　D）GLOBAL

（6）　在 Visual FoxPro 中，建立数据库表时，将年龄字段值限制在 12~40 岁之间的这种约束属于

　　A）实体完整性约束　　　　B）域完整性约束
　　C）参照完整性约束　　　　D）视图完整性约束

（7）在软件开发中，下面任务不属于设计阶段的是

　　A）数据结构设计　　　　B）给出系统模块结构
　　C）定义模块算法　　　　D）定义需求并建立系统模型

（8）在 Visual FoxPro 中说明数组的命令是

　　A）DIMENSION 和 ARRAY　　　　B）DECLARE 和 ARRAY
　　C）DIMENSION 和 DECLARE　　　　D）只有 DIMENSION

（9）　数据库表可以设置字段有效性规则，字段有效性规则属于域完整性范畴，其中的"规则"是一个

　　A）逻辑表达式　　B）字符表达式　　C）数值表达式　　D）日期表达式

（10）通过指定字段的数据类型和宽度来限制该字段的取值范围，这属于数据完整性中的

　　A）参照完整性　　B）实体完整性　　C）域完整性　　D）字段完整性

（11）ROUND(1234.56，-2) 和 ROUND(1234.56,1) 的正确结果是

　　A）1234 和 1234.5　　B）1230 和 1234.6　　C）1200 和 1234.5　　D）1200 和 1234.6

（12）设 X=10，语句 ?VARTYPE("X") 的输出结果是

　　　A）N　　　　　B）C　　　　　C）10　　　　　D）X

（13）在下面的数据类型中默认值为.F.的是

　　　A）数值型　　　　　B）字符型　　　　　C）逻辑型　　　　　D）日期型

（14）设有两个数据库表，父表和子表之间是一对多的联系，为控制子表和父表的关联，可以设置"参照完整性规则"，为此要求这两个表

　　　A）在父表连接字段上建立普通索引，在子表连接字段上建立主索引

　　　B）在父表连接字段上建立主索引，在子表连接字段上建立普通索引

　　　C）在父表连接字段上不需要建立任何索引，在子表连接字段上建立普通索引

　　　D）在父表和子表的连接字段上都要建立主索引

（15）～（26）题使用的数据表如下：

当前盘当前目录下在数据库：学院.dbc，其中有"教师"表和"学院"表。

"教师"表：

职工号	系号	姓名	工资	主讲课程
11020001	01	肖海	3408	数据结构
11020002	02	王岩盐	4390	数据结构
11020003	01	刘星魂	2450	C 语言
11020004	03	张月新	3200	操作系统
11020005	01	李明玉	4520	数据结构
11020006	02	孙民山	2976	操作系统
11020007	03	钱无名	2987	数据库
11020008	04	呼廷军	3220	编译原理
11020009	03	王小龙	3980	数据结构
11020010	01	张国梁	2400	C 语言
11020011	04	林新月	1800	操作系统
11020012	01	乔小廷	5400	网络技术
11020013	02	周兴池	3670	数据库
11020014	04	欧阳秀	3345	编译原理

"学院"表：

系号	系名
01	计算机
02	通信
03	信息管理
04	数学

（15）为"学院"表增加一个字段"教师人数"的SQL语句是

　　　A）CHANGE TABLE 学院 ADD 教师人数 I

　　　B）ALTER STRU 学院 ADD 教师人数 I

  C）ALTER TABLE 学院 ADD 教师人数 I

  D）CHANGE TABLE 学院 INSERT 教师人数 I

（16）将"欧阳秀"的工资增加 200 元的 SQL 语句是

  A）REPLACE 教师 WITH 工资= 工资+200 WHERE 姓名="欧阳秀"

  B）UPDATE 教师 SET 工资= 工资+200 WHEN 姓名="欧阳秀"

  C）UPDATE 教师 工资 WITH 工资+200 WHERE 姓名="欧阳秀"

  D）UPDATE 教师 SET 工资= 工资+200 WHERE 姓名="欧阳秀"

（17）下列程序段的输出结果是

```
CLOSE DATA
a=0
USE 教师
GO TOP
DO WHILE.NOT.EOF()
  IF 主讲课程="数据结构" .OR. 主讲课程="C 语言"
    a=a+1
  ENDIF.
  SKIP
ENDDO
?a
```

  A）4   B）5   C）6   D）7

（18）有 SQL 语句：

```
SELECT * FROM 教师 WHERE NOT(工资>3000 OR 工资<2000)
```

  与如上语句等价的 SQL 语句是

  A）SELECT * FROM 教师 WHERE 工资 BETWEEN 2000 AND 3000

  B）SELECT * FROM 教师 WHERE 工资>2000 AND 工资<3000

  C）SELECT * FROM 教师 WHERE 工资>2000 OR 工资<3000

  D）SELECT * FROM 教师 WHERE 工资<=2000 AND 工资>3000

（19）为"教师"表的职工号字段添加有效性规则：职工号的最左边三位字符是 110，正确的 SQL 语句是

  A）CHANGE TABLE 教师 ALTER 职工号 SET CHECK LEFT(职工号,3)="110"

  B）ALTER TABLE 教师 ALTER 职工号 SET CHECK LEFT(职工号,3)="110"

  C）ALTER TABLE 教师 ALTER 职工号 CHECK LEFT(职工号,3)="110"

  D）CHANGE TABLE 教师 ALTER 职工号 SET CHECK OCCURS(职工号,3)="110"

（20）有 SQL 语句：

```
SELECT DISTINCT 系号 FROM 教师 WHERE 工资>=;
ALL(SELECT 工资 FROM 教师 WHERE 系号="02")
```

  该语句的执行结果是系号

  A）"01"和"02"   B）"01"和"03"   C）"01"和"04"   D）"02"和"03"

（21）建立一个视图 salary，该视图包括了系号和（该系的）平均工资两个字段，正确的 SQL 语句是

  A）CREATE VIEW salary AS 系号, AVG(工资) AS 平均工资 FROM 教师;

  GROUP BY 系号

  B）CREATE VIEW salary AS SELECT 系号,AVG(工资) AS 平均工资 FROM 教师;

GROUP BY 系名

C）CREATE VIEW salary SELECT 系号,AVG(工资) AS 平均工资 FROM 教师;
GROUP BY 系号

D）CREATE VIEW salary AS SELECT 系号,AVG(工资) AS 平均工资 FROM 教师;
GROUP BY 系号

（22）删除视图 salary 的命令是

A）DROP salary VIEW   B）DROP VIEW salary

C）DELETE salary VIEW   D）DELETE salary

（23）有 SQL 语句:

```
SELECT 主讲课程,COUNT(*) FROM 教师 GROUP BY 主讲课程
```

该语句执行结果含有的记录个数是

A）3   B）4   C）5   D）6

（24）有 SQL 语句:

```
SELECT COUNT(*) AS 人数, 主讲课程 FROM 教师 ;
   GROUP BY 主讲课程 ORDER BY 人数 DESC
```

该语句执行结果的第一条记录的内容是

A）4　数据结构   B）3　操作系统

C）2　数据库   D）1　网络技术

（25）有 SQL 语句:

```
SELECT 学院.系名, COUNT(*) AS 教师人数 FROM 教师, 学院;
WHERE 教师.系号 = 学院.系号 GROUP BY 学院.系名
```

与如上语句等价 SQL 语句是

A）SELECT 学院.系名,COUNT(*) AS 教师人数;
FROM 教师 INNER JOIN 学院;
教师.系号= 学院.系号 GROUP BY 学院.系名

B）SELECT 学院.系名,COUNT(*) AS 教师人数;
FROM 　教师 INNER JOIN 学院;
ON 教师.系号 GROUP BY 学院.系名

C）SELECT 学院.系名,COUNT(*) AS 教师人数;
FROM 教师 INNER JOIN 学院;
ON 教师.系号= 学院.系号 GROUP BY 学院.系名

D）SELECT 学院.系名,COUNT(*) AS 教师人数;
FROM 教师 INNER JOIN 学院;
ON 教师.系号= 学院.系号

（26）有 SQL 语句:

```
SELECT DISTINCT 系号 FROM 教师 WHERE 工资>=;
   ALL(SELECT 工资 FROM 教师 WHERE 系号="02")
```

与如上语句等价的 SQL 语句是

A）SELECT DISTINCT 系号 FROM 教师 WHERE 工资>=;
(SELECT MAX(工资) FROM 教师 WHERE 系号="02")

B）SELECT DISTINCT 系号 FROM 教师 WHERE 工资>=;

(SELECT MIN(工资) FROM 教师 WHERE 系号="02")

C）SELECT DISTINCT 系号 FROM 教师 WHERE 工资>=;

ANY(SELECT 工资 FROM 教师 WHERE 系号="02")

D）SELECT DISTINCT 系号 FROM 教师 WHERE 工资>=;

SOME(SELECT 工资 FROM 教师 WHERE 系号="02")

（27）使用 SQL 语句增加字段的有效性规则，是为了能保证数据的

A）实体完整性　　　　　　　　B）表完整性

C）参照完整性　　　　　　　　D）域完整性

（28）如果在命令窗口输入并执行命令 "LIST 名称" 后在主窗口中显示：

记录号	名称
1	电视机
2	计算机
3	电话线
4	电冰箱
5	电线

假定名称字段为字符型、宽度为 6，那么下面程序段的输出结果是

```
GO 2
SCAN  NEXT 4 FOR LEFT(名称,2)="电"
  IF RIGHT(名称,2)="线"
    LOOP
  ENDIF
  ?? 名称
ENDSCAN
```

A）电话线　　　　B）电冰箱　　　C）电冰箱电线　　　　D）电视机电冰箱

（29）　假设某个表单中有一个命令按钮 cmdClose，为了实现当用户单击此按钮时能够关闭该表单的功能，应在该按钮的 Click 事件中写入语句

A）ThisForm.Close　　　　　　B）ThisForm.Erase

C）ThisForm.Release　　　　　　D）ThisForm.Return

（30）~（35）题使用如下三个条件：

部门.DBF:部门号 C(8)，部门名 C(12)，负责人 C(6)，电话 C(16)

职工.DBF:部门号 C(8)，职工号 C(10)，姓名 C(8)，性别 C(2)，出生日期 D

工资.DBF:职工号 C(10)，基本工资 N(8.2)，津贴(8.2)，奖金 N(8.2)，扣除 N(8.2)

（30）查询职工实发工资的正确命令是

A）SELECT 姓名,(基本工资 + 津贴 + 奖金 ? 扣除)AS 实发工资 FROM 工资

B）SELECT 姓名,(基本工资 + 津贴 + 奖金 ? 扣除)AS 实发工资 FROM 工资;

WHERE 职工.职工号=工资.职工号

C）SELECT 姓名,(基本工资 + 津贴 + 奖金 ? 扣除)AS 实发工资;

FROM 工资,职工 WHERE 职工.职工号=工资.职工号

D）SELECT 姓名,(基本工资 + 津贴 + 奖金 ? 扣除)AS 实发工资;

FROM 工资 JOIN 职工 WHERE 职工.职工号=工资.职工号

（31）查询 1962 年 10 月 27 日出生的职工信息的正确命令是

    A）SELECT* FROM 职工 WHERE 出生日期 = {^1962?10?27}

    B）SELECT* FROM 职工 WHERE 出生日期 = 1962?10?27

    C）SELECT* FROM 职工 WHERE 出生日期 = "1962?10?27"

    D）SELECT* FROM 职工 WHERE 出生日期 = ("1962?10?27")

（32）查询每个部门年龄最长者的信息，要求得到的信息包括部门名和最长者的出生日期。正确的命令是

    A）SELECT 部门名,MIN(出生日期) FROM 部门 JOIN 职工;

    ON 部门.部门号=职工.部门号 GROUP BY 部门名

    B）SELECT 部门名,MAX(出生日期) FROM 部门 JOIN 职工;

    ON 部门.部门号=职工.部门号 GROUP BY 部门名

    C）SELECT 部门名,MIN(出生日期) FROM 部门 JOIN 职工;

    WHERE 部门.部门号=职工.部门号 GROUP BY 部门名

    D）SELECT 部门名,MAX(出生日期) FROM 部门 JOIN 职工;

    WHERE 部门.部门号=职工.部门号 GROUP BY 部门名

（33）查询有 10 名以上（含 10 名）职工的部门信息（部门名和职工人数），并按职工人数降序排序。正确的命令是

    A）SELECT 部门名,COUNT(职工号) AS 职工人数;

     FROM 部门,职工 WHERE 部门.部门号=职工.部门号;

    GROUP BY 部门名 HAVING COUNT(*)>=10;

    ORDER BY COUNT(职工号) ASC

    B）SEIECT 部门名,COUNT(职工号) AS 职工人数;

     FROM 部门,职工 WHERE 部门.部门号=职工.部门号;

    GROUP BY 部门名 HAVING COUNT(*)>=10;

    ORDER BY COUNT(职工号) DESC

    C）SELECT 部门名,COUNT(职工号) AS 职工人数;

     FROM 部门,职工 WHERE 部门.部门号=职工.部门号;

    GROUP BY 部门名 HAVING COUNT(*)>=10;

    ORDER BY 职工人数 ASC

    D）SELECT 部门名,COUNT(职工号) AS 职工人数;

     FROM 部门,职工 WHERE 部门.部门号=职工.部门号;

    GROUP BY 部门名 HAVING COUNT(*)>=10;

    ORDER BY 职工人数 DESC

（34）查询所有目前年龄在 35 以上（不含 35 岁）的职工信息（姓名、性别和年龄）的正确的命令是

    A）SELECT 姓名,性别, YEAR(DATE())-YEAR(出生日期) 年龄 FROM 职工;

    WHERE 年龄>35

    B）SELECT 姓名,性别,YEAR(DATE())-YEAR(出生日期) 年龄 FROM 职工;

    WHERE YEAR(出生日期)>35

C）SELECT 姓名,性别,YEAR(DATE())-YEAR(出生日期) 年龄 FROM 职工;

WHERE YEAR(DATE())-YEAR(出生日期)>35

D）SELECT 姓名,性别,年龄=YEAR(DATE())-YEAR(出生日期) FROM 职工;

WHERE YEAR(DATE())-YEAR(出生日期)>35

（35）为"工资"表增加一个"实发工资"字段的正确命令是

A）MODIFY TABLE 工资 ADD COLUMN 实发工资 N(9,2)

B）MODIFY TABLE 工资 ADD FIELD 实发工资 N(9,2)

C）ALTER TABLE 工资 ADD COLUMN 实发工资 N(9,2)

D）ALTER TABLE 工资 ADD FIELD 实发工资 N(9,2)

二、填空题

（1）表达式 STUFF("GOODBOY",5,3,"GIRL")的运算结果是_____。

（2）数据的逻辑结构在计算机存储空间中的存放形式称为数据的_____。

（3）项目管理器的_____选项卡用于显示和管理数据库、自由表和查询等。

（4）自由表的扩展名是_____。

（5）数据库是指按照一定的规则存储在计算机中的_____的集合,它能被各种用户共享。

（6）在 Visual FoxPro 中,数据库表中不允许有重复记录是通过指定_____来实现的。

（7）在 Visual FoxPro 中,数据库表 S 中的通用型字段的内容将存储在_____文件中。

（8）在 Visual FoxPro 中选择一个没有使用的、编号最小的工作区的命令是_____（关键字必须拼写完整）。

（9）在 Visual FoxPro 的表单设计中,为表格控件指定数据源的属性是_____。

（10）在 SQL 的嵌套查询中,量词 ANY 和_____是同义词。在 SQL 查询时,使用_____子句指出的是查询条件。

（11）在数据环境设计器中编辑关系,在"属性"对话框,可以选择属性并设置。关系的属性对应于_____和_____命令中的子句和关键字。

（12）在表单中确定控件是否可见的属性是_____。

（13）设有学生选课表 SC (学号,课程号,成绩),用 SQL 语言检索每门课程的课程号及平均分的语句是（关键字必须拼写完整）。

SELECT 课程号,AVG (成绩) FROM SC_____

第 2 套全真模拟试卷解析

一、选择题

（1）【答案】D【解析】本题考查考生对关系基本运算的掌握。在关系理论中,基本的关系运算有三种,它们分别是:选择运算、投影运算和连接运算;除了这三种以外,都不属于关系的基本运算。此外,考生还需要掌握这三种运算的基本规则。本题中的选项 D 是排序操作,排序虽然也是对关系的操作,但它不属于这三种基本运算之中,属干扰项,因此答案为 D。

（2）【答案】B【解析】逻辑结构即数据元素之间的逻辑关系,与数据的存储无关。根据数据元素之间的关系,逻辑结构被分为两大类:线性结构和非线性结构。而集合结构和非集合结构、树形结构和图状结构都是特定的数据结构类型。

（3）【答案】B【解析】根据二叉树的性质,

在二叉树的第 K 层上，最多有 2^{k-1} 个结点。所以，第五层的结点数最多为 16。

（4）【答案】A【解析】源程序文档化主要包括三个方面的内容：标识符的命名、程序中添加注释以及程序的视觉组织。

（5）【答案】C【解析】本题考查考生对 Visual FoxPro 内存变量的掌握。内存变量是一种独立于数据库文件而存在的变量，是一种临时工作单元，使用时可以随时定义。内存变量的作用域有两种：局部变量和全局变量。本题中要求定义一个全局变量，Visual FoxPro 系统提供的定义全局变量的命令是 PUBLIC 关键字。因此为答案 C。

（6）【答案】B【解析】本题考查考生对域完整性的理解和掌握情况。域完整性是指数据库数据取值的正确性。它包括数据类型、精度、取值范围以及是否允许空值等。题目中是在建立数据库表时对年龄字段值进行限制，这是对数据取值的取值范围进行规定，因此这是域完整性的设定，选项 B 为正确答案。

（7）【答案】D【解析】数据结构设计、给出系统模块结构以及定义模块算法都属于设计阶段，而定义需求并建立系统模型属于分析阶段。

（8）【答案】C【解析】本题考查 Visual FoxPro 中数组的说明方法。创建数组的命令格式为：

```
DIMENSION <数组名>
DECLARE <数组名>
```

因此选项 C 为正确答案。

（9）【答案】A【解析】本题考查对域完整性的理解。域完整性中的"规则"即字段有效性规则，用来指定该字段的值必须满足的条件，为逻辑表达式。建立字段有效性规则通常在表设计器中完成。因此正确答案为选项 A。

（10）【答案】C【解析】本题考查域完整性的概念，属常考题目，曾多次在考题中出现。域完整性是指通过字段的数据类型和宽度来限制该字段的取值范围。因此选项 C 为正确答案。

（11）【答案】D【解析】ROUND()函数的功能是四舍五入函数，有两个参数，第一个参数指明要进行四舍五入的数值，第二个参数指明要进行四舍五入的位置，因此此题目中两个函数的功能是分别对 1234.56 从小数点左边第 2 位和右边第 1 位进行四舍五入，故正确答案为选项 D。

（12）【答案】B【解析】本题考查函数 VARTYPE() 的使用。函数 VARTYPE(<表达式>)用来测试表达式的类型，返回一个大写字母，函数值为字符型。字母 C 表示字符型或者备注型。本题测试的是"X"，这是一个字符型表达式，因此其返回值为字符型，故选项 B 为正确答案。

（13）【答案】C【解析】本题考查逻辑型数据。从 Visual FoxPro 中对逻辑型数据的定义可以知道，逻辑型数据的取值只有.F.和.T.两个，而其默认值定义为.F.。所谓默认值，就是如果未对该变量进行赋值操作的话，其取值就是默认值。

（14）【答案】B【解析】本题考查的是对参照完整性的理解，属常考题。在 Visual FoxPro 中为了建立参照完整性，必须首先建立表之间的联系。在数据库设计器中设计表之间的联系时，要在父表建立主索引，在子表建立普通索引，然后通过父表的主索引和子表的普通索引建立两个表之间的关系。故选项 B 为正确答案。

（15）【答案】C【解析】本题使用 SQL 对表结构进行修改。修改表结构的命令格式是：

```
ALTER TABLE <表名>
```

可以使用 ADD 子句用于说明所增加的字段和字段属性说明，选项 A 和选项 D 的命令关键字 CHANGE 有误，选项 B 中缺少关键字 TABLE。因此正确答案为选项 C。

（16）【答案】D【解析】SQL 中更新表数据的命令格式是：

```
UPDATE <表名> SET 字段=<表达式>
WHERE <条件>
```

选项 A 和选项 C 错，WITH 不是合法的关键字；选项 B 中用于设定条件的关键字 WHEN 是错误的，应使用 WHERE 关键字。选项 D 为正确答案。

（17）【答案】C【解析】本题程序段的功能是统计教师表中主讲课程字段为"数据结构"或者为"C 语言"的记录个数，并将统计结果存入变量 a 中。其具体执行流程如下：首先将变量 a 的值初始化为 0，然后打开教师表，用 GO TOP 命令将记录指针指向第一条记录，然后用一个循环结构扫描整个教师表，用条件判断语句 IF 主讲课程="数据结构".OR."C 语言" 来逐条记录进行判断。如果该条记录满足主讲课程字段是"数据结构"或者"C 语言"，那么将变量 a 的值加 1，整个循环以记录指针指向教师表的最后一条记录为结束条件。最后显示变量 a 的值。我们可以从教师表中可以看出满足该条件的记录共有 6 个，因此正确答案为选项 C。

（18）【答案】A【解析】BETWEEN…AND…是 SQL 中比较特殊的函数，经常与 SQL 联合使用用来设定查询条件，这个函数所设定的查询条件是值在某个范围内，并且包含边界取值，题目中 WHERE 所设定的条件是 NOT(工资>3000 AND 工资<2000)，其含义不是在小于 2000 或大于 3000 的范围内，这恰好是在 2000 到 3000 之间，选项 A 使用 BETWEEN…AND…设定查询条件，与此条件实现的功能一致。故选项 A 为正确答案。选项 B 表示工资大于 2000 并且小于 3000，选项 C 表示工资大于 2000 或者工资小于 3000，选项 D 表示工资小于等于 2000 并且大于等于 3000。

（19）【答案】B【解析】本题考查使用 SQL 对表文件的字段进行有效性设置。可以使用命令 ALTER TABLE 来实现对表的字段进行有效性设置，其格式为：

    ALTER TABLE <表名> ALTER <字段> SET CHECK <表达式>

四个选项中只有选项 B 是正确的书写方法，选项 A 错误在于命令关键字 CHANGE 的错误。选项 C 缺少子句关键字 SET；选项 D 的命令关键字 CHANGE 也是错误的。故正确答案为选项 B。

（20）【答案】A【解析】本题中的 SQL 语句的功能是在教师表中选择出所有满足查询条件记录的系号。其中查询条件：工资>= ALL (SELECT 工资 FROM 教师 WHERE 系号="02")表示所要查询的记录的工资字段要比那些所有系号为 02 的记录的工资字段要高，其实际含义是查询那些工资比 02 系工资都高的教师所在的系号，从原始数据表中可以发现只有第 2、5、12 条记录是满足条件的，它们的

系号字段分别为 01、02，故选项 A 为正确答案。

（21）【答案】D【解析】本题考查使用 SQL 语句创建视图。SQL 中创建视图的命令格式是：

    CREATE VIEW <视图名> AS <SELECT 查询语句>

另外，本题可以逐个排除错误答案，在四个选项中可以首先排除选项 C，因为其缺少 AS 关键字；选项 A 也错误，因为其缺少 SELECT 关键字，无法形成查询语句。选项 B 的错误在于 GROUP BY 后面的关键字是系名，而原数据表中没有该字段，应该是按系号分组，故选项 D 为正确答案。

（22）【答案】B【解析】本题考查 SQL 中删除视图的命令。删除视图的命令格式为：

    DROP VIEW <视图名>

故选项 B 为正确答案。

（23）【答案】D【解析】本题考查使用 COUNT() 函数以及分组 GROUP BY 构造查询。该 SQL 语句的结果有多少条记录可以根据 GROUP BY 后面的字段进行判断，该语句以主讲课程字段为分组依据，可以查看原数据表，发现主讲课程字段有 6 个不同数据，因此该语句的查询结果应该有 6 条记录。故选项 D 为正确答案。

（24）【答案】A【解析】题目中的 SQL 语句的功能是统计教授各个课程的教师总数，并且按能够教授每门课程教师人数进行降序排列。从原始数据表中可以看出数据结构课程的讲授人数最多，为 4 人因此应该是查询结果的第一条记录。故选项 A 为正确答案。

（25）【答案】C【解析】本题考查 SQL 实现连接操作的命令。SQL 中实现连接的命令格式为：

    SELECT…FROM <表名> INNER JOIN <表名> ON <连接表达式> WHERE…

四个选项中，选项 A 缺少 ON 关键字，选项 B 的连接条件是错误的，不能仅以一个字段作为连接条件，选项 D 中的 SQL 语句相比缺少分组语句，因此选项 C 为正确答案。

（26）【答案】A【解析】题干中的 SQL 语句的功能是：查询那些工资比 02 系工资都高的教师所在的系号，四个选项中只有选项 A 中的查询条件与此等价，用 (SELECT MAX(工资) FROM …

WHERE...)实现选择出最高工资，故选项 A 为正确答案。选项 B 的查询条件表示工资大于 02 系中工资最低的教师的工资，选项 C 和 D 中的 ANY 和 SOME 是同义词，表示查询出只要比 02 系中某一个教师工资高的记录即可。

（27）【答案】D【解析】本题考查域完整性概念。可以用一些域约束规则来进一步保证域完整性。使用 SQL 语句为字段增加有效性规则，是为了保证数据得域完整性。故正确答案为选项 D。

（28）【答案】C【解析】本题考查对 SCAN 语句的掌握和理解。GO 2 是指指针移动到第二条记录，

SCAN 语句接下来扫描下面的四条记录；根据 SCAN 语句的循环条件 LEFT(名称,2)="电"可知，只要是名称字段中第一个字是"电"就执行循环语句；在 SCAN 循环语句内部

```
IF RIGHT(名称,2)="线"
    LOOP
ENDIF
```

表示如果记录的最后一个字是"线"就跳到循环的开始。也就是说程序从第二条记录开始查找第一个字是"电"并且最后一个字不是"线"的记录来显示，符合显示条件的只有"电冰箱"和"电线"两条记录；这道题容易出错的是误认为"电线"最后一个字是"线"，因为字段宽度是 6，所以从右边开始两个字节是空格。正确答案为 C。

（29）【答案】C【解析】本题考查的是表单的常用方法。Release 方法是将表单从内存中释放。因此正确答案为选项 C。其他选项都不是表单的方法。

（30）【答案】C【解析】本题为简单的条件查询，WHERE 子句后面的条件：职工. 职工号 = 工资. 职工号，可以实现将数据表职工和工资表连接起来进行查询，并且将工资表的几个字段求和计算得到职工的实发工资。选项 C 为正确答案，选项 A 缺少查询条件，选项 B 的查询条件错误，选项 D 使用的连接方法是错误的。

（31）【答案】A【解析】本题查询条件的设定涉及日期型数据的运算，选项 A 中 WHERE 子句后面的条件是：出生日期 = {^1962-10-27}，该表达式正确描述了出生日期为 1962 年 10 月 27 日的条件。选项 B、C、D 的错误在于日期型数据的书写格式错

误。

（32）【答案】A【解析】使用函数 min()对日期型数据进行运算，需理解表达式的含义。表达式 min（出生日期）表示年龄最长，因此可以首先排除选项 B 和选项 D。选项 C 的错误在于错误的使用了连接子句中的关键字，JOIN 表示连接，与之配合使用的关键字应该是 ON，用来表示连接的条件，因此选项 A 为正确答案。

（33）【答案】D【解析】本题考查使用 COUNT() 函数来构造复杂查询，分组条件 GROUP BY 部门名 HAVIN COUNT(*)>10 表示部门人数大于 10 人。另外可以用排除法求解，首先可以排除选项 A 和选项 C，这两个选项中 ORDER BY 子句后的关键字是 ASC 表示升序，不符合题意。选项 B 的错误在于没有使用职工人数作为排序关键字。

（34）【答案】C【解析】用日期型函数 YEAR()来表达年龄在 35 岁以上这个查询条件的正确写法应该是：

```
YEAR(DATA())-YEAR(出生日期)>35
```

其中用到了 DATA()函数，先求出当前日期，再用 YEAR()求出该日期表示的年份，由此可知选项 A 和选项 B 的表示方法是错误的。选项 D 的错误在于使用 SQL 进行查询时，是不能使用等号进行列的赋值操作。故选项 C 为正确答案。

（35）【答案】C【解析】本题考查使用 SQL 命令修改表结构，属常考题目。请考生牢记该命令，SQL 中修改表结构的命令是：

```
ALTER TABLE <表名> ADD COLUMN
```

故选项 C 为正确答案。

二、填空题

（1）【答案】GOODGIRL【解析】本题考查 STUFF 函数的功能，在 Visual FoxPro 中，函数 STUFF(表达式1，起始位置，长度，表达式2)的功能是用表达式 2 的值替换表达式 1 中由起始位置和长度指定的一个子串，因此可以的得到运算后的结果为 GOODGIRL。

（2）【答案】存储结构 或 物理结构 或 物理存储结构【解析】时间数据的逻辑结构在计算机存

储空间中的存放形式称为数据的存储结构。

（3）【答案】数据【解析】本题考查对 Visual FoxPro 项目管理器的掌握。在 Visual FoxPro 项目管理器中，"数据"选项卡中包含了用户建立的数据库文件、数据库表、自由表和查询。

（4）【答案】dbf 或 .dbf【解析】本题考查对自由表的理解和掌握。自由表是不属于任何数据库的表，它的扩展名和数据库表名是一样的，为 dbf 或 .dbf。

（5）【答案】数据【解析】数据库是由一个互相关联的数据的集合和一组用以访问这些数据的程序组成，这些数据按一定的数据模型组织、描述和存储。

（6）【答案】主索引和候选索引 或 主索引 或 候选索引 或 主索引 或 候选索引【解析】本题考查对索引的掌握和理解。主索引是对主关键字建立的索引，主索引字段中不允许有重复值。候选索引也是一个不允许在指定字段和表达式中出现重复值的索引。通过设置这两种形式的索引可以使字段中不允许有重复值。

（7）【答案】S.FPT【解析】本题考查对备注文件的掌握。数据库表中的备注字段和通用字段的值存储在和数据库表同名的扩展名为.FPT 的备注文件中。

（8）【答案】SELECT 0【解析】本题考查在 Visual FoxPro 中如何使用命令进行工作区的选择。在 Visual FoxPro 中，系统为每个工作区都进行了编号，每打开一个表就使用一个工作区。用于选择工作区的命令是 SELECT <工作区号> 题目要求选择一个编号最小，而且没有使用过的工作区，可以用 SELECT 0，他表示指定最小编号的空闲活动区。

（9）【答案】RecordSource【解析】为表格控件指定数据源的属性是 RecordSource 属性。

（10）【答案】SOME【答案】WHERE 或 WHER【解析】本题考查 SQL 语句的嵌套查询中量词的含义。在 SQL 的嵌套查询中，量词 ANY 和 SOME 是同义词，在进行比较运算时，只要子查询中有一行能使结果为真，则结果为真。SQL SELECT 语句的基本结构为 SELECT…FROM…WHERE，其中 WHERE 子句用来指出查询的条件，FROM 用来指出查询表或视图，SELECT 后指出查询所要显示的字段。

（11）【答案】SET RELATION【答案】SET SKIP【解析】要编辑该关系的属性，请先选择该关系，然后单击鼠标右键弹出上下文相关菜单，选择"属性"，将弹出"属性"对话框，可以选择属性并设置。关系的属性对应于 SET RELATION 和 SET SKIP 命令中的子句和关键字。

（12）【答案】Visible【解析】本题考查表单控件的属性。在表单中，控件是否可见是通过 Visible 属性的值来控制的。将 Visible 属性设置为真时，表单是可见的，否则为不可见。Enabled 控制控件的可用性，也是通过逻辑真和逻辑假两个值来控制，请注意不要与 Visible 属性弄混淆。

（13）【答案】GROUP BY 课程号 或 GROUP BY 1 或 GROUP BY SC.课程号【解析】本题考查对 SQL 语句的 GROUP 子句的掌握。在使用 SQL 检索每门课程的课程号及平均分时，须按课程号进行分组。按课程号分组查询可以用 GROUP BY，GROUP BY 1 表示按 SC 表的第一个字段进行分组，指定分组字段时也可使用表名.字段的方法，因此答案也可以写成 GROUP BY SC.课程号。

第 3 套全真模拟试卷

一、选择题

（1）下面叙述正确的是

    A）算法的执行效率与数据的存储结构无关

B）算法的空间复杂度是指算法程序中指令（或语句）的条数

C）算法的有穷性是指算法必须能在执行有限个步骤之后终止

D）以上三种描述都不对

（2）下列数据结构中，能用二分法进行查找的是

A）顺序存储的有序线性表 B）线性链表

C）二叉链表 D）有序线性链表

（3）设有部门和职员两个实体，每个职员只能属于一个部门，一个部门可以有多名职员，则部门与职员实体之间的关系类型是

A）m:n B）1:m C）m:k D）1:1

（4）在 Visual FoxPro 中，调用表设计器建立数据库表 STUDENT.DBF 的命令是

A）MODIFY STRUCTURE STUDENT

B）MODIFY COMMAND STUDENT

C）CREATE STUDENT

D）CREATE TABLE STUDENT

（5）下列哪个是面向对象程序设计语言不同于其他语言的主要特点？

A）继承性 B）消息传递 C）多态性 D）静态联编

（6）扩展名为 dbf 的文件是

A）表文件 B）表单文件 C）数据库文件 D）项目文件

（7）在关系模型中，为了实现"关系中不允许出现相同元组"的约束应使用

A）临时关键字 B）主关键字

C）外部关键字 D）索引关键字

（8）使用 SQL 语句进行分组检索时，为了去掉不满足条件的分组，应当

A）使用 WHERE 子句

B）在 GROUP BY 后面使用 HAVING 子句

C）先使用 WHERE 子句，再使用 HAVING 子句

D）先使用 HAVING 子句，再使用 WHERE 子句

（9）若所建立索引的字段值不允许重复，并且一个表中只能创建一个，它应该是

A）主索引 B）惟一索引 C）候选索引 D）普通索引

（10）在 Visual FoxPro 中字段的数据类型不可以指定为

A）日期型 B）时间型 C）通用型 D）备注型

（11）用命令"INDEX on 姓名 TAG index_name"建立索引，其索引类型是

A）主索引 B）候选索引 C）普通索引 D）惟一索引

（12）以下关于主索引和候选索引的叙述正确的是

A）主索引和候选索引都能保证表记录的惟一性

B）主索引和候选索引都可以建立在数据库表和自由表上

C）主索引可以保证表记录的惟一性，而候选索引不能

D）主索引和候选索引是相同的概念

（13）表达式 LEN(SPACE(0))的运算结果是

A）.NULL. B）1 C）0 D）""

20

（14）以下关于空值（NULL）叙述正确的是

　　A）空值等同于空字符串　　　　　B）空值表示字段或变量还没有确定值

　　C）VFP 不支持空值　　　　　　　D）空值等同于数值 0

（15）～（27）使用的数据如下：

当前盘当前目录下有数据库 db_stock，其中有数据库表 stock.dbf，该数据库表的内容是：

股票代码	股票名称	单价	交易所
600600	青岛啤酒	7.48	上海
600601	方正科技	15.20	上海
600602	广电电子	10.40	上海
600603	兴业房产	12.76	上海
600604	二纺机	9.96	上海
600605	轻工机械	14.59	上海
000001	深发展	7.48	深圳
000002	深万科	12.50	深圳

（15）执行如下 SQL 语句后

```
SELECT *FROM stock INTO DBF stock ORDER BY 单价
```

　　A）系统会提示出错信息

　　B）会生成一个按"单价"升序排序的表文件，将原来的 stock.dbf 文件覆盖

　　C）会生成一个按"单价"降序排序的表文件，将原来的 stock.dbf 文件覆盖

　　D）不会生成排序文件，只在屏幕上显示一个按"单价"升序排序的结果

（16）执行下列程序段以后，内存变量 a 的内容是

```
CLOSE DATABASE
a=0
USE stock
GO TOP
DO WHILE .NOT.EOF()
  IF 单价>10
    a=a+1
  ENDIF
  SKIP
ENDDO
```

　　A）1　　　　　　B）3　　　　　　C）5　　　　　　D）7

（17）有如下 SQL SELECT 语句

```
SELECT *FROM stock WHERE 单价 BETWEEN 12.76 AND 15.20
```

　　与该语句等价的是

　　A）SELECT *FROM stock WHERE 单价<=15.20 .AND. 单价>=12.76

　　B）SELECT *FROM stock WHERE 单价<15.20 .AND. 单价>12.76

　　C）SELECT *FROM stock WHERE 单价>=15.20 .AND. 单价<=12.76

　　D）SELECT *FROM stock WHERE 单价>15.20 .AND. 单价<12.76

（18）如果在建立数据库表 stock.dbf 时，将单价字段的字段有效性规则设为"单价>0"，通过
　　　该设置，能保证数据的

　　A）实体完整性　　　　　　　　　B）域完整性

21

C）参照完整性　　　　　　　D）表完整性

（19）在当前盘当前目录下删除表 stock 的命令是

A）DROP stock　　　　　　　B）DELETE TABLE stock

C）DROP TABLE stock　　　　D）DELETE stock

（20）有如下 SQL 语句

```
SELECT max(单价) INTO ARRAY a FROM stock
```

执行该语句后

A）a[1]的内容为 15.20　　　B）a[1]的内容为 6

C）a[0]的内容为 15.20　　　D）a[0]的内容为 6

（21）有如下 SQL 语句

```
SELECT 股票代码, avg(单价) as 均价 FROM stock;
GROUP BY 交易所 INTO DBF temp
```

执行该语句后，temp 表中第二条记录的"均价"字段的内容是

A）7.48　　　　B）9.99　　　　C）11.73　　　　D）15.20

（22）将 stock 表的股票名称字段的宽度由 8 改为 10，应使用 SQL 语句

A）ALTER TABLE stock 股票名称 WITH c(10)

B）ALTER TABLE stock 股票名称 c(10)

C）ALTER TABLE stock ALTER 股票名称 c(10)

D）ALTER stock ALTER 股票名称 c(10)

（23）有如下 SQL 语句

```
CREATE VIEW stock_view AS SELECT *FROM stock WHERE 交易所="深圳"
```

执行该语句后产生的视图包含的记录个数是

A）1　　　　　B）2　　　　　C）3　　　　　D）4

（24）有如下 SQL 语句

```
CREATE VIEW view_stock AS SELECT 股票名称 AS 名称, 单价 FROM stoc
```

执行该语句后产生的视图含有的字段名是

A）股票名称、单价　　　　　B）名称、单价

C）名称、单价、交易所　　　D）股票名称、单价、交易所

（25）下面有关对视图的描述正确的是

A）可以使用 MODIFY STRUCTURE 命令修改视图的结构

B）视图不能删除，否则影响原来的数据文件

C）视图是对表的复制产生的

D）使用 SQL 对视图进行查询时必须事先打开该视图所在的数据库

（26）执行如下 SQL 语句后

```
SELECT DISTINCT 单价 FROM stock;
WHERE 单价=(SELECT min(单价) FROM stock) INTO DBF stock_x
```

表 stock_x 中的记录个数是

A）1　　　　　B）2　　　　　C）3　　　　　D）4

（27）求每个交易所的平均单价的 SQL 语句是

A）SELECT 交易所,avg(单价)FROM stock GROUP BY 单价

B）SELECT 交易所, avg(单价) FROM stock ORDER BY 单价

C）SELECT 交易所, avg(单价) FROM stock ORDER BY 交易所

D）SELECT 交易所, avg(单价) FROM stock GROUP BY 交易所

（28）以下关于表单数据环境的叙述，错误的是

    A）可以向表单数据环境设计器中添加表或视图

    B）可以从表单数据环境设计器中移出表或视图

    C）可以在表单数据环境设计器中设置表之间的联系

    D）不可以在表单数据环境设计器中设置表之间的联系

（29）Visual FoxPro 的报表文件.FRX 中保存的是

    A）打印报表的预览格式   B）已经生成的完整报表

    C）报表的格式和数据   D）报表设计格式的定义

（30）在表单中为了浏览非常长的文本，需要添加的控件是

    A）标签   B）文本框   C）编辑框   D）命令按钮

（31）能够将表单的 Visible 属性设置为.T.，并使表单成为活动对象的方法是

    A）Hide   B）Show   C）Release   D）SetFocus

（32）下面对编辑框（EditBox）控件属性的描述正确的是

    A）SelLength 属性的设置可以小于 0

    B）当 ScrollBars 的属性值为 0 时，编辑框内包含水平滚动条

    C）SelText 属性在做界面设计时不可用，在运行时可读写

    D）Readonly 属性值为.T.时，用户不能使用编辑框上的滚动条

（33）在 Visual FoxPro 中，如果在表之间的联系中设置了参照完整性规则，并在删除规则中选择了"限制"，则当删除父表中的记录时，系统的反应是

    A）不作参照完整性检查

    B）不准删除父表中的记录

    C）自动删除子表中所有相关的记录

    D）若子表中有相关记录，则禁止删除父表中记录

（34）将 Student.dbf 表中 jg 字段的名称改为籍贯，如下选项中正确的 SQL 语句是

    A）ALTER TABLE student ALTER COLUMN   jg   TO 籍贯

    B）ALTER TABLE student ADD 籍贯 C（10）

    C）ALTER TABLE student RENAME jg TO 籍贯

    D）ALTER TABLE student RENAME jg 籍贯

（35）设有关系 R1 和 R2，经过关系运算得到结果 S，则 S 是

    A）一个关系   B）一个表单

    C）一个数据库   D）一个数组

二、填空题

（1）在关系模型中，"关系中不允许出现相同元组"的约束是通过_____实现的。

（2）在连接运算中，_____连接是去掉重复属性的等值连接。

（3）按数据流的类型，结构化设计方法有两种设计策略，它们是变换分析设计和_____。

（4） 一棵二叉树第六层（根结点为第一层）的结点数最多为＿＿＿个。

（5） LEFT("123456789",LEN("数据库"))的计算结果是＿＿＿。

（6） 如下程序段的输出结果是＿＿＿。

```
i=1
DO WHILE i<10
i=i+2
ENDDO
?i
```

（7） 在 SQL 的 SELECT 语句中用于计算检索的函数有 COUNT、＿＿＿、＿＿＿、MAX 和 MIN。

（8） 在 Visual FoxPro 中，项目文件的扩展名为＿＿＿，表文件的扩展名是＿＿＿。

（9） 在 Visual FoxPro 中，使用 SQL 的 SELECT 语句将查询结果存储在一个临时表中，应该使用＿＿＿子句。

（10） 在 Visual FoxPro 中，使用 SQL 的 CREATE TABLE 语句建立数据库表时，使用＿＿＿子句说明主索引。

（11） 在 Visual FoxPro 中为表单指定标题的属性是＿＿＿。

第 3 套全真模拟试卷解析

一、选择题

（1）【答案】C【解析】A 选项错误，因为算法的执行效率与算法执行过程中所需基本运算的执行次数有关；B 选项错误，原因是算法的空间复杂度是指执行这个算法所需要的内存空间；C 选项正确，故 D 选项不正确。

（2）【答案】A【解析】二分查找只适用于顺序存储的有序表。在此所说的有序表是指线性表中的元素按值非递减排列（即从小到大，但允许相邻元素值相等）的。选项 A 正确。

（3）【答案】B【解析】本题目考查考生对实体之间关系的掌握，属于常考题。实体之间的关系共分为三种：一对一关系、一对多关系、多对多关系。如何区分实体之间的关系是属于哪种，最关键的方法就是从实体之间的关系出发，分析清楚两个实体之间的对应关系，从而得出结论。本题中的两个实体分别为部门和职员，从题干中的描述可以看出，每个职员只能属于一个部门，一个部门可以有多名职员，这正是一对多关系，一对多关系可以用符号写成 1:m 的形式，因此可以得出答案为选项 B。

（4）【答案】C【解析】本题考查考生对 Visual FoxPro 系统中建立数据库表命令的掌握。在 Visual FoxPro 数据库系统中，建立数据表的命令应该是 CREATE<数据表>；选项 A 是打开表 STUDENT 的表设计器；选项 B 是打开 STUDENT 程序文件；选项 D 是 SQL 命令中建立表 STUDENT 的命令。因此选项 C 为正确答案。

（5）【答案】A【解析】继承是一个子类直接使用父类的所有属性和方法。它可以减少相似的类的重复说明，从而体现出一般性与特殊性的原则，这使得面向对象程序设计语言有了良好的重用性，也是其不同于其他语言的主要特点。

（6）【答案】A【解析】本题考查 Visual FoxPro 中常见文件的文件扩展名，属于常考题目。扩展名为.dbf 的文件是表文件，表单文件的扩展名为.scx，项目文件的扩展名为.pjx，数据库文件的扩展名为.dbc。故选项 A 为正确答案。

（7）【答案】B【解析】本题考查主关键字的作用。在 Visual FoxPro 中，利用主关键字和候选关键字来保证表中的记录惟一，即保证实体惟一性，其他选项的几个关键字是错误的，外部关键字是用来保证参照完整性，而索引关键字并不能保证"关系中不允许出现相同元组"这一条件。因此选项 B 为正确答案。

（8）【答案】B【解析】本题考查考生对 SQL 语句中实现分组功能的 GROUP 子句的理解和掌握。在分组查询时，有时要求用分组实现满足某个条件记录的检索，这时可以用 HAVING 子句来实现。因此答案 B 正确。

（9）【答案】A【解析】本题考查 Visual FoxPro 中不同索引的类型。Visual FoxPro 中的索引分为四种类型：主索引、惟一索引、候选索引和普通索引。题目中已经表述：建立索引的字段值不允许重复，并且表中只能创建一个，这正是主索引的概念，因此可以得出选项 A 是正确的。其他三个选项不具备这个特征。

（10）【答案】B【解析】在 Visual FoxPro 中，字段的数据类型不可以被指定为时间型，其他几个选项都是可以被指定的合法的数据类型。因此选项 B 答案。

（11）【答案】C【解析】本题考查主索引的概念及其建立方法。使用命令建立索引时，表达式中如果出现 UNIQUE 选项，表示建立惟一索引，出现 CANDIDATE 选项表示建立候选索引。没有这些关键字，则表示建立普通索引。故选项 C 为正确答案。

（12）【答案】A【解析】本题考查主索引与候选索引的区别。候选索引和主索引一样，都要求字段值的惟一性，并决定了处理记录的顺序。故选项 A 为正确答案。另外，主索引不能建立在自由表上，因此选项 B 错误，主索引和候选索引都能够保证记录的惟一性，故选项 C 错误。选项 D 将主索引和候选索引混为一谈，是错误的。

（13）【答案】C【解析】本题考查两个函数的使用：LEN()和 SPACE()。函数 LEN(<字符表达式>)的功能是返回指定字符表达式的长度，SPACE(<数值表达式>)的功能是返回由指定数目的空格组成的字符串，因此函数 LEN(SPACE(0))的功能是测试 0 个空格的长度，故选项 C 为正确答案。

（14）【答案】B【解析】本题考查对于空值（NULL）的理解。空值既不等同于空字符串（故选项 A 错误），也不等同于数值 0（故选项 D 错误），VFP 支持空值，故选项 C 错误。空值表示字段或者变量还没有确定的值，因此选项 B 为正确答案。

（15）【答案】A【解析】本题考查考生对 SELECT 语句中 INTO 短语的理解和掌握。请注意：如果在使用 SELECT 语句的同时使用了 INTO DBF | TABLE TableName 短语，那么系统会将查询结果存放到永久表中，如果 INTO 子句中所指定的表已经打开，并且 SET SAFETY 设置为 OFF，则 Visual FoxPro 在不给出警告的情况下改写该表。如果指定了基本表的名称，则 Visual FoxPro 产生错误信息。本题中在做 SQL 之前没有对表 stock 进行打开操作，因此系统会出现提示错误信息，因此答案为 A 选项。

（16）【答案】C【解析】该程序的功能是统计数据表 db_stock 中"单价"字段大于 10 的记录个数，并且将这个数值存放在变量 a 中。该程序的一个难点在于程序的第 7 行：a = a+1，这条语句相当于将变量 a 自增，实现计数器的功能，明白了这一点，就能够看出该程序是从数据表 db_stock 的第一条记录开始逐条记录进行判断，如果当前记录的"单价"大于 10，就使计数器加 1。然后将记录指针移向下一条记录。通过查看数据表中的记录，我们发现，第 2、3、4、6、8 条记录是满足条件的，因此变量 a 的值为 5，答案为选项 C。

（17）【答案】A【解析】本题考查考生对 BETWEEN 的理解和掌握。语句：

```
SELECT * FROM stock WHERE 单价
BETWEEN 12.76 AND 15.20
```

的含义是：选择"单价"在 12.76 和 12.50 之间的那些记录。请注意，用 BETWEEN 作取值范围限定时，是包括限定条件的两个端点值的，因此本题所设定的限定条件相当于"单价"大于等于12.76 并且小于等于 12.50 的记录。选项 A 是另外一种实现条件查询的书写方法，其含义与题干中给出的 SQL 语句是完全一样的，其他几个选项都错误，请注意选项 C 有干扰性，其错误在用大于号和小于号作限定条件时，必须将小值写在 AND 的前面，故选项 A 为正确答案。

（18）【答案】B【解析】本题考查考生对域完整性的理解和掌握情况。域完整性是指数据库数据取值的正确性。它包括数据类型、精度、取值范围以及是否允许空值等。题目中是在建立数据表的时候，就将单价字段的有效性规则设为"单价>0"，这就是对数据取值的取值范围进行规定，因此是域完整性的设定，选项 B 正确。

（19）【答案】C【解析】本题考查删除表命令的掌握。Visual FoxPro 中删除表的命令的语法格式是：

```
DROP TABLE 表名；
```

用给定的数据表名 stock 替换命令中的表名，即可得到正确选项 C。

（20）【答案】A【解析】本题中 SQL 语句的功能是：在 stock 表中查询"单价"最高的记录，然后将该记录的单价字段存放至数组 a 中，请注意，数组 a 中仅仅存放该记录的单价，知道了 SQL 的这一功能，就不难得出正确选项是 A。

（21）【答案】B【解析】本题中 SQL 语句的功能是：在 stock 表中按"交易所"字段分组计算各个交易所的均价，然后将结果保存在永久表 temp 中。其计算过程是：首先将所有的数据记录按交易所进行分组，题中的交易所只有上海和深圳，因此计算后将会得到两条记录：第 1 条记录是计算所有在上海交易所交易的股票的均价，第 2 条记录则是计算深圳交易所的交易的股票均价。这两条记录会存放在永久表 temp 中，按题目要求我们知道，第二条记录是深圳交易所的均价，通过 stock 表计算可以得出其均价为 9.99，选项 B 正确。

（22）【答案】C【解析】本题考查修改字段属性的 SQL 语句。修改字段属性的命令的语法格式是：
```
ALTER TABLE TableName1 ALTER
FieldName2 FieldType[nFieldWidth]
```
其中的 TableName1 是数据表名，FieldName2 是数据表中所要修改的字段名，FieldType[nFieldWidth]用来说明修改后的字段的类型和宽度。从四个候选项中可以看出，只有选项 C 是正确的。选项 A 和 B 都缺少关键字 ALTER，选项 D 缺少关键字 TABLE。

（23）【答案】B【解析】本题考查对建立视图命令的掌握。题干中 SQL 语句的功能是从 stock 表中创建一个名为 stock_view 的视图，该视图由那些"交易所"字段为"深圳"的记录组成。通过查看数据表文件可以看出，满足条件的记录只有两条，对应于

原数据表中的第 7、8 两条记录，因此组成该视图的记录个数为 2，选项 B 为正确答案。

（24）【答案】B【解析】本题同样是考查对创建视图的 SQL 语句的掌握，所不同的是，本题考查被创建的视图所包含的字段由哪些组成，问题的回答要从 SQL 语句出发，简单的判别方法就是看 AS 子句后面都包含哪些字段名，这些字段名就是组成所创建视图中的字段。由题干可以发现，名称、单价为创建的视图的字段，所以选项 B 为正确答案。

（25）【答案】D【解析】理解视图，不仅需要理解视图的概念，同时还需要理解视图和表的关系，以及视图的使用方法。本题中只有选项 D 的描述正确。C 选项可以排除，视图并不是对表的复制。选项 A 也是错误的，对视图的修改可以使用命令 MODIFY VIEW 而不是 MODIFY STRUCTURE 来进行。选项 B 也错，因为视图是可以被删除的。

（26）【答案】A【解析】该 SQL 语句的功能相对复杂一些，其具体的执行过程是：首先从数据表 db_stock 中找出所有记录中单价字段值最低的记录，并且记住该记录的单价字段值。然后再查找数据表 db_stock，从中查出单价字段等于该最低单价的记录，同时用 DISTINCK 进行限定，即选出的记录是不允许重复的，最后将结果存放到表 stock_x 中，因此可以看出，stock_x 表中的记录个数为 1，选项 A 正确。

（27）【答案】D【解析】本题要求求出每个交易所的平均单价，重点是考查 GROUP 子句的使用方法。题目要求求出每个交易所的数据记录进行平均，因此可以确定分组的字段应该是"交易所"字段，于是可以确定 GROUP 子句后面必须是交易所字段，四个答案中排除 A、B、C，只有答案 D 是正确的。

（28）【答案】D【解析】本题考查对 Visual FoxPro 中表单数据环境的掌握。在 Visual FoxPro 中，用户可以向表单数据环境设计器中添加或者移出表或视图，也可以在表单数据环境设计器中设置表之间的联系，四个选项中只有选项 D 的描述是错误的。

（29）【答案】D【解析】本题考查 Visual FoxPro 中常见文件的文件扩展名，属常考题目。.FRM 表示报表文件，.FRX 表示报表设计格式的文件。正确答

案为 D。

（30）【答案】C【解析】与文本框一样，编辑框的主要功能也是显示文本。但编辑框扩展了文本框的功能，它增加了一个垂直滚动条，使用户能够同时浏览非常长的文本。故选项 C 为正确答案。

（31）【答案】B【解析】本题考查表单的几种常见的方法。Hide 方法用于隐藏表单。Show 方法显示表单，将表单的 Visible 属性设置为.T.，并使表单成为活动对象，故选项 B 正确。Release 方法是将表单从内存中释放。SetFocus 方法是让表单获得焦点，使其成为活动对象。

（32）【答案】C【解析】本题考查对控件属性的掌握。SelLength 属性用于返回用户在一个控件的文本输入区中选择的字符数。ScrollBars 属性用于确定一个控件的滚动类型。SelText 属性用于返回用户在控件的文本输入区中选择的文本内容。ReadOnly 属性用于确定用户是否可以更改编辑框。四个选项中只有 C 正确。

（33）【答案】D【解析】本题考查是对参照完整性的"删除规则"的理解。删除规则规定了当删除父表中的记录时，如何处理子表中的记录。如果选择了"限制"，则限制删除子表中存在相关记录的对应父表中的记录。故 D 为正确答案。

（34）【答案】C【解析】ALTER TABLE 语句语句中，ALTER 子句不能修改字段名。ADD 子句用于增加字段。修改字段名称只能使用 RENAME 子句。故选项 C 为正确答案。

（35）【答案】A【解析】本题考查考生对关系基本运算的理解，关系运算得到的结果还是一个关系，因此选项 A 正确。

二、填空题

（1）【答案】主关键字 或 主索引【解析】在指定字段或表达式中不允许出现重复值的索引，这样的索引可以起到主关键字的作用，建立主索引的字段可以看作是主关键字。

（2）【答案】自然【解析】本题考查关系基本运算中的连接运算。在连接运算中，按照字段值对应相等为条件进行的连接操作称为等值联接。而自

然联接是去掉重复属性的等值联接。

（3）【答案】事务分析设计【解析】典型的数据流图有两种，即变换型和事务型。按照这两种类型把设计方法分为两类，即变换分析设计和事务分析设计。

（4）【答案】32【解析】二叉树的一个性质是，在二叉树的第 k 层上，最多有 $2^{k-1}(k \geqslant 1)$ 个结点。由此，$2^{6-1}=32$。所以答案为 32。

（5）【答案】123456【解析】表达式 LEN("数据库")的功能是返回字符串"数据库"的长度，请注意，每个汉字长度为 2，外层函数 LEFT()的功能则是从字符串"123456789"的左端取前 6 个字符串作为返回结果，因此可以得出正确答案为"123456"。

（6）【答案】11【解析】该程序开始时，变量 i 被初始化为 1，如果变量 i 小于 10，则将变量 i 加 2，反复循环直到变量 i 不小于 10 循环结束，这时显示 i 的值。从这样的执行流程可以知道，i 依次取值为 1、3、5、7、9、11 最后一次取值为 11 时结束循环，因此这时 i 的值为 11。

（7）【答案】SUM

【答案】AVG【解析】SELECT 语句中用于计算检索的函数有 SUM()，其功能是求和；AVG()函数的功能是计算平均值；COUNT()函数是统计记录个数；MAX()函数是求最大值；MIN()函数是求最小值。

（8）【答案】.pjx

【答案】.dbf【解析】VFP 中提供了多种文件类型，要记住各种文件类型的扩展名和用途。

（9）【答案】INTO CURSOR【解析】本题考查 SQL 的存放查询结果命令的使用。在 SQL 中，使用 INTO CURSOR CursorName 把查询结果存放到临时的数据库文件当中。CursorName 是临时的文件名。

（10）【答案】PRIMARY KEY【解析】本题考查 SQL 中建立数据库表命令的使用。在 SQL 中，使用短语 PRIMARY KEY 将字段规定为主索引字段，同时使用短语 NOT NULL 规定在该字段中不允许出现空值。

（11）【答案】Caption【解析】为表单指定标

题的属性是 Caption 属性。

（12）【答案】update 或 upta 或 updat【答案】where 或 wher【解析】本题考查 SQL 语句中修改记录的命令 UPDATA 的使用。在 SQL 语句中，更新记录的语句为 UPDATE，其格式为：

UPDATE <数据表名> SET 字段名=表达式

WHERE 条件语句

依据题义，应用 UPDATE 来更新表中的记录。其中 UPDATE 教师指定表名，SET 工资=工资*1.05 指定要更新的字段以及这些列的新值，WHERE 职称="教授"指定被更新记录的条件。

第 4 套全真模拟试卷

一、选择题

（1）下列叙述中正确的是
   A）程序设计就是编制程序
   B）程序的测试必须由程序员自己去完成
   C）程序经调试改错后还应进行再测试
   D）程序经调试改错后不必进行再测试

（2）如果一个班只能有一个班长，而且一个班长不能同时担任其他班的班长，班级和班长两个实体之间的关系属于
   A）一对一关系   B）一对二关系
   C）多对多关系   D）一对多关系

（3）设有下列二叉树：

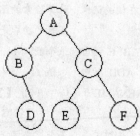

对此二叉树后序遍历的结果为
   A）ABCDEF   B）BDAECF   C）ABDCEF   D）DBEFCA

（4）   在 Visual FoxPro 的命令窗口中键入 CREATE DATA 命令以后，屏幕会出现一个创建对话框，要想完成同样的工作，还可以采取如下步骤：
   A）单击"文件"菜单中的"新建"按钮，然后在新建对话框中选定"数据库"单选钮，再单击"新建文件"命令按钮
   B）单击"文件"菜单中的"新建"按钮，然后在新建对话框中选定"数据库"单选钮，再单击"向导"命令按钮
   C）单击"文件"菜单中的"新建"按钮，然后在新建对话框中选定"表"单选钮，再单击"新建文件"命令按钮
   D）单击"文件"菜单中的"新建"按钮，然后在新建对话框中选定"表"单选钮，再

　　　　　单击"向导"命令按钮

（5）下面概念中，不属于面向对象方法的是

　　　　A）对象　　　　　　B）继承　　　　　　C）类　　　　　　　D）过程调用

（6）用黑盒技术测试用例的方法之一为

　　　　A）因果图　　　　　B）逻辑覆盖　　　　C）循环覆盖　　　　D）基本路径测试

（7）在 Visual FoxPro 的项目管理器中不包括的选项卡是

　　　　A）数据　　　　　　B）文档　　　　　　C）类　　　　　　　D）表单

（8）为了设置两个表之间的数据参照完整性，要求这两个表是

　　　　A）同一个数据库中的两个表　　　　　　B）两个自由表

　　　　C）一个自由表和一个数据库表　　　　　D）没有限制

（9）在 Visual FoxPro 的参照完整性规则不包括

　　　　A）更新规则　　　　B）删除规则　　　　C）查询规则　　　　D）插入规则

（10）下列模式中，能够给出数据库物理存储结构与物理存取方法的是

　　　　A）内模式　　　　　B）外模式　　　　　C）概念模式　　　　D）逻辑模式

（11）当内存变量与字段名变量重名时，系统优先处理

　　　　A）内存变量　　　　B）字段名变量　　　C）全局变量　　　　D）局部变量

（12）执行命令"INDEX　on 姓名 TAG　index_name"建立索引后，下列叙述错误的是

　　　　A）此命令建立的索引是当前有效索引

　　　　B）此命令所建立的索引将保存在.idx 文件中

　　　　C）表中记录按索引表达式升序排序

　　　　D）此命令的索引表达式是"姓名"，索引名是"index_name"

（13）报表的数据源可以是

　　　　A）表或视图　　　　B）表或查询　　　　C）表、查询或视图　　D）表或其他报表

（14）MOD(-13，-3)与 MOD(13，-3)的正确结果是

　　　　A）-1, -2　　　　　B）-1, -1　　　　　C）-2, -1　　　　　D）-2, -2

（15）关系运算中的选择运算是

　　　　A）从关系中找出满足给定条件的元组的操作

　　　　B）从关系中选择若干个属性组成新的关系的操作

　　　　C）从关系中选择满足给定条件的属性的操作

　　　　D）A 和 B 都对

（16）设当前工作区的数据库文件有 8 个字段，共有 10 条记录，执行命令

　　　COPY TO NEW STRUCTURE EXTENDED

　　　后，将产生一个名为 NEW.DBF 的数据库文件，则其字段数为

　　　　A）4　　　　　　　　B）5　　　　　　　　C）8　　　　　　　　D）10

（17）在 SQL 语句中与表达式"供应商名 LIKE "%北京%""功能相同的表达式是

　　　　A）LEFT(供应商名,4)="北京"　　　　　　B）"北京" $ 供应商名

　　　　C）供应商名 IN "%北京%"　　　　　　　D）AT(供应商名,"北京")

（18）以下关于视图的描述中正确的是

　　　　A）视图保存在项目文件中　　　　　　B）视图保存在数据库文件中

C）视图保存在表文件中   D）视图保存在视图文件中

（19）查询设计器中"联接"选项卡对应的 SQL 短语是

    A）WHERE   B）JOIN   C）SET   D）ORDER BY

（20）打开学生数据表及（对成绩字段的）索引文件，假定当前记录号为 200，欲使记录指针指向记录号为 100 的记录，应使用命令

    A）LOCATE FOR 记录序号=100   B）SKIP 100

    C）GO TO 100   D）SKIP -100

（21）在 Visual FoxPro 中，代码片段是指

    A）能对运行并完成指定功能的 FoxPro 程序

    B）一个子程序

    C）一组 FoxPro 命令，用于完成某一项操作

    D）一个可以调用的函数

（22）修改本地视图的命令是

    A）OPEN　VIEW   B）CREATE　VIEW

    C）USE　VIEW   D）MODIFY　VIEW

（23）要建立两个表的参照完整性，要求这两个表

    A）是同一个数据库中的表   B）两个自由表

    C）不同数据库中的表   D）一个是数据库表，另一个是自由表

（24）Visual FoxPro 中 DO CASE-ENDCASE 属于什么结构？

    A）顺序结构   B）选择结构   C）循环结构   D）模块结构

（25）在 SELECT 语句中，用来指定查询所用的表的子句是

    A）WHERE   B）GROUP BY   C）ORDER BY   D）FROM

（26）在 Visual FoxPro 中，要运行查询文件 queryl.qpr，可以使用命令

    A）DO queryl   B）DO queryl.qpr

    C）DO QUERY queryl   D）RUN queryl

（27）要设置标签的显示文本，应使用的属性是

    A）Alignment   B）Caption   C）Comment   D）Name

（28）如果菜单项的名称为"统计"，热键是 T，在菜单名称一栏中应输入

    A）统计(\<T)   B）统计(Ctrl+T)   C）统计(Alt+T)   D）统计(T)

（29）下面关于查询描述正确的是

    A）可以使用 CREATE VIEW 打开查询设计器

    B）使用查询设计器可以生成所有的 SQL 查询语句

    C）使用查询设计器生成的 SQL 语句存盘后将存放在扩展名为 QPR 的文件中

    D）使用 DO 语句执行查询时，可以不带扩展名

（30）要使文件菜单项用"F"作为访问快捷键，定义该菜单标题可用

    A）文件(F)   B）文件(\<F)   C）文件(\<F)   D）文件(∧F)

（31）若要从学生表中检索出 jg 并去掉重复记录，可使用如下 SQL 语句

```
SELECT _____ jg FROM student
```

    请选出正确的选项完成该语句

A）ALL　　　　　　B）*　　　　　　C）?　　　　　　D）DISTINCT

（32）连编应用程序不能生成的文件是

A）PP 文件　　　B）EXE 文件　　　C）OMDLL 文件　D）PRG 文件

（33）下面对控件的描述正确的是

A）用户可以在组合框中进行多重选择

B）用户可以在列表框中进行多重选择

C）用户可以在一个选项组中选中多个选项按钮

D）用户对一个表单内的一组复选框只能选中其中一个

（34）确定列表框内的某个条目是否被选定应使用的属性是

A）Value　　　　B）ColumnCount　　　C）ListCount　　　D）Selected

（35）单击项目上的"连编"，则可以生成什么文件？

A）.BAT　　　　　B）.APP　　　　　C）.DAT　　　　　D）.DAC

二、填空题

（1）　数据管理技术发展过程经过人工管理、文件系统和数据库系统三个阶段，其中数据独立性最高的阶段是_____。

（2）　在面向对象方法中，类的实例称为_____。

（3）　软件生命周期一般可分为以下阶段：问题定义、可行性研究、_____、设计、编码、测试、运行与维护。

（4）　在 Visual FoxPro 中数据库文件的扩展名是_____，数据库表文件的扩展名是_____。

（5）　在奥运会游泳比赛中，一个游泳运动员可以参加多项比赛，一个游泳比赛项目可以有多个运动员参加，游泳运动员与游泳比赛项目两个实体之间的联系是_____联系。

（6）　在 Visual FoxPro 中，参照完整性规则包括更新规则、删除规则和_____规则。

（7）　为了从用户菜单返回到默认的系统菜单，应该使用命令 SET_____TO DEFAULT。

（8）　在 Visual FoxPro 表中，主关键字的值不能为_____。

（9）　在 Visual FoxPro 中，如果要改变表单上表格对象中当前显示的列数，应设置表格的_____属性值。

（10）为"学生"表增加一个"平均成绩"字段的正确命令是：

ALTER TABLE 学生 ADD_____平均成绩 N(5,2)

（11）在将设计好的表单存盘时，系统将生成扩展名分别是 SCX 和_____的两个文件。

（12）把当前表当前记录的学号，姓名字段值复制到数组 A 的命令是：

SCATTER FIELD 学号，姓名_____。

（13）说明公共变量的命令关键字是_____（关键字必须拼写完整）。

（14）函数 BETWEEN(40,34,50)的运算结果是_____。

第 4 套全真模拟试卷解析

一、选择题

（1）【答案】C【解析】软件测试仍然是保证软件可靠性的主要手段，测试的目的是要尽量发现程序中的错误，调试主要是推断错误的原因，从而进一步改正错误。测试和调试是软件测试阶段的两个密切相关的过程，通常交替进行。选项 C 正确。

（2）【答案】A【解析】本题考查考生对实体之间的关系的掌握。实体之间的关系共分为三种：一对一关系、一对多关系、多对多关系。要区分实体之间的关系是属于哪种，最关键的方法就是从实体之间的关系出发，分析清楚两个实体之间的对应关系，从而得出结论。本题中的两个实体分别为班长和班级，他们之间的关系已由题干中明确说明，一个班长只能属于一个班级，同时一个班级也只能有一个班长，这恰好符合实体之间的一对一关系的定义，因此可以得出答案为 A。

（3）【答案】D【解析】二叉树的遍历分为先序、中序、后序三种不同方式。本题要求后序遍历，其遍历顺序应该为：后序遍历左子树→后序遍历右子树→访问根结点。按照定义，后序遍历序列是 DBEFCA，故答案为 D。

（4）【答案】A【解析】本题考查考生对 Visual FoxPro 系统中创建数据库操作的掌握。在 Visual FoxPro 数据库系统中，用户可以通过三种方式来建立数据库：菜单方式、向导方式和命令方式。题目中给出的 CREATE DATA 命令的功能是创建一个数据库。答案 A 正是创建数据库的菜单操作方式的描述。

（5）【答案】D【解析】A、B、C 属于面向对象方法，D 属于面向过程方法，故答案为 D。

（6）【答案】A【解析】黑盒测试主要方法有等价值划分法、边界值分析法、错误推测法、因果图法等。白盒测试的主要方法有逻辑覆盖、基本路径测试循环覆盖等。因此只有 A 属于黑盒测试。

（7）【答案】D【解析】本题考查考生对 Visual FoxPro 中项目管理器的熟悉程度。项目管理器中包含"数据"、"文档"、"类"选项卡，不包括"表单"选项卡，故选项 D 是正确答案。

（8）【答案】A【解析】本题考查对参照完整性概念的理解，属常考题。只有两个表是同一个数据库中的两个表时，这两个表之间的数据参照才能完整。因此答案 A 正确。

（9）【答案】C【解析】本题考查参照完整性。参照完整性是指当插入、删除或修改一个表中的数据时，通过参照引用相互关联的另一个表中的数据，来检查对表的操作是否正确。它一般包括更新规则、删除规则和插入规则。除此以外的均不正确，因此答案为 C。

（10）【答案】A【解析】能够给出数据库物理存储结构与物理存取方法的是内模式。外模式是用户的数据视图，也就是用户所见到的数据模式。概念模式是数据库系统中全局数据逻辑结构的描述，是全体用户公共数据视图。没有逻辑模式这一说法。正确答案为 A。

（11）【答案】B【解析】变量有内存变量和字段名变量两种，内存变量是指变量的值保存在内存中，而字段名变量是指变量的值保存在表中，当这两种类型的变量重名时，系统默认字段名变量优先。故选项 B 为正确答案。

（12）【答案】B【解析】本题考查索引的建立。执行命令建立索引以后，此命令建立的索引即为当前有效索引，系统默认按升序排列，但此命令并没有创建索引文件，因而其建立的索引不会保存在.idx文件中，故答案为选项 B。

（13）【答案】A【解析】本题考查报表的概念。报表的数据源可以是自由表、数据库表或视图。因此正确答案为选项 A。

（14）【答案】A【解析】MOD()函数是数学运算函数。请注意其使用方法，MOD()函数的被除数与除数同号时，结果为两数相除的余数，余数的符号与除数相同，如果被除数与除数异号，值为两数相除后的余数加上除数。故选项 A 为正确答案。

（15）【答案】A【解析】本题考查的是对关系运算中选择运算的理解。选择是指从关系中找出满足给定条件的元组的操作。因此正确答案为选项 A。

（16）【答案】A【解析】本题考查数据库文件结构的复制。使用命令 COPY TO<文件名>STRUCTURE EXTENDED 可以将打开的数据库文件的结构作为数据库文件记录复制到新生成的数据库文件中，无论原数据库有多少个字段，新生成的数据库描述文件的字段数都为 4，故选项 A 为正确答案。

（17）【答案】B【解析】本题考查常用函数的掌握。函数 LEFT(<字符表达式>，<长度>)的功能是从指定表达式的左端取一个指定长度的子串作为函数值。因此选项 A 的含义是供应商名前两个汉字为"北京"。函数 AT(<字符表达式 1>，<字符表达式 2>，<数值表达式>)的功能是：如果<字符表达式 1>是<字符表达式 2>的子串，则返回<字符表达式 1>值的首字符在<字符表达式 2>值中的位置；若不是子串，则返回 0，因此选项 D 的含义是：返回供应商名在"北京"字符串中的位置。选项 B 中的运算符$是子串包含测试，"北京" $ "供应商名"的表示"北京"是否"供应商名"字段的子串。能够与题干中的 LIKE 实现同样的功能，为正确答案。

（18）【答案】B【解析】本题考查考生对视图概念的理解。视图是一个定制的虚拟逻辑表，不是一个单独的文件而从属于某一个数据库。因此选项 B 正确。

（19）【答案】B【解析】本题考查对查询设计器的掌握。在查询设计器中，与"联接"选项卡对应的 SQL 语句是 JOIN。故正确答案为选项 B。选项 A 中的 WHERE 对应的是"筛选"选项卡，选项 D 中的 ORDER BY 对应的是"排序依据"选项卡。

（20）【答案】C【解析】本题考查记录指针在数据表中的定位。GO TO 命令是将记录指针直接指向记录号的，SKIP 是记录指针在表中的上下移动，具体移动情况要根据 SKIP 后面的参数来指定，故选项 C 为正确答案。

（21）【答案】C【解析】在 Visual FoxPro 中，代码片段不是一个完整 Visual FoxPro 程序，本身并不能独立运行，它们要嵌入到编程工具所生成的程序代码中才能运行。代码片段可以调用子程序和函数，但本身不能作为用户的子程序和函数的调用，故选项 C 为正确答案。

（22）【答案】D【解析】修改本地视图的命令是

```
MODIFY VIEW
```

创建视图的命令是 CREATE VIEW，打开视图的命令是 USE VIEW，Visual FoxPro 中没有 OPEN VIEW 命令，故选项 D 为正确答案。

（23）【答案】A【解析】参照完整性只能在建立关联的两个表中进行，所以必须是同一数据库中的表，故选项 A 为正确答案。

（24）【答案】B【解析】DO CASE-ENDCASE 语句属于分支语句，而分支语句实现的是一种扩展的选择结构，它可以根据条件从多组代码中选择一组执行。故选项 B 为正确答案。

（25）【答案】D【解析】在 SELECT 语句中，WHERE 子句用于指定表之间的联接条件或记录的过滤条件，GROUP BY 子句用于对记录进行分组，ORDER BY 子句用于对记录进行排序，FROM 子句用于指定查询所用的表。故选项 D 为正确答案。

（26）【答案】B【解析】本题是考查对 Visual FoxPro 中运行查询文件语句的掌握。运行查询文件语句的命令格式为：

```
DO <查询文件名>
```

查询文件名需要带扩展名，选项 B 正确。

（27）【答案】B【解析】在标签控件中，Alignment 属性用于指定文本在控件中的对齐方式。Caption 属性用于设置标签的显示文本。Comment 属性用于存储标签的有关信息，不显示。Name 属性用于给标签指定一个名称。故选项 B 为正确答案。

（28）【答案】A【解析】本题考查在 Visual FoxPro 菜单设计中设置热键的方法。为菜单项设置热键的方法是在菜单标题后面键入下列符号:(\<字母)，其中字母代表可以访问菜单的访问键，即热键，故选项 A 正确。

（29）【答案】C【解析】选项 A 错误，命令 CREATE VIEW 的功能是打开视图设计器。选项 B 的错误在于对查询设计器的理解错误，查询设计器只能建立一些比较规则的查询，对于复杂的查询，是不能设计出来的，比如嵌套查询。选项 D 也错误，在调用查询时，必须加上扩展名。只有选项 C 的描述是完全正确的。

（30）【答案】C【解析】本题考查快捷菜单的设计方法。添加访问键方法是在文件名后的括号内添加"\<"两个字符，再加上访问键的字母，故选项 C 为正确答案。

（31）【答案】D【解析】在 SELECT 语句的后面，如果选用 DISTINCT 选项，表示去掉重复记录，选用 ALL 代表显示所有记录，选用 * 代表所有字段，而?是非法的。故选项 D 为正确答案。

（32）【答案】D【解析】本题考查应用程序的连编。连编可以生成三种类型的文件：第一种是应用程序文件；第二种是可执行文件.EXE；第三种是 DLL 文件，即动态链接库。故选项 D 为正确答案。

（33）【答案】B【解析】本题考查列表框的属性。列表框中的 MultiSelect 属性用来指定用户能否在列表框控件内进行多重选定，而组合框除了不能进行多重选定外，与列表框具有相似的含义和用法，选项 C 正确。

（34）【答案】D【解析】本题考查对列表框属性的掌握。确定列表框中的某个条目是否被选中，应使用 Selected 属性，ColumnCount 属性用于指定列表框的列数，ListCount 属性用于统计列表框中数据条目的数目。Value 属性为被选中条目的内容，故选项 D 为正确答案。

（35）【答案】B【解析】要生成应用程序，可以单击项目上的"连编"，并选择"连编应用程序"按钮，则可以生成应用程序.APP 文件，故选项 B 为正确答案。

二、填空题

（1）【答案】数据库系统 或 数据库系统阶段 或 数据库 或 数据库阶段 或 数据库管理技术阶段【解析】在数据库系统管理阶段，数据是结构化的，是面向系统的，数据的冗余度小，从而节省了数据的存储空间，也减少了对数据的存取时间，提高了访问效率，避免了数据的不一致性，同时提高了数据的可扩充性和数据应用的灵活性；数据具有独立性，通过系统提供的映象功能，使数据具有两方面的独立性：一是物理独立性，二是逻辑独立性；保证了数据的完整性、安全性和并发性。综上所述，数据独立性最高的阶段是数据库系统管理阶段。

（2）【答案】对象【解析】类描述的是具有相似性质的一组对象。例如，每本具体的书是一个对象，而这些具体的书都有共同的性质，它们都属于更一般的概念"书"这一类对象。一个具体对象称为类的实例。

（3）【答案】需求分析【解析】软件生命周期包括：问题定义、可行性研究、需求分析、设计、编码、测试、运行与维护。

（4）【答案】DBC 或 .DBC

【答案】DBF 或 .DBF【解析】该类型题是常考题。在 Visual FoxPro 中数据库文件的扩展名是.DBC，数据库表文件的扩展名是.DBF。

（5）【答案】多对多 或 m:n【解析】实体之间的关系共分为三种：一对一关系、一对多关系、多对多关系。要区分实体之间的关系是属于哪种，最关键是分析清楚两个实体之间的对应关系。本题中的两个实体分别为比赛项目和运动员，他们之间的关系已由题干中明确说明，一个运动员可以参加多个比赛项目而一个比赛项目有多个运动员参加，这恰好符合实体之间的多对多关系的定义。

（6）【答案】插入【解析】在 Visual FoxPro 中参照完整性规则包括更新规则、删除规则和插入规则。

（7）【答案】SYSMENU【解析】将用户菜单返回到默认的系统菜单可以使用命令
```
SET SYSMENU TO DEFAULT。
```

（8）【答案】空【解析】在 Visual FoxPro 表中，必须保证主关键字的值不能在整个表的每一个记录中为空，即出现 NULL 值。

（9）【答案】ColumnCount【解析】ColumnCount 用来改变表单上表格对象中当前显示的列数；Visible 属性设置表单的是否可见。

（10）【答案】COLUMN【解析】本题考查表结构的修改，其命令格式为：
```
ALTER TABLE <表名>
```
如需要增加字段可以用 ADD COLUMN 短语。

（11）【答案】SCT 或 .SCT【解析】本题考查表单文件的类型。将设计好的表单存盘时，设计的表单将被保存在一个表单文件和一个表单备注文件里。表单文件的扩展名为.SCX，表单备注文件的扩展名为.SCT。

（12）【答案】TO A【解析】要将表的当前记录复制到数组，可以使用 SCATTER 命令。命令中使用 FIELD 短语来指定复制的字段项，并使用 TO 短语指定目标数组名。

（13）【答案】PUBLIC【解析】题目要求定义公共变量，则可以用 PUBLIC 来声明。同时请记住其他几种类型变量的声明方法，私有变量用 PRIVATE，局部变量用 LOCAL。

（14）【答案】.T. 或 逻辑真、或真 或 .Y.

【解析】函数 BETWEEN()用来判断一个表达式的值是否介于另外两个表达式的值之间，返回值为逻辑真（.T.）或逻辑假（.F.）。在本题中数值 40 介于 34 和 50 之间，因此表达式返回值为逻辑真（.T.）。

第 5 套全真模拟试卷

一、选择题

（1）数据的存储结构是指

A）存储在外存中的数据　　　　　B）数据所占的存储空间量

C）数据在计算机中的顺序存储方式

D）数据的逻辑结构在计算机中的表示

（2）在 Visual FoxPro 中"表"是指

A）报表　　　B）关系　　　C）表格　　　D）表单

（3）对于"关系"的描述，正确的是

A）同一个关系中允许有完全相同的元组

B）在一个关系中元组必须按关键字升序存放

C）在一个关系中必须将关键字作为该关系的第一个属性

D）同一个关系中不能出现相同的属性名

（4）对长度为 n 的线性表进行顺序查找，在最坏情况下所需要的比较次数为

A）$\log_2 n$　　　B）$n/2$　　　C）n　　　D）$n+1$

（5）在程序中不需要用 public 等命令明确声明和建立，可直接使用的内存变量是

A）局部变量　　B）公共变量　　C）私有变量　　D）全局变量

（6）在软件生命周期中，能准确确定软件系统必须做什么和必须具备哪些功能的阶段是

A）概要设计　　B）详细设计　　C）可行性分析　　D）需求分析

（7）Visual FoxPro 内存变量的数据类型不包括

A）数值型　　　B）货币型　　　C）备注型　　　D）逻辑型

（8）数据库设计的根本目标是要解决

A）数据共享问题　　　　　　　　B）数据安全问题

C）大量数据存储问题　　　　　　D）简化数据维护

（9）下面关于数据库系统的叙述正确的是

A）数据库系统减少了数据冗余　　B）数据库系统避免了一切冗余

C）数据库系统中数据的一致性是指数据类型的一致

D）数据库系统比文件系统能管理更多的数据

（10）数据库系统的核心是

A）数据模型　　　　　　　　　　B）数据库管理系统

C）数据库 D）数据库管理员

（11）在创建数据库表结构时，给该表指定了主索引，这属于数据完整性中的

A）参照完整性 B）实体完整性

C）域完整性 D）用户定义完整性

（12）在 Visual FoxPro 中，使用"菜单设计器"定义菜单，最后生成的菜单程序的扩展名是

A）MNX B）PRG C）MPR D）SPR

（13）查询订购单号首字符是 "P" 的订单信息，应该使用命令

A）SELECT * FROM 订单 WHERE HEAD(订购单号,1)="P"

B）SELECT * FROM 订单 WHERE LEFT(订购单号,1)="P"

C）SELECT * FROM 订单 WHERE "P"$订购单号

D）SELECT * FROM 订单 WHERE RIGHT(订购单号,1)="P"

（14）在 Visual FoxPro 中，打开数据库的命令是

A）OPFN DATABASE <数据库名> B）USE <数据库名>

C）USE DATABASE <数据库名> D）OPEN< 数据库名 >

（15）以下关于视图的叙述中，正确的是

A）只能根据自由表建立视图 B）只能根据数据库表建立视图

C）可以根据查询建立视图 D）数据库表和自由表都可以建立视图

（16）SQL 命令中建立表的命令是

A）CREATE VIEW B）CREATE LABEL

C）CREATE DABATE D）CREATE TABLE

（17）在 SQL 语句中，与表达式"仓库号 NOT IN("wh1","wh2")"功能相同的表达式是

A）仓库号="wh1" AND 仓库号="wh2"

B）仓库号!="wh1" OR 仓库号="wh2"

C）仓库号<>"wh1" OR 仓库号!="wh2"

D）仓库号!="wh1" AND 仓库号!="wh2"

（18）使数据库表变为自由表的命令是

A）DROP TABLE B）REMOVE TABLE

C）FREE TABLE D）RELEASE TABLE

（19）在 Visual FoxPro 中，创建一个名为 SDB.DBC 的数据库文件，使用的命令是

A）CREATE B）CREATE SDB

C）CREATE TABLE SDB D）CREATE DATABASE SDB

（20）下面关于类、对象、属性和方法的叙述中，错误的是

A）类是对一类相似对象的描述，这些对象具有相同种类的属性和方法

B）属性用于描述对象的状态，方法用于表示对象的行为

C）基于同一个类产生的两个对象可以分别设置自己的属性值

D）通过执行不同对象的同名方法，其结果必然是相同的

（21）根据"职工"项目文件生成 emp_sys.exe 应用程序的命令是

A）BUILD EXE emp_sys FROM 职工

B）BUILD APP emp_sys.exe FROM 职工

    C）LINK EXE emp_sys FROM　职工

    D）LINK APP emp_sys.exe FROM　职工

（22）如果指定参照完整性的删除规则为"级联"；则当删除父表中的记录时

    A）系统自动备份父表中被删除记录到一个新表中

    B）若子表中有相关记录，则禁止删除父表中记录

    C）会自动删除子表中所有相关记录

    D）不作参照完整性检查，删除父表记录与子表无关

（23）SUBSTR("ABCDEF"，3，2)的结果是

    A）AB   B）CD   C）FE   D）CB

（24）为了在报表中打印当前时间，这时应该插入一个

    A）表达式控件   B）域控件   C）标签控件   D）文本控件

（25）以下关于工作区的叙述中，哪个是正确的？

    A）一个工作区只能打开一个表   B）一个工作区最多可以打开 225 个表

    C）一个工作区最多可以打开 10 个表

    D）一个工作最多可以打开 32767 个表

（26）在命令窗口中，可用 DO 命令运行菜单程序的扩展名为

    A）FMT   B）MPR   C）MNX   D）FRM

（27）下列表达式中，返回结果为.F.的表达式是

    A）AT("A","BCD")   B）[信息]" $ "管理信息系统"

    C）ISNULL(.NULL.)   D）SUBSTR("计算机技术",3,2)

（28）如果学生表 STUDENT 是使用下面的 SQL 语句创建的

```
CREATE TABLE STUDENT(SNO C(4) PRIMARY KEY NOT NULL,;
  SN C(8), ;
  SEX C(2), ;
  AGE N(2) CHECK(AGE>15 AND AGE<30))
```

    下面的 SQL 语句中可以正确执行的是

    A）INSERT INTO STUDENT(SNO,SEX,AGE) VALUES　("S9","男",17)

    B）INSERT INTO STUDENT(SN,SEX,AGE) VALUES　("李安琦","男",20)

    C）INSERT INTO STUDENT(SEX,AGE) VALUES　("男",20)

    D）INSERT INTO STUDENT(SNO,SN) VALUES　("S9","安琦",16)

（29）以下程序为输入 50 个学生某门课程的成绩，并求出平均成绩

```
DIMENSION A (50 )
sum = 0
FOR i =l TO 50
  INPUT TO  A(i)
  _____
END FOR
Aver=sum/50
?"平均成绩为:",Aver
```

    程序空白处应填入

    A）sum =A(i)   B）sum =sum +A(i)

    C）sum =sum + i   D）sum =i

（30）在 SQL 的 SELECT 查询结果中，消除重复记录的方法是

A）通过指定主关系键　　　　　B）通过指定惟一索引
C）使用 DISTINCT 子句　　　　D）使用 HAVING 子句

（31）~（35）题使用如下表的数据：

部门表

部门号	部门名称
40	家用电器部
10	电视录摄像机部
20	电话手机部
30	计算机部

商品表

部门号	商品号	商品名称	单价	数量	产地
40	0101	A 牌电风扇	200.00	10	广东
40	0104	A 牌微波炉	350.00	10	广东
40	0105	B 牌微波炉	600.00	10	广东
20	1032	C 牌传真机	1000.00	20	上海
40	0107	D 牌微波炉_A	420.00	10	北京
20	0110	A 牌电话机	200.00	50	广东
20	0112	B 牌手机	2000.00	10	广东
40	0202	A 牌电冰箱	3000.00	2	广东
30	1041	B 牌计算机	6000.00	10	广东
30	0204	C 牌计算机	10000.00	10	上海

（31）SQL 语句

```
SELECT 部门号, MAX(单价*数量) FROM 商品表 GROUP BY 部门号
```

查询结果有几条记录？

A）1　　　　　　B）4　　　　　　C）3　　　　　　D）10

（32）SQL 语句

```
SELECT 产地, COUNT(*) 提供的商品种类数;
 FROM 商品表;
 WHERE 单价 > 200;
 GROUP BY 产地 HAVING COUNT(*)>=2;
 ORDER BY 2 DESC
```

查询结果的第一条记录的产地和提供的商品种类数是

A）北京，1　　　B）上海，2　　　C）广东，5　　　D）广东，7

（33）SQL 语句

```
SELECT 部门表.部门号, 部门名称, SUM(单价*数量) ;
 FROM 部门表, 商品表;
 WHERE 部门表.部门号 = 商品表.部门号;
 GROUP BY 部门表.部门号
```

查询结果是

A）各部门商品数量合计　　　　B）各部门商品金额合计
C）所有商品金额合计　　　　　D）各部门商品金额平均值

（34）SQL 语句

```
SELECT 部门表.部门号, 部门名称, 商品号, 商品名称, 单价;
  FROM 部门表, 商品表;
  WHERE 部门表.部门号 = 商品表.部门号;
  ORDER BY 部门表.部门号 DESC, 单价
```

查询结果的第一条记录的商品号是

A）0101　　　　　B）0202　　　　　C）0110　　　　　D）0112

（35）SQL 语句

```
SELECT 部门名称 FROM 部门表 WHERE 部门号 IN (SELECT 部门号,
  FROM 商品表 WHERE 单价 BETWEEN 420 AND 1000)
```

查询结果是

A）家用电器部、电话手机部　　　　　B）家用电器部、计算机部

C）电话手机部、电视录摄像机部　　　　　D）家用电器部、电视录摄像机部

二、填空题

（1）　Visual FoxPro 6.0 是一个_____位的数据库管理系统。

（2）　在 Visual FoxPro 中项目文件的扩展名是_____。

（3）　常量.n.表示的是_____型的数据。

（4）　弹出式菜单可以分组，插入分组线的方法是在"菜单名称"项中输入_____两个字符。

（5）　运行表单时，Load 事件是在 Init 事件之_____被引发。

（6）　想要定义标签控件的 Caption 显示效果的大小，要定义标签属性的_____。

（7）　在 SQL 的嵌套查询中，量词有 ANY，_____，_____。

（8）　在 SQL 的 SELECT 查询中使用_____子句消除查询结果中的重复记录。

（9）　在 Visual FoxPro 文件中，CREATE DATABASE 命令创建一个扩展名为_____的数据库。

设有如下说明，请回答（10）~（12）小题：

有三个数据库表：

金牌榜.DBF　　　　　国家代码 C(3)，金牌数 I，银牌数 I，铜牌数 I

获奖牌情况.DBF　　　　　国家代码 C(3)，运动员名称 C(20)，项目名称 C(30)，名次 I

国家.DBF　　　　　国家代码 C(3)，国家名称 C(20)

"金牌榜"表中一个国家一条记录；"获奖牌情况"表中每个项目中的各个名次都有一条记录，名次只取前 3 名，例如：

国家代码	运动员名称	项目名称	名次
001	刘翔	男子 110 米栏	1
001	李小鹏	男子双杠	3
002	菲尔普斯	游泳男子 200 米自由泳	3
002	菲尔普斯	游泳男子 400 米个人混合泳	1
001	郭晶晶	女子三米板跳板	1
001	李婷/孙甜甜	网球女子双打	1

（10）　为表"金牌榜"增加一个字段"奖牌总数"，同时为该字段设置有效性规则：奖牌总数>=0，应使用 SQL 语句：

ALTER TABLE 金牌榜 _____ 奖牌总数 I _____ 奖牌总数>=0

（11） 使用"获奖牌情况"和"国家"两个表查询"中国"所获金牌（名次为 1）的数量，应使用 SQL 语句：

SELECT COUNT(*) FROM 国家 INNER JOIN 获奖牌情况;

_____ 国家.国家代码 = 获奖牌情况.国家代码;

WHERE 国家.国家名称 = "中国" AND 名次=1

（12） 将金牌榜.DBF 中的新增加的字段奖牌总数设置为金牌数、银牌数、铜牌数 3 项的和，应使用 SQL 语句

_____ 金牌榜 _____ 奖牌总数=金牌数+银牌数+铜牌数

第 5 套全真模拟试卷解析

一、选择题

（1）【答案】D【解析】数据的逻辑结构在计算机存储空间中的存放形式称为数据的存储结构，也称数据的物理结构。所以选项 D 正确。

（2）【答案】B【解析】本题是对 Visual FoxPro 基本概念的考查，考查"表"的概念。在 Visual FoxPro 中，用表这个概念来表示数据库理论中的关系，数据库中的数据就是由表的集合构成的，因此正确答案为选项 B。

（3）【答案】D【解析】本题考查考生对关系的理解。选项 A、B、C 都是错误的，同一个关系中，不允许有完全相同的元组，其元组的顺序是任意的，另外，关系的属性次序与是否为关键字无关，因此可以得出答案为选项 D。

（4）【答案】C【解析】在长度为 n 的线性表中进行顺序查找，最坏情况下需要比较 n 次。选项 C 正确。

（5）【答案】C【解析】私有变量在程序中直接使用，无需使用 PUBLIC 和 LOCAL 命令事先声明，是由系统自动隐含建立的变量。因此选项 C 为正确答案。局部变量通过 LOCAL 命令来声明，公共变量通过 PUBLIC 来声明。

（6）【答案】D【解析】需求分析阶段是对待开发软件提出的需求进行分析并给出详细定义，写软件规格说明书及初步的用户手册，提交评审。所以，能准确确定软件系统必须做什么和必须具备哪些功能的阶段是需求分析阶段。

（7）【答案】C【解析】本题考查考生对内存变量的理解和掌握。在 Visual FoxPro 中，数据类型包括字符型、数值型、货币型、逻辑型、日期型和日期时间型，内存变量的数据类型不包括备注型，故选项 C 是正确答案。

（8）【答案】A【解析】本题考核数据库技术的根本目标，属于记忆性题目，很简单。数据库技术的根本目标就是要解决数据的共享问题，选项 A 正确。

（9）【答案】A【解析】数据库管理系统只能减少数据的冗余，但不可能完全避免冗余。数据的一致性是指在系统中同一数据的不同出现应保持相同的值。

（10）【答案】B【解析】数据库管理系统（DBMS）是整个数据库系统的核心，它对数据库中的数据进行管理，还在用户的个别应用与整体数据库之间起接口作用。选项 B 正确。

（11）【答案】B【解析】实体完整性是为了保证表中记录惟一的特性，在 Visual FoxPro 中利用主关键字或侯选关键字保证表中记录的惟一性，即保证实体完整性，故选项 B 为正确答案。

（12）【答案】C【解析】在 Visual FoxPro 中，使用"菜单设计器"所定义的菜单保存在.MNX 文件中，系统会根据菜单定义文件，生成可执行的菜单程序文件，其扩展名为.MPR，因此答案 C 正确；选项 B 为程序文件；选项 D 为屏幕文件。

（13）【答案】B【解析】4 个选项中，选项 B 中的函数 LEFT(订购单号,1)的功能是取出订购单号的首字符，将该查询条件置于 SQL 的 WHERE 子句，

能够实现题目所要求的条件查询，故选项 B 为正确答案。选项 C 的查询条件："P" $订购单号，表示"P"在订购单号中出现，选项 D 的查询条件：RIGHT(订购单号，1)="P"，表示订购单号尾字符为"P"。

（14）【答案】A【解析】打开数据库的命令为OPEN DATABASE,USE 命令是用来打开一个数据表文件，故选项 A 为正确答案。

（15）【答案】D【解析】在 Visual FoxPro 中，视图不仅可以根据数据库表和自由表建立，还可以根据其他视图建立。故选项 D 为正确答案。

（16）【答案】D【解析】SQL 命令中建立表文件的命令是 CREATE TABLE,它可以实现表设计器所完成的所有功能。故选项 D 为正确答案。

（17）【答案】D【解析】题干中给出的表达式："仓库号 NOT IN ("wh1", "wh2")"表示仓库号不是"wh1"并且不是"wh2"。符号"! ="表示的是不等于，因此正确答案为选项 D。选项 A 表示仓库号等于"wh1"并且等于"wh2"，选项 B 表示仓库号不等于"wh1"或者等于"wh2"。选项 C 表示仓库号不等于"wh1"或者不等于"wh2"。因此选项 D 为正确答案。

（18）【答案】B【解析】本题考查自由表的操作命令。当数据库不再使用某个表，而其他数据库要使用该表时，必须将该表从当前数据库移出，使之成为自由表，其命令格式为：

REMOVE TABLE <表名>

故选项 B 为正确答案。

（19）【答案】D【解析】本题考查创建数据库文件的命令。创建数据库的命令格式是：

CREATE DATABASE<数据库名>

选项 A 是打开表设计器；选项 B 是打开 SDB表设计器；选项 C 是用 SQL 命令创建 SDB 表。正确答案为 D。

（20）【答案】D【解析】类是具有相同属性和相同操作的对象的集合。对每个基类，系统都规定了应具有的属性，指定了可使用方法和驱动事件。同一类产生不同对象的属性可以分别设置，属性也称特性，用于描述类的性质、状态；而方法是用于

表示对象的行为。根据这些概念就不难得出正确选项是 D。

（21）【答案】A【解析】本题考查在 Visual FoxPro中应用程序的编译方法。在 Visual FoxPro 中，可以使用 BUILD EXE 命令来连编应用程序,其命令格式为：

BUILD EXE 或 BUILD APP

用户还可以通过 FROM <项目名>来指定用于生成应用程序的项目文件。

故选项 A 为正确答案，而选项 B 会生成名为emp_sys.exe.exe 的可执行文件，与题干不符。

（22）【答案】C【解析】在 Visual FoxPro 中对参照完整性的删除规则所作的规定是：如果指定参照完整性的删除规则为"级联"，则当删除父表中的记录时，会自动删除子表中所有相关记录，故选项 C 为正确答案。

（23）【答案】B【解析】该函数的功能是从指定表达式值的指定起始位置取指定长度的子串作为函数值。因此 SUBSTR("ABCDEF", 3, 2)的结果是表示从"ABCDEF"字符串的左边第 3 个字符开始，连续取两个字符。故选项 B 为正确答案。

（24）【答案】B【解析】域控件用于打印表或视图中的字段，变量和表达式的计算结果。故选项 B为正确答案。

（25）【答案】A【解析】在 Visual FoxPro 中，共有 32767 个工作区，一个工作区只能打开一个表，要想打开多个表，只能在不同的工作区中打开，故选项 A 为正确答案。

（26）【答案】B【解析】菜单文件的执行方式可以用命令的方式完成。当生成的可执行菜单文件(.MPR)后可直接在命令窗口中通过 DO 命令执行，故选项 B 为正确答案。

（27）【答案】B【解析】本题考查的是一些常用函数的返回值，属于常考题目。AT()返回字符串 1在字符串 2 中的位置，如果字符串 2 中不包括字符串 1,则函数返回值为 0,A 选项返回值为 0; ISNULL()判断表达式运算结果是否为空，若空则返回逻辑真，C 选项返回值为真；SUBSTR()返回从字符表达式的起始位置取出的一个指定长度的字串,不是逻辑值,

故排除 D；故正确答案为选项 B。

（28）【答案】A【解析】题干中创建表的 SQL 语句使用了短语 PRIMARY KEY，将 SNO 字段规定为主索引字段，同时使用短语 NOT NULL，规定在该字段中不允许出现空值，因此选项 B、C 都是错误的；而选项 D 的错误在于，语句中的 VALUES 后面所描述的插入记录值，与题干中所创建的字段不符；正确选项为 A，能够实现插入记录的操作。

（29）【答案】B【解析】本题是一个简单的统计程序。题目中要输入 50 个数据，因此可以设置一个循环，其循环次数为 50 次，每循环一次，就输入一个数据到 A(i)数组元素中，同时要将该数据累加到 sum 变量中，即执行 sum=sum+A(i)语句，程序中的 sum 变量起到了计数器的作用，故选项 B 为正确答案。

（30）【答案】C【解析】SQL 的数据查询语句格式：

SELECT [ALL|DISTINCT] [表别名] FROM [数据库名] WHERE 条件
GROUP BY 列名 HAVING 条件表达式

DISTINCT 的作用是去掉查询结果中的重复值。故选项 C 为正确答案。

（31）【答案】C【解析】本题中 SQL 语句的功能是：在商品表中按部门号进行分组，分组后从每个组中查询出单价和数量乘积最大的记录，从原始表中可以看出，表中有 3 个部门号，所以该 SQL 执行后应该有 3 条记录，正确选项为 C。

（32）【答案】C【解析】题目中所写出的 SQL 语句的功能是：在商品表中查询那些提供的商品单价大于 200 元，并且提供两种以上商品的产地，并按照提供的商品种类数降序排列，从原始数据表中可以计算出，满足条件的记录为产地为广东，商品种类个数为 5，选项 C 正确。

（33）【答案】B【解析】该语句利用 SUM() 函数在商品表中查询各部门商品的金额合计，该题涉及多表查询，其执行过程是，从部门表中选取部门号和部门名称以及单价和数量字段，乘积后求和，查询出的记录同时要满足部门号字段和商品表中的部门号相等。GROUP BY 后的分组字段是部门号，

因此它计算的是各个部门商品金额的合计。

（34）【答案】A【解析】该 SELECT 语句的功能是在部门表和商品表两个表中查询，利用 SUM() 函数在商品表中查询各部门商品金额合计，并将结果按照部门表中的部门号降序排列，单价字段作为排序的次关键字。因此，所选出记录的商品号应该是 0101，选项 A 是正确答案。

（35）【答案】A【解析】该语句的执行过程是，首先在内层查询中查找哪个部门的商品单价在 420 元和 1000 元之间，并检索出部门号，然后，在外层查询在部门表中，查找出与之对应的部门名称，因此选项 A 正确。

二、填空题

（1）【答案】32 位【解析】Visual FoxPro 是可运行在 Windows 98、Windows NT 等平台的 32 位数据库开发系统，能充分发挥 32 位微处理器的强大功能。

（2）【答案】pjx 或 .pjx【解析】Visual FoxPro 项目文件的扩展名是 pjx 或.pjx。

（3）【答案】逻辑 或 布尔【解析】逻辑型数据只有逻辑真和逻辑假两个值。逻辑真的常量表示形式有：.T.、.t.、

.Y.和.y.。逻辑假的常量表示形式有：.F.、.f.、.N.和.n.。

（4）【答案】\- 或 "\-" 或 '\-' 【解析】本题考查 Visual FoxPro 中菜单设计的掌握。在对弹出式菜单分组时，需要在"菜单名称"项中输入"\-"两个字符。

（5）【答案】前【解析】本题考查表单的 Load 事件和 Init 事件的执行次序。运行表单时，事件的引发次序是 Load 事件是在 Init 事件之前引发。

（6）【答案】FrontSize【解析】在表单控件中，几乎所有的控件标题显示效果的大小，都是通过 FrontSize 属性控制的。

（7）【答案】SOME

【答案】ALL【解析】在 SQL SELECT 嵌套查询语句中，可使用谓语和量词，其中 ANY、SOME、ALL 是量词，ANY 和 SOME 是同义的。

（8）【答案】DISTINCT【解析】本题考查 SQL 的查询命令的书写方法。SQL 的数据查询语句格式：

SELECT[ALL|DISTINCT][表 别 名]FROM[数据库名]WHERE 条件

GROUP BY 列名 HAVING 条件表达式

DISTINCT 的作用是去掉查询结果中的重复值。

（9）【答案】.DBC 或 DBC【解析】本题考查 Visual FoxPro 中数据库文件的扩展名，属常考题目。Visual FoxPro 中数据库的扩展名是.DBC，请注意和数据表文件的区别，数据表文件的扩展名为.DBF。

（10）【答案】ADD 或 ADD COLUMN

【答案】CHECK【解析】本题考查使用 SQL 语句设置字段有效性规则的语法格式。为表的字段设置有效性规则，可以使用 SQL 语句实现，其命令格式为：

ALTER TABLE <表名> ALTER <字段名> SET CHECK <表达式>

如需要增加字段可以用 ADD 或 ADD COLUMN 短语。

（11）【答案】ON【解析】本题考查 SQL 实现连接操作的命令。SQL 中实现连接的命令格式为：

SELECT…FROM <表名> INNER JOIN <表名> ON <连接表达式> WHERE…国家.国家代码 = 获奖牌情况.国家代码

是连接表达式，所以前面应写 ON。

（12）【答案】UPDATE

【答案】SET【解析】SQL 中的 UPDATE 命令可以实现对数据表的字段的更新操作。语句中的 SET 子句后面的表达式指明具体的修改方法。

第 6 套全真模拟试卷

一、选择题

（1）算法的时间复杂度是指

A）执行算法程序所需要的时间　　　B）算法程序的长度

C）算法执行过程中所需要的基本运算次数

D）算法程序中的指令条数

（2）从关系模式中指定若干个属性组成新的关系的运算称为

A）连接　　　　B）投影　　　　C）选择　　　　D）排序

（3）Visual FoxPro 支持的数据模型是

A）层次数据模型　　　　B）关系数据模型

C）网状数据模型　　　　D）树状数据模型

（4）在表设计器的"字段"选项卡中可以创建的索引是

A）惟一索引　　　　B）候选索引

C）主索引　　　　D）普通索引

（5）下列对于软件测试的描述中正确的是

A）软件测试的目的是证明程序是否正确

B）软件测试的目的是使程序运行结果正确

C）软件测试的目的是尽可能多地发现程序中的错误

D）软件测试的目的是使程序符合结构化原则

（6）软件测试的目的是

A）证明软件系统中存在错误

B）找出软件系统中存在的所有错误

C）尽可能多地发现系统中的错误和缺陷

D）证明软件的正确性

（7）下列程序段的输出结果是

```
CLEAR
STORE 10 TO A
STORE 20 TO B
SET UDFPARMS TO REFERENCE
DO SWAP WITH A,(B)
?A,B
PROCEDURE SWAP
PARAMETERS X1,X2
   TEMP=X1
   X1=X2
   X2=TEMP
ENDPROC
```

A）10　20　　　　　　　　　　B）20　20

C）20　10　　　　　　　　　　D）10　10

（8）　使用调试器调试第(7)小题的程序，如果想在过程 SWAP 执行时观察 X1 的值，可以在其中安置一条命令，程序执行到该命令时，系统将计算 X1 的值，并将结果在调试输出窗口中显示，这条命令的正确写法是

A）DEBUGOUT X1　　　　　　B）DEBUG X1

C）OUT X1　　　　　　　　　D）TEST X1

（9）下列叙述中正确的是

A）数据库系统是一个独立的系统，不需要操作系统的支持

B）数据库设计是指设计数据库管理系统

C）数据库技术的根本目标是要解决数据共享的问题

D）数据库系统中，数据的物理结构必须与逻辑结构一致

（10）实体—联系模型中，实体与实体之间的联系不可以是

A）一对一关系　　　　　　　B）多对多关系

C）一对多关系　　　　　　　D）一对零关系

（11）在学生表中共有 100 条记录，执行如下命令，执行结果将是

```
INDEX ON-总分 TO ZF
SET INDEX TO ZF
GO TOP
DISPLAY
```

A）显示的记录号是 1　　　　　B）显示分数最高的记录号

C）显示的记录号是 100　　　　D）显示分数最低的记录号

（12）　如果一个表达式包含算术运算、关系运算、逻辑运算和字符运算时,运算的先后顺序是

A）算术运算→关系运算→逻辑运算→字符运算

B）算术运算→字符运算→关系运算→逻辑运算

C）逻辑运算→关系运算→算术运算→字符运算

D）字符运算→算术运算→逻辑运算→关系运算

（13）　在 Visual FoxPro 中，使用 SQL 命令将学生表 STUDENT 中的学生年龄 AGE 字段的值

增加 1 岁，应该使用的命令是

　　A）REPLACE AGE WITH AGE+1

　　B）UPDATE STUDENT AGE WITH AGE+1

　　C）UPDATE SET AGE WITH AGE+1

　　D）UPDATE STUDENT SET AGE=AGE+1

（14）在"命令窗口"中输入下列命令：

```
SET MARK TO [-]
SET CENTURY ON
?{^2003-04-13}
```

　　屏幕上的显示结果是

　　A）04-13-2003　　　　　　　　　B）04-13-03

　　C）04/13/2003　　　　　　　　　D）04/13/03

（15）　设当前表有 10 条记录，若要在第 5 条记录的前面插入一条记录，在执行 GO 5 后再执行如下命令

　　A）INSERT　　　　　　　　B）INSERT BLANK

　　C）INSERT BEFORE　　　　　D）APPEND BEFORE

（16）在指定字段或表达式中不允许出现重复值的索引是

　　A）惟一索引　　　　　　　　　B）惟一索引和候选索引

　　C）惟一索引和主索引　　　　　D）主索引和候选索引

（17）在 Visual FoxPro 中，为了将表单从内存中释放（清除），可将表单中退出命令按钮的 Click 事件代码设置为

　　A）ThisForm.Refresh　　　　　B）ThisForm.Delete

　　C）ThisForm.Hide　　　　　　D）ThisForm.Release

（18）打开表并设置当前有效索引（相关索引已建立）的正确命令是

　　A）ORDER student IN 2 INDEX 学号　　B）USE student IN 2 ORDER 学号

　　C）INDEX 学号 ORDER student　　　　D）USE student IN 2

（19）同一个表的全部备注字段内容存储在（　　）文件中。

　　A）不同的备注　　　　　　　　B）同一个表

　　C）同一个备注　　　　　　　　D）同一个数据库

（20）在 Visual FoxPro 中，存储图像的字段类型应该是

　　A）备注型　　　　　　　　　　B）通用型

　　C）字符型　　　　　　　　　　D）双精度型

（21）在 Visual FoxPro 中，下面 4 个关于日期或日期时间的表达式中，错误的是

　　A）{^2002.09.01 11:10:10AM}-{^2001.09.01 11:10:10AM}

　　B）{^01/01/2002}+20

　　C）{^2002.02.01}+{^2001.02.01}

　　D）{^2002/02/01}-{^2001/02/01}

（22）设当前内存中有打开的表及索引，且表中有若干条记录，使用 GO TOP 命令后，当前记录指针所指的记录号是

　　A）0　　　　　　B）1　　　　　　C）2　　　　　　D）不知道

（23）以下关于关系的说法正确的是

    A）列的次序非常重要　　　　　　　B）当需要索引时列的次序非常重要

    C）列的次序无关紧要　　　　　　　D）关键字必须指定为第一列

（24）新创建的表单默认标题为 Form1，为了修改表单的标题，应设置表单的

    A）Name 属性　　　　　　　　　　B）Caption 属性

    C）Closable 属性　　　　　　　　　D）AlwaysOnTop 属性

（25）当前打开的图书表中有字符型字段"图书号"，要求将图书号以字母 A 开头的图书记录全部打上删除标记，通常可以使用命令

    A）DELETE FOR 图书号="A"　B）DELETE WHILE 图书号="A"

    C）DELETE FOR 图书号="A*"　　D）DELETE FOR 图书号 LIKE "A%"

（26）为了从用户菜单返回到系统菜单应该使用命令

    A）SET DEFAULT SYSTEM　　　　B）SET MENU TO DEFAULT

    C）SET SYSTEM TO DEFAULT　　　D）SET SYSMENU TO DEFAULF

（27）报表中的数据源包括

    A）数据库表、自由表和查询　　　　B）数据库表、自由表

    C）数据库表、自由表、视图　　　　D）数据库表、自由表、视图、查询

（28）向项目中添加表单，应该使用项目管理器的

    A）"代码"选项卡　　　　　　　　B）"类"选项卡

    C）"数据"选项卡　　　　　　　　D）"文档"选项卡

（29）有如下 SQL 语句：

```
CREATE VIEW view ticket AS SELECT 始发点 AS 名称, 票价 FROM ticket
```

执行该语句后产生的视图含有的字段名是

    A）始发点、票价　　　　　　　　B）名称、票价

    C）名称、票价、终点　　　　　　D）始发点、票价、终点

（30）要将组合框设置成允许编辑，应进行设置的属性是

    A）Style　　　　　　　　　　　　B）ContolSource

    C）Enabled　　　　　　　　　　　D）Value

（31）在 Visual FoxPro 中，以下有关 SQL 的 SELECT 语句的叙述中，错误的是

    A）SELECT 子句中可以包含表中的列和表达式

    B）SELECT 子句中可以使用别名

    C）SELECT 子句规定了结果集中的列顺序

    D）SELECT 子句中列的顺序应该与表中列的顺序一致

（32）下列关于 SQL 中 HAVING 子句的描述，错误的是

    A）HAVING 子句必须与 GROUP BY 子句同时使用

    B）HAVING 子句与 GROUP BY 子句无关

    C）使用 WHERE 子句的同时可以使用 HAVING 子句

    D）使用 HAVING 子句的作用是限定分组的条件

（33）求每个终点的平均票价的 SQL 语句是：

    A）SELECT 终点, avg（票价）FROM ticket GROUP BY 票价

B）SELECT 终点，avg（票价）FROM ticket ORDER BY 票价

C）SELECT 终点，avg（票价）FROM ticket ORDER BY 终点

D）SELECT 终点，avg（票价）FROM ticket GROUP BY 终点

（34）在以下关于过程调用的叙述中，正确的是

A）实参与形参的个数必须相等

B）当实参的个数多于形参个数时，多余的实参将被忽略

C）在过程调用中，只能按值传送

D）在过程调用中，只能按地址传送

（35）在 Visual FoxPro 环境中，建立命令文件的命令是

A）MODIFY < 文件名 >

B）MODIFY COMMAND < 文件名 >

C）MODIFY PROCEDURE < 文件名 >

D）MODIFY FUNCTION < 文件名 >

二、填空题

（1）　用二维表数据来表示实体之间联系的数据模型称为_____。

（2）　按照逻辑结构分类，数据结构可分为线性结构和非线性结构，队列属于_____。

（3）　若按功能划分，软件测试的方法通常分为白盒测试方法和_____测试方法。

（4）　在 Visual FoxPro 中参数传递的方式有两种，一种是按值传递，另一种是按引用传递，将参数设置为按引用传递的语句是：SET UDFPARMS_____。

（5）　问题处理方案的正确而完整的描述称为_____。

（6）　在 SQL SELECT 语句中将查询结果存放在一个表中应该使用_____子句（关键字必须拼写完整）。

（7）　能够将表单的 Visible 属性设置为.T.，并使表单成为活动对象的方法是_____。

（8）　打开库文件的同时打开了索引文件，命令"GO TO 3"的功能是_____，命令"SKIP 3"的功能是_____。

（9）　表示"1962 年 10 月 27 日"的日期常量应该写为_____。

（10）　如果想为表单换一个标题，可以在属性窗口中选取_____属性。

（11）　从职工数据库表中计算工资合计的 SQL 语句是

```
SELECT_____FROM 职工
```

（12）　在 Visual FoxPro 中，使用 SQL 语言的 ALTER TABLE 命令给学生表 STUDENT 增加一个 Email 字段，长度为 30，命令是（关键字必须拼写完整）。

```
ALTER TABLE STUDENT_____Email C(30)
```

（13）　在 SQL 的 SELECT 语句进行分组计算查询时，可以使用_____子句来去掉不满足条件的分组。

（14）　在 Visual FoxPro 中如下程序的运行结果（即执行命令 DO main 后）是_____。

```
*程序文件名：main.prg
SET TALK OFF
CLOSE ALL
CLEAR ALL
mX="Visual FoxPro"
```

```
mY="二级"
DO. s1
?mY+mX
RETURN


*子程序文件名：s1.prg
PROCEDURE s1
LOCAL mX
mX="Visual FoxPro DBMS 考试"
mY="计算机等级"+mY
RETURN
```

第 6 套全真模拟试卷解析

一、选择题

（1）【答案】C【解析】算法的时间复杂度是指执行算法所需要的计算工作量，也就是算法在执行过程中所执行的基本运算的次数，而不是指程序运行需要的时间或是程序的长度。

（2）【答案】B【解析】本题考查专门关系运算。专门的关系运算有三种：选择、投影和连接。投影运算是从关系模式中指定若干个属性组成新的关系。选择是从关系中找出满足给定条件的元组，连接是将两个关系模式拼接成一个更宽的模式，生成的新关系包含满足联接条件的元组。因此正确答案为选项 B。

（3）【答案】B【解析】本题考查考生对数据模型的几种类型的掌握。所谓数据模型，就是指存储数据的数据结构。常用的数据模型有三种：层次模型、网状模型和关系模型。Visual FoxPro 系统数据库中采用的数据模型是关系模型。

（4）【答案】D【解析】本题考查考生对表设计器的掌握。使用表设计器的"字段"选项卡，可以创建普通索引。故选项 D 为正确答案。

（5）【答案】C【解析】软件测试的目标是在精心控制的环境下执行程序，以发现程序中的错误，给出程序可靠性的鉴定。测试不是为了证明程序是正确的，而是在设想程序有错误的前提下进行的，其目的是设法暴露程序中的错误和缺陷。可见选项 C 的说法正确。

（6）【答案】C【解析】软件测试的目的不是证明系统的正确或是系统中的错误，而是要发现错误以使编程人员能够改正。系统中的错误和缺陷往往受到很多偶然因素的影响，不可能完全发现，只能是尽可能地发现并改正。

（7）【答案】B【解析】本题考查参数传递以及模块的调用。命令 SET UDFPARAMS TO REFERENCE 用来设置参数传递方式为按引用传递。也就是说，当形参变量值改变时，实参变量也要随之改变。但是由于本题采用的调用方式是：DO WITH，所以调用方式不受参数 UDFPARAMS 的影响。调用过程中变量 A 是按引用传递，变量 B 用括号括起来，因此 B 始终是按值传递。模块 SWAP 的功能是将两个变量交换。程序开始时变量 A 和 B 的值分别为 10 和 20，执行模块 SWAP 之后将 A 和 B 交换，由于变量 A 是按引用传递，因此交换后变量 A 指向 B 的地址，因此返回主程序后 A 的值为 20，变量 B 为按值传递，模块结束后，其值仍为 20，因此返回主程序后，变量 A 和 B 指向同一个地址，其值均为 20。故选项 B 是正确答案。

（8）【答案】A【解析】本题考查常用的调试命令。在模块程序中，可放置一些 DEBUGOUT 命令：其格式为：

```
DEBUGOUT    <表达式>
```

当模块程序调试执行到此命令时，会计算出表达式的值，并将结果送入调试输出窗口。因此选项 A 为正确答案。

（9）【答案】C【解析】A 选项，数据库系统需要操作系统的支持，必不可少，故其叙述不正确。B 选项错误，数据库设计是指设计一个能满足用户要求，性能良好的数据库。D 选项也不对，数据库应该具有物理独立性和逻辑独立性，改变其一而不影响另一个。正确答案为C。

（10）【答案】D【解析】实体—联系模型中实体与实体之间的联系有一对一关系（1:1），一对多或多对一关系（1:m 或 m:1），多对多关系（m:n），其中一对一关系是最常用的关系。

（11）【答案】B【解析】本题考查对索引的理解。利用命令 INDEX 建立总分降序的索引后，表的记录已经按照总分降序排列，执行命令 GO TOP 将指针移至排序后的第一条记录，该记录就是总分最高的记录，故选项 B 为正确答案。

（12）【答案】B【解析】在一个含有各种运算的表达式中，它们运算的优先顺序是：算术运算→字符运算和日期时间运算→关系运算→逻辑运算。故选项 B 为正确答案。

（13）【答案】D【解析】本题考查 SQL 语句中 UPDATA 语句的功能和使用。选项 A 的错误在于，它是普通的修改命令，在缺少短语 ALL 情况下，只能修改当前的记录；选项 B 的错误在于不应该使用 WITH 短语；选项 C 则没有指明对 STUDENT 表进行操作，并且不应该使用短语 WITH；选项 D 是实现题目要求的正确书写方法，故选项 D 为正确答案。

（14）【答案】A【解析】SET MARK TO 命令的功能是设置日期的分隔符，如果在该命令中省略分隔符，表示恢复系统默认的分隔符"/"。SET CENTURY 命令用于设置年份的位数，当取 ON 时为 4 位年份，取 OFF 时为 2 位年份，故选项 A 为正确答案。

（15）【答案】C【解析】在 Visual FoxPro 中，只有 INSERT 命令可在表的中间插入记录。INSERT 命令中的 BEFORE 选项如果被省略，将在当前指针的后面插入一条记录，反之在当前记录的前面插入一条空记录，故选项 C 为正确答案。

（16）【答案】D【解析】本题考查的是对索引概念的理解，属常考题。主索引是对主关键字建立的索引，字段中不允许有重复值。侯选索引也是不允许在指定字段和表达式中出现重复值的索引。惟一索引和普通索引允许关键字值的重复出现。选项 D 为正确答案。

（17）【答案】D【解析】本题考查如何利用命令按钮的事件和表单的方法将表单从内存中释放。使用表单的 RELEASE 方法，可以将表单从内存中释放（清除）表单，因此可以在命令按钮的 Click 事件中输入 ThisForm.Release，正确答案为选项 D。

（18）【答案】B【解析】本题考查索引的常用操作命令。在 Visual FoxPro 中，打开表用 USE 命令，设置当前索引用 ORDER 命令。故选项 B 正确。选项 D 仅表示在 2 号工作区上打开数据表。其他选项无意义。

（19）【答案】C【解析】在 Visual FoxPro 中，备注字段和通用字段的值并不保存在表文件中，而是保存在一个与表文件主名相同的备注文件中，表文件中保存的仅仅是一个指向备注文件的链接指针。故选项 C 为正确答案。

（20）【答案】B【解析】本题考查 Visual FoxPro 中存储图像的字段类型。在 Visual FoxPro 中，用于存储电子表格、文档、图片等 OLE 对象应该使用的字段类型是通用型。答案 B 正确。

（21）【答案】C【解析】本题考查对日期型数据运算的掌握。{YYYY-MM-DD}是一个标准的日期型数据格式。选项 A 用来求出两个日期相差的秒数；选项 B 表示对给定日期求 20 天后的日期；选项 D 用于求出两个时间日期相差的天数。这些都是合法的日期型表达式，只有选项 C 的书写是不合法的，正确答案为选项 C。

（22）【答案】D【解析】在没有主索引的情况下，执行 GO TOP 后，当前记录指针所指的记录号是 1。但是，如果当前内存中有主控索引，记录的排列将按索引的逻辑顺序进行，这时首条记录的记录号是逻辑上第一条记录的记录号不一定是 1，故选项 D 为正确答案。

（23）【答案】C【解析】本题考查考生对关系的理解。在数据库理论中，关系的列次序不会影响关系的本质内容，也就是说列上的次序是可以调换的，故选项 C 为正确答案。

（24）【答案】B【解析】本题考查表单的 Caption 属性。在 Visual FoxPro 中，表单的 Caption 属性用来指定标题内容。修改 Caption 属性可以修改标题内容。故选项 C 为正确答案。选项 A 是指定表单的名字，选项 C 中的 Closable 的属性指定表单是否可以通过单击关闭按钮或双击控制菜单框来关闭表单。选项 D 中的 AlwaysOnTop 属性指定表单是否总是位于其他打开窗口之上。

（25）【答案】A【解析】本题是考查对 Visual FoxPro 中传统删除命令 DELETE 语句条件书写格式的掌握。DELETE 语句的命令格式为：

```
DELETE [<范围>] [FOR<条件>|WHILE<条件>]
```

FOR<条件>是对表文件指定范围内满足条件的记录进行操作；WHILE<条件>也是对表文件指定范围内满足条件的记录进行操作，当第一次遇到不满足条件记录时停止向后运行，故选项 B 排除；*和%是 Windows 的统配符，Visual FoxPro 不支持，所以选项 A 为正确答案。

（26）【答案】D【解析】本题考查对 Visual FoxPro 中菜单设计的掌握。在 Visual FoxPro 中，从用户菜单返回到系统菜单使用命令：

```
SET SYSMENU TO DEFAULT
```

故选项 D 为正确答案。

（27）【答案】D【解析】在 Visual FoxPro 中，报表与一定的数据源相联系。报表的数据源包括数据库表、自由表、视图和查询，故选项 D 为正确答案。

（28）【答案】D【解析】本题考查对 Visual FoxPro 中项目管理器的掌握。向项目中添加表单，应该使用项目管理器的"文档"选项卡，因此选项 D 为正确答案。

（29）【答案】B【解析】本题考查对创建视图命令的理解。题中创建视图的 SQL 语句为

```
CREATE VIEW view_ticket AS SELECT
始发点 AS 名称，票价 FROM ticket
```

执行该语句后产生的视图含有的字段名是名称、票价。简单的方法可以直接从 AS 短语后面的关键字来判断，故选项 B 为正确答案。

（30）【答案】A【解析】ControlSource 属性指定一个字段或变量以保存从列表框中的选择结果。Enabled 属性设置当前列表项是否可用。Value 属性返回列表框中被选中的列表项，故选项 A 为正确答案

案。

（31）【答案】D【解析】本题考查的是对 SQL 的 SELECT 语句的掌握，是常考知识点。SELECT 子句的列顺序结果和书写 SELECT 子句的字段顺序一致，和表中字段顺序没有关系。故选项 D 为正确答案。

（32）【答案】B【解析】本题考查的是对 SQL 的 HAVING 子句的掌握，是常考知识点。HAVING 子句总是跟在 GROUP BY 子句之后，不可以单独使用，利用 HAVING 子句设置当分组满足某个条件时才检索，在查询中，首先利用 WHERE 子句限定元组，然后再进行分组，最后再利用 HAVING 子句限定分组。因此正确答案为选项 B。

（33）【答案】D【解析】根据题目的要求，求每个终点的平均票价，则按不同的终点分组查询，用 AVG()函数计算每组的平均票价值，故正确 SQL 语句是：

```
SELECT 终点，avg（票价）FROM ticket
GROUP BY 终点
```

故选项 D 为正确答案。

（34）【答案】B【解析】在过程调用中，当实参的个数多于形参个数时，多余的实参将被忽略，故选项 B 为正确答案。

（35）【答案】B【解析】在 Visual FoxPro 环境中，建立、编辑命令文件的命令只有

```
MODIFY COMMAND ＜文件名＞
```

故选项 B 为正确答案。

二、填空题

（1）【答案】关系模型 或 关系【解析】本题考查对关系概念的理解。用二维结构来表示实体以及实体之间关系的模型称为关系模型。关系数据模型是以关系数学理论为基础的，在关系模型中，操作的对象和结果是二维表，这种二维表就是关系。

（2）【答案】线性结构【解析】队列中的每一个结点最多有一个前驱，也最多有一个后继，满足线性结构的条件，所以属于线性结构。

（3）【答案】黑盒 或 黑箱【解析】软件测试的方法分为白盒测试方法和黑盒测试方法。

（4）【答案】TO REFERENCE【解析】在 Visual

FoxPro 中参数传递的方式有两种：一种是按值传递，另一种是按引用传递，将参数设置为按引用传递的语句是：SET UDFPARMS TO REFERENCE；另外还需记住将参数设置为按值传递的语句是：SET UDFPARMS TO VALUE。

（5）【答案】算法 或 程序 或 流程图【解析】算法是问题处理方案正确而完整的描述。

（6）【答案】INTO TABLE 或 INTO DBF【解析】本题考查考生对 SQL 中 INTO 字句的掌握，属于基本题。在 FoxPro 中可以使用 SQL 语句中的 INTO 子句将查询结果存入指定的数据表，其格式为：

INTO TABLE<表名>或者 INTO DBF

（7）【答案】Show【解析】Visible 属性指定对象是可见还是隐藏。Show 方法在使表单成为可见的同时，也使其成为活动的。

（8）【答案】设置库文件中 3 号记录为当前记录

【答案】从当前记录向下移动 3 个记录。

【解析】GO TO [<数值表达式>]的功能是将记录移动到指定的记录号。SKIP[<数值表达式>]命令的功能是相对移动记录指针到第"数值表达式"的值的位置，并将该位置的记录设置为当前记录。

（9）【答案】{^1962-10-27} 或 {^1962/10/27} 或 {^1962.10.27}【解析】Visual FoxPro 中对于日期型常量可以有不同的写法，格式为{^YYYY-MM-DD} 或者 {^YYYY/MM/DD} 或者 {^YYYY.MM.DD}都是正确的。

（10）【答案】Caption【解析】Caption 属性用于显示表单栏标题，它的默认值是 Form1。

（11）【答案】SUM(工资)【解析】本题考查在 SQL 中使用求和函数 SUM()。SQL 命令中，SUM() 函数可以对所选记录的某个字段进行求和，SUM(工资)是对工资字段求和，题目中未加其他查询的限定条件，因此完成的是计算工资合计。

（12）【答案】ADD 或 add column【解析】本题是对 Visual FoxPro 中修改表的 SQL 语句的考查。SQL 中实现修改表的功能的语句是 ALTER TABLE <表名>，请注意该命令同时具有增加字段的功能，可以使用 ADD 子句完成字段的增加，或者写成 add column 都是正确的写法。

（13）【答案】HAVING【解析】本题考查 SQL 查询语句的使用。在 SQL 中，使用 GROUP BY 分组，HAVING 子句必须与 GROUP BY 子句同时使用。使用 HAVING 子句的作用是限定分组的条件。

（14）【答案】计算机等级二级 Visual FoxPro【解析】子程序 s1 的功能是将两个字符串首尾相连，因此主程序执行完 Do s1 这行代码时，变量 mY 的值为"计算机等级二级"，程序最后显示的是表达式 mY+mX.表达式的值是将 mY 和 mX 两个字符串首尾相连，因此表达式结果为"计算机等级二级 Visual FoxPro"。

第 7 套全真模拟试卷

一、选择题

（1）算法执行过程中所需要的存储空间称为算法的
    A）时间复杂度   B）计算工作量
    C）空间复杂度   D）工作空间

（2）Visual FoxPro DBMS 基于的数据模型是
    A）层次型   B）关系型   C）网状型   D）混合型

（3）对于长度为 n 的线性表，在最坏情况下，下列各排序法所对应的比较次数中正确的是

   A）冒泡排序为 n/2   B）冒泡排序为 n

   C）快速排序为 n   D）快速排序为 n(n-1)/2

（4）下面描述中，符合结构化程序设计风格的是

   A）使用顺序、选择和重复（循环）三种基本控制结构表示程序的控制逻辑

   B）模块只有一个入口，可以有多个出口

   C）注重提高程序的执行效率

   D）不使用 goto 语句

（5）在 Visual FoxPro 中，关于自由表叙述正确的是

   A）自由表和数据库表是完全相同的

   B）自由表不能建立字段级规则和约束

   C）自由表不能建立候选索引

   D）自由表不可以加入到数据库中

（6）扩展名为 DBC 的文件是

   A）表单文件   B）数据库表文件

   C）数据库文件   D）项目文件

（7）为了使模块尽可能独立，要求

   A）模块的内聚程度要尽量高，且各模块间的耦合程度要尽量强

   B）模块的内聚程度要尽量高，且各模块间的耦合程度要尽量弱

   C）模块的内聚程度要尽量低，且各模块间的偶合程度要尽量弱

   D）模块的内聚程度要尽量低，且各模块间的耦合程度要尽量强

（8）在数据库管理系统提供的数据语言中，负责数据的查询及增、删、改等操作的是

   A）数据定义语言   B）数据转换语言

   C）数据操纵语言   D）数据控制语言

（9） 利用 E-R 模型进行数据库的概念设计，可以分成三步：首先设计局部 E-R 模型，然后把各个局部 E-R 模型综合成一个全局的模型，最后对全局 E-R 模型进行_____，得到最终的 E-R 模型。

   A）简化   B）结构化   C）最小化   D）优化

（10）常用的关系运算是关系代数和

   A）集合代数   B）逻辑演算   C）关系演算   D）字段

（11）一数据库名为 student，要想打开该数据库，应使用命令

   A）OPEN student   B）OPEN DATA student

   C）USE DATA student   D）USE student

（12）下列函数中函数值为字符型的是

   A）DATE() B）TIME()   C）YEAR()   D）DATETIME()

（13）数据库系统中对数据库进行管理的核心软件是

   A）DBMS   B）DB   C）OS   D）DBS

（14）如果添加到项目中的文件标识为"排除"，表示

   A）此类文件不是应用程序的一部分

   B）生成应用程序时不包括此类文件

C）生成应用程序时包括此类文件，用户可以修改

D）生成应用程序时包括此类文件，用户不能修改

（15）在 Visual FoxPro 中，建立索引的作用之一是

A）节省存储空间   B）便于管理

C）提高查询速度   D）提高查询和更新的速度

（16）如果当前记录指针指在表的第一条记录上，则 BOF() 的返回值为

A）O   B）1   C）.F.   D）.T.

（17）标准 SQL 基本查询模块的结构是

A）SELECT. . . FROM. . . ORDER BY

B）SELECT. . . WHERE. . . GROUP BY

C）SELECT. . . WHERE. . . HAVING

D）SELECT. . . FROM. . . WHERE.

（18）假定一个表单里有一个文本框 Text1 和一个命令按钮组 CommandGroup1，命令按钮组是一个容器对象，其中包含 Command1 和 Command2 两个命令按钮。如果要在 Command1 命令按钮的某个方法中访问文本框的 Value 属性值，下面哪组代码是正确的？

A）ThisForm.Text1.Value   B）This.Parent.Value

C）Parent.Text1.Value   D）this.Parent.Text1.Value

（19）运行程序

```
AA=0
FOR I=2 TO 100 STEP 2
  AA=AA+I
ENDFOR
?AA
RETURN
```

该程序得到的结果为

A）1 到 100 中奇数的和   B）1 到 100 中偶数的和

C）1 到 100 中所有数的和   D）没有意义

（20）在 Visual FoxPro 中，打开表时自动打开的索引是

A）单索引   B）复索引

C）结构化复合索引   D）以上都可以

（21）Visual FoxPro 的"参照完整性"中"插入规则"包括的选择是

A）级联和忽略   B）级联和删除

C）级联和限制   D）限制和忽略

（22）在 Visual FoxPro 中，关于过程调用的叙述正确的是

A）当实参的数量少于形参的数量时，多余的形参初值取逻辑假

B）当实参的数量多于形参的数量时，多余的实参被忽略

C）实参与形参的数量必须相等   D）上面 A 和 B 都正确

（23）SORT 命令和 INDEX 命令的区别是

A）前面按指定关键字排序并生存新的数据表，后者也可以

B）后者按指定关键字排序并生成新的数据表，前者也可以

C）前者按指定关键字排序并生成新的数据表，后者不可以

D）后者按指定关键字排序并生成新的数据表，前者不可以

（24）能显示当前库文件中所有女生的姓名、性别和籍贯的命令是

    A）LIST FIELDS 姓名，性别，籍贯

    B）LIST FIELDS 姓名，籍贯 FOR 性别="女"

    C）DISPLAY ALL FIELDS 姓名，性别，籍贯

    D）LIST FOR 性别="女".AND.籍贯="四川"

（25）　在 Visual FoxPro 中，使用 LOCATE FOR <expL>命令按条件查找记录，当查找到满足条件的第一条记录后，如果还需要查找下一条满足条件的记录，应使用

    A）再次使用 LOCATE FOR<expL>命令　B）SKIP 命令

    C）CONTINUE 命令　　　　　　　　D）GO 命令

（26）关闭当前表单的程序代码是 ThisForm.Release，其中的 Release 是表单对象的

    A）标题　　　　　B）属性　　　　C）事件　　　　　D）方法

（27）下列程序段的输出结果是

```
ACCEPT TO A
IF A=[123456]
  S=0
ENDIF
S=1
?S
RETURN
```

    A）0　　　　　　　B）1　　　　　　C）由 A 的值决定　　　D）程序出错

（28）以下属于容器控件的是

    A）Text　　　　　B）Form　　　　C）Label　　　　　D）command

第（29）~（35）题使用如下三个表：

有如下三个表：

    职员.DBF：职员号 C（3），姓名 C（6），性别 C（2），组号 N（1），职务 C（10）

    客户.DBF：客户号 C（4），客户名 C（36），地址 C（36），所在城市 C（36）

    订单.DBF：订单号 C（4），客户号 C（4），职员号 C（3），签订日期 D，金额 N（6.2）

（29）查询金额最大的那 10%订单的信息。正确的 SQL 语句是

    A）SELECT * TOP 10 PERCENT FROM 订单

    B）SELECT TOP 10% * FROM 订单 ORDER BY 金额

    C）SELECT * TOP 10 PERCENT FROM 订单 ORDER BY 金额

    D）SELECT TOP 10 PERCENT * FROM 订单 ORDER BY 金额 DESC

（30）查询订单数在 3 个以上、订单的平均金额 200 元以上的职员号。正确的 SQL 语句是

    A）SELECT 职员号 FROM 订单 GROUP BY 职员号 HAVING COUNT(*)>3 AND AVG_金额>200

    B）SELECT 职员号 FROM 订单 GROUP BY 职员号 HAVING COUNT(*)>3 AND AVG(金额)>200

    C）SELECT 职员号 FROM 订单 GROUP BY 职员号 HAVING COUNT(*)>3 WHERE AVG(金额)>200

    D）SELECT 职员号 FROM 订单 GROUP BY 职员号 WHERE COUNT(*)>3 AND

AVG_金额>200

（31）显示 2005 年 1 月 1 日后签订的订单，显示订单的订单号、客户名以及签订日期。正确的 SQL 语句是

A）SELECT 订单号,客户名,签订日期 FROM 订单 JOIN 客户

ON 订单.客户号=客户.客户号 WHERE 签订日期>{^2005-1-1}

B）SELECT 订单号,客户名,签订日期 FROM 订单 JOIN 客户

WHERE 订单.客户号=客户.客户号 AND 签订日期>{^2005-1-1}

C）SELECT 订单号,客户名,签订日期 FROM 订单,客户

WHERE 订单.客户号=客户.客户号 AND 签订日期<{^2005-1-1}

D）SELECT 订单号,客户名,签订日期 FROM 订单,客户

ON 订单.客户号=客户.客户号 AND 签订日期<{^2005-1-1}

（32）显示没有签订任何订单的职员信息（职员号和姓名），正确的 SQL 语句是

A）SELECT 职员.职员号,姓名 FROM 职员 JOIN 订单

ON 订单.职员号=职员.职员号 GROUP BY 职员.职员号 HAVING COUNT(*)=0

B）SELECT 职员.职员号,姓名 FROM 职员 LEFT JOIN 订单

ON 订单.职员号=职员.职员号 GROUP BY 职员.职员号 HAVING COUNT(*)=0

C）SELECT 职员号,姓名 FROM 职员

WHERE 职员号 NOT IN(SELECT 职员号 FROM 订单)

D）SELECT 职员.职员号,姓名 FROM 职员

WHERE 职员.职员号 <> (SELECT 订单.职员号 FROM 订单)

（33）有以下 SQL 语句：

```
SELECT 订单号,签订日期,金额 FROM 订单,职员
WHERE 订单.职员号=职员.职员号 AND 姓名="李二"
```

与如上语句功能相同的 SQL 语句是

A）SELECT 订单号,签订日期,金额 FROM 订单

WHERE EXISTS（SELECT * FROM 职员 WHERE 姓名="李二"）

B）SELECT 订单号, 签订日期, 金额 FROM 订单 WHERE

EXISTS（SELECT * FROM 职员 WHERE 职员号=订单.职员号 AND 姓名="李二"）

C）SELECT 订单号,签订日期,金额 FROM 订单

WHERE IN（SELECT 职员号 FROM 职员 WHERE 姓名="李二"）

D）SELECT 订单号,签订日期,金额 FROM 订单 WHERE

IN（SELECT 职员号 FROM 职员 WHERE 职员号=订单.职员号 AND 姓名="李二"）

（34）从订单表中删除客户号为"1001"的订单记录，正确的 SQL 语句是

A）DROP FROM 订单 WHERE 客户号="1001"

B）DROP FROM 订单 FOR 客户号="1001"

C）DELETE FROM 订单 WHERE 客户号="1001"

D）DELETE FROM 订单 FOR 客户号="1001"

（35）将订单号为"0060"的订单金额改为 169 元，正确的 SQL 语句是

A）UPDATE 订单 SET 金额=l69 WHERE 订单号="0060"

B）UPDATE 订单 SET 金额 WITH 169 WHERE 订单号="0060"

C）UPDATE FROM 订单 SET 金额=169 WHERE 订单号="0060"

D）UPDATE FROM 订单 SET 金额 WITH l69 WHERE 订单号="0060"

二、填空题

（1） 在算法的 5 个特性中，算法必须能在执行有限个步骤之后终止指的是算法的_____性。

（2） 在 Visual FoxPro 中，建立索引的作用之一是提高_____速度。

（3） 可以在项目管理器的_____选项卡下建立命令文件。

（4） 如果一个工人可管理多个设备，而一个设备只被一个工人管理，则实体"工人"与实体"设备"之间存在_____关系。

（5） 关系数据库管理系统能实现的专门关系运算包括选择、连接和_____。

（6） 如果在不使用索引的情况下，将记录指针定为学生表中成绩大于 60 分记录，应该使用的命令是_____。

（7） 执行命令 A=2005/4/2 之后，内存变量 A 的数据类型是_____型。

（8） 用来确定复选框是否被选中的属性是_____，用来指定显示在复选框旁的文字的属性是_____。

（9） Visual FoxPro 中数据库文件的扩展名（后缀）是_____。

（10）~（11）题使用如下的"学生"表和"选修课"表：

"学生"表：

学号	姓名	政治面貌	年龄	学分	科目号
20001	王海	团员	25	4	01
20002	李盐	预备党员	20	3	02
20003	刘小鹏	团员	22	4	01
20004	隋小新	团员	20	6	03
20005	李明月	预备党员	24	4	01
20006	孙民主	预备党员	21	3	02
20007	赵福来	预备党员	22	6	03

"选修课"表：

科目号	科目名
01	日语
02	法律
03	微积分

（10）使用 SQL 语句查询每个学生及其选修课程的情况：

```
SELECT 学生.*,选修课.* ;
FROM 学生,选修课;
WHERE_____=_____
```

（11）使用 SQL 语句求选修了法律课程的所有学生的学分总和

```
SELECT_____ （学业分） ;
FROM 学生;
```

```
WHERE 科目号 IN;
 (SELECT 科目号;
FROM_____;
WHERE 科目号="法律")
```

（12）　设有 s（学号，姓名，性别）和 sc（学号，课程号，成绩）两个表，下面 SQL 的 SELECT 语句检索选修的每门课程的成绩都高于或等于 85 分的学生的学号、姓名和性别。

```
SELECT 学号，姓名，性别 FROM s
WHERE _____ (SELECT * FROM sc WHERE sc.学号=s.学号 AND 成绩<85)
```

第 7 套全真模拟试卷解析

一、选择题

（1）【答案】C【解析】算法执行时所需要的存储空间，包括算法程序所占的空间、输入的初始数据所占的存储空间以及算法执行过程中所需要的额外空间，其中额外空间还包括算法程序执行过程的工作单元以及某种数据结构所需要的附加存储空间。这些存储空间共称为算法的空间复杂度。

（2）【答案】B【解析】所谓数据模型，就是指存储数据的数据结构。常用的数据模型有三种：层次模型、网状模型和关系模型。Visual FoxPro 系统数据库中采用的数据模型是关系模型的，因此正确答案为选项 B。

（3）【答案】D【解析】假设线性表的长度为 n，在最坏情况下，冒泡排序和快速排序需要的比较次数为 n(n-1)/2。由此可见，选项 D 正确。

（4）【答案】A【解析】应该选择只有一个入口和一个出口的模块，故 B 选项错误；首先要保证程序正确，然后才要求提高效率，故 C 选项错误；严格控制使用 GOTO 语句，必要时可以使用，故 D 选项错误。

（5）【答案】B【解析】自由表与数据库表并非"完全"相同，选项 A 错误。类似这样的比较绝对的说法，通常可以判断其错误。与数据库表相比，自由表不可以使用长表名，在表中不可以使用长字段名；不能为字段指定标题、添加注释、默认值和输入掩码；不能规定字段级规则和记录级规则；不支持主关键字、参照完整性和表之间的联系。自由表可以建立候选索引，所以选项 C 错误。自由表可以加入到数据库中，成为数据表，因此选项 D 错误。

只有选项 B 是对自由表的正确表述，为正确答案。

（6）【答案】C【解析】在 Visual FoxPro 中，数据库文件的扩展名为.DBC。请注意不要与数据库表文件混淆，数据库表文件的扩展名为.DBF，选项 B 有干扰性。表单文件的扩展名为.SCX，项目文件扩展名为.PJX。

（7）【答案】B【解析】系统设计的质量主要反映在模块的独立性上。评价模块独立性的主要标准有两个：一是模块之间的耦合，它表明两个模块之间互相独立的程度；二是模块内部之间的关系是否紧密，称为内聚。一般来说，要求模块之间的耦合尽可能地弱，即模块尽可能独立，而要求模块的内聚程度尽量地高。综上所述，选项 B 的答案正确。

（8）【答案】C【解析】在数据库管理系统提供的数据语言中，数据操纵语言负责数据的查询及增、删、改等操作。

（9）【答案】D【解析】在概念设计中，按照模块的划分画出各个模块的 E-R 图，然后把这些图合成一张 E-R 图作为全局模型，最后应该对全局 E-R 图进行优化，看是否有重复和不合理的地方。不能只进行简单的合并。

（10）【答案】C【解析】常用的关系运算包括关系代数和关系演算。

（11）【答案】B【解析】Visual FoxPro 系统中，打开数据库的命令的语法格式是：

```
OPEN DATABASE<数据库文件名>
```

使用时，通常将该命令简写成：

```
OPEN DATA<数据库文件名>
```

可以直接将要打开的该文件名代入标准的命令格式中，得到 OPEN DATABASE student，从而得出正确答案为 B。选项 A 有一定的干扰，但它少了 DATA 关键字，同样是错的。

（12）【答案】B【解析】本题考查几个函数返回值的区别。必须了解候选答案中几个函数的功能与返回值，才能得出正确答案。DATE()函数用于获取系统日期的函数，它的返回值是一个日期型数据。选项 B 中的 TIME()函数的功能是获得系统时间，这个函数的返回值是系统的时间，为字符型。选项 C 中的 YEAR()函数用于获取年份，它的返回值是数值型。DATATIME()函数的返回值同样也是日期型的。

（13）【答案】A【解析】本题是对数据库系统中几个基本概念的考查。DBMS 是 Database Management System 的缩写，表示数据库管理系统。数据库管理系统是数据库系统的核心。数据库系统缩写是 DBS（Database System），操作系统的缩写是 OS（Operate System），数据库的缩写是 DB（Database）。故选项 A 为正确答案。

（14）【答案】C【解析】项目管理器"文件"选项卡中包含了项目管理器的所有文件。标记为"包含"的文件在项目连编后变为只读；标记为"排除"的文件在项目连编后，用户能够进行修改，从而正确答案为选项 C。

（15）【答案】C【解析】在 Visual FoxPro 中建立索引的一个目的之一就是提高查询速度，因此答案为 C 选项。选项 D 具有一定的干扰性，但是其错误在于误认为索引可以提高更新速度，这是错误的。

（16）【答案】C【解析】BOF()函数的功能是是测试当前记录指针的位置是否指向表的第一条记录。仅当记录指针指在第一条记录的前面时，BOF()函数的返回值才为.T.，故选项 C 为正确答案。

（17）【答案】D【解析】使用 SQL 进行查询的基本查询模块结构是：
SELECT<字段名> FROM<数据表名>WHERE<查询条件>，
故选项 D 为正确答案。

（18）【答案】A【解析】Parent 代表当前控件存在的一个容器窗口，ThisForm 代表当前表单，可以在当前表单中的任何一个控件内利用 ThisForm.Text1 来调用文本框对象，由此可以得知选项 A 正确。

（19）【答案】B【解析】在 FOR 循环中的循环不变量 I 被初始化为 2，在 FOR 语句中又规定了步长 STEP 的值为 2，意思为每执行一次循环体，I 的值便加 2，因此程序中所有的 I 值都为偶数，AA 的值为一个累加的数字。故选项 B 为正确答案。

（20）【答案】C【解析】本题考查索引。结构化复合索引文件的主名必须与对应的表文件主名一致，且存放位置相同。只有结构化复合索引才能在打开表时自动打开，不能单独打开或关闭，故选项 C 为正确答案。

（21）【答案】D【解析】插入规则规定了当插入子表中的记录时是否进行参照完整性检查，而更新规则规定了当更新父表的主关键字时如何处理相关子表的记录，包括的选择是级联，故排除选项 A、选项 B 和选项 C。选项 D 为正确答案。

（22）【答案】A【解析】本题考查考生对 Visual FoxPro 中过程调用的掌握。在 Visual FoxPro 中规定，过程调用时，形参的数目不能少于实参的数目，否则系统会在运行时产生错误，如果形参的数目多余实参的数目，那么，多余的形参取初值逻辑假".F."。正确答案为 A。

（23）【答案】B【解析】SORT 命令按指定关键字排序并生成新的数据表 DBF。故选项 B 为正确答案。

（24）【答案】B【解析】正确的命令格式为：
LIST FIELDS <表达式><范围>FOR<条件>WHILE<条件>
故选项 B 为正确答案。

（25）【答案】C【解析】和 LOCATE FOR 配套使用的命令是 CONTINUE，因此选项 C 为正确答案。

（26）【答案】D【解析】Release 方法是表单的常用方法，用于将表单从内存中释放。正确答案为选项 D。

（27）【答案】B【解析】在程序中无论是否执行 IF 语句，最后显示 S 的值之前，都会执行 S=1，因此 S 的值最后总为 1，只有选项 B 是正确的。

（28）【答案】B【解析】本题考查 Visual FoxPro 常见的控件。文本框、标签和命令按钮都属于单一控件，其本身不能再包含其他控件，故项 B 为正确答案。

（29）【答案】D【解析】查询金额最大的 10% 的订单，应该是按金额从高向低降序排列，显示前面 10%，只有选项 D 的描述是完整的。

（30）【答案】B【解析】查询订单的平均金额 200 元以上，用平均函数表示为 AVG（金额）>200，故可排除选项 A 和选项 D；订单数在三个以上和订单的平均金额 200 元以上两个条件要同时满足是逻辑"与"关系，故选项 B 正确。

（31）【答案】A【解析】显示 2005 年 1 月 1 日后签定订单，表示方法为：签定日期>{^2005-1-1}，故排除选项 C 和选项 D。两个表使用 JOIN 连接，连接条件使用 ON，故选项 A 为正确答案。

（32）【答案】C【解析】显示没有签订任何订单的职员信息等价于显示订单表中不存在的职员信息。四个选项中只有选项 C 符合查询条件。

（33）【答案】B【解析】题干中的 SQL 语句的功能是：查询那些姓名为"李二"的职员的订单号，签订日期和金额的信息；四个选项中只有选项 B 中的查询条件与此等价。WHERE 条件后跟 EXISTS 不是 IN，选项 C 和选项 D 可排除，用(SELECT FROM…WHERE…)实现选择出"李二"的职员，选项 A 缺少"订单.职员号=职员.职员号"条件表达式。

（34）【答案】C【解析】SQL 语句的删除表书写格式为：

DELETE FROM <表名> [WHERE 条件表达式]

故选项 C 为正确答案。

（35）【答案】A【解析】本题考查的是对 SQL 语句的更新表书写格式的掌握。SQL 语句的更新表书写格式为：

UPDATE <表名> SET <列名 1>=<表达式 1>[<列名 2>=<表达式 2>…]

[WHERE 条件表达式]

只有选项 A 符合语法格式。

二、填空题

（1）【答案】有穷【解析】算法必须能在执行有限个步骤之后终止指的是算法的有穷性。同时有穷性还指算法的每个步骤都应该在有穷时间内结束。

（2）【答案】查询 或 检索【解析】本题考查 Visual FoxPro 中索引的作用，属常考题。在 Visual FoxPro 中建立索引是为了使查询更加的方便，提高查询的速度。

（3）【答案】代码 或 全部【解析】本题考查对 Visual FoxPro 项目管理器的掌握。项目管理器中的"代码"选项卡中包含：程序文件、API 库和应用文件。

（4）【答案】一对多 或 对多 或 1:M 或 1:N【解析】工人和设备之间是一对多关系。

（5）【答案】投影【解析】关系数据库管理系统的专门关系运算包括选择、连接和投影。

（6）【答案】LOCATE FOR 成绩>60【解析】在 Visual FoxPro 中，SEEK 和 FIND 命令使用时，应该先打开表文件和索引文件。如果在索引文件没有打开时，可以使用 LOCATE FOR 命令来定位指针，将定位条件写在命令后面即可。

（7）【答案】数值 或 数字 或 N 或 n【解析】题中这种表示方法容易被误认为是日期型，而日期型表示方法为{^2005/4/2}。数值型表示方法不加任何定界符。

（8）【答案】value

【答案】caption【解析】复选框的 VALUE 属性是用来确定复选框是否被选中。而复选框的 CAPTION 属性是用来显示标题。

（9）【答案】DBC 或 .DBC【解析】本题考查 Visual FoxPro 中数据库文件的扩展名，属常考题目。Visual FoxPro 中，数据库文件的扩展名为.DBC。请注意不要与数据库表文件混淆，数据库表文件的扩展名为.DBF。

（10）【答案】学生.科目号

【答案】选修课.科目号【解析】若一个查询同时涉及两个以上的表，则称之为连接查询。其一般式为：

[<表名 1>]<列名 1><比较运算符>[<表名 2>]<列名 2>

（11）【答案】sum

【答案】选修课【解析】一个 SELECT-FROM-WHERE 语句称为一个查询块。将一个查询块嵌套在另一个查询块的 WHERE 子句或 HAVING 短语的条件中的查询称为嵌套查询。Sum() 实现了对"学业分"求和。

（12）【答案】NOT EXISTS【解析】本题考查 SQL 查询语句的使用。在 SQL 中，括号内 SELECT * FROM sc WHERE sc.学号=s.学号 AND 成绩<85 表示是每门课成绩都小于 85 分的学生，要检索成绩高于或等于 85 分，NOT EXISTS 取反。

第 8 套全真模拟试卷

一、选择题

（1）Visual FoxPro DBMS 是

 A）操作系统的一部分   B）操作系统支持下的系统软件

 C）一种编译程序   D）一种操作系统

（2）以下数据结构中不属于线性数据结构的是

 A）队列   B）线性表   C）二叉树   D）栈

（3）数据库系统与文件系统的最主要区别是

 A）数据库系统复杂，而文件系统简单

 B）文件系统不能解决数据冗余和数据独立性问题，而数据库系统可以解决

 C）文件系统只能管理程序文件，而数据库系统能够管理各种类型的文件

 D）文件系统管理的数据量较少，而数据库系统可以管理庞大的数据量

（4）在当前表单的 LABEL1 控件中显示系统时间的语句是

 A）THISFORM.LABEL1.CAPTION=TIME()

 B）THISFORM.LABEL1.VALUE=TIME()

 C）THISFORM.LABEL1.TEXT=TIME()

 D）THISFORM.LABEL1.CONTROL=TIME()

（5）下列描述中正确的是

 A）软件工程只是解决软件项目的管理问题

 B）软件工程主要解决软件产品的生产率问题

 C）软件工程的主要思想是强调在软件开发过程中需要应用工程化原则

 D）软件工程只是解决软件开发中的技术问题

（6）在下面的表达式中，运算结果为逻辑真的是

 A）EMPTY(.NULL.)   B）LIKE("edit","edi?")

 C）AT("a","123abc")   D）EMPTY(SPACE(10))

（7）下列叙述中正确的是

 A）软件交付使用后还需要进行维护

 B）软件一旦交付使用就不需要再进行维护

 C）软件交付使用后其生命周期就结束

D）软件维护是指修复程序中被破坏的指令

（8）　在数据库管理技术的发展过程中，经历了人工管理阶段、文件系统阶段和数据库系统阶段。其中数据独立性最高的阶段是

A）数据库系统阶段　　　　　　　　B）文件系统阶段

C）人工管理阶段　　　　　　　　　D）数据项管理

（9）~（11）题使用下图，表单名为 Form1，表单中有两个命令按钮（Command1 和 Command2）、两个标签、两个文本框（Text1 和 Text2）。

（9）　如果在运行表单时，要使表单的标题栏显示"登录窗口"，则可以在 Form1 的 Load 事件中加入语句

A）THISFORM.CAPTION="登录窗口"　　　B）FORM1.CAPTION="登录窗口"

C）THISFORM.NAME="登录窗口"　　　D）FORM1.NAME="登录窗口"

（10）　如果想在运行表单时，向 Text2 中输入字符，回显字符显示的是"*"号，则可以在 Form1 的 Init 事件中加入语句

A）FORM1.TEXT2.PASSWORDCHAR="*"

B）FORM1.TEXT2.PASSWORD="*"

C）THISFORM.TEXT2.PASSWORD="*"

D）THISFORM.TEXT2.PASSWORDCHAR="*"

（11）　假设用户名和口令存储在自由表"口令表"中，当用户输入用户名和口令并单击"登录"按钮时，若用户名输入错误，则提示"用户名错误"；若用户名输入正确，而口令输入错误，则提示"口令错误"。若命令按钮"登录"的 Click 事件中的代码如下：

```
USE  口令表
GO TOP
flag=0
DO WHILE.not.EOF()
 IF Alltrim(用户名)==Alltrim(Thisform.Text1.Value)
    IF Alltrim(口令)==Alltrim(Thisform.Text2.Value)
      WAIT"欢迎使用" WINDOW TIMEOUT2
    ELSE
      WAIT"口令错误" WINDOW TIMEOUT2
    ENDIF
    flag=1
    EXIT
  ENDIF
  SKIP
ENDDO
IF_____
   WAIT"用户名错误" WINDOW TIMEOUT2
ENDIF
```

则在横线处应填写的代码是

A）flag=-1   B）flag=0   C）flag=1   D）flag=2

（12）数据库文件工资 .DBF 共有 10 条记录，当前记录号为 5。用 SUM 命令计算工资总和，如果不给出范围短句，那么命令

A）计算后 5 条记录工资值之和   B）计算后 6 条记录工资值之和

C）只计算当前记录工资值   D）计算全部记录工资值之和

（13）在 Visual FoxPro 中，可对字段设置默认值的表

A）必须是数据库表   B）必须是自由表

C）自由表或数据库表   D）不能设置字段的默认值

（14）调用报表格式文件 PP1 预览报表的命令是

A）REPORT FROM PP1 PREVIEW   B）DO FROM PP1 PREVIEW

C）REPORT FORM PP1 PREVIEW   D）DO FORM PP1 PREVIEW

（15）"项目管理器"的"运行"按钮用于执行选定的文件，这些文件可以是

A）查询、视图或表单   B）表单、报表和标签

C）查询、表单或程序   D）以上文件都可以

（16）在 Visual FoxPro 中，相当于主关键字的索引是

A）主索引   B）普通索引   C）惟一索引   D）排序索引

（17）以纯文本形式保存设计结果的设计器是

A）查询设计器   B）表单设计器

C）菜单设计器   D）以上三种都不是

（18）不允许记录中出现重复索引值的索引是

A）主索引   B）主索引、候选索引和普通索引

C）主索引和候选索引   D）主索引、候选索引和惟一索引

（19）在 Visual FoxPro 的查询设计器中"筛选"选项卡对应的 SQL 短语是

A）WHERE   B）JOIN   C）SET   D）ORDER BY

（20）在 Visual FoxPro 中，下列关于表的叙述正确的是

A）在数据库表和自由表中，都能给字段定义有效性规则和默认值

B）在自由表中，能给表中的字段定义有效性规则和默认值

C）在数据库表中，能给表中的字段定义有效性规则和默认值

D）在数据库表和自由表中，都不能给字段定义有效性规则和默认值

（21）执行下列一组命令之后，选择"职工"表所在工作区的错误命令是

```
CLOSE ALL
USE 仓库 IN 0
USE 职工 IN 0
```

A）SELECT 职工   B）SELECT 0   C）SELECT 2   D）SELECT B

（22）要使当前表的所有职工的工资增加 200 元，应使用的命令是

A）EDIT 工资 WITH 工资 +200   B）REPLACE 工资 WITH 工资 +200

C）REPLACE 工资 WITH 200   D）REPLACE ALL 工资 WITH 工资 +200

（23）假设职员表已在当前工作区打开，其当前记录的"姓名"字段值为"张三"（字符型，

宽度为 6）。在命令窗口输入并执行如下命令：

```
姓名=姓名-"您好"
? 姓名
```

那么主窗口中将显示

A）张三   B）张三 您好   C）张三您好   D）出错

（24） 在 Visual FoxPro 中，如果希望一个内存变量只限于在本过程中使用，说明这种内存变量的命令是：

A）PRIVATE   B）PUBLIC

C）LOCAL

D）在程序中直接使用的内存变量（不通过 A，B，C 说明）

（25）求每个终点的平均票价的 SQL 语句是

A）SELECT 终点，avg（票价）FROM ticket GROUP BY 票价

B）SELECT 终点，avg（票价）FROM ticket ORDER BY 票价

C）SELECT 终点，avg（票价）FROM ticket ORDER BY 终点

D）SELECT 终点，avg（票价）FROM ticket GROUP BY 终点

（26）在 Visual FoxPro 中，删除数据库表 S 的 SQL 命令是

A）DROP TABLE S   B）DELETE TABLE S

C）DELETE TABLE S.DBF   D）ERASE TABLE S

（27）以下叙述与表单数据环境有关，其中正确的是

A）当表单运行时，数据环境中的表处于只读状态，只能显示不能修改

B）当表单关闭时，不能自动关闭数据环境中的表

C）当表单运行时，自动打开数据环境中的表

D）当表单运行时，与数据环境中的表无关

（28）使用 SQL 语句向学生表 S(SNO,SN,AGE,SEX)中添加一条新记录，学号(SNO)、姓名(SN)、性别(SEX)、年龄(AGE)字段的值分别为 0401、王芳、女、18，正确命令是

A）APPEND INTO S(SNO，SN，SEX，AGE) VALUES ('0401', '王芳', '女', 18)

B）APPEND S VALUES ('0401', '王芳', 18, '女')

C）INSERT INTO S (SNO，SN，SEX，AGE) VALUES ('0401', '王芳', '女', 18)

D）INSERT S VALUES('0401', '王芳', 18, '女')

（29）以下关于查询描述正确的是

A）不能根据自由表建立查询   B）只能根据自由表建立查询

C）只能根据数据库表建立查询   D）可以根据数据库表和自由表建立查询

（30）使用报表向导定义报表时，定义报表布局的选项是

A）列数、方向、字段布局   B）列数、行数、字段布局

C）行数、方向、字段布局   D）列数、行数、方向

（31）视图设计器中包含的选项卡有

A）更新条件、筛选、字段   B）显示、排序依据、分组依据

C）更新条件、排序依据、显示   D）联接、显示、排序依据

（32） 若要从学生表中检索出 1980 年 1 月 1 日以后(含 1 月 1 日)出生的所有学员，可应用如

下 SQL 语句

```
SELECT * FROM student WHERE_____
```

请给出恰当的表达式以完成该语句

A）csrq< = {^1980-1-1}　　　　　　B）csrq < {^1980-1-1}

C）csrq>= {^1980-1-1}　　　　　　D）csrq> {^1980-1-1}

（33）在 Visual FoxPro 中主索引字段

A）不能出现重复值或空值　　　　B）能出现重复值或空值

C）能出现重复值，不能出现空值　D）能出现空值，不能出现重复值

第（34）～（35）题使用如下三个数据库表：

学生表：S(学号，姓名，性别，出生日期，院系)

课程表：C(课程号，课程名，学时)

选课成绩表：SC(学号，课程号，成绩)

在上述表中，出生日期数据类型为日期型，学时和成绩为数值型，其他均为字符型。

（34）用 SQL 命令查询选修的每门课程的成绩都高于或等于 85 分的学生的学号和姓名，正确的命令是

A）SELECT 学号,姓名 FROM S WHERE NOT EXISTS;

　（SELECT * FROM SC WHERE SC.学号 = S.学号 AND 成绩 <85)

B）SELECT 学号,姓名 FROM S WHERE NOT EXISTS;

　（SELECT * FROM SC WHERE SC.学号 = S.学号 AND 成绩 >=85)

C）SELECT 学号,姓名 FROM S,SC

　WHERE S.学号 =SC.学号 AND 成绩 >=85

D）SELECT 学号,姓名 FROM S,SC

　WHERE S.学号 =SC.学号 AND ALL 成绩 >=85

（35）用 SQL 语言检索选修课程在 5 门以上（含 5 门）的学生的学号、姓名和平均成绩，并按平均成绩降序排序，正确的命令是

A）SELECT S.学号,姓名,平均成绩 FROM S,SC;

　WHERE S.学号 =SC.学号;

　GROUP BY S.学号 HAVING GOUNT(*)>=5 ORDER BY 平均成绩 DESC

B）SELECT 学号,姓名,AVG(成绩) FROM S,SC;

　WHERE S.学号=SC.学号 AND COUNT(*)>=5;

　GROUP BY 学号 ORDER BY 3 DESC

C）SELECT S.学号,姓名,AVG(成绩) 平均成绩 FROM S,SC;

　WHERE S.学号 =SC.学号 AND COUNT(*)>=5;

　GROUP BY S.学号 ORDER BY 平均成绩 DESC

D）SELECT S.学号,姓名,AVG(成绩) 平均成绩 FROM S,SC;

　WHERE S.学号 =SC.学号;

　GROUP BY S.学号 HAVING COUNT(*)>=5 ORDER BY 3 DESC

二、填空题

（1） 使用数据库设计器为两个表建立联系，首先应在父表中建立_____索引，在子表中建立_____索引。

（2） 在 Visual FoxPro 中通过建立主索引或候选索引来实现_____完整性约束。

（3） 在关系数据库中，把数据表示成二维表，每一个二维表称为_____。

（4） 根据项目文件 mysub 连编生成 APP 应用程序的命令是

```
BUILD APP mycom_____mysub
```

（5） 打开数据库设计器的命令是_____DATABASE。

（6）~（9）题使用如下三个条件：

零件.DBF：零件号 C(2), 零件名称 C(10), 单价 N(10), 规格 C(8)

使用零件.DBF：项目号 C(2), 零件号 C(2), 数量 I

项目.DBF：项目号 C(2), 项目名称 C(20), 项目负责人 C(10), 电话 C(20)

（6） 为"数量"字段增加有效性规则：数量>0，应该使用的 SQL 语句是

```
_____TABLE 使用零件_____数量 SET_____数量>0
```

（7） 查询与项目"s1"（项目号）所使用的任意一个零件相同的项目号、项目名称、零件号和零件名称，使用的 SQL 语句是

```
SELECT 项目.项目号,项目名称,使用零件.零件号,零件名称;
FROM 项目,使用零件,零件 ;
WHERE 项目.项目号=使用零件.项目号_____;
使用零件.零件号=零件.零件号 AND 使用零件.零件号_____
(SELECT 零件号 FROM 使用零件 WHERE 使用零件.项目号='s1')
```

（8） 建立一个由零件名称、数量、项目号、项目名称字段构成的视图，视图中只包含项目号为"s2"的数据，应该使用的 SQL 语句是

```
CREATE VIEW item_view_____
SELECT 零件.零件名称, 使用零件.数量, 使用零件.项目号, 项目.项目名称
FROM 零件 INNER JOIN 使用零件
INNER JOIN_____
ON 使用零件.项目号 = 项目.项目号
ON 零件.零件号 = 使用零件.零件号
WHERE 项目.项目号 = 's2'
```

（9） 从上一题建立的视图中查询使用数量最多的两个零件的信息，应该使用的 SQL 语句是

```
SELECT*_____2 FROM item_view_____数量 DESC
```

第 8 套全真模拟试卷解析

一、选择题

（1）【答案】B【解析】Visual FoxPro 是关系数据库管理系统，可以对数据库的建立、使用、修改进行管理，是操作系统支持下的系统软件，不是操作系统，更不是操作系统的一部分。因此答案为选项 B。

（2）【答案】C【解析】所谓的线性结构是指：如果一个非空的数据结构满足下列两个条件，即 1）有且只有一个根结点；2）每一个结点最多有一个前驱，也最多有一个后继。同时满足两个条件的有队列、线性表和栈，而二叉树的结点可能存在两个后继，所以不是线性结构。

（3）【答案】B【解析】数据库系统和文件系

统最主要的区别就是数据库系统能够解决数据冗余和数据独立性问题，这是数据库系统优于文件系统的本质特性，因此可以得出答案为 B。

（4）【答案】A【解析】在 Visual FoxPro 中，标签的 Cption 属性可以用来指定标题文本，因此用户可以使用 THISFORM.LABEL1.CAPTION=TIME() 来显示系统时间，故选项 A 为正确答案。

（5）【答案】C【解析】软件工程学是研究软件开发和维护的普遍原理与技术的一门工程学科。所谓软件工程是指，采用工程的概念、原理、技术和方法指导软件的开发与维护。软件工程学的主要研究对象包括软件开发与维护的技术、方法、工具和管理等方面。由此可见，选项 A、选项 B 和选项 D 的说法均不正确，选项 C 正确。

（6）【答案】D【解析】函数 EMPTY(<表达式>)是一个测试函数，其功能是测试表达式的运算结果是否为"空"值，返回值为逻辑真或者逻辑假。选项 D 中的 SPACE(10)表示由 10 个空格组成的字符串，因此测试结果为逻辑真，故选项 D 为正确答案；选项 A 结果不是逻辑真，因为 ".NULL." 并非空字符串；选项 B 结果为逻辑假，函数 LIKE()的功能是比较两个字符串，如果完全相同，才结果为逻辑真；选项 C 中的 AT()函数的返回值不是逻辑型。

（7）【答案】A【解析】维护是软件生命周期的最后一个阶段，也是持续时间最长、付出代价最大的阶段。在软件交付使用后，还需要进行维护。软件维护通常有四类：为纠正使用中出现的错误而进行的改正性维护；为适应环境变化而进行的适应性维护；为改进原有软件而进行的完善性维护；为将来可维护和可靠而进行的预防性维护。软件维护不仅包括程序代码的维护还包括文档维护。综上所述，本题的正确答案是选项 A，其余选项说法错误。

（8）【答案】A【解析】文件系统是数据库系统的初级阶段，提供了简单的数据共享与数据管理能力，附属于操作系统而不成为独立的软件，只能看作是数据库系统的雏形阶段。人工管理阶段主要用于科学计算，硬件无硬盘，软件没有操作系统。数据库管理系统是从这两个阶段发展而来的，其数据独立性必然更高。因此答案为选项 A。

（9）【答案】A【解析】表单的 CAPTION 属性用来设置表单的标题，因此正确答案为选项 A。选项 C 将把该表单的表单名称指定为"登录窗口"，选项 B 和选项 D 用 FORM1 来指定表单是错误的。

（10）【答案】D【解析】该属性用来指定文本框控件内是显示用户输入的字符、占位符，还是用来指定用作占位符的字符。本题所要指定口令文本框的占位符为"*"，因此可以写成 THISFORM.TEXT2. PASSWORDCHAR= "*"，因此选项 D 为正确答案。

（11）【答案】B【解析】从题干中的程序段中可以看出，flag 变量起到了标志位的作用，用于标识用户是否正确地输入了用户名。当用户名被正确输入的时候，会将变量 flag 的值置为 1，否则为 0。系统初始化时，flag 变量的值被设置为 0，表示用户名还没有被正确输入，如果用户输入了正确的用户名，程序将继续判断用户输入的密码是否正确，不管密码输入正确与否，程序都会执行到语句 flag=1，把变量 flag 的值设置为 1，所以程序可以用 flag 的值来判断是否用户名被正确输入。最后对 flag 的值进行判断，如果 flag 的值为 0，就是用户名没有被正确输入的情况。故选项 B 为正确答案。

（12）【答案】D【解析】如 SUM 命令单独使用，如果不给出范围短语，则函数计算的是当前表中指定字段的全部记录之和，请特别注意与函数 COUNT()区分，后者是统计记录的个数，两者容易混淆，故选项 D 为正确答案。

（13）【答案】A【解析】在 Visual FoxPro 中可对数据表进行默认值设置的字段仅限于数据库表，自由表无此功能。故选项 A 为正确答案。

（14）【答案】C【解析】预览报表文件的命令格式是：

```
REPORT FORM<报表名>PREVIEW
```

因此选项 C 为正确答案。

（15）【答案】C【解析】在项目管理器中不能运行的文件是视图或报表，因此排除选项 A、选项 B 选项 D，答案为选项 C。

（16）【答案】A【解析】如果一个字段的值或几个字段的值能够惟一标识表中的一条记录，则这样的字段称为候选关键字，一个表中可能含有多个候选关键字，用户可以从中选择一个作为主关键字。Visual FoxPro 中将主关键字称为主索引。因此正确答案为选项 A。

（17）【答案】A【解析】在"查询设计器"的"查询去向"中可以选择纯文本形式存储，表单是一种特殊的磁盘文件，菜单是一种菜单程序文件，故选项 A 为正确答案。

（18）【答案】C【解析】Visual FoxPro 中的索引可以分为：普通索引、惟一索引、候选索引和主索引。不允许记录中出现重复索引值的索引是主索引和候选索引。故选项 C 为正确答案。

（19）【答案】A【解析】在查询设计器中，与"筛选"选项卡对应的 SQL 短语是 WHERE。故正确答案为选项 A。"连接"选项卡与 SQL 语句的 JOIN 短语对应。"分组依据"选项卡与 SQL 语句的 GROUP BY 短语对应，故选项 A 为正确答案。

（20）【答案】C【解析】只有数据库表中的字段才能定义字段的有效性规则，自由表不可以。故选项 C 为正确答案。

（21）【答案】B【解析】在 Visual FoxPro 中，SELECT 0 是选择一个编号最小且没有使用的空闲工作区。执行题干中两条打开表的命令后，"职工"表所在工作区为 2 号工作区。若想在工作区之间切换，可以用 SELECT<工作区号>来指定工作区，同时又可以 SELECT?工作区别名?来指定工作区，职工表的系统默认的工作区别名是表名和字母 B，因此选项 ACD 都可以实现选择"职工"表所在工作区，故答案为 B 选项，这个命令实现的是选择"仓库"表所在的工作区。

（22）【答案】D【解析】EDIT 命令用于全屏幕修改表的记录，不能进行成批替换。REPLACE 命令可以成批替换记录记录。故选项 D 为正确答案。

（23）【答案】A【解析】题干中"姓名"为字段变量，对内存变量赋值方式对字段变量是无效的，因此显示"姓名"字段变量的值时显示的是当前指针指向的记录的值。选项 A 为正确答案。

（24）【答案】C【解析】局部变量只能在建立它的模块中使用，不能在上层或下层模块中使用。

当建立它的模块程序运行结束时，局部变量自动释放。局部变量的建立用 LOCAL 命令声明。选项 C 为正确答案，选项 B 则是用来声明全局变量。

（25）【答案】D【解析】根据题目的要求，求每个终点的平均票价，则按不同的终点分组查询，用 AVG()函数计算每组的平均票价值，故正确的 SQL 语句应该是：

```
SELECT 终点, avg（票价）FROM ticket
GROUP BY 终点
```

故选项 D 为正确答案。

（26）【答案】A【解析】题目中考查的 SQL 的删除表的命令，语法格式为：

```
DROP TABLE 表名
```

故选项 A 为正确答案。

（27）【答案】C【解析】在 Visual FoxPro 中，打开或者修改一个表单或者报表时需要打开的全部表、视图和关系称为数据环境。当表单运行时，数据环境中的表将会被自动打开，并且可以被修改，由此可以得出正确答案为选项 B。

（28）【答案】C【解析】本题考查对 SQL 语句插入记录命令的掌握。APPEND 为传统的 FoxPro 的添加记录的命令，所以首先排除选项 A 和 B；插入记录命令的语法格式为：

```
INSERT INTO 表名（字段名 1，[字段名
2，…]）VALUES（表达式 1，[表达式 2，…]）
```

选项 D 没有没有 INTO 和字段名，选项 C 正确。

（29）【答案】D【解析】在 Visual FoxPro 中，查询不仅可以根据自由表建立，而且可以根据数据库表建立。因此正确答案为选项 D。

（30）【答案】A【解析】在 Visual FoxPro 中使用报表向导共有 6 个步骤，其中第 4 个步骤中需要用户来定义报表的布局，具体的选项为列数、方向、字段布局，故选项 A 正确。

（31）【答案】A【解析】视图设计器中包含的选项卡有更新条件、筛选、字段等，故选项 A 为正确答案。

（32）【答案】C【解析】在四个答案中，只有 C 是在 1980 年 1 月 1 日(含 1 月 1 日)以后出生的正确表达方法。故选项 C 为正确答案。

（33）【答案】A【解析】建立了主索引字段若

出现重复值或空值，系统都将给出"索引不惟一"的提示。故选项 A 为正确答案。

（34）【答案】A【解析】本题属于多表查询，使用联接查询和嵌套查询，选项 C、D 使用联接查询，使用时每个字段前要表明所属的表，C、D 写法都不完整；选项 A、B 使用嵌套查询，NOT EXISTS 表示将括号内 SELECT 查询条件取反，故选项 A 为正确答案。

（35）【答案】D【解析】本题考查使用 COUNT() 函数来构造复杂查询，显示"平均成绩"不是表中字段，不能直接显示，用函数来实现表示方法为：AVG(成绩) 平均成绩。因选项 A、选项 B 表示错误可排除；在查询中是先用 WHERE 子句限定元组，然后进行分组，最后再用 HAVING 子句限定分组，也就是说先写 WHERE 子句，然后是 GROUP，最后用 HAVING 子句对 GROUP 分组限定条件。选项 C 这两个选项中错误在于 COUNT(*)>=5 分组限定条件写在 WHERE 之后。故选项 D 为正确答案。

二、填空题

（1）【答案】主【答案】普通【解析】在数据库设计器中设计表之间的联系时，要在父表中建立主索引，在子表中建立普通索引，然后通过父表的主索引和子表的普通索引建立两个表之间的联系。

（2）【答案】实体【解析】在 Visual FoxPro 中主索引和候选索引保证了记录在表中是惟一的，这属于数据完整性中的实体完整性。在 Visual FoxPro 中建立主索引或者候选索引的目的是实现实体的完整性约束。

（3）【答案】关系 或 关系表【解析】在关系模型中，把数据看成一个二维表，每一个二维表称为一个关系。表中的每一列称为一个属性，相当于记录中的一个数据项，对属性的命名称为属性名，

表中的一行称为一个元组，相当于记录值。

（4）【答案】FROM【解析】在 Visual FoxPro 中将项目连编成 APP 应用程序的命令格式为：

```
BUILD APP 应用程序名 FROM 项目名
```

其中 FROM 字句指明了要连编的项目。

（5）【答案】MODIFY 或 MODI 或 MODIF【解析】打开数据库的命令格式为：MODIFY DATABASE，可以简写为 MODI DATABASE。

（6）【答案】ALTER 【答案】ALTER 【答案】CHECK【解析】为表的字段设置有效性规则，可以使用 SQL 语句实现，其命令格式为：

```
ALTER TABLE <表名> ALTER <字段名> SET CHECK <表达式>
```

（7）【答案】AND

【答案】IN【解析】题干中(SELECT 零件号 FROM 使用零件 WHERE 使用零件.项目号='s1')表示"s1"所使用的零件号。因此 IN (SELECT 零件号 FROM 使用零件 WHERE 使用零件.项目号='s1')限定了查询出的零件号必须与"s1"项目所用零件号相同。项目.项目号=使用零件.项目号 AND 使用零件.零件号=零件.零件号 AND 使用零件.零件号表示查询记录要满足的几个条件，多个条件同时满足时，必须用 AND 来连接。

（8）【答案】AS 【答案】项目【解析】创建视图命令的语法格式是：

```
CREATE VIEW <视图名> AS 查询语句
```

该题目中创建的视图由多表连接而成。从题干中的连接字段"项目.项目号"可以得出答案，即参与连接的表名是项目。

（9）【答案】TOP 【答案】ORDER BY【解析】TOP 2 表示查询前 2 条记录，ORDER BY 数量 DESC 表示按照数量字段降序排列。

第 9 套全真模拟试卷

一、选择题

（1）DBMS 的含义是

A）数据库系统　　　　　　　　　　B）数据库管理系统

C）数据库管理员　　　　　　　　　D）数据库

（2）把实体—联系模型转换为关系模型时，实体之间多对多关系在关系模型中是通过

A）建立新的属性来实现　　　　　　B）建立新的关键字来实现

C）建立新的关系来实现　　　　　　D）建立新的实体来实现

（3）设有下列二叉树：

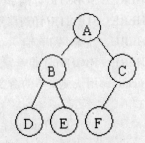

对此二叉树中序遍历的结果为

A）ABCDEF　　　　B）DBEAFC　　　　C）ABDECF　　　　D）DEBFCA

（4）　对关系 S 和关系 R 进行集合运算，结果中既包含 S 中元组也包含 R 中元组，这种集合运算称为

A）并运算　　　　　B）交运算　　　　　C）差运算　　　　　D）积运算

（5）下列对于线性链表的描述中正确的是

A）存储空间不一定连续，且各元素的存储顺序是任意的

B）存储空间不一定连续，且前件元素一定存储在后件元素的前面

C）存储空间必须连续，且前件元素一定存储在后件元素的前面

D）存储空间必须连续，且各元素的存储顺序是任意的

（6）在结构化方法中，用数据流程图（DFD）作为描述工具的软件开发阶段是

A）可行性分析　　　　B）需求分析　　　C）详细设计　　　　D）程序编码

（7）在 Visual FoxPro 中，运行表单 T1.SCX 的命令是

A）DO T1　　　　　　　　　　　　B）RUN FORMT1

C）DO FORMT1　　　　　　　　　　D）DO FROM T1

（8）下列描述中正确的是

A）程序就是软件　　　　　　　　　B）软件开发不受计算机系统的限制

C）软件既是逻辑实体，又是物理实体　D）软件是程序、数据与相关文档的集合

（9）数据库表可以设置字段有效性规则，字段有效性规则属于

A）实体完整性范畴　　　　　　　　B）参照完整性范畴

C）数据一致性范畴　　　　　　　　D）域完整性范畴

（10）用树形结构表示实体之间联系的模型是

A）关系模型　　　B）网状模型　　　　C）层次模型　　　D）以上三个都是

（11）　在 Visual FoxPro 中，学生表 STUDENT 中包含有通用型字段，表中通用型字段中的数据均存储到另一个文件中，该文件名为

A）STUDENT.DOC　　　　　　　　B）STUDENT.MEM

C）STUDENT.DBT   D）STUDENT.FTP

（12）在创建数据库表结构时，为该表中一些字段建立普通索引，其目的是

    A）改变表中记录的物理顺序   B）为了对表进行实体完整性约束

    C）加快数据库表的更新速度   D）加快数据库表的查询速度

（13）查询订购单号（字符型，长度为 4）尾字符是 "1" 的错误命令是

    A）SELECT * FROM 订单 WHERE   SUBSTR(订购单号,4)= "1"

    B）SELECT * FROM 订单 WHERE   SUBSTR(订购单号,4,1)="1"

    C）SELECT * FROM 订单 WHERE   "1"$订购单号

    D）SELECT * FROM 订单 WHERE   RIGHT(订购单号,1)="1"

（14）为表单建立了快捷菜单 mymenu，调用快捷菜单的命令代码 Do mymenu.mpr WITH THIS 应该放在表单的哪个事件中？

    A）Destory 事件   B）Init 事件

    C）Load 事件   D）RightClick 事件

（15）下列哪个答案是 INT（-7.9）、CEILING（-7.9）和 FLOOR（-7.9）的正确计算结果。

    A）-8，-7，-8   B）-7，-7，-7

    C）-7，-7，-8   D）-7，-8，-8

（16）数据库表的字段可以定义规则，规则是

    A）逻辑表达式   B）字符表达式

    C）数值表达式   D）前三种说法都不对

（17）给出当前记录号的函数是

    A）RECCOUNT ()   B）RECNO ()

    C）DELETE ()   D）VARTYPE ()

（18）在 Visual FoxPro 中，可以链接或嵌入 OLE 对象的字段类型是

    A）备注型字段   B）通用型字段

    C）备注型和通用型字段   D）任何类型的字段

（19）如果当前表的记录指针已经到达表尾，则 EOF（   ）的返回值为

    A）1   B）0   C）.T.   D）.F.

（20）下列函数结果为 .T. 的是

    A）EMPTY（SPACE（5））   B）EMPTY（.NULL.）

    C）ISNULL（"）   D）ISNULL（{}）

（21）要修改当前内存中打开的表结构，应使用的命令是

    A）MODI COMM   B）MODI STRU

    C）EDIT STRU   D）TYPE EDIT

（22）在 Visual FoxPro 中，关于查询和视图的正确描述是

    A）查询是一个预先定义好的 SQL SELECT 语句文件

    B）视图是一个预先定义好的 SQL SELECT 语句文件

    C）查询和视图是同一种文件，只是名称不同

    D）查询和视图都是一个存储数据的表

（23）有关连编应用程序，下面的描述正确的是

A）项目连编以后应将主文件视作只读文件

B）一个项目中可以有多个主文件

C）数据库文件可以被指定为主文件

D）在项目管理器中文件名左侧带有符号 Ø 的文件在项目连编以后是只读文件

（24）使用 SQL 语句将学生表 S 中年龄（AGE）大于 30 岁的记录删除，正确的命令是

A）DELETE FOR AGE>30　　　　　B）DELETE FROM S WHERE AGE>30

C）DELETE S FOR AGE>30　　　　D）DELETE S WHERE AGE>30

（25）在 Visual FoxPro 中释放和关闭表单的方法是

A）RELEASE　　　　B）CLOSE　　　　C）DELETE　　　　D）DROP

（26）在 Visual FoxPro 中，关于视图的正确叙述是

A）视图与数据库表相同，用来存储数据

B）视图不能同数据库表进行连接操作

C）在视图上不能进行更新操作

D）视图是从一个或多个数据库表导出的虚拟表

（27）SQL 是哪几个英文单词的缩写？

A）Standard Query Language　　　　B）Structured Query Language

C）Select Query Language　　　　　D）以上都不是

（28）视图设计器中含有的、但查询设计器中却没有的选项卡是

A）筛选　　　　B）排序依据　　　　C）分组依据　　　　D）更新条件

（29）有关参照完整性的删除规则，正确的描述是

A）如果删除规则选择的是"限制"，则当用户删除父表中的记录时，系统将自动删除子表中的所有相关记录

B）如果删除规则选择的是"级联"，则当用户删除父表中的记录时，系统将禁止删除与子表相关的父表中的记录

C）如果删除规则选择的是"忽略"，则当用户删除父表中的记录时，系统不负责做什么工作

D）上面三种说法都不对

（30）在 DO WHILE … ENDDO 循环结构中，EXIT 命令的作用是

A）退出过程，返回程序开始处

B）转移到 DO WHILE 语句行，开始下一个判断和循环

C）终止循环，将控制转移到本循环结构 ENDDO 后面的第一条语句继续执行

D）终止程序执行

（31）　一条没有指明去向的 SQL SELECT 语句执行之后，会把查询结果显示在屏幕上，要退出这个查询窗口，应该按的键是

A）ALT　　　　B）DELETE　　　　C）ESC　　　　D）RETURN

（32）~（35）题使用如下三个表：

学生.DBF：学号 C(8)，姓名 C(12)，性别 C(2)，出生日期 D，院系 C(8)

课程.DBF：课程编号 C(4)，课程名称 C(10)，开课院系 C(8)

学生成绩.DBF：学号 C(8)，课程编号 C(4)， 成绩 I

（32）查询每门课程的最高分，要求得到的信息包括课程名称和分数。正确的命令是

A）SELECT 课程名称, SUM(成绩) AS 分数 FROM 课程,学生成绩;

WHERE 课程.课程编号=学生成绩.课程编号;

GROUP BY 课程名称

B）SELECT 课程名称, MAX(成绩) 分数 FROM 课程, 学生成绩;

WHERE 课程.课程编号=学生成绩.课程编号;

GROUP BY 课程名称

C）SELECT 课程名称, SUM(成绩) 分数 FROM 课程, 学生成绩;

WHERE 课程.课程编号=学生成绩.课程编号;

GROUP BY 课程.课程编号

D）SELECT 课程名称, MAX(成绩) AS 分数 FROM 课程, 学生成绩;

WHERE 课程.课程编号=学生成绩.课程编号;

GROUP BY 课程编号

（33） 统计只有 2 名以下（含 2 名）学生选修的课程情况，统计结果中的信息包括课程名称、
开课院系和选修人数，并按选课人数排序。正确的命令是

A）SELECT 课程名称,开课院系,COUNT(课程编号) AS 选修人数;

FROM 学生成绩,课程 WHERE 课程.课程编号=学生成绩.课程编号;

GROUP BY 学生成绩.课程编号 HAVING COUNT(*)<=2;

ORDER BY COUNT(课程编号)

B）SELECT 课程名称,开课院系,COUNT(学号) 选修人数;

FROM 学生成绩,课程 WHERE 课程.课程编号=学生成绩.课程编号;

GROUP BY 学生成绩.学号 HAVING COUNT(*)<=2;

ORDER BY COUNT(学号)

C）SELECT 课程名称,开课院系,COUNT(学号) AS 选修人数;

FROM 学生成绩,课程 WHERE 课程.课程编号=学生成绩.课程编号;

GROUP BY 课程名称 HAVING COUNT(学号)<=2;

ORDER BY 选修人数

D）SELECT 课程名称,开课院系,COUNT(学号) AS 选修人数;

FROM 学生成绩,课程 HAVING COUNT(课程编号)<=2;

GROUP BY 课程名称

ORDER BY 选修人数

（34）查询所有目前年龄是 22 岁的学生信息：学号，姓名和年龄，正确的命令组是

A）CREATE VIEW AGE_LIST AS;

SELECT 学号,姓名,YEAR(DATE())-YEAR(出生日期) 年龄 FROM 学生;

SELECT 学号,姓名,年龄 FROM AGE_LIST WHERE 年龄=22

B）CREATE VIEW AGE_LIST AS;

SELECT 学号,姓名,YEAR (出生日期) FROM 学生;

SELECT 学号,姓名,年龄 FROM AGE_L IST WHERE YEAR (出生日期)=22

C）CREATE VIEW AGE_LIST AS;

SELECT 学号,姓名,YEAR(DATE())-YEAR(出生日期) 年龄 FROM 学生;

SELECT 学号,姓名,年龄 FROM 学生 WHERE YEAR(出生日期)=22

D）CREATE VIEW AGE_LIST AS STUDENT;

SELECT 学号,姓名,YEAR(DATE())-YEAR(出生日期) 年龄 FROM 学生;

SELECT 学号,姓名,年龄 FROM STUDENT WHERE 年龄=22

（35）向学生表插入一条记录的正确命令是

A）APPEND INTO 学生 VALUES("10359999",'张三','男','会计',{^1983-10-28})

B）INSERT INTO 学生 VALUES("10359999",'张三','男',{^1983-10-28},'会计')

C）APPEND INTO 学生 VALUES("10359999",'张三','男',{^1983-10-28},'会计')

D）INSERT INTO 学生 VALUES("10359999",'张三','男',{^1983-10-28})

二、填空题

（1）　某二叉树中度为 2 的结点有 18 个，则该二叉树中有_____个叶子结点。

（2）　在数据结构中，用一组地址连续的存储单元一次存储数据元素的方式是_____结构。

（3）　诊断和改正程序中错误的工作通常称为_____。

（4）　数据库理论中，数据的独立性一般可分为_____和逻辑独立性。

（5）　在关系模型中，把数据看成一个二维表，每一个二维表称为一个_____。

（6）　当删除父表中的记录时，若子表中的所有相关记录也能自动删除，则相应的参照完整性的删除规则为_____。

（7）　在 SQL 的 CREATE TABLE 语句中，为属性说明取值范围（约束）的是_____短语。

（8）　SQL 插入记录的命令是 INSERT，删除记录的命令是_____，修改记录的命令是_____。

（9）　在 Visual FoxPro 中，CONTINUE 与_____命令配合使用。

（10）　用当前窗体的 LABEL1 控件显示系统时间的语句是
THISFORM.LABEL1_____ = TIME( )

（11）　在 Visual FoxPro 中，运行当前文件夹下的表单 T 1.SCX 的命令是_____。

（12）　在 Visual FoxPro 中，使用 SQL 的 CREATE TABLE 语句建立数据库表时，使用_____子句说明有效性规则（域完整性规则或字段取值范围）。

（13）　在 Visual FoxPro 中表单的 Load 事件发生在 Init 事件之_____。

（14）　完成下面语句，对选项组的第 3 个按钮设置标题（Caption）属性：
ThisForm. MyOption._____ = "一年级"

第 9 套全真模拟试卷解析

一、选择题

（1）【答案】B【解析】本题是对数据库系统中几个基本概念的考查。DBMS 是 Database Management System 的缩写，表示数据库管理系统。数据库系统的缩写是 DBS（Database System），数据库管理员的缩写是 DBA（Database Administrator），数据库的缩写是 DB（Database）。因此选项 B 为正确答案。

（2）【答案】C【解析】本题考查对 Visual FoxPro 实体—关系模型的掌握。数据模型也就是数据的组织方式，一个关系就是一张二维表，实体之间多对多关系在关系模型中是通过建立新的关系来实现的，因此答案为 C。

（3）【答案】B【解析】二叉树的遍历分为先序、中序、后序三种不同方式。本题要求中序遍历，其遍历顺序应该为：中序遍历左子树→访问根结点→中序遍历右子树。按照定义，中序遍历序列是DBEAFC，故答案为 B。

（4）【答案】A【解析】本题考查集合运算。在关系数据库理论中，两个关系的并是由属于这两个关系的元组组成的集合，故选项 A 正确。两个关系的交是由既属于一个关系又属于另一个关系的元素组成的集合，两个集合的差运算是由从一个集合中去掉另一个集合中有的元素组成。两个集合的交运算是由既属于前一个集合又属于后一个集合的元素组成。

（5）【答案】A【解析】在链式存储结构中，存储数据的存储空间可以不连续，各数据结点的存储顺序与数据元素之间的逻辑关系可以不一致，数据元素之间的逻辑关系，是由指针域来确定的。由此可见，选项 A 的描述正确。

（6）【答案】B【解析】结构化分析方法是结构化程序设计理论在软件需求分析阶段的运用。而结构化分析就是使用数据流图（DFD）、数据字典（DD）、结构化英语、判定表和判定树等工具，来建立一种新的、称为结构化规格说明的目标文档。所以数据流程图是在需求分析阶段使用的。

（7）【答案】C【解析】本题考查表单文件的执行方法。表单文件的执行有两种方法：一种是通过菜单操作环境来实现，另外一种是通过命令方式，而命令方式执行中表单文件的命令格式为：

DO FORM?表单文件名?

因此选项 C 是正确答案。

（8）【答案】D【解析】计算机软件是计算机系统中与硬件相互依存的部分，包括程序、数据及相关文档的完整集合。选项 D 的描述正确。

（9）【答案】D【解析】本题考查域完整性的概念，属于常考题目。域完整性中的"规则"即字段有效性规则，用来指定该字段的值必须满足的条件，为逻辑表达式。建立字段有效性规则通常在"表设计器"中完成。因此正确答案为选项 D。

（10）【答案】C【解析】在数据库系统中，由于采用的数据模型不同，相应的数据库管理系统（DBMS）也不同。目前常用的数据模型有三种：层次模型、网状模型和关系模型。在层次模型中，实体之间的联系是用树形结构来表示的，其中实体集（记录型）是树中的结点，而树中各结点之间的连线表示它们之间的关系。因此，本题的正确答案是 C。

（11）【答案】D【解析】本题考查 Visual FoxPro 系统中存储通用型字段数据的文件的类型。选项 A 是文本文件，选项 B 是内存变量的存储文件，选项 C 是存储备注型字段信息的文件。通用型字段的数据是存储在以 .FTP 为后缀的文件中，因此答案为 D。

（12）【答案】D【解析】本题考查考生对索引目的的理解，属于常考题目。在 Visual FoxPro 中建立索引的目的之一就是提高查询速度，因此答案为选项 D。选项 C 具有一定的干扰性，但是其错误在于误认为索引可以提高更新速度，这是不对的。

（13）【答案】C【解析】本题考查字符串类操作函数。函数 SUBSTR(字符表达式，起始位置，长度)表示从指定表达式的起始位置取一个指定长度的字串作为函数值。没有设定长度时，系统默认自定长度为 1。RIGHT(字符表达式，长度)表示从指定表达式的右端取一个指定长度的子串作为函数值，没有设定长度时，系统默认自定长度为 1。故选项 C 为错误命令，选项 A 和选项 B 都使用 SUBSTR()作为查询条件，都能够实现从订购单号的第四个字符开始取长度为 1 的字符串，由于订购单号长度为 4，因此取得的结果就是尾字符串。选项 D 使用 RIGHT() 函数，从订购单号的末尾取长度为 1 的字符串，因此也是正确的。选项 C 中的查询条件 "1" $订购单号只能测试字符 "1" 是否在订购单号中出现，不能测试尾字符是否为 "1"。

（14）【答案】D【解析】表单的 RightClick 事件由鼠标右键单击表单触发，题目中已经为表单建立了快捷菜单，其触发事件是鼠标右键，因此选项 D 为正确答案。表单的 Init 事件在建立表单时引发，Destroy 事件在表单释放时引发。Load 事件在表单建立之前引发。

（15）【答案】C【解析】本题考查几个常用函数。INT()函数的功能是去掉小数保留整数，不影响负号。CEILING()函数是返回大于或等于自变量的最小整数，不影响负号。FLOOR() 函数是返回小于或等于自变量的最大整数，不影响负号，故选项 C 为正确答案。

（16）【答案】A【解析】本题考查数据库字段规则的含义。用户可以为数据库表字段定义规则，规则就是逻辑表达式，故选项 A 为正确答案。

（17）【答案】B【解析】RECCOUNT()函数用于给出记录的个数，RECNO() 函数用于给出当前记录号，DELETE()函数用于判断当前记录是否有删除标记，而 VARTYPE()函数用于判断自变量的数据类型。故选项 B 为正确答案。

（18）【答案】B【解析】在 Visual FoxPro 表中，只有通用型字段能够存放多媒体信息及链接或嵌入 OLE 对象，故选项 B 为正确答案。

（19）【答案】C【解析】函数 EOF()的功能是测试当前记录指针是否到达表中的最后一条记录。当记录指针已经到达表尾时，EOF()函数的返回值为.T.，此时的记录号为总的记录数加 1。如果记录指针未到达表尾，则该函数值为.F.，故选项 C 为正确答案。

（20）【答案】A【解析】EMPTY()函数用于测试自变量是否为空。对于字符型数据"空"是指空串、空格、制表符、回车及换行，对于数值型，"空"是指 0。故选项 A 为正确答案。

（21）【答案】B【解析】建立表的命令是 CREATE ，修改表结构的命令是 MODIFY STRUCTURE(必须先打开表文件)，打开与关闭表的命令是 USE。故选项 B 为正确答案。

（22）【答案】A【解析】本题考查的是对查询和视图的理解。视图不是一个独立的文件而从属于某个数据库，查询是一个独立的文件，不从属于某一个数据库。故选项 A 为正确答案。

（23）【答案】A【解析】本题考查 Visual FoxPro 中应用程序连编的掌握。对 Visual FoxPro 应用程序连编以后，一个项目中只能有一个主文件，且主文

件只能被视为只读文件。选项 A 为正确答案。

（24）【答案】B【解析】题目中考查的 SQL 的 DELETE 命令，语法格式为：

`DELETE FROM 表名 [WHERE 条件表达式]`

故选项 B 为正确答案。

（25）【答案】A【解析】本题考查 Visual FoxPro 中表单的常用方法及其功能。在 Visual FoxPro 中，释放和关闭表单的方法是 RELEASE 方法。

（26）【答案】D【解析】本题考查对 Visual FoxPro 中视图的理解。视图始终不真正含有数据，故选项 A 错误；它总是原始数据表的一个窗口，是一个虚拟表。可以使用视图从表中提取一组记录，并改变这些记录的值，把更新结果送回到基本表中，故选项 C 错误；选项 B 之所以错误，是因为视图可以与数据库表进行连接操作。正确答案为选项 D。

（27）【答案】B【解析】SQL 是结构化查询语言（Structured Query Language）的缩写，正确答案为选项 B。

（28）【答案】D【解析】本题考查对视图设计器的熟悉情况，正确答案为 D。

（29）【答案】C【解析】本题考查参照完整性，选项 A 和选项 B 都是错误的。如果删除规则选择的是"限制"，则当用户删除父表中的记录时，如果子表中有相关的记录，则禁止删除父表中的记录。如果删除规则选择的是"级联"，则当用户删除父表中的记录时，则自动删除子表中的相关所有记录。因此正确答案为选项 C。

（30）【答案】C【解析】本题考查 Visual FoxPro 中常见的程序控制结构：循环结构的执行流程。在以 DO WHILE… ENDDO 构成的循环结构中，如果将 EXIT 命令置于循环体中是表示在循环结束后，将控制从循环体内转移到 ENDDO 后面去的命令，这时程序就会去执行 ENDDO 后面第一条命令。故正确答案为选项 C。

（31）【答案】C【解析】在 FoxPro 系统操作环境中，对于屏幕上的用于显示查询结果的窗口，ESC 键的作用是终止、退出程序。ALT 键一般用于激活菜单。DELETE 键一般用于删除。RETURN 一般用于程序返回或按下回车键。本题正确选项为 C。

（32）【答案】B【解析】本题考查使用 MAX() 函数构造 SQL 查询。使用 SQL 查询课程的最高分，可以用 MAX() 函数来实现。由于查询的是每门课程的最高分，所以需要按照课程名称进行分组，故选项 B 正确。选项 A 的错误在于查询结果由 SUM(成绩) 构成，是对分组后的成绩进行了求和，选项 C 也是同样的错误，选项 D 错误在于 AS 子句后只有一个字段名，而查询结果字段有两个，无法匹配，也是错误的。

（33）【答案】C【解析】本题考查 SQL 语句中使用统计函数的掌握。统计人数可以使用 COUNT() 函数。在本题中由于学号是惟一的，因而统计人数就可以通过统计学生学号的个数来实现，四个选项中可以排除 A、B 两个选项，这两个语句都缺少按选修人数进行排序的子句，选项 D 的错误在于没有设定查询条件，故选项 C 正确。

（34）【答案】A【解析】本题考查 SQL 中复杂查询语句的书写，四个选项中只有选项 A 是正确的。选项 B 和选项 C 是从建立的 AGE_LIST 视图中查询数据，但 AGE_LIST 视图中没有出生日期字段。选项 D 是从 STUDENT 表或视图中查询数据，但是 STUDENT 表或视图不存在。故选项 A 是正确答案。

（35）【答案】B【解析】本题考查使用 SQL 语句向数据表中插入记录的掌握。向数据表中插入记录的 SQL 命令是 INSERT，插入记录的各个字段值要与学生表中的字段顺序相同，因此只有选项 B 正确。本题也可以用排除法进行求解，选项 A 和 C 中的命令关键字 APPEND 都是错误的，选项 D 中用来描述待插入记录各个字段值中缺少了一个字段值，不能与数据表匹配，因此选项 B 正确。

二、填空题

（1）【答案】19【解析】二叉树具有如下性质：在任意一棵二叉树中，度为 0 的结点（即叶子结点）总是比度为 2 的结点多一个。根据题意，度为 2 的结点是 18 个，那么，叶子结点九应当是 19 个。

（2）【答案】顺序存储【解析】根据顺序存储结构的定义，用一组地址连续的存储单元依次存储数据元素的方式属于顺序存储结构。

（3）【答案】调试 或 程序调试 或 软件调试 或 Debug 或 debug 或 调试程序 或 调试软件【解析】调试也称排错，调试的目的是发现错误的位置，并改正错误。一般的调试过程分为错误侦查、错误诊断和改正错误。

（4）【答案】物理独立性【解析】数据的独立性一般可分为物理独立性和逻辑独立性。

（5）【答案】关系【解析】关系模型用二维表表示，则每个二维表代表一种关系。

（6）【答案】级联【解析】本题考查参照完整性。如果删除规则选择的是"级联"，则当用户删除父表中的记录时，则自动删除子表中的相关所有记录

（7）【答案】CHECK 或 CHEC【解析】本题是对 SQL 的 CREATE TABLE 命令的考查，命令中定义域完整性的约束规则是 CHECK 短语。

（8）【答案】DELETE 或 DELE 或 DELET

【答案】UPDATE 或 UPDA 或 UPDAT【解析】本题考查 SQL 的删除命令。SQL 中插入记录的命令是 INSERT，删除记录的命令是 DELETE，修改记录的命令是 UPDATE。

（9）【答案】LOCATE【解析】在 Visual FoxPro 中 LOCATE 与 CONTINUE 是一对经常配对使用的命令，它们主要用于数据的检索，CONTINUE 的作用是定位到下一条满足条件的记录。

（10）【答案】CAPTION【解析】本题考查对 Visual FoxPro 中窗体属性的掌握。在 Visual FoxPro 中，窗体的 Caption 属性的功能是设定标题内容。THISFORM.LABEL1.CAPTION 的含义是设置当前标签控件的标题。

（11）【答案】DO FORM T1 或 DO FORM T1.SCX【解析】本题考查 Visual FoxPro 中运行表单的命令。在 Visual FoxPro 中运行表单可以使用 Visual FoxPro 的菜单系统，也可以使用命令 DO <表单文件> 其中表单文件即可以是文件名，也可以使用文件全名，即表单文件.SCX，本题中是运行当前文件夹下的表单文件，所以无需设定路径。

（12）【答案】CHECK【解析】本题是对 SQL

的建立数据库表命令的考查，命令中定义域完整性的约束规则是 CHECK 短语，后面跟逻辑表达式表示约束条件。

（13）【答案】前【解析】本题考查表单的 Load 事件和 Init 事件的引发次序，属于常考题。Visual FoxPro 中表单的 Load 事件先于 Init 事件引发。

（14）【答案】Button (3) Caption【解析】选项组的 Button 属性表示用于存取选项组中各按钮的数组，用户可以利用该属性为选项组中的按钮设置属性或调用其方法。

第 10 套全真模拟试卷

一、选择题

（1）数据库（DB）、数据库系统（DBS）、数据库管理系统（DBMS）三者之间的关系是

　A）DBS 包括 DB 和 DBMS　　　　　B）DBMS 包括 DB 和 DBS

　C）DB 包括 DBS 和 DBMS　　　　　D）DBS 就是 DB，也就是 DBMS

（2）下列关于栈的描述中错误的是

　A）栈是先进后出的线性表　　　　　B）栈只能顺序存储

　C）栈具有记忆作用

　D）对栈的插入与删除操作中，不需要改变栈底指针

（3）专门的关系运算不包括下列中的

　A）连接运算　　　B）选择运算　　　C）投影运算　　　D）交运算

（4）编制一个好的程序，首先要保证它的正确性和可靠性，还应强调良好的编程风格，在选择标识符的名字时应考虑

　A）名字长度越短越好，以减少源程序的输入量

　B）多个变量共用一个名字，以减少变量名的数目

　C）选择含义明确的名字，以正确提示所代表的实体

　D）尽量用关键字作名字，以使名字标准化

（5）关于 Visual FoxPro 的变量，下面说法中正确的是

　A）使用一个简单变量之前要先声明或定义

　B）数组中各数组元素的数据类型可以不同

　C）定义数组以后，系统为数组的每个数组元素赋以数值 0

　D）数组元素的下标下限是 0

（6）在软件设计中，不属于过程设计工具的是

　A）PDL(过程设计语言)　　　　　　B）PAD 图

　C）N-S 图　　　　　　　　　　　　D）DFD 图

（7）假设已经生成了名为 mymenu 的菜单文件，执行该菜单文件的命令是

　A）DO mymenu　　　　　　　　　B）DO mymenu.mpr

　C）DO mymenu.pjx　　　　　　　　D）DO mymenu.mnx

（8）数据库系统的核心是

　A）数据模型　　　　　　　　　　　B）数据库管理系统

C）软件工具　　　　　　　　　　　　D）数据库

（9）数据独立性是数据库技术的重要特点之一。所谓数据独立性是指

A）数据与程序独立存放

B）不同的数据被存放在不同的文件中

C）不同的数据只能被对应的应用程序所使用

D）以上三种说法都不对

（10）参照完整性的规则不包括

A）更新规则　　　B）删除规则　　　C）插入规则　　　D）检索规则

（11）Visual FoxPro 是一种关系型数据库管理系统，这里关系通常是指

A）数据库文件(dbc 文件)

B）一个数据库中两个表之间有一定的关系

C）表文件(dbf 文件)

D）一个表文件中两条记录之间有一定的关系

（12）字符串长度函数 LEN(SPACE (3)-SPACE(2))的值是

A）0　　　　　　　B）1　　　　　　　C）5　　　　　　　D）3

（13）在 Visual FoxPro 中，建立索引的作用之一是

A）节省存储空间　　　　　　　　　　B）便于管理

C）提高查询速度　　　　　　　　　　D）提高查询和更新速度

（14）下面有关 HAVING 子句描述错误的是

A）HAVING 子句必须与 GROUP BY 子句同时使用，不能单独使用

B）使用 HAVING 子句的同时不能使用 WHERE 子句

C）使用 HAVING 子句的同时可以使用 WHERE 子句

D）使用 HAVING 子句的作用是限定分组的条件

（15）数据库表的字段可以定义默认值，默认值是

A）逻辑表达式　　　　　　　　　　　B）字符表达式

C）数值表达式　　　　　　　　　　　D）前三种都可能

（16）允许出现重复字段值的索引是

A）侯选索引和主索引　　　　　　　　B）普通索引和惟一索引

C）侯选索引和惟一索引　　　　　　　D）普通索引和侯选索引

（17）在 Visual FoxPro 中，以下关于删除记录的描述，正确的是

A）SQL 的 DELETE 命令在删除数据库表中的记录之前，不需要用 USE 命令打开表

B）SQL 的 DELETE 命令和传统 Visual FoxPro 的 DELETE 命令在删除数据库表中的记录之前，都需要用 USE 命令打开表

C）SQL 的 DELETE 命令可以物理地删除数据库表中的记录，而传统 Visual FoxPro 的 DELETE 命令只能逻辑删除数据库表中的记录

D）传统 Visual FoxPro 的 DELETE 命令在删除数据库表中的记录之前不需要用 USE 命令打开表

（18）函数 STR(12345.678, 6, 2)的结果是

A）12345　　　　　B）12345.　　　　C）12346　　　　D）12345.7

（19）下面有关表间永久联系和关联的描述中，正确的是

  A）永久联系中的父表一定有索引，关联中的父表不需要有索引

  B）无论是永久联系还是关联，子表一定有索引

  C）永久联系中子表的记录指针会随父表的记录指针的移动而移动

  D）关联中父表的记录指针会随子表的记录指针的移动而移动

（20）SQL 支持集合的并运算，在 Visual FoxPro 中 SQL 并运算的运算符是

  A）PLUS   B）UNION   C）+   D）∪

（21）在下面的 Visual FoxPro 表达式中，运算结果为逻辑真的是

  A）EMPTY(.NULL.)   B）LIKE('xy?','xyz')

  C）AT('xy','abcxyz')   D）ISNULL(SPACE(0))

（22）依次执行以下命令后的输出结果是

```
SET DATE TO YMD
SET CENTURY ON
SET CENTURY TO 19 ROLLOVER 10
SET MARK TO "."
? CTOD("49-05-01")
```

  A）49.05.01 B）1949.05.01 C）2049.05.01 D）出错

（23）下面是关于表单数据环境的叙述，其中错误的是

  A）可以在数据环境中加入与表单操作有关的表

  B）数据环境是表单的容器

  C）可以在数据环境中建立表之间的联系

  D）表单运行时自动打开其数据环境中的表

（24） 在使用项目管理器时，如果要移去一个文件，在提示的框中选择"Remove（移去）"按钮，系统将会把所选择的文件移走。选择"Delete（删除）"按钮，系统将会把该文件

  A）仅仅从项目中移走

  B）仅仅从项目中移走，磁盘上的文件未被删除

  C）不仅从项目中移走，磁盘上的文件也被删除

  D）只是不保留在原来的目录中

（25）有关控件对象的 Click 事件的正确叙述是

  A）用鼠标双击对象时引发   B）用鼠标单击对象时引发

  C）用鼠标右键单击对象时引发   D）用鼠标右键双击对象时引发

（26）在 Visual FoxPro 中查询的数据源可以来自

  A）临时表   B）视图   C）数据库表 D）以上均可

（27）要引用当前对象的直接容器对象，应使用

  A）Parent   B）This   C）ThisForm D）ThisFormSet

（28）DbClick 事件是指什么时候触发的基本事件

  A）当创建对象时   B）当从内存中释放对象时

  C）当表单或表单集装入内存时   D）当用户双击该对象时

（29）使用 SQL 语句从表 STUDENT 中查询所有姓王的同学的信息，正确的命令是：

A）SELECT * FROM STUDENT WHERE LEFT(姓名,2)="王"

B）SELECT * FROM STUDENT WHERE RIGHT(姓名,2)="王"

C）SELECT * FROM STUDENT WHERE TRIM(姓名,2)="王"

D）SELECT * FROM STUDENT WHERE STR(姓名,2)="王"

（30）连编后可以脱离开 Visual FoxPro 独立运行的程序是

    A）APP 程序   B）EXE 程序   C）FXP 程序   D）PRG 程序

（31）以下程序求 1!+2!+3!+ … +10! 的累加和，请为下面的程序选择正确的答案

```
s=0
FOR i=1 TO 1 0
t=1
FOR j=1 TO_____
t=t*j
NEXT
s=s+t
NEXT
? S
```

    A）10   B）j   C）9   D）i

  （32）让控件获得焦点，使其成为活动对象的方法是

    A）Show   B）Release   C）SetFocus   D）GotFocus

（33）下列选项中，与函数 INT（10/3）结果相同的是

    A）CELING（3.3）   B）FLOOR（3.3）

    C）SIGN（3.3）   D）ABS（3.3）

（34）在表 ticket 中查询所有票价小于 100 元的车次、始发站和终点信息的命令是

    A）SELECT *FROM ticket WHERE 票价<100

    B）SELECT 车次、始发站、终点 FROM ticket WHERE 票价>100

    C）SELECT 车次、始发站、终点 FROM ticket WHERE 票价<100

    D）SELECT*FROM ticket WHERE 票价>100

（35）连编应用程序不能生成的文件是

    A）.app 文件   B）.exe 文件   C）.dll 文件   D）.prg 文件

二、填空题

（1）   一般来说，算法可以用顺序、选择和_____三种基本控制结构组合而成。

（2）   算法复杂度主要包括时间复杂度和_____复杂度。

（3）   在进行模块测试时，要为每个被测试的模块另外设计两类模块：驱动模块和承接模块（桩模块）。其中，_____的作用是将测试数据传送给被测试的模块，并显示被测试模块所产生的结果。

（4）   在 Visual FoxPro 的查询设计器中_____选项卡对应的 SQL 短语是 WHERE。

（5）   数据结构分为逻辑结构和存储结构，循环队列属于_____结构。

（6）   同一个表的多个索引可以创建在一个索引文件中，索引文件名与相关的表同名，索引文件的扩展名是_____，这种索引称为_____。

（7）   如下程序显示的结果是_____。

```
s=1
i=0
```

```
do while i<8
    s=s+i
    i=i+2
enddo
?s
```

（8） 在 Visual FoxPro 中，可以在表设计器中为字段设置默认值的表是_____表。

（11） 在表单中确定控件是否可见的属性是_____。

（12） 在 SQL 的 CREATE TABLE 语句中，为属性说明取值范围（约束）的是_____短语。

第 10 套全真模拟试卷解析

一、选择题

（1）【答案】A【解析】本题是对数据库理论中几个基本概念的考查。数据库系统由五个部分组成：数据（DB）、数据库管理系统（DBMS）、硬件系统、数据库管理员和用户。因此可知，DBS 包括 DB 和 DBMS，故选项 A 为正确答案。

（2）【答案】B【解析】本题考核栈的基本概念。我们可以通过排除法来确定本题的答案。栈是限定在一端进行插入与删除操作的线性表，栈顶元素总是最后被插入的元素，从而也是最先能被删除的元素；栈底元素总是最先被插入的元素，从而也是最后才能被删除的元素，即栈是按照"先进后出"或"后进先出"的原则组织数据的，这便是栈的记忆作用，所以选项 A 和选项 C 正确。对栈进行插入和删除操作时，栈顶位置是动态变化的，栈底指针不变，选项 D 正确。由此可见，选项 B 错误。

（3）【答案】D【解析】本题考查专门的关系运算。属于基本概念题、常考题。在关系模型的数据库理论中，关系的基本运算有三种：连接运算、选择运算、投影运算，不包括交运算，因此可以得出答案为 D。

（4）【答案】C【解析】标识符的名字应该能反映出它所代表的实际东西，应有一定的意义。名字不是越长越好，应当选择精练的意义明确的名字。必要时可以使用缩写名字，但这时要注意缩写规则要一致，并且给每个名字加注释。同时，在一个程序中，一个变量只应用于一种用途。

（5）【答案】B【解析】本题考查考生对变量以及数组的理解。数组是按一定顺序排列的一组内存变量的集合，必须先定义后使用。在 Visual FoxPro 中，一个数组中各个元素的数据类型可以不同，故选项 B 正确。数组大小由下标值的上、下限决定，下限规定为 1，故选项 D 错误。选项 A 的错误在于，使用简单变量之前，不需要特别的声明和定义。选项 C 错误，原因是系统在定义数组后不会对数组元素进行赋值。

（6）【答案】D【解析】数据流图 DFD，是结构化分析方法最主要的一种图形工具，不属于过程设计工具。

（7）【答案】B【解析】本题考查菜单文件的执行方法。菜单文件的执行有两种方法：一种是通过 Visual FoxPro 系统的菜单操作环境来实现，另外一种是通过命令的方式来执行菜单文件，而以命令方式执行时，菜单文件名必须带有扩展名.mpr，因此本题给出的四个选项中只有答案 B 是正确的。

（8）【答案】B【解析】数据库管理系统是一种系统软件，负责数据库中的数据组织、数据操纵、数据维护、控制及保护和数据服务等，因此数据库管理系统是数据库系统的核心。

（9）【答案】D【解析】数据具有两方面的独立性：一是物理独立性，即由于数据的存储结构与逻辑结构之间由系统提供映象，使得当数据的存储结构改变时，其逻辑结构可以不变，因此，基于逻辑结构的应用程序不必修改；二是逻辑独立性，即由于数据的局部逻辑结构（它是总体逻辑结构的一个子集，由具体的应用程序所确定，并且根据具体的需要可以作一定的修改）与总体逻辑结构之间也由系统提供映象，使得当总体逻辑结构改变时，其局部逻辑结构可以不变，从而根据局部逻辑结构编写的应用程序也可以不必修改。综上所述，本题的正确答案是 D。

（10）【答案】D【解析】本题考查参照完整性。在 Visual FoxPro 中，参照完整性是指当插入、删除或修改一个表中的数据时，通过参照引用相互关联的另一个表中的数据，来检查对表的操作是否正确。它一般包括更新规则、删除规则和插入规则，因此答案为 D。

（11）【答案】C【解析】本题考查的是对关系概念的理解，属于常考题。一个关系就是一张二维表，Visual FoxPro 中表示为表文件，从而得出正确答案为选项 C。

（12）【答案】C【解析】LEN() 函数的功能是返回指定字符表达式的长度，即所含字符中的字符个数；SPACE() 函数返回由指定数目的空格组成的字符串。SPACE(3) - SPACE(2) 表示将两个字符串不完全连接，本题返回字符串的长度为 5，故选项 C 为正确答案。

（13）【答案】C【解析】本题考查考生对索引的掌握，索引是一个常考的知识点。为表建立索引可以提高查询速度，但是维护索引是要付出代价的，当对表进行插入、删除和修改等操作时，系统会自动维护索引，也就是说索引会降低插入、删除和修改等操作的速度，故选项 C 为正确答案。

（14）【答案】B【解析】本题考查考生对 HAVING 子句的理解和掌握。在四个选项中，B 选项是错误的。SELECT 语句的标准语法格式中，HAVING 子句和 WHERE 是可以同时使用的，而且，在实际的应用中，大多数情况都是两个子句同时使用，所以答案为 B 选项。其他几项都是对 HAVING 子句的正确描述。考生务必对 SELECT 语句的语法熟练掌握，并且掌握各个子句的使用条件和使用方法，才能对此类考题进行很好的解答。

（15）【答案】D【解析】本题是对数据库表字段定义规则的考查。数据库表字段的默认值可以是逻辑表达式、字符表达式、或者数值表达式，因此正确答案为选项 D。

（16）【答案】B【解析】本题考查的是对索引概念的理解，属常考题。主索引是对主关键字建立的索引，字段中不允许有重复值。候选索引也是一

个不允许在指定字段和表达式中出现重复值的索引。惟一索引和普通索引允许关键字值的重复出现，答案为选项 B。

（17）【答案】A【解析】本题是对传统的 Visual FoxPro 的 DELETE 命令和 SQL 的 DELETE 命令的比较。执行传统的 Visual FoxPro 命令时必须打开所要操作的表，而 SQL 操作时不需要打开表；传统的 Visual FoxPro 的 DELETE 命令和 SQL 的 DELETE 命令都是为指定的数据表中的记录添加删除标记。因此正确答案为选项 A。

（18）【答案】C【解析】STR() 函数是将数值型数据转换成对应的字符型数据，题目中给出的自变量的整数部分只有五位，加上小数点共计六位，因而对小数点后第一位四舍五入，结果应是 12346，故选项 C 为正确答案。

（19）【答案】A【解析】本题考查对永久关系和关联概念的掌握。Visual FoxPro 中在永久联系中父表一定有索引，而子表不需要；建立关联时，关键字必须是两个表文件的共同字段，且子表按关键字建立主索引，父表不需要；无论建立永久联系还是关联，建立后，父表文件记录指针移动时，子表文件的记录指针也将自动相应移动。可得到正确选项 A。

（20）【答案】B【解析】本题考查 SQL 语句中的 UNION 关键字及其含义，实现 SQL 并运算的运算符是 UNION，故选项 B 为正确答案。"+" 是实现将两个字符串顺序连接的运算符,选项 D 是集合的"并"运算符号。

（21）【答案】B【解析】本题考查的是一些常用函数的返回值，属于常考题目。AT() 返回字符串 1 在字符串 2 中的位置，如果字符串 2 中不包括字符串 1，则函数返回值为 0，不是逻辑值，选项 C 排除；ISNULL() 判断表达式运算结果是否为空，若空则返回逻辑真，选项 D 返回值为假；EMPTY() 指定表达式的运算结果若为"空"，返回逻辑真，故排除选项 A；LIKE() 函数比较两个字符串对应位置上字符若匹配，返回故逻辑真，正确答案为选项 B。

（22）【答案】B【解析】SET DATE TO YMD 是把日期设置成年月日格式,SET CENTURY ON 及

SET CENTURY TO 19 ROLLOVER 10 是打开年份中世纪方式显示，并把显示方式设为 19; SET MARK TO "."是把年月日中间的分界符用"."分开。只有选项 B 是正确的。

（23）【答案】B【解析】本题考查对表单数据环境的理解。数据环境中能够包含与表单有联系的表和视图以及表之间的关系，并且可以设置和编辑表之间的关系。数据环境的表或视图会随着表单的打开或运行而打开，并随着表单的关闭或释放而关闭。由此可见，选项 B 为正确答案。

（24）【答案】C【解析】在"移去"对话框中，"删除"命令按钮把文件从项目中移走，但同时也从磁盘中清除该文件，"移去"命令按钮则只将文件从项目中移出，而原文件保留在磁盘中，故选项 C 为正确答案。

（25）【答案】B【解析】本题考查对 Click 事件的掌握。Click 事件是控件的常用事件，它在鼠标单击对象时引发，因此正确答案为 B。单击鼠标的右键会引发控件对象的 RightClick 事件，双击鼠标会引发控件对象的 DbClick 事件。

（26）【答案】D【解析】查询的数据源可以来自临时表、视图、数据库表等，故选项 D 为正确答案。

（27）【答案】A【解析】Parent 用于引用当前对象的直接容器，This 用于引用当前对象，ThisForm 引用当前对象所在的表单，ThisFormSet 引用当前对象所在的表单集，故选项 A 为正确答案。

（28）【答案】D【解析】DbClick 事件是当用户双击该对象时触发的基本事件，故选项 D 为正确答案。

（29）【答案】A【解析】本题考查 SQL 语句中条件查询语句的书写。选项 B 中的 RIGHT()函数是取姓名字段值最右边的一个字；选项 C 的 TRIM()函数是删除姓名字段值的尾部空格；选项 D 的 STR()函数是将数值表达式转换成字符串；选项 A 中的 LEFT()函数是从姓名字段中取第一个字，利用表达式 LEFT(姓名,2)= "王"，才能正确地描述查询条件，正确答案为 A。

（30）【答案】B【解析】EXE 程序是可以脱离

开 Visual FoxPro 环境独立运行的程序，选项 D 中的 PRG 程序是只能在 Visual FoxPro 中运行的程序，正确答案为选项 B。

（31）【答案】D【解析】本题难点在与循环语句的嵌套使用。请注意程序中外层的循环是求 10 个数的累加和，内层循环是求当外层循环循环到第 i 次时求 i!，因而内层循环语句应写成 FOR j=1 TO i，故选项 D 为正确答案。

（32）【答案】C【解析】SetFocus 方法使控件获得焦点，使其成为活动对象。选项 C 为正确答案。Release 方法用于将控件从内存中释放，Show 方法用于显示控件。GotFocus 是控件的事件，由控件获得焦点时引发。

（33）【答案】B【解析】本题考查几个常用函数的掌握情况。INT()函数的功能是取数值的整数部分，CEILING()函数是返回大于或是等于自变量的最小整数，不影响负号。FLOOR()函数的功能是返回小于或等于自变量的最大整数，不影响负号。ABS()函数的功能是返回指定数值表达式的绝对值。SIGN()函数的功能是返回指定数值表达式的符号。因此 INT(10/3)结果为 3，选项 A 的结果为 4，选项 B 的结果为 3，选项 C 的结果为 1，选项 D 的结果为 3.3，故选项 B 为正确答案。

（34）【答案】C【解析】本题考查条件查询语句的书写。SQL 的语法格式是：

SELECT<目标字段达式>FROM <表名>

所以在表 ticket 中查询所有票价小于 100 元的车次、始发站和终点信息的命令是 SELECT 车次、始发站、终点 FROM ticket WHERE 票价<100，故选项 C 为正确答案。

（35）【答案】D【解析】.prg 文件是 Visual FoxPro 中的程序文件，不是连编后生成的文件。故选项 D 为正确答案。

二、填空题

（1）【答案】循环【解析】算法可以由顺序、选择和循环三种基本控制结构组合而成。

（2）【答案】空间【解析】算法的复杂度主要包括时间复杂度和空间复杂度。所谓算法的时间复杂度，是指执行算法所需要的计算工作量。一个算法的空间复杂度，一般是指执行这个算法所需要的内存空间。

（3）【答案】驱动模块【解析】由于模块不是一个独立的程序，不能单独运行，因此，在进行模块测试时，还应为每个被测试的模块另外设计两类模块：驱动模块和承接模块。其中驱动模块的作用是将测试数据传送给被测试的模块，并显示被测试模块所产生的结果；承接模块的作用是模拟被测试模块的下层模块。通常，承接模块有多个。

（4）【答案】筛选【解析】本题考查查询设计器。属于常考题。在 Visual FoxPro 的查询设计器中，"筛选"选项卡对应于 SQL 语句中的 WHERE 短语。

（5）【答案】存储 或 物理 或 存储结构 或 物理结构【解析】数据的逻辑结构在计算机存储空间中的存放形式称为数据的存储结构（也称数据的物理结构）。所谓循环队列，就是将队列存储空间的最后一个位置绕到第一个位置，形成逻辑上的环状空间，供队列循环使用。可知，循环队列应当是物理结构。

（6）【答案】CDX 或 .CDX

【答案】结构复合索引 或 结构索引【解析】本题考查结构复合索引的掌握。结构复合索引文件随表打开时自动打开，在同一索引文件中能包含多个索引项，它的扩展名为.CDX.。

（7）【答案】13【解析】本题考查的是对循环命令的理解。s 的初始值为 1，i 的初始值为 1，每循环一次 s 值增加 2，i 增加 2。当 i 等于 8 时终止循环，s=1+2+4+6，所以值为 13。

（8）【答案】数据库表【解析】本题考查数据库表和自由表的区别。因为自由表不能建立字段级规则和约束，所以能够设置默认值的表只能是数据库表。

（9）【答案】into

【答案】values 或 valu 或 value【解析】本题考查增添记录的 SQL 命令 INSERT 的使用。依据题意，向学院表中插入表系号和系名的属性值，应该用 SQL 中的 INSERT 命令。INSERT INTO 之后的关键字是用来指定要插入记录的表名，VALUES 则指定插入记录的各个字段值。

（10）【答案】sum

【答案】学院【解析】本题考查求和函数 SUM()的使用。在 SQL 语句中，可以用 SUM()来对字段值求和，而 COUNT()是统计记录的个数。依据题意，应该先在子查询中确定系名字段为"工商管理"的记录的系号字段，然后在外层查询中统计系号字段等于该系号的所有记录的工资字段的总和。能够完成此功能的函数是 SUM()。第 2 空应是表"学院"，从题干中看出，只有学院表中才有系号字段。

（11）【答案】Visible【解析】控件的 Visible 属性指定对象是可见还是隐藏，Visible 属性值为.T.，表示对象是可见的，反之则不可见。

（12）【答案】CHECK【解析】定义域完整性的约束规则是 CHECK 短语。

第二部分　笔试真题及解析

2006 年 4 月笔试真题

一、选择题（每小题 2 分，共 70 分）

下列各题 A)、B)、C)、D) 四个选项中，只有一个选项是正确的，请将正确选项涂写在答题卡相应位置上，答在试卷上不得分。

（1）下列选项中不属于结构化程序设计方法的是
　　A）自顶向下　　　B）逐步求精　　　C）模块化　　　D）可复用

（2）两个或两个以上模块之间关联的紧密程度称为
　　A）耦合度　　　B）内聚度　　　C）复杂度　　　D）数据传输特性

（3）下列叙述中正确的是
　　A）软件测试应该由程序开发者来完成　　　B）程序经调试后一般不需要再测试
　　C）软件维护只包括对程序代码的维护　　　D）以上三种说法都不对

（4）按照"后进先出"原则组织数据的数据结构是
　　A）队列　　　B）栈　　　C）双向链表　　　D）二叉树

（5）下列叙述中正确的是
　　A）线性链表是线性表的链式存储结构　　　B）栈与队列是非线性结构
　　C）双向链表是非线性结构　　　D）只有根结点的二叉树是线性结构

（6）对如下二叉树

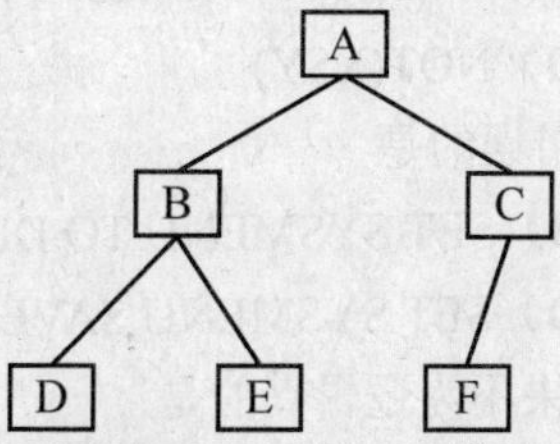

```
          A
         / \
        B   C
       / \   \
      D   E   F
```

进行后序遍历的结果为
　　A）ABCDEF　　　B）DBEAFC　　　C）ABDECF　　　D）DEBFCA

（7）在深度为 7 的满二叉树中，叶子结点的个数为
　　A）32　　　B）31　　　C）64　　　D）63

（8）"商品"与"顾客"两个实体集之间的联系一般是
　　A）一对一　　　B）一对多　　　C）多对一　　　D）多对多

（9）在 E-R 图中，用来表示实体的图形是
　　A）矩形　　　B）椭圆形　　　C）菱形　　　D）三角形

（10）数据库 DB、数据库系统 DBS、数据库管理系统 DBMS 之间的关系是
　　A）DB 包含 DBS 和 DBMS　　　　　B）DBMS 包含 DB 和 DBS

C）DBS 包含 DB 和 DBMS   D）没有任何关系

(11) 在 Visual FoxPro 中以下叙述错误的是

    A）关系也被称作表   B）数据库文件不存储用户数据

    C）表文件的扩展名是.dbf   D）多个表存储在一个物理文件中

(12) 扩展名为 scx 的文件是

    A）备注文件   B）项目文件   C）表单文件   D）菜单文件

(13) 表格控件的数据源可以是

    A）视图   B）表

    C）SQL SELECT 语句   D）以上三种都可以

(14) 在 Visual FoxPro 中以下叙述正确的是

    A）利用视图可以修改数据   B）利用查询可以修改数据

    C）查询和视图具有相同的作用   D）视图可以定义输出去向

(15) 在 Visual FoxPro 中可以用 DO 命令执行的文件不包括

    A）PRG 文件   B）MPR 文件   C）FRX 文件   D）QPR 文件

(16) 不允许出现重复字段值的索引是

    A）候选索引和主索引   B）普通索引和惟一索引

    C）惟一索引和主索引   D）惟一索引

(17) 在 Visual FoxPro 中，宏替换可以从变量中替换出

    A）字符串   B）数值   C）命令   D）以上三种都可能

(18) 以下关于"查询"的描述正确的是

    A）查询保存在项目文件中   B）查询保存在数据库文件中

    C）查询保存在表文件中   D）查询保存在查询文件中

(19) 设 X="11",Y="1122", 下列表达式结果为假的是

    A）NOT(X==Y)AND (X$Y)   B）NOT(X$Y)OR (X<>Y)

    C）NOT(X>=Y)   D）NOT(X$Y)

(20) 以下是与设置系统菜单有关的命令，其中错误的是

    A）SET SYSMENU DEFAULT   B）SET SYSMENU TO DEFAULT

    C）SET SYSMENU NOSAVE   D）SET SYSMENU SAVE

(21) 在下面的 Visual FoxPro 表达式中，运算结果不为逻辑真的是

    A）EMPTY(SPACE(0))   B）LIKE('xy*', 'xyz')

    C）AT('xy', 'abcxyz')   D）ISNULL(.NULL.)

(22) SQL 的数据操作语句不包括

    A）INSERT   B）UPDATE   C）DELETE   D）CHANGE

(23) 假设表单上有一选项组：⊙男 ○女，其中第一个选项按钮"男"被选中。请问该选项组的 Value 属性值为

    A）.T.   B）"男"   C）1   D）"男"或 1

(24) 打开数据库的命令是

    A）USE   B）USE DATABASE

    C）OPEN   D）OPEN DATABASE

（25） "图书"表中有字符型字段"图书号"。要求用 SQL DELETE 命令将图书号以字母 A 开头的图书记录全部打上删除标记，正确的命令是

A）DELETE FROM 图书 FOR 图书号 LIKE "A%"

B）DELETE FROM 图书 WHILE 图书号 LIKE "A%"

C）DELETE FROM 图书 WHERE 图书号="A*"

D）DELETE FROM 图书 WHERE 图书号 LIKE "A%"

（26） 在 Visual FoxPro 中，要运行菜单文件 menu1.mpr，可以使用命令

A）DO menu1   B）DO menu1.mpr

C）DO MENU menu1   D）RUN menu1

（27） 以下所列各项属于命令按钮事件的是

A）Parent   B）This   C）ThisForm   D）Click

（28） 如果在命令窗口执行命令：LIST 名称，主窗口中显示：

记录号　名称

1　电视机

2　计算机

3　电话线

4　电冰箱

5　电线

假定名称字段为字符型、宽度为 6，那么下面程序段的输出结果是

```
GO 2
SCAN  NEXT 4 FOR LEFT(名称,2)="电"
   IF RIGHT(名称,2)="线"
      EXIT
   ENDIF
ENDSCAN
? 名称
```

A）电话线   B）电线   C）电冰箱   D）电视机

（29）SQL 语句中修改表结构的命令是

A）ALTER TABLE   B）MODIFY TABLE

C）ALTER STRUCTURE   D）MODIFY STRUCTURE

（30） 假设"订单"表中有订单号、职员号、客户号和金额字段，正确的 SQL 语句只能是

A）SELECT 职员号 FROM 订单

GROUP BY 职员号 HAVING COUNT(*)>3 AND AVG_金额>200

B）SELECT 职员号 FROM 订单

GROUP BY 职员号 HAVING COUNT(*)>3 AND AVG(金额)>200

C）SELECT 职员号 FROM 订单

GROUP BY 职员号 HAVING COUNT(*)>3 WHERE AVG(金额)>200

D）SELECT 职员号 FROM 订单

GROUP BY 职员号 WHERE COUNT(*)>3 AND AVG_金额>200

（31） 要使"产品"表中所有产品的单价上浮 8%，正确的 SQL 命令是

A）UPDATE 产品 SET 单价=单价 + 单价*8% FOR ALL

   B）UPDATE 产品 SET 单价=单价*1.08 FOR ALL

   C）UPDATE 产品 SET 单价=单价 + 单价*8%

   D）UPDATE 产品 SET 单价=单价*1.08

（32）假设同一名称的产品有不同的型号和产地，则计算每种产品平均单价的 SQL 语句是

   A）SELECT 产品名称, AVG(单价) FROM 产品 GROUP BY 单价

   B）SELECT 产品名称, AVG(单价) FROM 产品 ORDER BY 单价

   C）SELECT 产品名称, AVG(单价) FROM 产品 ORDER BY 产品名称

   D）SELECT 产品名称, AVG(单价) FROM 产品 GROUP BY 产品名称

（33）执行如下命令序列后，最后一条命令的显示结果是

```
DIMENSION M(2,2)
 M（1,1）=10
 M（1,2）=20
 M（2,1）=30
 M（2,2）=40
 ? M（2）
```

   A）变量未定义的提示　　　　B）10　　　　C）20　　　　D）.F.

（34）设有 S(学号，姓名，性别)和 SC(学号，课程号，成绩)两个表，如下 SQL 语句检索选修的每门课程的成绩都高于或等于 85 分的学生的学号、姓名和性别，正确的是

   A）SELECT 学号，姓名，性别 FROM s WHERE EXISTS

   （SELECT * FROM sc WHERE SC.学号 = S.学号 AND 成绩 <= 85）

   B）SELECT 学号，姓名，性别 FROM s WHERE NOT EXISTS

   （SELECT * FROM sc WHERE SC.学号 = S.学号 AND 成绩 <= 85）

   C）SELECT 学号，姓名，性别 FROM s WHERE EXISTS

   （SELECT * FROM sc WHERE SC.学号 = S.学号 AND 成绩 > 85）

   D）SELECT 学号，姓名，性别 FROM s WHERE NOT EXISTS

   （SELECT * FROM sc WHERE SC.学号 = S.学号 AND 成绩 < 85）

（35）从"订单"表中删除签订日期为 2004 年 1 月 10 日之前（含）的订单记录，正确的 SQL 语句是

   A）DROP FROM 订单 WHERE 签订日期<={^2004-1-10}

   B）DROP FROM 订单 FOR 签订日期<={^2004-1-10}

   C）DELETE FROM 订单 WHERE 签订日期<={^2004-1-10}

   D）DELETE FROM 订单 FOR 签订日期<={^2004-1-10}

二、填空题（每空 2 分，共 30 分）

  请将每一个空的正确答案写在答题卡【1】～【15】序号的横线上，答在试卷上不得分。注意：以命令关键字填空的必须拼写完整。

（1） 对长度为 10 的线性表进行冒泡排序，最坏情况下需要比较的次数为 【1】 。

（2） 在面向对象方法中，【2】 描述的是具有相似属性与操作的一组对象。

（3） 在关系模型中，把数据看成是二维表，每一个二维表称为一个 【3】 。

（4） 程序测试分为静态分析和动态测试。其中 【4】 是指不执行程序，而只是对程序文本

进行检查，通过阅读和讨论，分析和发现程序中的错误。

（5）　数据独立性分为逻辑独立性与物理独立性。当数据的存储结构改变时，其逻辑结构可以不变，因此，基于逻辑结构的应用程序不必修改，称为　【5】　。

（6）　表达式{^2005-10-3 10:0:0}-{^2005-10-3 9:0:0}的数据类型是　【6】　。

（7）　在 Visual FoxPro 中，将只能在建立它的模块中使用的内存变量称为　【7】　。

（8）　查询设计器的"排序依据"选项卡对应于 SQL SELECT 语句的　【8】　短语。

（9）　在定义字段有效性规则时，在规则框中输入的表达式类型是　【9】　。

（10）　在 Visual FoxPro 中，主索引可以保证数据的　【10】　完整性。

（11）　SQL 支持集合的并运算，运算符是　【11】　。

（12）　SQL SELECT 语句的功能是　【12】　。

（13）　"职工"表有工资字段，计算工资合计的 SQL 语句是
SELECT　【13】　FROM 职工

（14）　要在"成绩"表中插入一条记录，应该使用的 SQL 语句是：
　【14】　成绩(学号,英语,数学,语文) VALUES("2001100111",91,78,86)

（15）　要将一个弹出式菜单作为某个控件的快捷菜单，通常是在该控件的　【15】　事件代码中添加调用弹出式菜单程序的命令。

2006 年 4 月笔试真题解析

一、选择题

（1）【答案】D【解析】结构化程序设计方法的主要原则有 4 点：自顶向下（先从最上层总目标开始设计，逐步使问题具体化）、逐步求精（对于复杂问题，设计一些子目标作为过渡，逐步细化）、模块化（将程序要解决的总目标分解为分目标，再进一步分解为具体的小目标，每个小目标作为一个模块）、限制使用 GOTO 语句。没有可复用原则，所以选项 D 为答案。

（2）【答案】A【解析】本题考核模块独立性的评价。评价模块独立性的主要标准有两个：一是模块之间的耦合，它表明两个模块之间互相独立的程度，也可以说是两个或两个以上模块之间关联的紧密程度（所以，本题的正确答案为选项 A）；二是模块内部之间的关系是否紧密，称为内聚。一般来说，要求模块之间的耦合尽可能地弱，即模块尽可能独立，而要求模块的内聚程度尽量地高。

（3）【答案】D【解析】本题考核软件测试、软件调试和软件维护的概念。软件测试的目标是在精心控制的环境下执行程序，以发现程序中的错误，

给出程序可靠性的鉴定。软件测试具有挑剔性，测试不是为了证明程序是正确的，而是在设想程序有错误的前提下进行的，其目的是设法暴露程序中的错误和缺陷，就是说，测试是程序执行的过程，目的在于发现错误；一个好的测试在于能发现至今未发现的错误；一个成功的测试是发现了至今未发现的错误。由于测试的这一特征，一般应当避免由开发者测试自己的程序。所以，选项 A 的说法错误。

调试也称排错，目的是发现错误的位置，并改正错误，经测试发现错误后，可以立即进行调试并改正错误；经过调试后的程序还需进行回归测试，以检查调试的效果，同时也可防止在调试过程中引进新的错误。所以，选项 B 的说法错误。

软件维护通常有 4 类：为纠正使用中出现的错误而进行的改正性维护；为适应环境变化而进行的适应性维护；为改进原有软件而进行的完善性维护；为将来的可维护和可靠而进行的预防性维护。软件维护不仅包括程序代码的维护，还包括文档的维护。文档可以分为用户文档和系统文档两类。但无论是哪类文档，都必须与程序代码同时维护。只有与程序代码完全一致的文档才有意义和价值。所以，选

项 C 的说法错误。

综上所述，选项 A、B、C 的说法都错误，所以，选项 D 为正确答案。

（4）【答案】B【解析】"后进先出"表示最后被插入的元素最先能被删除。选项 A 中，队列是指允许在一端进行插入、而在另一端进行删除的线性表，在队列这种数据结构中，最先插入的元素将最先能够被删除，反之，最后插入的元素将最后才能被删除，队列又称为"先进先出"的线性表，它体现了"先来先服务"的原则；选项 B 中，栈顶元素总是最后被插入的元素，从而也是最先能被删除的元素，栈底元素总是最先被插入的元素，从而也是最后才能被删除的元素。队列和栈都属于线性表，它们具有顺序存储的特点，所以才有"先进先出"和"后进先出"的数据组织方式。双向链表使用链式存储方式，二叉树也通常采用链式存储方式，它们的存储数据的空间可以是不连续的，各个数据结点的存储顺序与数据元素之间的逻辑关系可以不一致。所以选项 C 和选项 D 错误。

（5）【答案】A【解析】一个非空的数据结构如果满足下列两个条件：(1)有且只有一个根结点；(2)每一个结点最多有一个前件，也最多有一个后件。则称为线性结构。线性链表是线性表的链式存储结构，选项 A 的说法是正确的。栈与队列是特殊的线性表，它们也是线性结构，选项 B 的说法是错误的；双向链表是线性表的链式存储结构，其对应的逻辑结构也是线性结构，而不是非线性结构，选项 C 的说法是错误的；二叉树是非线性结构，而不是线性结构，选项 D 的说法是错误的。因此，本题的正确答案为 A。

（6）【答案】D【解析】二叉树后序遍历的简单描述如下：若二叉树为空，则结束返回。否则 (1) 后序遍历左子树；(2) 后序遍历右子树；(3) 访问根结点。

也就是说，后序遍历是指在访问根结点、遍历左子树与遍历右子树这三者中，首先遍历左子树，然后遍历右子树，最后访问根结点，并且，在遍历左、右子树时，仍然先遍历左子树，然后遍历右子树，最后访问根结点。根据后序遍历的算法，后序遍历的结果为 DEBFCA。

（7）【答案】C【解析】在二叉树的第 k 层上，最多有 $2^{k-1}(k \geqslant 1)$ 个结点。对于满二叉树来说，每一层上的结点数都达到最大值，即在满二叉树的第 k 层上有 2^{k-1} 个结点。因此，在深度为 7 的满二叉树中，所有叶子结点在第 7 层上，即其结点数为

$$2^{k-1} = 2^{7-1} = 64$$

因此，本题的正确答案为 C。

（8）【答案】D【解析】本题考核实体集之间的联系。实体集之间的联系有 3 种：一对一、一对多和多对多。因为一类商品可以由多个顾客购买，而一个顾客可以购买多类商品，所以，"商品"与"顾客"两个实体集之间的联系一般是"多对多"，选项 D 正确。

（9）【答案】A【解析】在 E-R 图中，用三种图框分别表示实体、属性和实体之间的联系，其规定如下：用矩形框表示实体，框内标明实体名；用椭圆状框表示实体的属性，框内标明属性名；用菱形框表示实体间的联系，框内标明联系名。所以，选项 A 正确。

（10）【答案】C【解析】数据库管理系统 DBMS 是数据库系统中实现各种数据管理功能的核心软件。它负责数据库中所有数据的存储、检索、修改以及安全保护等，数据库内的所有活动都是在其控制下进行的。所以，DBMS 包含数据库 DB。操作系统、数据库管理系统与应用程序在一定的硬件支持下就构成了数据库系统。所以，DBS 包含 DBMS，也就包含 DB。综上所述，选项 C 正确。

（11）【答案】D【解析】此题考查 Visual FoxPro 数据库与表的基本知识。

选项 A：在 Visual FoxPro 中，用二维表结构来表示实体以及实体之间联系的模型称为关系模型，在关系模型中，操作的对象和结果都是二维表，这种二维表就是关系，在关系数据库中将关系也称做表。所以选项 A 所叙述内容是正确的。

选项 B：在 Visual FoxPro 中，数据库是一个逻辑上的概念和手段，是通过一组系统文件将相互联系的数据库表及其相关的数据库对象统一组织和管理。在建立 Visual FoxPro 数据库

时，相应的数据库名称实际是扩展名为 dbc 的文件名，与之相关的还会自动建立数据库备注(memo)文件和一个数据库索引文件。也即建立数据库后，用户可以在磁盘上看到文件名相同，但扩展名分别为 dbc、dct 和 dcx 的三个文件，这三个文件是供 Visual FoxPro 数据库管理系统管理数据库使用的，用户一般不能直接使用这些文件，所以说，选项 B 所叙述的内容是正确的。

选项 C：在 Visual FoxPro 中，表文件的扩展名为.DBF，所以，此叙述内容正确。

选项 D：在选项 B 解析中提到，数据库文件只是用于管理和组织数据库对象，而一个数据库中的数据就是由表的集合构成的，一般一个表对应于磁盘上的一个扩展名为 dbf 的文件，

如果有备注或通用型大字段则磁盘上还会有一个对应扩展名为 fpt 的文件。所以，此答案叙述错误，故为正确答案。

（12）【答案】C【解析】此题考查考生对 Visual FoxPro 数据库中各种文件的扩展名的了解程度。

其中，备注文件的扩展名为.dct，项目文件的扩展名为.pjx，表单文件的扩展名为.scx，而菜单文件的扩展名为.mnx。所以选项 C 正确。

（13）【答案】D【解析】此题考查考生对表单中控件的掌握。表格控件的数据源属性为：RecordSourceType 与 RecordSource 属性

RecordSourceType 属性指明表格数据源的类型，RecordSource 属性指定表格数据源。

RecordSourceType 属性的取值范围及含义如下表所示。

属性值	说　明
0	表。数据来源于由：RecordSource 属性指定的表，该表能被自动打开
1	（默认值）别名。数据来源于已打开的表，由 RecordSource 属性指定该表的别名
2	提示。运行时，由用户根据提示选择表格数据源
3	查询（.qpr）。数据来源于查询，由 RecordSourcef 属性指定一个查询文件（.qpr 文件）
4	SQL 语句。数据来源于 SQL 语句，由 RecordSource 属性指定一条 SQL 语句

视图是在 d 数据库表的基础上创建的一种虚拟表。虚拟指视图数据是从已有的数据库表或其他视图中提取的，视图也可以作为表在数据库中应用。

综上所述，答案中视图、表及 SQL SELECT 语句均可以作为表格控件的数据源，所以选项 D 正确。

（14）【答案】A【解析】此题考查考生对查询与视图定义及作用的知识。查询是 Visual FoxPro 支持的一种数据库对象，为方便检索数据提供的一种工具或方法，从表或视图中提取满足条件的记录，按照指定的输出类型输出为查询结果。实际上，查询就是预先定义好的一个 SQL SELECT 语句，在不同的需要场合可以直接或反复使用，从而提高效率。查询是从指定的表或视图中提取满足条件的记录，

然后按照想得到的输出类型定向输出查询结果，诸如浏览器、报表、表、标签等。查询以扩展名为 qbr 的文件保存在磁盘上，主体是 SQL SELECT 语句，另外还有和输出定向有关的语句。

视图是一个定制的虚拟逻辑表，在视图只存放相应的数据逻辑关系，并不保存表的记录内容。视图兼有"表"和"查询"的特点，与查询相类似的地方是，可以用来从一个或多个相关联的表中提取有用信息；与表相类似的地方是，可以用来更新其中的信息，并将更新结果永久保存在磁盘上。可以用视图使数据暂时从数据库中分离成为自由数据，以便在主系统之外收集和修改数据。然后将更新记录返回到源表，但视图不能定义输出去向。

综上所述，正确答案为选项 A。

（15）【答案】C【解析】此题考查考生对 Visual FoxPro 中各种文件的执行方法。

PRG 文件为程序文件，而 MPR 为生成的菜单源程序文件，FRX 为报表文件，QPR 则为生成的查询程序文件，在这 4 种文件中，程序文件、菜单源程序文件及查询程序文件均可以使用 DO 命令来执行，而报表文件 FRX 则需要使用如下语句来执行。

REPORT FORM<报表文件名>

所以，选项 C 正确。

（16）【答案】A【解析】此题考查考生对数据表索引的掌握。

在数据表中，索引分为如下 4 种。

主索引：在指定字段或表达式中不允许出现重复值的索引，这样的索引可以起到主关键字的作用，它强调的"不允许出现重复值"是指建立索引的字段值不允许重复。如果在任何已含有重复数据的字段中建立主索引，Visual FoxPro 将产生错误信息，如果一定要在这样的字段上建立主索引，则必须首先删除重复的字段值。建立主索引的字段可以看作是主关键字，一个表只能有一个主关键字，所以一个表只能创建一个主索引。主索引可确保字段中输入值的惟一性并决定了处理记录的顺序。可以为数据库中的每一个表建立一个主索引。如果某个表已经有了一个主索引，还可以为它添加候选索引。

候选索引：候选索引和主索引具有相同的特性，建立候选索引的字段可以看作是候选关键字，所以一个表可以建立多个候选索引。候选索引像主索引一样要求字段值的惟一性并决定了处理记录的顺序。在数据库表和自由表中均可为每个表建立多个候选索引。

惟一索引：惟一索引是为了保持同早期版本的兼容性，它的"惟一性"是指索引项的惟一，而不是字段值的惟一。它以指定字段的首次出现值为基础，选定一组记录，并对记录进行排序。在一个表中可以建立多个惟一索引。

普通索引：普通索引也可以决定记录的处理顺序，它不仅允许字段中出现重复值，并且索引项中也允许出现重复值。在一个表中可以建立多个普通索引。

从以上定义可以看出，主索引和候选索引具有相同的功能，除具有按升序或降序索引的功能外，都还具有关键字的特性，建立主索引或候选索引的字段值可以保证惟一性，它拒绝重复的字段值。

所以，选项 A 正确。

（17）【答案】D【解析】宏替换函数可以替换出字符型变量的内容，其格式为：

&<字符型变量>

即&的值是变量中的字符串。如果该函数与其后的字符无明确分界，则要用"."作函数结束标识。宏替换可以嵌套使用。宏替换所替换出的内容与字符型变量中的内容有关，即可能是字符串、亦可能是数值或是命令。所以，选项 D 正确。

（18）【答案】D【解析】查询就是预先定义好的一个 SQL SELECT 语句，在不同的需要场合可以直接或反复使用，从而提高效率。在很多情况下都需要建立查询，例如为报表组织信息、即时回答问题或者查看数据中的相关子集。无论目的是什么，建立查询的基本过程是相同的。查询是从指定的表或视图中提取满足条件的记录，然后按照想得到的输出类型定向输出查询结果，诸如浏览器、报表、表、标签等。一般设计一个查询总要反复使用，查询是以扩展名为 qbr 的文件单独保存在磁盘上的，这是一个文本文件，它的主体是 SQL SELECT 语句，另外还有和输出定向有关的语句。

所以，选项 D 正确。

（19）【答案】D【解析】此题考查逻辑关系表达式与逻辑运算表达式的知识。

选项 A："=="比较符为精确比较符，则"X==Y"表达式结果为假，则"NOT(X==Y)"表达式结果为真；"$"比较符为"包含"，则"(X$Y)"表达式结果为真。所以"NOT(X==Y)AND(X$Y)"表达式结果为真，不符合题意。

选项 B："(X$Y)"表达式结果为真，则"NOT(X$Y)"表达式结果为假；但"<>"比较符为"不等于)，所以"(X<>Y)"表达式结果为真。所以，"NOT(X$Y)OR(X<>Y)"表达式结果为真，不符合题意。

选项 C："＞="比较符为"大于等于"，对于字符串比较来说，对两个字符串的字符自左向右逐个进行比较，一旦发现两个对应字符不同，就根据这两个字符的排序序列决定两个字符串的大小排在后面的字符大于排在前面的字符，如字符串"B"＞字符串"A"，字符串"12345"大于字符串"12344"。按照机内码顺序，西文字符是按照 ASCII 码值排列的：空格在最前面，大写 ABCD 字母序列在小写 abcd 字母序列的前面。因此，大写字母小于小写字母。汉字的机内码与汉字国标码一致。对常用的一级汉字而言，根据它们的拼音顺序决定大小。按照拼音次序排序。对于西文字符而言，空格在最前面，小写 abcd 字母序列在前，大写 ABCD 字母序列在后。

选项 D："(X$Y)"表达式结果为真，则"NOT(X$Y)"表达式结果为假，符合题意，所以正确答案为 D。

（20）【答案】A【解析】此题考查考生对 SET SYSMENU 命令的掌握。

SET SYSMENU 命令可以允许或者禁止在程序执行时访问系统菜单，也可以重新配置系统菜单，格式如下：

```
SET SYSMENU ON | OFF | AUTOMATIC
|TO[<弹出式菜单名表>]
| TO[<条形菜单项名表>1
| TO[DEFAULT]| SAVE| NOSAVE
```

说明：

ON：允许程序执行时访问系统文件。

OFF：禁止程序执行时访问系统菜单。

AUTOMATIC：可使系统菜单显示出来，可以访问系统菜单。

TO<弹出式菜单名表>：重新配置系统菜单，以

内部名字列出可用的弹出式菜单。例如，命令"SET SYSMENU TO MFILE,MWINDOW"将使系统菜单只保留"文件"和"窗口"两个子菜单。

TO<条形菜单项名表>：重新配置系统菜单，以条形菜单项内部名表列出可用的子菜单。

TO DEFAULT：将系统菜单恢复为缺省配置。

SAVE：将当前的系统菜单配置指定为缺省配置。如果在执行了 SET SYSMENU SAVE 命令后，修改了系统菜单，那么执行 SET SYSMENU TO DEFAULT 命令，就可以恢复 SET SYSMENU SAVE 命令执行之前的菜单配置。

NOSAVE：将缺省配置恢复成 Visual FoxPro 系统菜单的标准配置。要将系统菜单恢复成标准配置，可先执行 SET SYSMENU NOSAVE 命令，然后执行 SET SYSMENU TO DEFAULT 命令。

不带参数的 SET SYSMENU TO 命令将屏蔽系统菜单，使系统菜单不可用。

综上所述，选项 A 由于缺少"TO"，所以在运行时会造成语法错误，故符合题意。

（21）【答案】C【解析】此题考查考生对函数的掌握。选项 A 中，EMPRY()函数为"空"值测试函数，根据指定表达式的运算结果是否为"空"值，返回逻辑真(.T.)或逻辑假(.F.)。注意，这里所指的"空"值与 NULL 值是两个不同的概念。函数 EMPTY(.NULL.)的返回值为逻辑假(.F.)。其次，该函数自变量表达式的类型除了可以是数值型之外，还可以是字符型、逻辑型、日期型等类型。不同类型数据的"空"值，有不同的规定，如下表所示。

数据类型	"空"值	数据类型	"空"值
数值型	0	双精度型	0
字符型	空串、空格、制表符、回车、换行	日期型	空（如 CTOD("））
货币型	0	日期时间	空（如 CTOT("））
浮点型	0	逻辑型	.F.
整型	0	备注字段	空（无内容）

而 SPACE()函数为空格字符串生成函数，由于 其所带参数为"0"，也就是说生成一个长度为 0 的

空格，则此值为"空"，所以 EMPTY()函数返回值为"真"。

选项 B 中，LIKE()函数为字符串匹配函数，比较两个字符串对应位置上的字符，若所有对应字符都相匹配，函数返回逻辑真(.T.)，否则返回逻辑假(.F.)，在此题中，两字符串匹配，则返回值为"真"。

选项 C 中，AT()函数为求子串位置函数，AT()的函数返回值为数值型，是第一个字符串在第二个字符串中所在的位置，故返回值不为逻辑真，符合题意。

选项 D 中，ISNULL()函数为空值测试函数，用来判断一个表达式的运算结果是否为 NULL 值，若是 NULL 值返回逻辑真(.T.)，否则返回逻辑假(.F.)，此答案中".null"值为空，所以返回值为逻辑真。

（22）【答案】D【解析】此题考查考生对 SQL 语句操作知识。SQL 的操作功能是指对数据库中数据的操作功能，主要包括数据的插入、更新和删除三个方面的内容。其中，包括如下三种语句：INSERT 插入数据；UPDATE 数据更新；DELETE 删除数据。所以，选项 D 符合题意。

（23）【答案】D【解析】此题考查选项组（OptionGroup）控件的知识。选项组的 Value 属性用于指定选项组中哪个选项按钮被选中。该属性值的类型可以是数值型的，也可以是字符型的。若为数值型值 N，则表示选项组中第 N 个选项按钮被选中；若为字符型值 C，则表示选项组中 Caption 属性值为 C 的选项按钮被选中。所以，选项 D 正确。

（24）【答案】D【解析】此题考查数据库的基本操作知识。打开数据库的命令格式为：
```
OPEN    DATABASE    [FileName    |?]
[EXCLUSIVE | SHARED]
    [NOUPDATE]
    [VALIDATE]
```
其中各参数和选项的含义如下：

FileName：要打开的数据库名，可以缺省数据库文件扩展名 dbc，如果不指定数据库名或使用问号"?"，则显示"打开"对话框。

EXCLUSIVE：以独占方式打开数据库，与在"打开"对话框中选择复选框"独占"等效，即不允许其他用户在同一时刻也使用该数据库。

SHARED：以共享方式打开数据库，等效于在"打开"对话框中不选择复选框"独占"，即允许其他用户在同一时刻使用该数据库。默认的打开方式由 SET EXCLUSIVE ON | OFF 的设置值确定，系统原默认设置为 ON。

NOUPDATE：指定数据库按只读方式打开，等效于在"打开"对话框中选择复选框"以只读方式打开"，即不允许对数据库进行修改，默认的打开方式是读/写方式，即可修改。

VALIDATE：指定 Visual FoxPro 检查在数据库中引用的对象是否合法，例如检查数据库中的表和索引是否可用，检查表的字段或索引的标记是否存在等。

选项 A 的 USE 命令为打开数据表命令；选项 B 的 USE DATABASE 命令为错误命令；

选项 C 的 OPEN 命令为错误命令；选项 D 的 OPEN DATABASE 命令为正确命令，所以，正确答案应该为 D。

（25）【答案】D【解析】此题考查考生对 SQL 语句及通配符的理解。选项 A 为错误答案，在 SQL 语句中不能使用 FOR 子句；选项 B 为错误答案，在 SQL 语句中不能使用 WHILE 子句。

选项 C 为错误答案，条件语句中"图书号="A*""表示选择出所有图书号以"A*"开头的记录；选项 D 为正确答案。

（26）【答案】B【解析】此题考查如何执行菜单程序文件。菜单定义文件(.MNX)存放着菜单的各项定义，但其本身是一个表文件，并不能够运行。必须要根据菜单定义产生可执行的菜单程序文件(.mpr 文件)方可运行，可使用命令"DO<文件名>"来运行菜单程序，但文件名的扩展名.mpr 不能省略。所以，正确答案为 B。

（27）【答案】D【解析】此题考查考生对命令按钮控件及控件属性、事件的掌握。Parent 属性，属性值为对象引用，用来指向当前对象的直接容器对象，一般用于页框等控件中；而 This 和 ThisForm 关键字用来表示当前对象和当前表单，只能用在方法代码或事件代码中。

而 Click 事件是由鼠标单击对象时引发。引发该

事件的常见情况有:

① 鼠标单击复选框、命令按钮、组合框、列表框和选项按钮。

② 在命令按钮、选项按钮或复选框获得焦点时,按空格键。

③ 当表单中包含一个确认按钮(Default 属性值为.T.)时,按 Enter 键,引发确认按钮的 Click 事件。

④ 按控件的访问键。

⑤ 单击表单的空白处,引发表单的 Click 事件。但单击表单的标题栏或窗口边界不会引发 Click 事件。

所以,选项 D 为正确答案。

(28)【答案】A【解析】此题考查考生阅读程序能力及对函数的理解。分析此程序如下:

① GO 2:将指针指向数据表中第二条记录,即"名称"为"计算机"的记录。

② SCAN NEXT 4 FOR LEFT(名称,2) = "电":SCAN 循环语句一般用于处理表中记录。语句可指明需处理的记录范围及应满足的条件。语句格式为:

SCAN [<范围>][FOR<条件 1>][WHILE<条件2>]

<循环体>

执行该语句时,记录指针自动、依次地在当前表的指定范围内满足条件的记录上移动,对每一条记录执行循环体内的命令。

而该循环语句的条件是"LEFT(名称,2)="电"",则表示要查找"名称"字段左侧前两个字符(一个汉字)为"电"的记录。所以,指针将指向记录3。

③ IF RIGHT(名称,2)="线"

　　EXIT

　　ENDIF

此段程序判断当前记录"名称"字段中右侧前两个字符(一个汉字)是否为"线",如果是,则使用 EXIT 语句退出循环。记录 3 符合条件,则循环终止。

④ ? 名称:在屏幕上显示当前记录中的"名称"字段,该字段内容为"电话线"。

选项 A 为正确答案。

(29)【答案】A【解析】此题考查考生对 SQL 语句中修改表结构命令的掌握。修改表结构的命令是 ALTER TABLE,该命令有三种格式。

格式1:

```
ALTER    TABLE    TableNamel    ADD  |
ALTER[COLUMN] FieldName1
   FieldType[(nFieldWidth[,nPrecisio
n)][NULL | NOT NULL]
   [CHECK         lExpressionl[ERROR
cMessageTextl][DEFAULT eExpression]
   [PRIMARY KEY J UNIQUE]
   [REFERENCES          TableName2[TAG
TagNamel]]
```

该格式可以添加(ADD)新的字段或修改(ALTER)已有的字段,它的句法基本可以与 CREATE TABLE 的句法相对应。从命令格式可以看出,该格式可以修改字段的类型、宽度、有效性规则、错误信息、默认值,定义主关键字和联系等;但是不能修改字段名,不能删除字段,也不能删除已经定义的规则等。

格式2:

```
ALTER       TABLE       TableNamel
ALTER[COLUMN]FieldName2[NULL  |   NOT
NULL]
   [SET   DEFAULT   eExpression2][SET
CHECK     lExpression2[ERROR
cMessageText2]]
   [DROP DEFAULT][DROP CHECK]
```

从命令格式可以看出,该格式主要用于定义、修改和删除有效性规则和默认值定义。

以上两种格式都不能删除字段,也不能更改字段名,所有修改是在字段一级。第三种格式正是在这些方面对前两种格式的补充。

格式3:

```
ALTERTABLE
TableNamel[DROP[COLUMN]FieldName3]
   [SET   CHECK   lExpression3[ERROR
cMessageText3]]
   [DROP CHECK]
   [ADD PRIMARY KEY eExpression3 TAG
TagName2[FOR lExpression4]]
   [DROP PRIMARY KEY]
   [ADD    UNIQUE    eExpression4[TAG
TagName3[FOR lExpression5]]
   [DROPUNIQUETAG TagName4]
   [ADDFOREIGNKEY[eExpression5]TAG
TagName4[FOR1Expression6]
   REFERENCES          TableName2[TAG
TagName5]]
   [DROPFOREIGNKEYTAG TagName6[SAVE]]
   [RENAME    COLUMN    FieldName4    TO
```

FieldName5]

该格式可以删除字段(DROP[COLUMN])、可以修改字段名(RENAME COLUMN)、可以定义、修改和删除表一级的有效性规则等。

所以，选项 A 正确。

（30）【答案】B【解析】此题考查考生对 SQL 语句中，HAVING 子句的掌握。

在 SQL 语句中，HAVING 短语必须跟随 GROUP BY 使用，它用来限定分组必须满足的条件。

根据题意及所列出的答案能够看出，此题原意为在"订单"表中查询出所有有三笔订单以上（职员号出现三次，COUNT(*)>3），并且订单的平均金额在 200 元以上（AVG(金额)>200）的所有职员号。根据此要求，我们来分析题目所给出的选项。

选项 A：在 HAVING 子句后面，有一个"AVG_金额>200"的筛选条件，但"订单"表中并无此字段，所以此选项错误。

选项 B：正确判断了职员号记录大于 3 并且平均金额大于 200 元的记录，所以为正确答案。

选项 C：WHERE 条件判断语句后面，不能使用 AVG()函数，所以选项错误。

选项 D：同选项 C 的答案解析，此选项错误。

正确答案为 B。

（31）【答案】D【解析】此题考查考生对 SQL 语句中的更新语句。SQL 的数据更新命令格式如下：
```
UPDATE TableName
SET
Column_Name1=eExpression1[,Column
Name2=eExpression2…]
WHERE Condition
```

一般使用 WHERE 子句指定条件，以更新满足条件的一些记录的字段值，并且一次可以更新多个字段；如果不使用 WHERE 子句，则更新全部记录。

由此分析题目及答案：

选项 A 及选项 B 中的 FOR ALL 语句不合法，所以错误。

选项 C 具有一定的迷惑性，一般容易选错，如果选项 C 的格式如下，则选项 C 也为正确答案。

UPDATE 产品 SET 单价=单价 + 单价*0.08

但选项 C 中使用了"%"，此运算符并非用于数学运算，所以该选项为错误。

选项 D 为正确答案。

（32）【答案】D【解析】此题考查考生对 GROUP BY 与 ORDER BY 子句的理解及正确分析题目的能力。

GRUPP BY 子句可以按一列或多列分组，还可用 HAVING 进一步限定分组的条件。具体格式如下：
```
GROUP                        BY
GroupColumn[,GroupColumn … ][HAVING
FilterCondition]
```

而 ORDER BY 子句可以按升序(ASC)或降序(DESC)排序，允许按一列或多列排序，其格式如下：
```
ORDER    BY    Order_Item[ASC  |
DESC][,Order_Item[ASC| DESC]…]
```

根据题意，如果计算每种产品的平均单价，应当按照"产品名称"字段进行分组，所以选项 A 及选项 B 被排除，而选项 C 使用了 ORDER BY 子句，与题意不符，所以也被排除，则正确答案为 D。

（33）【答案】C【解析】此题考查考生对数组知识的掌握。

数组是内存中连续的存储区域，它由一系列元素组成，每个数组元素可通过数组名及相应的下标来访问。每个数组元素相当于一个简单变量，可以给各元素分别赋值。在 Visual FoxPro 中，一个数组中各元素的数据类型可以不同。

数组在使用之前一般要用 DIMENSION 或 DECLARE 命令显式创建，规定数组是一维数组还是二维数组，数组名和数组大小。数组大小由下标值的上、下限决定，下限规定为 1。

创建数组的命令格式为：
```
DIMENSION<数组名>(<下标上限 1>[,<下标
上限 2>])[,…]
DECLARE<数组名>(<下标上限 1>[, <下标上
限 2>])[,…]
```

以上两种格式的功能完全相同。数组创建后，系统自动给每个数组元素赋以逻辑假.F.。

例如，DIMENSION x(5)，Y(2, 3)命令定义了两个数组：

一维数组 X 含 5 个元素：x(1)、x(2)、x(3)、x(4)、x(5)。

二维数组 Y 含 6 个元素：y(1,1)、y(1,2)、y(1,3)、

y(2,1)、y(2,2)、y(2,3)。

整个数组的数据类型为 A(Array)，而各个数组元素可以分别存放不同类型的数据。

在使用数组和数组元素时，应注意如下问题：①在一切使用简单内存变量的地方，均可以使用数组元素。②在赋值和输入语句中使用数组名时，表示将同一个值同时赋给该数组的全部数组元素。③在同一个运行环境下，数组名不能与简单变量名重复。④在赋值语句中的表达式位置不能出现数组名。⑤可以用一维数组的形式访问二维数组。例如，数组 Y 中的各元素用一维数组形式可依次表示为：y(1)、y(2)、y(3)、y(4)、y(5)、y(6)，其中 y(4)与 y(2,1)是同一变量。在此题中，首先定义了二维数组 M(2,2)，然后分别为该数组中的各个元素赋值，而数组的特性中包括可以使用一维数组的形式来访问二维数组，所以 M(2)也就表示 M(1,2)，则显示 M(2)的值为 20，故选项 C 正确。

（34）【答案】D【解析】此题考查考生掌握子查询及查询算法的知识。嵌套查询或子查询可以使用 IN 和 NOT IN 运算符，还可以使用如下两种和子查询有关的运算符：

<表达式> <比较运算符>[ANY I ALL I SOME] (子查询)

[NOT] EXISTS (子查询)

ANY、ALL 和 SOME 是量词，其中 ANY 和 SOME 是同义词，在进行比较运算时只要子查询中有一行能使结果为真，则结果就为真；而 ALL 则要求子查询中的所有行都使结果为真时，结果才为真。

EXISTS 是谓词，EXISTS 或 NOT EXISTS 是用来检查在子查询中是否有结果返回，即存在元组或不存在元组。

根据以上介绍及题意，此题应当这样理解，在表 S 中查找出在表 SC 中学号相同，并且没有成绩在 85 分以下的学生。根据此想法，我们来判断各个选项的正误。

选项 A 与选项 B 都包括了 85 分（<=），故不符合题意，被排除。

选项 C 查找的是表 SC 中有一门或一门以上成绩大于 85 分以上的记录，不符合题意，被排除。

选项 D 查找的是在表 SC 中没有一门成绩小于 85 分（也就是说所有的成绩都高于或等于 85 分），符合题意，故为正确答案。

（35）【答案】C【解析】此题考查考生对 SQL 语句中删除记录语句的掌握。DROP：此命令用来删除表（格式：DROP TABLE table_name，直接从磁盘上删除 table_name 所对应的 dbf 文件。如果 table_name 是数据库中的表并且相应的数据库是当前数据库，则从数据库中删除了表；否则虽然从磁盘上删除了 dbf 文件），并不能用来删除中记录。所以，选项 A 及选项 B 被排除。

在表中删除记录的命令为 DELETE，具体格式如下：

```
DELETE    FROM    TableName    [WHERE
Condition]
```

其中，FROM 指定从哪个表中删除数据，WHERE 指定被删除的记录所满足的条件，如果不使用 WHERE 子句，则删除该表中的全部记录。

从上叙述可以看出，选项 D 使用了 FOR 子句，造成语法错误，故此选项被排除。

选项 C 为正确答案。

二、填空题

（1）【答案】【1】45【解析】在冒泡排序中，最坏情况下，需要比较的次数为 $n(n-1)/2$，也就是：

$10*(10-1)/2=45$

（2）【答案】【2】类【解析】在面向对象方法中，类描述的是具有相似属性与操作的一组对象。

（3）【答案】【3】关系 或 关系表【解析】在关系模型中，把数据看成一个二维表，每一个二维表称为一个关系。因此，本题的正确答案是关系。

（4）【答案】【4】静态分析【解析】程序测试分为静态分析和动态测试。其中，静态分析是指不执行程序，而只是对程序文本进行检查，通过阅读和讨论，分析和发现程序中的错误。

（5）【答案】【5】物理独立性【解析】数据独立性分为逻辑独立性与物理独立性。当数据的存储结构改变时，其逻辑结构可以不变，因此，基于逻辑结构的应用程序不必修改，称为物理独立性。

（6）【答案】【6】数字 或 数值 或 数【解析】此题考查日期型变量的计算问题。表达式 {^2005-10-3 10:0:0}和{^2005-10-3 9:0:0}均为日期时间型变量，其中用这种格式书写的日期常量能表达一个确切的日期，它不受.SET DATE 等语句设置的影响。这种格式的日期常量在书写时要注意：花括号内第一个字符必须是脱字符(^)，并且日期时间型变量计算规则如下表所示。

格式	结果及类型
<日期>+<天数>	日期型。指定日期若干天后的日期
<天数>+,<日期>	日期型。指定日期若干天后的日期
<日期>-<天数>	日期型。指定日期若干天前的日期
<日期>-<日期>	数值型。两个指定日期相差的天数
<日期时间>+<秒数>	日期时间型。指定日期时间若干秒后的日期时间
<秒数>+<日期时间>	日期时间型。指定日期时间若干秒后的日期时间
<日期时间>-<秒数>	日期时间型。指定日期时间若干秒前的日期时间
<日期时间>-<日期时间>	数值型。两个指定日期时间相差的秒数

从上表可以看出，两个日期时间型相减结果为两个制定日期时间所相差的秒数，为数值型，所以答案为数值型。

（7）【答案】【7】局部变量 或 局域【解析】此题考查变量的作用域。变量除了类型和取值之外，还有一个重要的属性就是它的作用域。变量的作用域指的是变量在什么范围内是有效或能够被访问的。在 Visual FoxPro 中，若以变量的作用域来分，内存变量可分为公共变量、私有变量和局部变量三类。公共变量：在任何模块中都可使用的变量称为公共变量。公共变量要先建立后使用，公共变量可用 PUBLIC 命令建立。私有变量：在程序中直接使用（没有通过 PUBLIC 和 LOCAL 命令事先声明）而由系统自动隐含建立的变量都是私有变量。私有变量的作用域是建立它的模块及其下属的各层模块。一旦建立它的模块程序运行结束，这些私有变量将自动清除。局部变量：局部变量只能在建立它的模块中使用，不能在上层或下层模块中使用。当建立它的模块程序运行结束时，局部变量自动释放。局部变量用 LOCAL 命令建立。综上所述，答案为局部变量（局域变量）。

（8）【答案】【8】ORDER BY（注：只有 ORDER 给 1 分）【解析】此题考查考生对查询设计器的熟悉程度。在查询设计器中的选项卡分别对应 SQL 语句如下："字段"选项卡对应于 SELECT 短语，指定所要查询的数据，这时可以单击"全部添加"选择所有字段，也可以逐个选择字段"添加"；在"函数和表达式"编辑框中可以输入或编辑计算表达式。"联接"选项卡对应于 JOIN ON 短语，用于编辑联接条件。"筛选"选项卡对应于 WHERE 短语，用于指定查询条件。"排序依据"选项卡对应于 ORDER BY 短语，用于指定排序的字段和排序方式。"分组依据"选项卡对应于 GROUP BY 短语和 HAVING 短语，用于分组。"杂项"选项卡可以指定是否要重复记录（对应于 DISTINCT）及列在前面的记录（对应于 TOP 短语）等。所以，正确答案为 ORDER BY。

（9）【答案】【9】逻辑（注：或者其它含"逻辑"两字的短语）【解析】此题考查考生对表创建操作知识的掌握情况。在创建表时，可以限定字段的取值类型和取值范围。还可以用一些域约束规则来进一步保证域完整性。域约束规则也称作字段有效性规则，在插入或修改字段值时被激活，主要用于数据输入正确性的检验。建立字段有效性规则比较简单直接的方法仍然是在表设计器中建立，在表设计器的"字段"选项卡中定义"规则"（字段有效性规则）、"信息"（违背字段有效性规则时的提示信息）、"默认值"（字段的默认值）三项。字段有效性规则的项目可以直接输入，也可以单击输入框旁的按钮打开表达式生成器对话框编辑、生成相应的表达式。"规则"（即字段有效性规则）是逻辑表达式。

（10）【答案】【10】实体【解析】实体完整性是保证表中记录惟一的特性，即在一个表中不允许有重复的记录。在 Visual FoxPro 中利用主关键字或候选关键字来保证表中的记录惟一，即保证实体惟一性。在 Visual FoxPro 中将主关键字称作主索引，所以主索引可以保证数据的实体完整性。

（11）【答案】【11】UNION【解析】SQL 支持集合的并(LYNION)运算，即可以将两个 SELECT 语句的查询结果通过并运算合并成一个查询结果。为了进行并运算，要求这样的两个查询结果具有相同的字段个数，并且对应字段的值要出自同一个值域，即具有相同的数据类型和取值范围，而实现集合的并运算的运算符为 UNION。

（12）【答案】【12】数据查询【解析】SQL 可以实现数据查询、数据定义、数据操纵及数据控制功能，而 Visual FoxPro 由于自身安全性控制方面的缺陷，所以没有提供数据控制功能，SQL 命令动词及功能对照表如下。

SQL 功能	命令动词
数据查询	SELECT
数据定义	CREATE、DROP、ALTER
数据操纵	INSERT、UPDATE、DELETE
数据控制	GRANT、REVOKE

所以，SELECT 语句的功能为数据查询。

（13）【答案】【13】SUM(工资)【解析】在使用 SQL 语言时，只要数据是按关系方式存入数据库的，就能构造合适的 SQL 命令把它检索出来。SQL 不仅具有一般的检索能力，而且还有计算方式的检索，用于计算检索的函数有：① COUNT——计数。② SUM——求和。③ AVG——计算平均值。④ MAX——求最大值。⑤ MIN——求最小值。这些函数可以用在 SELECT 短语中对查询结果进行计算，则计算工资合计时，需要使用 SUM(工资)。

（14）【答案】【14】INSERT【解析】使用 SQL 语言中的 INSERT 命令的格式如下：

```
INSERT  INTO  dbf_name[(fname1[，
fname2，…  ])]  VALUES(eExpression1
[,eExpression2,…])
    INSERT   INTO   dbf_name   FROM
ARRAYA~ayName | FROM MEMVAR
```

其中：

INSERT INTO dbf_name 说明向由 dbf_name 指定的表中插入记录，当插入的不是完整的记录时，可以用 fname1，fname2…指定字段。VALUES(eExpression1[,eExpression2,…])给出具体的记录值。FROM ARRAY ArrayName 说明从指定的数组中插入记录值。FROM MEMVAR 说明根据同名的内存变量来插入记录值，如果同名的变量不存在，那么相应的字段为默认值或空值。此题答案为 INSERT。

（15）【答案】【15】RightClick【解析】对于用户来说，使用快捷菜单最方便的就是鼠标右击，而控件的"RightClick"事件为用户单击鼠标右键时引发，所以答案为 RightClick。

2006 年 9 月笔试真题

一、选择题（每小题 2 分，共 70 分）

下列各题 A)、B)、C)、D) 四个选项中，只有一个选项是正确的，请将正确选项涂写在答题卡相应位置上，答在试卷上不得分。

（1）下列选项中不符合良好程序设计风格的是

A）源程序要文档化

B）数据说明的次序要规范化

C）避免滥用 goto 语句

D）模块设计要保证高耦合、高内聚

（2）从工程管理角度，软件设计一般分为两步完成，它们是

    A）概要设计与详细设计   B）数据设计与接口设计

    C）软件结构设计与数据设计   D）过程设计与数据设计

（3）下列选项中不属于软件生命周期开发阶段任务的是

    A）软件测试   B）概要设计   C）软件维护   D）详细设计

（4）在数据库系统中，用户所见的数据模式为

    A）概念模式   B）外模式   C）内模式   D）物理模式

（5）数据库设计的四个阶段是：需求分析、概念设计、逻辑设计和

    A）编码设计   B）测试阶段   C）运行阶段   D）物理设计

（6）设有如下三个关系表

R
A
m
n

S	
B	C
1	3

T		
A	B	C
m	1	3
n	1	3

    下列操作中正确的是

    A）T=R∩S   B）T=R∪S   C）T=R×S   D）T=R/S

（7）下列叙述中正确的是

    A）一个算法的空间复杂度大，则其时间复杂度也必定大

    B）一个算法的空间复杂度大，则其时间复杂度必定小

    C）一个算法的时间复杂度大，则其空间复杂度必定小

    D）上述三种说法都不对

（8）在长度为 64 的有序线性表中进行顺序查找，最坏情况下需要比较的次数为

    A）63   B）64   C）6   D）7

（9）数据库技术的根本目标是要解决数据的

    A）存储问题   B）共享问题   C）安全问题   D）保护问题

（10）对下列二叉树

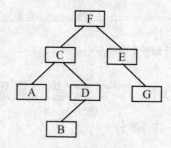

    进行中序遍历的结果是

    A）ACBDFEG   B）ACBDFGE

    C）ABDCGEF   D）FCADBEG

（11）下列程序段执行以后，内存变量 A 和 B 的值是

```
CLEAR
A=10
```

```
B=20
SET UDFPARMS TO REFERENCE
DO SQ WITH (A),B    &&参数 A 是值传送，B 是引用传送
?A,B
PROCEDURE SQ
PARAMETERS X1,Y1
    X1=X1*X1
    Y1=2*X1
ENDPROC
```

  A）10　　200　　　　　B）100　200　　　C）100　　20　　　D）10　　20

（12）从内存中清除内存变量的命令是

  A）Release　　　　　　B）Delete　　　　　C）Erase　　　　　D）Destroy

（13）操作对象只能是一个表的关系运算是

  A）联接和选择　　　　　　　　　　　　B）联接和投影

  C）选择和投影　　　　　　　　　　　　D）自然连接和选择

（14）在"项目管理器"下为项目建立一个新报表，应该使用的选项卡是

  A）数据　　　　　B）文档　　　　　　C）类　　　　　　D）代码

（15）如果有定义 LOCAL data，data 的初值是：

  A）整数 0　　　　　B）不定值　　　　　C）逻辑真　　　　D）逻辑假

（16）扩展名为 pjx 的文件是

  A）数据库表文件　　　　　　　　　　　B）表单文件

  C）数据库文件　　　　　　　　　　　　D）项目文件

（17）下列程序段执行以后，内存变量 y 的值是

```
x=34567
y=0
DO WHILE x>0
    y=x%10+y*10
    x=int(x/10)
ENDDO
```

  A）3456　　　　　B）34567　　　　　C）7654　　　　　D）76543

（18）下列的程序段中与上题的程序段对 y 的计算结果相同的是

  A）x=34567　　　　　B）x=34567

   y=0　　　　　　　　　y=0

   flag=.T.　　　　　　　flag=.T.

   DO WHILE flag　　　　DO WHILE flag

    y=x%10+y*10　　　　　y=x%10+y*10

    x=int(x/10)　　　　　　x=int(x/10)

    IF x>0　　　　　　　　IF x=0

     flag=.F.　　　　　　　　flag=.F.

    ENDIF　　　　　　　　ENDIF

   ENDDO　　　　　　　　ENDDO

  C）x=34567　　　　　D）x=34567

   y=0　　　　　　　　　y=0

   flag=.T.　　　　　　　flag=.T.

```
        DO WHILE !flag              DO WHILE !flag
            y=x%10+y*10                 y=x%10+y*10
            x=int(x/10)                 x=int(x/10)
            IF x>0                      IF x=0
                flag=.F.                    flag=.T.
            ENDIF                       ENDIF
        ENDDO                       ENDDO
```

（19）在 SQL SELECT 语句的 ORDER BY 短语中如果指定了多个字段，则

A）无法进行排序   B）只按第一个字段排序

C）按从左至右优先依次排序   D）按字段排序优先级依次排序

（20）如果运行一个表单，以下事件首先被触发的是

A）Load   B）Error   C）Init   D）Click

（21）在 Visual FoxPro 中以下叙述正确的是

A）关系也被称作表单   B）数据库文件不存储用户数据

C）表文件的扩展名是.DBC   D）多个表存储在一个物理文件中

（22）设 X=6<5，命令 ?VARTYPE(X)的输出是

A）N   B）C   C）L   D）出错

（23）假设表单上有一选项组：⊙男 ○女，如果选择第二个按钮"女"，则该选项组 Value 属性的值为

A）.F.   B）女   C）2   D）女 或 2

（24）假设表单 MyForm 隐藏着，让该表单在屏幕上显示的命令是

A）MyForm.List   B）MyForm.Display

C）MyForm.Show   D）MyForm.ShowForm

（25）~（33）使用的数据表如下：

当前盘当前目录下有数据库：大奖赛.dbc，其中有数据库表"歌手.dbf"、"评分.dbf"。

"歌手"表：

歌手号	姓名
1001	王蓉
2001	许巍
3001	周杰伦
4001	林俊杰
…	

"评分"表：

歌手号	分数	评委号
1001	9.8	101
1001	9.6	102
1001	9.7	103
1001	9.8	104
…		

（25） 为"歌手"表增加一个字段"最后得分"的 SQL 语句是

A）ALTER TABLE 歌手 ADD 最后得分 F(6,2)

B）ALTER DBF 歌手 ADD 最后得分 F 6,2

C）CHANGE TABLE 歌手 ADD 最后得分 F(6,2)

D）CHANGE TABLE 学院 INSERT 最后得分 F 6,2

（26） 插入一条记录到"评分"表中，歌手号、分数和评委号分别是"1001"、9.9 和"105"，正确的 SQL 语句是

A）INSERT VALUES("1001",9.9,"105") INTO 评分(歌手号,分数,评委号)

B）INSERT TO 评分(歌手号,分数,评委号) VALUES("1001",9.9,"105")

C）INSERT INTO 评分(歌手号,分数,评委号) VALUES("1001",9.9,"105")

D）INSERT VALUES("1001",9.9,"105") TO 评分(歌手号,分数,评委号)

（27） 假设每个歌手的"最后得分"的计算方法是：去掉一个最高分和一个最低分，取剩下分数的平均分。根据"评分"表求每个歌手的"最后得分"并存储于表 TEMP 中，表 TEMP 中有两个字段："歌手号"和"最后得分"，并且按最后得分降序排列，生成表 TEMP 的 SQL 语句是：

A）SELECT 歌手号, (COUNT(分数)-MAX(分数)-MIN(分数))/(SUM(*)-2) 最后得分;

　　FROM 评分 INTO DBF TEMP GROUP BY 歌手号 ORDER BY 最后得分 DESC

B）SELECT 歌手号, (COUNT(分数)-MAX(分数)-MIN(分数))/(SUM(*)-2) 最后得分;

　　FROM 评分 INTO DBF TEMP GROUP BY 评委号 ORDER BY 最后得分 DESC

C）SELECT 歌手号, (SUM (分数)-MAX(分数)-MIN(分数))/(COUNT (*)-2) 最后得分;

　　FROM 评分 INTO DBF TEMP GROUP BY 评委号 ORDER BY 最后得分 DESC

D）SELECT 歌手号, (SUM(分数)-MAX(分数)-MIN(分数))/(COUNT(*)-2) 最后得分;

　　FROM 评分 INTO DBF TEMP GROUP BY 歌手号 ORDER BY 最后得分 DESC

（28） 与"SELECT * FROM 歌手 WHERE NOT(最后得分>9.00 OR 最后得分<8.00)"等价的语句是

A）SELECT * FROM 歌手 WHERE 最后得分 BETWEEN 9.00 AND 8.00

B）SELECT * FROM 歌手 WHERE 最后得分>=8.00 AND 最后得分<=9.00

C）SELECT * FROM 歌手 WHERE 最后得分>9.00 OR 最后得分<8.00

D）SELECT * FROM 歌手 WHERE 最后得分<=8.00 AND 最后得分>=9.00

（29） 为"评分"表的"分数"字段添加有效性规则："分数必须大于等于 0 并且小于等于 10"，正确的 SQL 语句是

A）CHANGE TABLE 评分 ALTER 分数 SET CHECK 分数>=0 AND 分数<=10

B）ALTER TABLE 评分 ALTER 分数 SET CHECK 分数>=0 AND 分数<=10

C）ALTER TABLE 评分 ALTER 分数 CHECK 分数>=0 AND 分数<=10

D）CHANGE TABLE 评分 ALTER 分数 SET CHECK 分数>=0 OR 分数<=10

（30） 根据"歌手"表建立视图 myview，视图中含有包括了"歌手号"左边第一位是"1"的所有记录，正确的 SQL 语句是

A）CREATE VIEW myview AS SELECT * FROM 歌手 WHERE LEFT(歌手号,1)="1"

103

B）CREATE VIEW myview AS SELECT * FROM 歌手 WHERE LIKE("1",歌手号)

C）CREATE VIEW myview SELECT * FROM 歌手 WHERE LEFT(歌手号,1)="1"

D）CREATE VIEW myview SELECT * FROM 歌手 WHERE LIKE("1",歌手号)

（31）删除视图 myview 的命令是

    A）DELETE myview VIEW   B）DELETE myview

    C）DROP myview VIEW   D）DROP VIEW myview

（32）假设 temp.dbf 数据表中有两个字段"歌手号"和"最后得分"。下面程序段的功能是：将 temp.dbf 中歌手的"最后得分"填入"歌手"表对应歌手的"最后得分"字段中（假设已增加了该字段）。在下划线处应该填写的 SQL 语句是

```
USE 歌手
DO WHILE .NOT. EOF()

    REPLACE 歌手.最后得分 WITH a[2]
    SKIP
ENDDO
```

A）SELECT * FROM temp WHERE temp.歌手号=歌手.歌手号 TO ARRAY a

B）SELECT * FROM temp WHERE temp.歌手号=歌手.歌手号 INTO ARRAY a

C）SELECT * FROM temp WHERE temp.歌手号=歌手.歌手号 TO FILE a

D）SELECT * FROM temp WHERE temp.歌手号=歌手.歌手号 INTO FILE a

（33）与"SELECT DISTINCT 歌手号 FROM 歌手 WHERE 最后得分>=ALL;
(SELECT 最后得分 FROM 歌手 WHERE SUBSTR(歌手号,1,1)="2")"等价的 SQL 语句是

A）SELECT DISTINCT 歌手号 FROM 歌手 WHERE 最后得分>=;
(SELECT MAX(最后得分) FROM 歌手 WHERE SUBSTR(歌手号,1,1)="2")

B）SELECT DISTINCT 歌手号 FROM 歌手 WHERE 最后得分>= ;
(SELECT MIN(最后得分) FROM 歌手 WHERE SUBSTR(歌手号,1,1)="2")

C）SELECT DISTINCT 歌手号 FROM 歌手 WHERE 最后得分>= ANY;
(SELECT 最后得分 FROM 歌手 WHERE SUBSTR(歌手号,1,1)="2")

D）SELECT DISTINCT 歌手号 FROM 歌手 WHERE 最后得分>= SOME ;
(SELECT 最后得分 FROM 歌手 WHERE SUBSTR(歌手号,1,1)="2")

（34）以下关于"视图"的描述正确的是

    A）视图保存在项目文件中   B）视图保存在数据库中

    C）视图保存在表文件中   D）视图保存在视图文件中

（35）关闭表单的程序代码是 ThisForm.Release，Release 是

    A）表单对象的标题   B）表单对象的属性

    C）表单对象的事件   D）表单对象的方法

二、填空题（每空 2 分，共 30 分）

请将每一个空的正确答案写在答题卡【1】～【15】序号的横线上，答在试卷上不得分。注意：以命令关键字填空的必须拼写完整。

（1）下列软件系统结构图

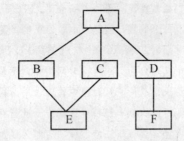

的宽度为 【1】 。

(2) 　　【2】　　的任务是诊断和改正程序中的错误。

(3) 一个关系表的行称为 【3】 。

(4) 按"先进后出"原则组织数据的数据结构是 【4】 。

(5) 数据结构分为线性结构和非线性结构，带链的队列属于 【5】 。

(6) 可以在项目管理器的 【6】 选项卡下建立命令文件（程序）。

(7) 在 Visual FoxPro 中所谓自由表就是那些不属于任何 【7】 的表。

(8) 不带条件的 DELETE 命令（非 SQL 命令）将删除指定表的 【8】 记录。

(9) 在 SQL SELECT 语句中为了将查询结果存储到永久表应该使用 【9】 短语。

(10) 在 SQL 语句中空值用 【10】 表示。

(11) 在 Visual FoxPro 中视图可以分为本地视图和 【11】 视图。

(12) 在 Visual FoxPro 中为了通过视图修改基本表中的数据，需要在视图设计器的 【12】 选项卡下设置有关属性。

(13) 在表单设计器中可以通过 【13】 工具栏中的工具快速对齐表单中的控件。

(14) 为了在报表中插入一个文字说明，应该插入一个 【14】 控件。

(15) 如下命令将"产品"表的"名称"字段名修改为"产品名称"。

ALTER TABLE 产品 RENAME 【15】 名称 TO 产品名称

2006 年 9 月笔试真题解析

一、选择题

(1)【答案】D【解析】编程风格是在不影响性能的前提下，有效地编排和组织程序，以提高可读性和可维护性。更直接的说，风格就是意味着要按照规则进行编程。这些规则包括：①程序文档化。就是程序文档包含恰当的标识符，适当的注解和程序的视觉组织等。②数据说明。出于阅读理解和维护的需要，最好使模块前的说明语句次序规范化。此外，为方便查找，在每个说明语句的说明符后，数据名应按照字典顺序排列。③功能模块化。即把源程序代码按照功能划分为低耦合、高内聚的模块。

④注意 goto 语句的使用。合理使用 goto 语句可以提高代码的运行效率，但 goto 语句的使用会破坏程序的结构特性。因此，除非确实需要，否则最好不使用 goto 语句。因此，本题的正确答案是 D。

(2)【答案】A【解析】从工程管理的角度，软件设计可分为概要设计和详细设计两大步骤。概要设计是根据需求确定软件和数据的总体框架；详细设计是将其进一步精化成软件的算法或表示和数据结构。而在技术上，概要设计和详细设计又由若干活动组成，包括总体结构设计/数据设计和过程设计。因此，本题的正确答案是 A。

（3）【答案】C【解析】软件生命周期由软件定义、软件开发和软件维护三个时期组成，每个时期又进一步划分为若干个阶段。软件定义时期的基本任务是确定软件系统的工程需求。软件定义可分为软件系统的可行性研究和需求分析两个阶段。软件开发时期是具体设计和实现在前一时期定义的软件，它通常由下面五个阶段组成：概要设计、详细设计、编写代码、组装测试和确认测试。软件维护时期的主要任务是使软件持久的满足用户的需要。即当软件在使用过程中发现错误时应加以改正；当环境改变时应该修改软件，以适应新的环境；当用户有新要求时应该及时改进软件，以满足用户的新要求。根据上述对软件生命周期的介绍，可知选项 C 中的软件维护不是软件生命周期开发阶段的任务。因此，本题的正确答案是 C。

（4）【答案】B【解析】数据库管理系统的三级模式结构由外模式、模式和内模式组成。外模式也称子模式或用户模式，是指数据库用户所看到的数据结构，是用户看到的数据视图。模式也称逻辑模式，是数据库中对全体数据的逻辑结构和特性的描述。是所有用户所见到的数据视图的总和。内模式也称存储模式或物理模式，是指数据在数据库系统内的存储介质上的表示，即对数据的物理结构和存取方法的描述。根据上述介绍可知，数据库系统中用户所见到的数据模式为外模式。因此，本题的正确答案是 B。

（5）【答案】D【解析】数据库的生命周期可以分为两个阶段：一是数据库设计阶段；二是数据库实现阶段。数据库的设计阶段又分为四个子阶段：即需求分析、概念设计、逻辑设计和物理设计。因此，本题的正确答案是 D。

（6）【答案】C【解析】本题考查数据库的关系代数运算。R 表中只有一个域名 A，有两个记录（也叫元组），分别是 m 和 n；S 表中有两个域名，分别是 B 和 C，其所对应的记录分别为 1 和 3。注意观察表 T，它是由 R 的第一个记录依次与 S 的所有记录组合，然后再由 R 的第二个记录与 S 的所有记录组合，形成的一个新表。上述运算恰恰符合关系代数的笛卡尔积运算规则。关系代数中，笛卡尔积运算用"×"来表示。因此，上述运算可以表示为 T=R×S。因此，本题的正确答案为 C。

（7）【答案】D【解析】时间复杂度是指一个算法执行时间的相对度量；空间复杂度是指算法在运行过程中临时占用所需存储空间大小的度量。人们都希望选择一个既省存储空间、又省执行时间的算法。然而，有时为了加快算法的运行速度，不得不增加空间开销；有时为了能有效地存储算法和数据，又不得不牺牲运行时间。时间和空间的效率往往是一对矛盾，很难做到两全。但是，这不适用于所有的情况，也就是说时间复杂度和空间复杂度之间虽然经常矛盾，但是二者不存在必然的联系。因此，选项 A、B、C 的说法都是错误的。故本题的正确答案是 D。

（8）【答案】B【解析】在长度为 64 的有序线性表中，其中的 64 个数据元素是按照从大到小或从小到大的顺序排列有序的。在这样的线性表中进行顺序查找，最坏的情况就是查找的数据元素不在线性表中或位于线性表的最后。按照线性表的顺序查找算法，首先用被查找的数据和线性表的第一个数据元素进行比较，若相等，则查找成功，否则，继续进行比较，即和线性表的第二个数据元素进行比较。同样，若相等，则查找成功，否则，继续进行比较。依次类推，直到在线性表中查找到该数据或查找到线性表的最后一个元素，算法才结束。因此，在长度为 64 的有序线性表中进行顺序查找，最坏的情况下需要比较 64 次。因此，本题的正确答案为 B。

（9）【答案】B【解析】数据库产生的背景就是计算机的应用范围越来越广泛，数据量急剧增加，对数据共享的要求越来越高。共享的含义是多个用户、多种语言、多个应用程序相互覆盖的使用一些公用的数据集合。在这样的背景下，为了满足多用户、多应用共享数据的要求，就出现了数据库技术，以便对数据库进行管理。因此，数据库技术的根本目标就是解决数据的共享问题。故选项 B 正确。

（10）【答案】A【解析】二叉树的中序遍历递归算法为：如果根不空，则（1）按中序次序访问左子树；（2）访问跟结点；（3）按中序次序访问右子树。否则返回。本题中，根据中序遍历算法，应首先按照中序次序访问以 C 为根结点的左子树，然后再访问根结点 F，最后才访问以 E 为根结点的右子树。遍历以 C 为根结点的左子树同样要遵循中序遍历算法，因此中序遍历结果为 ACBD；然后遍历根结点 F；遍历以 E 为根结点的右子树，同样要遵循中序遍历算法，因此中序遍历结果为 EG。最后把这三部分的遍历结果按顺序连接起来，中序遍历结果为 ACBDFEG。因此，本题的正确答案是 A。

（11）【答案】A【解析】本题考查参数传递以及模块的调用。此题应当注意模块参数传递的方式。

系统执行 DO 语句时，调用子程序并将参数表中的实参传送给子程序。当执行子程序中第一条语句 PARAMETERS 时，由<内存变量表>中的变量（即形参）接受数据。PARAMETERS 语句必须放在子程序的首行，并且要与 DO 语句配合使用。<参数表>中实参的个数、类型与<内存变量表>中形参的个数、类型要保持一致。实参可以是常量、变量或表达式。如果实参是常量或表达式，则形参值的改变不影响实参值的改变；如果实参是变量，则它与形参的数据传送是通过共用的存储单元来进行的，因此在子程序中改变了形参的值就直接改变了实参的值。子程序中需返回到主程序的数据即实参必须放到 PARAMETERS 语句中对应的变量或全局变量中。

命令 SET UDFPARAMS TO REFERENCE 用来设置参数传递方式为按引用传递。也就是说，当形参变量值改变时，实参变量也要随之改变。但是由于本题采用的调用方式是：DO WITH，所以调用方式不受参数 UDFPARAMS 的影响。

在调用过程中，变量 A 用括号括起来，因此 A 按值传递，而变量 B 是按引用传递。模块 SQ 的功能是传送到该模块内的两个变量分别进行计算。程序开始时变量 A 和 B 的值分别为 10 和 20，执行模块 SQ 后，由于变量 A 是按值传递，因此模块结束后，变量 A 的值仍为 10，而变量 B 为按引用传递，因此该变量为在模块 SQ 后计算后的结果 200，所以选项 A 是正确答案。

（12）【答案】A【解析】此题考查考生对内存变量知识的了解。对于已经创建的内存变量来说，可以使用下列命令将其从内存中清除：

```
CLEAR MEMORY
RELEASE ＜内存变量名表＞
RELEASE ALL [EXTENDED]或[RELEASE ALL
[LIKE ＜通配符＞] | EXCEPT ＜通配符＞]
```

对于此题来说，明显选项 A 为正确答案。而其余几个选项中，选项 B 为删除数据表中记录的命令；选项 C 为删除文件命令；选项 D 为表单释放时引发的事件。

（13）【答案】C【解析】此题考查对关系运算的了解。在关系理论中，基本的关系运算有三种，它们分别是：选择运算、投影运算和连接运算。投影运算是从关系模式中指定若干个属性组成新的关系。选择是从关系中找出满足给定条件的元组，以上这两种运算的对象只能是一个表；而联接是将两个关系模式拼接成一个更宽的模式，生成的新关系包含满足联接条件的元组，该运算的对象是一个表以上。所以，此题正确答案应当是"选择和投影"。也就是选项 C。

（14）【答案】B【解析】此题考查对项目管理器的掌握。在 Visual FoxPro 的项目管理器中，共有"数据"、"文档"、"类"、"代码"、"其他"和"全部"几个选项卡。"数据"选项卡：包含了一个项目中所有数据：数据库、自由表、查询和视图。"文档"选项卡：包含了处理数据时所用的三类文件：输入和查看数据所用的表单、打印表和查询结果所用的报表及标签。"类"选项卡：使用 Visual FoxPro 的基类可以创建一个可靠的面向对象的事件驱动程序。如果自己创建了实现特殊功能的类，可以在项目管理器中修改。"代码"选项卡：包括三类程序：扩展名为.prg 的程序文件、函数库 API Libraries 和应用程序.app 文件。"其他"选项卡：包括文本文件、菜单文件和其他文件。"全部"选项卡：以上各类文件的集中显示窗口。综上所述，新建报表应当在"文档"选项卡或是"全部"选项卡中完成，此题仅提供了选项 B（"文档"选项卡）为正确答案。

（15）【答案】D【解析】此题考查变量作用域及变量初值。变量分为三种：公共变量、私有变量及局部变量，而命令 LOCAL ＜内存变量＞用来建立指定的局部内存变量，在创建该内存变量的同时，将变量赋予逻辑假的初值。所以此题正确答案为选项 D。

（16）【答案】D【解析】此题考查对 Visual FoxPro 各种文件扩展名的了解。选项 A：数据库表文件的扩展名为 DBF。选项 B：表单文件的扩展名为 SCX。选项 C：数据库文件的扩展名为 DBC。选项 D：项目文件的扩展名为.PJX，所以该选项为正确答案。

（17）【答案】D【解析】此题考查对简单的循环语句、Visual FoxPro 操作符及函数的掌握。在此程序中，首先为将变量 X 和 Y 分别赋值为 34567 和 0，然后进入循环。而%表示取余数，则 34567%10 的结果为 7，并将其赋值给 Y，接下来，将 X 值除 10 取整后的值（3456）赋值给 X，此时 X 值>0，再次进行循环。此时 Y 值为 7，执行 Y=X%10+Y*10 语句后，Y 值为 76，而 X 值经除 10 取整后，为 345 再次进行循环，以此类推，直至 X 值等于 0 时退出循环，此时 Y 值为 76543，所以选项 D 为正确答案。

（18）【答案】B【解析】此题要生成与上一题相同的结果，但在程序过程上加入了判断变量 flag，用来控制循环是否结束，并且在所有程序的开始，都将 flag 变量赋值为.T.。在选项 A 中，循环条件满足，但执行第一次循环之后，所使用 IF … ENDIF 分支语句的条件为如果 X>0（此时 X 的值为 3456），就将 flag 变量赋值为.F.，循环条件不成立，退出循环，此时 Y 值等于 7，所以该选项错误。选项 C 中的循环条件为!flag，也就是不等于 flag 值时循环条件成立，此时 flag 的值为.T.，不满足循环条件，直接退出循环，此时 Y 值为 0，所以该选项错误。选项 D 中的循环条件正确，进入循环，且当 X 值大于 0 时，flag 的值仍为.T.，但循环内部没有改变 flag 值

的语句，此循环是一个无限循环，执行错误，所以该选项错误。选项 B 为正确答案。

（19）【答案】C【解析】此题考查对 SQL SELECT 语句的理解。在 SQL SELECT 语句中，使用 ORDER BY 子句对查询结果进行排序，格式为：

```
ORDER BY Order_Item [ASC|DESC][,
order_Item [ASC|DESC]…]
```

其中，如果指定了多个排序字段，则依照 Order by 子句中指定字段的顺序，按照从左至右的优先次序进行排序，所以选项 C 为正确答案。

（20）【答案】A【解析】此题考查表单创建时触发的各个事件。对表单来说，Load 事件为表单或表单集被加载到内存中（尚未创建）发生的事件，而 Init 事件为创建表单时发生的事件。Error 事件为表单中方法程序发生错误时触发的事件。Click 为鼠标单击时触发的事件，综上所述，选项 A 为正确答案。

（21）【答案】B【解析】此题考查 Visual FoxPro 的基本知识。对于 Visual FoxPro 这种关系数据库来说，每一个关系是一个二维表，也可以说关系被称作表，而不是表单，所以选项 A 错误；而表文件的扩展名为.DBF，所以选项 C 错误；对于 Visual FoxPro 数据库文件来说，该文件并不存储用户的数据，而只是包含表、关系、视图及存储过程，并且多个表也不存储在一个物理文件中，所以选项 D 错误，选项 B 正确。

（22）【答案】C【解析】此题考查 Visual FoxPro 中表达式运算及函数。函数 VARTYPE()的作用为返回一个表达式的数据类型，所返回值与表达式数据类型的对照见下表：

C	字符型或备注型	D	日期型
N	数值型、整型、浮点型或双精度型	T	日期时间型
Y	货币型	X	Null
L	逻辑型	U	未知
O	对象	G	通用型

而表达式"6<5"的结果为逻辑型，所以返回值为"L"，选项 C 正确。

（23）【答案】D【解析】此题考查对表单控件属性的了解。在表单中的选项组(OptionGroup)控件，

是包含选项按钮的一种容器。一个选项组中往往包含若干个选项按钮，但用户只能从中选择一个按钮。而其 Value 属性用于指定选项组中哪个选项按钮被选中，其值可以是选项组中该按钮的序号，也可以是该选项组的显示值，所以答案 D 正确。

（24）【答案】C【解析】此题考查对 Visual FoxPro 中方法的了解。Show 方法应用于表单集、表单、屏幕及工具栏，show 方法把表单或表单集的 Visible 属性设置为"真"(.T.)，并使表单成为活动的对象。如果表单的 Visible 属性已经设置为"真"(.T.)，则 show 方法使它成为活动对象。对于此题来说，MyForm 表单被隐藏着，所以该表单的 Visible 属性为"假"(.F.)，所以可以使用该方法来重新使之显示，所以选项 C 为正确答案。而其他几个选项均为错误的方法。

（25）【答案】A【解析】此题考查使用 SQL 语句修改表结构。本题考查修改修改表结构的 SQL 语句。修改字段属性的命令的语法格式是：

```
ALTER    TABLE   TableName1  ALTER
FieldName2 FieldType[nFieldWidth]
```

其中：TableName1 是数据表名。FieldName2 是数据表中所要修改的字段名。FieldType [nFieldWidth] 用来说明修改后的字段的类型和宽度。从 4 个候选项中可以看出，只有选项 A 是正确的。选项 C 和 D 关键字 CHANGE 有误，而选项 B 用来指定表的短语 DBF 错误，所以这 3 个选项均为错误答案。

（26）【答案】C【解析】此题考查 SQL 语句中向数据表插入数据的命令。使用 SQL 语言向表中插入数据的命令是 INSERT INTO，命令格式如下：

```
INSERT INTO <表名> [(字段名1[，字段名
2，…])] VALUES (表达式1[，表达式2，…])
```

或

```
INSEERT INTO <表名> FROM ARRAY<数组
名> | FROM MEMVAR
```

作用是在表尾插入一条记录。而在本题的 4 个选项中：

选项 A 的顺序不正确，选项 B 则使用了错误的关键字 TO，选项 D 除了顺序不正确之外，还使用了错误的关键字 TO，只有选项 C 为正确答案。

（27）【答案】D【解析】此题考查考生对 SQL 语句的掌握程度。

根据题意，在此 SQL 语句中，首先要根据"歌手号"分组计算出每个歌手的总成绩，然后去掉该歌手的最高分及最低分，并且根据评委人数（减去两个去掉分数的评委数量）来计算平均分，将结果保存在表 TEMP 中，并按照"最后得分"的降序排列。在此题的 4 个选项中，选项 A 及选项 B 在计算歌手总分数时使用了错误的函数 COUNT(该函数用来计算记录数量)，并在计算评委人数时使用了错误的函数 SUM(汇总函数，应当用来计算歌手的总分)，所以不正确。而选项 C 虽然使用了正确的函数，但用来指定分组的 GROUP BY 子句后面错误地使用了"评委号"字段（应当使用"歌手号"字段），所以也不正确。选项 D 正确表达了题意，所以以为正确答案。

（28）【答案】B【解析】此题考查对逻辑表达式及 BETWEEN 函数的掌握。题干中 SELECT 语句的意义为：选择出"歌手"表中所有"最后得分"字段中值不大于 9.00（包括 9.00）及不小于 8.00（包括 8.00）记录的所有字段，由此题意我们可以看出：选项 C 中 SQL 语句的意义为选出"歌手"表中所有"最后得分"字段值大于 9.00 或小于 8.00 的记录，与题意不符。选项 D 中 SQL 语句的意义为选出"歌手"表中所有"最后得分"字段值小于等于 9.00 或大于等于 8.00 的记录（是数据表中的全部记录），与题意不符。选项 A 有一定的迷惑性，BETWEEN … AND … 表示查询的条件值是在什么范围之内的时候用，当 BETWEEN 作取值范围限定时，包括限定条件的两个端点值，所以考生很容易犯错误，使用 BETWEEN … AND …的两个限定值应当遵循从小到大的原则，而此题正好相反，所以不可能查询出结果，故也为错误答案。选项 B 能够正确体现题干中 SQL 语句的意义，所以为正确答案。

（29）【答案】B【解析】本题考查使用 SQL 对表文件的字段进行有效性设置。可以使用命令 ALTER TABLE 来实现对表的字段进行有效性设置，其格式为：

```
ALTER  TABLE  <表名>  ALTER <字段>
SET CHECK <表达式>
```

选项 A 和选项 D 错误在于使用了错误的关键字 CHANGE。选项 B 正确。选项 C 缺少子句关键字 SET。

（30）【答案】A【解析】本题考查使用 SQL 语句创建视图。SQL 中创建视图的命令格式是：

```
CREATE   VIEW   view_name   [ ]
cloumn_name[,  column_name] ···)]  AS
select_statment
```

根据 SELECT 语句（select_statment）创建指定名称（view_name），指定列名称（cloumn_name）的视图。具体到本题中：选项 C 及选项 D 错误，因为其缺少 AS 关键字。选项 B 错误，因为使用了错误的函数 LIKE。 故选项 A 为正确答案。

（31）【答案】D【解析】本题考查 SQL 中删除视图的命令。删除视图的命令格式为：

```
DROP VIEW <视图名>
```

删除指定名称视图，所以选项 D 为正确答案。

（32）【答案】B【解析】根据题干可以看出，该程序首先将"歌手"表中当前记录的歌手号在 temp 表中的记录值存放的数组 a 中，然后再将其"最后得分"字段的值替换为数组中的值，所以该处应当填写如何将 temp 表中相应记录值输出的数组 a 中的 SQL 语句。在 SQL 语句中，指定在数组中保存查询结果的子句为：

```
INTO ARRAY <数组名>,
```

由此可以看出，只有选项 B 为正确答案。

（33）【答案】A【解析】题干中的 SQL 语句的功能是：查询"最后得分"比"歌手号"字段中第一个字符为"2"（SUBSTR(歌手号,1,1)="2"）的歌手的"最后得分"高的歌手号。在本题中 4 个选项中只有选项 A 中的查询条件与此等价，用(SELECT MAX(最后得分) FROM···WHERE···)实现选择出最高的最后得分，故选项 A 为正确答案。选项 B 的查询条件表示最后得分大于"歌手号"字段中第一个字符为"2"的歌手的最低的"最后得分"。选项 C 和 D 中的 ANY 和 SOME 是同义词，表示查询出只要"歌手号"字段中第一个字符为"2"的歌手任何任何一个最后得分高的记录即可。

（34）【答案】B【解析】此题考查对视图概念的掌握。视图是一个定制的虚拟逻辑表，视图中只

存放相应的数据逻辑关系，并不保存表的记录内容，但可以在视图中改变记录的值，然后将更新记录返回到源表。而视图是在数据库表的基础上创建的一种虚拟表。而视图创建后，保存在数据库中。所以选项 B 正确。

（35）【答案】D【解析】此题考查考生对表单中事件与方法的掌握。Release 是表单常用的方法，用来将表单从内存中释放，常用的格式为 ThisForm.Release，所以选项 D 正确。

二、填空题

（1）【答案】【1】3【解析】题目中的图形是倒置的树状结构，这是用层次图表示的软件结构。结构图中同一层次模块的最大模块个数称为结构的宽度，它表示控制的总分布。根据上述结构图宽度的定义，从图中可以看出，第二层的模块个数最多，即为 3。因此，这个系统结构图的宽度就为 3。

（2）【答案】【2】调试（阶段） 或 程序调试（阶段）或 软件调试（阶段） 或 Debug（阶段）【解析】软件测试的目的是发现程序中的错误，而调试的目的是确定程序中错误的位置和引起错误的原因，并加以改正。换句话说，调试的目的就是诊断和改正程序中的错误。调试不是测试，但是它总是发生在测试之后。因此，本题的正确答案是调试（阶段）或程序调试（阶段）或软件调试（阶段）或 Debug（阶段）。

（3）【答案】【3】记录 或 元组【解析】关系是关系数据模型的核心。关系可以用一个表来直观的表示，表的每一列表示关系的一个属性，每一行表示一个元组或记录。因此，本题的正确答案是元组或记录。

（4）【答案】【4】栈 或 Stack【解析】栈和队列是两种特殊的线性表，其特殊性在于对它们的操作只能在表的端点进行。栈中的数据按照后进先出的原则进行组织，而队列中的数据是按照先进先出的原则进行组织。因此，本题的正确答案是栈（Stack）。

（5）【答案】【5】线性结构【解析】数据结构分为线性结构和非线性结构，其中队列是属于线性

结构。队列有两种存储结构，一种是顺序存储结构，称为顺序队列；另一种是链式存储结构，称为链队列。题目中所说的带链的队列就是指链队列。无论队列采取哪种存储结构，其本质还是队列，还属于一种线性结构。因此，本题的正确答案是线性结构。

（6）【答案】【6】代码【解析】在 Visual FoxPro 的项目管理器中，共有"数据"、"文档"、"类"、"代码"和"其他"几个选项卡，其中："代码"选项卡中可以创建扩展名为.prg 的程序文件、函数库 API Libraries 和应用程序.app 文件。

（7）【答案】【7】数据库（或 database ，或 DB）【解析】在 Visual FoxPro 中，独立于任何数据库之外的表被称之为自由表，所以自由表不属于任何数据库，正确答案为"数据库"、"DataBase"或是"DB"。

（8）【答案】【8】当前【解析】DELETE 命令的格式如下：

DELETE [<范围>] [FOR <条件>] [WHILE <条件>]

其功能为对当前表中指定范围内满足条件的记录作删除标记。而该命令不指定任何条件时，仅删除指定表中当前指针所指向的记录，也就是当前记录。

（9）【答案】【9】INTO TABLE 或 INTO DBF（注：关键字之后的内容可省略）【解析】本题考查考生对 SQL 中 INTO 字句的掌握。在 FoxPro 中可以使用 SQL 语句中的 INTO 子句将查询结果存入指定的数据表，其格式为：

INTO TABLE<表名>或者 INTO DBF

所以答案为：INTO TABLE 或 INTO DBF

（10）【答案】【10】NULL（或.NULL）【解析】空值既不等同于空字符串，也不等同于数值 0，Visual FoxPro 支持空值，在 SQL 语句中，空值使用 NULL 表示。

（11）【答案】【11】远程【解析】本题考查视图的基本知识。视图分为本地视图和远程视图两种，其中本地视图表示所能更新的源表是数据库表或自由表，这些源表未被放在服务器上；而远程视图所能更新的源表来自于服务器上的表或者是来自远程数据源。

（12）【答案】【12】更新【解析】在"视图设计器"中，"更新条件"选项卡控制对数据源的修改（如更改、删除、插入）应发送回数据源的方式，而且还可以控制对表中的特定字段定义是否为可修改字段，并能对用户的服务器设置合适的 SQL 更新方法。

（13）【答案】【13】布局【解析】在表单设计器中，可以打开"布局"工具栏，来对表单中的控件进行对齐操作，其中包括"左边对齐"、"右边对齐"、"顶边对齐"、"底边对齐"和"居中对齐"等按钮。

（14）【答案】【14】标签【解析】在报表中，可以插入标签控件、域控件、线条及图形等等，对于文字说明应当使用"标签"控件。

（15）【答案】【15】COLUMN【解析】在 SQL 语句中，修改表字段名称的格式如下：

RENAME COLUMN 字段名 1 TO 字段名 2

故正确答案为 COLUMN。

2007 年 4 月笔试真题

（考试时间 90 分钟，满分 100 分）

一、选择题（每小题 2 分，共 70 分）

下列各题 A）、B）、C）、D）四个选项中，只有一个选项是正确的，请将正确选项涂写在答题卡相应位置上，答在试卷上不得分。

（1） 下列叙述中正确的是
 A）算法的效率只与问题的规模有关，而与数据的存储结构无关
 B）算法的时间复杂度是指执行算法所需要的计算工作量

  C）数据的逻辑结构与存储结构是一一对应的

  D）算法的时间复杂度与空间复杂度一定相关

（2） 在结构化程序设计中，模块划分的原则是

  A）各模块应包括尽量多的功能   B）各模块的规模应尽量大

  C）各模块之间的联系应尽量紧密

  D）模块内具有高内聚度、模块间具有低耦合度

（3） 下列叙述中正确的是

  A）软件测试的主要目的是发现程序中的错误

  B）软件测试的主要目的是确定程序中错误的位置

  C）为了提高软件测试的效率，最好由程序编制者自己来完成软件测试的工作

  D）软件测试是证明软件没有错误

（4） 下面选项中不属于面向对象程序设计特征的是

  A）继承性   B）多态性   C）类比性   D）封装性

（5） 下列对队列的叙述正确的是

  A）队列属于非线性表

  B）队列按"先进后出"原则组织数据

  C）队列在队尾删除数据

  D）队列按"先进先出"原则组织数据

（6） 对下列二叉树

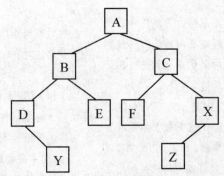

  进行前序遍历的结果为

  A）DYBEAFCZX   B）YDEBFZXCA

  C）ABDYECFXZ   D）ABCDEFXYZ

（7） 某二叉树中有 n 个度为 2 的结点，则该二叉树中的叶子结点数为

  A）n+1   B）n-1   C）2n   D）n/2

（8） 在下列关系运算中，不改变关系表中的属性个数但能减少元组个数的是

  A）并   B）交   C）投影   D）笛卡儿乘积

（9） 在 E-R 图中，用来表示实体之间联系的图形是

  A）矩形   B）椭圆形   C）菱形   D）平行四边形

（10）下列叙述中错误的是

  A）在数据库系统中．数据的物理结构必须与逻辑结构一致

  B）数据库技术的根本目标是要解决数据的共享问题

  C）数据库设计是指在已有数据库管理系统的基础上建立数据库

  D）数据库系统需要操作系统的支持

（11）以下不属于 SQL 数据操作命令的是

A）MODIFY　　　　　B）INSERT　　　　　C）UPDATE　　　　　D）DELETE

（12）在关系模型中，每个关系模式中的关键字

A）可由多个任意属性组成

B）最多由一个属性组成

C）可由一个或多个其值能惟一标识关系中任何元组的属性组成

D）以上说法都不对

（13）Visual FoxPro 是一种

A）数据库系统　　　B）数据库管理系统　　C）数据库　　　　　D）数据库应用系统

（14）在 Visual FoxPro 中调用表单文件 mfl 的正确命令是

A）DO mfl　　　　　B）DO FROM mfl　　C）DO FORM mfl　　D）RUN mfl

（15）SQL 的 SELECT 语句中，"HAVING <条件表达式>"用来筛选满足条件的

A）列　　　　　　　B）行　　　　　　　C）关系　　　　　　D）分组

（16）设有关系 SC(SNO, CNO, GRADE)，其中 SNO、CNO 分别表示学号和课程号（两者均为字符型），GRADE 表示成绩（数值型）。若要把学号为"S101"的同学，选修课程号为"C11"，成绩为 98 分的记录插入到表 SC 中，正确的语句是

A）INSERT INTO SC(SNO, CNO, GRADE) VALUES('S101', 'C11', '98')

B）INSERT INTO SC(SNO, CNO, GRADE) VALUES(S101, C11, 98)

C）INSERT ('S101', 'C11', '98') INTO SC

D）INSERT INTO SC VALUES('S101', 'C11', 98)

（17）以下有关 SELECT 短语的叙述中错误的是

A）SELECT 短语中可以使用别名

B）SELECT 短语中只能包含表中的列及其构成的表达式

C）SELECT 短语规定了结果集中的列顺序

D）如果 FROM 短语引用的两个表有同名的列，则 SELECT 短语引用它们时必须使用表名前缀加以限定

（18）在 SQL 语句中，与表达式"年龄 BETWEEN 12 AND 46"功能相同的表达式是

A）年龄 >= 12 OR <= 46　　　　　　　　B）年龄 >= 12 AND <= 46

C）年龄 >= 12 OR 年龄 <= 46　　　　　D）年龄 >= 12 AND 年龄 <= 46

（19）在 SELECT 语句中，以下有关 HAVING 短语的正确叙述是

A）HAVING 短语必须与 GROUP BY 短语同时使用

B）使用 HAVING 短语的同时不能使用 WHERE 短语

C）HAVING 短语可以在任意一个位置出现

D）HAVING 短语与 WHERE 短语功能相同

（20）在 SQL 的 SELECT 查询的结果中，消除重复记录的方法是

A）通过指定主索引实现　　　　　　　　B）通过指定惟一索引实现

C）使用 DISTINCT 短语实现　　　　　　D）使用 WHERE 短语实现

（21）在 Visual FoxPro 中，假定数据库表 S(学号, 姓名, 性别, 年龄)和 SC(学号, 课程号, 成绩)之间使用"学号"建立了表之间的永久联系，在参照完整性的更新规则、删除规则和插入规则中选择设置了"限制"。如果表 S 所有的记录在表 SC 中都有相关联的记录，则

A）允许修改表 S 中的学号字段值　　　B）允许删除表 S 中的记录

C）不允许修改表 S 中的学号字段值　　D）不允许在表 S 中增加新的记录

（22）在 Visual FoxPro 中，对于字段值为空值（NULL）叙述正确的是

A）空值等同于空字符串   B）空值表示字段还没有确定值

C）不支持字段值为空值   D）空值等同于数值 0

(23) 在 Visual FoxPro 中，如果希望内存变量只能在本模块（过程）中使用，不能在上层或下层模块中使用。说明该种内存变量的命令是

A）PRIVATE   B）LOCAL

C）PUBLIC   D）不用说明，在程序中直接使用

(24) 在 Visual FoxPro 中，下面关于索引的正确描述是

A）当数据库表建立索引以后，表中的记录的物理顺序将被改变

B）索引的数据将与表的数据存储在一个物理文件中

C）建立索引是创建一个索引文件，该文件包含有指向表记录的指针

D）使用索引可以加快对表的更新操作

(25) 在 Visual FoxPro 中，在数据库中创建表的 CREATE TABLE 命令中定义主索引、实现实体完整性规则的短语是

A）FOREIGN KEY   B）DEFAULT   C）PRIMARY KEY   D）CHECK

(26) 在 Visual FoxPro 中，以下关于查询的描述正确的是

A）不能用自由表建立查询   B）只能用自由表建立查询

C）不能用数据库表建立查询   D）可以用数据库表和自由表建立查询

(27) 在 Visual FoxPro 中，数据库表的字段或记录的有效性规则的设置可以在

A）项目管理器中进行 B）数据库设计器中进行

C）表设计器中进行   D）表单设计器中进行

(28) 在 Visual FoxPro 中，如果要将学生表 S(学号, 姓名, 性别, 年龄)中"年龄"属性删除，正确的 SQL 命令是

A）ALTER TABLE S DROP COLUMN 年龄

B）DELETE 年龄 FROM S

C）ALTER TABLE S DELETE COLUMN 年龄

D）ALTER TABLE S DELETE 年龄

(29) 在 Visual FoxPro 的数据库表中只能有一个

A）候选索引   B）普通索引   C）主索引   D）惟一索引

(30) 设有学生表 S(学号, 姓名, 性别, 年龄)，查询所有年龄小于等于 18 岁的女同学、并按年龄进行降序排序生成新的表 WS，正确的 SQL 命令是

A）SELECT * FROM S
     WHERE 性别='女' AND 年龄<=18 ORDER BY 4 DESC INTO TABLE WS

B）SELECT * FROM S
     WHERE 性别='女' AND 年龄<=18 ORDER BY 年龄 INTO TABLE WS

C）SELECT * FROM S
     WHERE 性别='女' AND 年龄<=18 ORDER BY '年龄' DESC INTO TABLE WS

D）SELECT * FROM S
     WHERE 性别='女' OR 年龄<=18 ORDER BY '年龄' ASC INTO TABLE WS

(31) 设有学生选课表 SC(学号, 课程号, 成绩)，用 SQL 检索同时选修课程号为"C1"和"C5"的学生的学号的正确命令是

A）SELECT 学号 FROM SC
     WHERE 课程号='C1' AND 课程号='C5'

B）SELECT 学号 FROM SC
     WHERE 课程号='C1' AND 课程号=(SELECT 课程号 FROM SC WHERE 课程号

='C5')

C） SELECT 学号 FROM SC

WHERE 课程号='C1' AND 学号=(SELECT 学号 FROM SC WHERE 课程号='C5')

D） SELECT 学号 FROM SC

WHERE 课程号='C1' AND 学号 IN (SELECT 学号 FROM SC WHERE 课程号='C5')

（32）设有学生表 S(学号, 姓名, 性别, 年龄)、课程表 C(课程号, 课程名, 学分)和学生选课表 SC(学号, 课程号, 成绩), 检索学号、姓名和学生所选课程的课程名和成绩, 正确的 SQL 命令是

A） SELECT 学号, 姓名, 课程名, 成绩 FROM S, SC, C

WHERE S.学号=SC.学号 AND SC.学号=C.学号

B） SELECT 学号, 姓名, 课程名, 成绩

FROM(S JOIN SC ON S.学号=SC.学号) JOIN C ON SC.课程号=C.课程号

C） SELECT S.学号, 姓名, 课程名, 成绩

FROM S JOIN SC JOIN C ON S.学号=SC.学号 ON SC.课程号=C.课程号

D） SELECT S.学号, 姓名, 课程名, 成绩

FROM S JOIN SC JOIN C ON SC.课程号=C.课程号 ON S.学号=SC.学号

（33）在 Visual FoxPro 中以下叙述正确的是

A） 表也被称作表单 　　　　　　　　B） 数据库文件不存储用户数据

C） 数据库文件的扩展名是 DBF

D） 一个数据库中的所有表文件存储在一个物理文件中

（34）在 Visual FoxPro 中, 释放表单时会引发的事件是

A） UnLoad 事件 　　　　　　　　　　B） Init 事件

C） Load 事件 　　　　　　　　　　　　D） Release 事件

（35）在 Visual FoxPro 中, 在屏幕上预览报表的命令是

A） PREVIEW REPORT 　　　　　　　　B） REPORT FORM … PREVIEW

C） DO REPORT … PREVIEW 　　　　　D） RUN REPORT … PREVIEW

二、填空题（每空 2 分，共 30 分）

请将每一个空的正确答案写在答题卡【1】~【15】序号的横线上，答在试卷上不得分。注意：以命令关键字填空的必须拼写完整。

（1） 在深度为 7 的满二叉树中，度为 2 的结点个数为 【1】。

（2） 软件测试分为白箱（盒）测试和黑箱（盒）测试。等价类划分法属于 【2】 测试。

（3） 在数据库系统中，实现各种数据管理功能的核心软件称为 【3】。

（4） 软件生命周期可分为多个阶段。一般分为定义阶段、开发阶段和维护阶段。编码和测试属于 【4】 阶段。

（5） 在结构化分析使用的数据流图（DFD）中，利用 【5】 对其中的图形元素进行确切解释。

（6） 为使表单运行时在主窗口中居中显示，应设置表单的 AutoCenter 属性值为 【6】。

（7） ?AT("EN",RIGHT("STUDENT",4))的执行结果是 【7】。

（8） 数据库表上字段有效性规则是一个 【8】 表达式。

（9） 在 Visual FoxPro 中，通过建立数据库表的主素引可以实现数据的 【9】 完整性。

（10） 执行下列程序，显示的结果是 【10】

```
one="WORK"
```

```
two=""
a=LEN(one)
i=a
DO WHILE i>=1
    two=two+SUBSTR(one,i,1)
    i=i-1
ENDDO
?two
```

（11）"歌手"表中有"歌手号"、"姓名"和"最后得分"三个字段，"最后得分"越高名次越靠前，查询前 10 名歌手的 SQL 语句是 SELECT * 【11】FROM 歌手 ORDER BY 最后得分【12】。

（12）已有"歌手"表，将该表中的"歌手号"字段定义为候选索引、索引名是 temp，正确的 SQL 语句是 【13】TABLE 歌手 ADD UNIQUE 歌手号 TAG temp

（13）连编应用程序时，如果选择连编生成可执行程序，则生成的文件的扩展名是 【14】。

（14）为修改已建立的报表文件打开报表设计器的命令是 【15】REPORT。

2007 年 4 月笔试真题解析

一、选择题

（1）【答案】B【解析】本题考查数据结构中有关算法的基本知识和概念。数据的结构，直接影响算法的选择和效率。而数据结构包括两方面，即数据的逻辑结构和数据的存储结构。因此，数据的逻辑结构和存储结构都影响算法的效率。选项 A 的说法是错误的。算法的时间复杂度是指算法在计算机内执行时所需时间的度量；与时间复杂度类似，空间复杂度是指算法在计算机内执行时所需存储空间的度量。因此，选项 B 的说法是正确的。数据之间的相互关系称为逻辑结构。通常分为四类基本逻辑结构，即集合、线性结构、树型结构、图状结构或网状结构。存储结构是逻辑结构在存储器中的映象，它包含数据元素的映象和关系的映象。存储结构在计算机中有两种，即顺序存储结构和链式存储结构。可见，逻辑结构和存储结构不是一一对应的。因此，选项 C 的说法是错误的。 有时人们为了提高算法的时间复杂度，而以牺牲空间复杂度为代价。但是，这两者之间没有必然的联系。因此，选项 D 的说法是错误的。

（2）【答案】D【解析】本题考查软件工程中软件设计的概念和原理。人们在开发计算机软件的长期实践中积累了丰富的经验，总结这些经验得到如下的启发式规则：

（1）改进软件结构，提高模块独立性。通过模块的分解或合并，力求降低耦合提高内聚。低耦合也就是降低不同模块间相互依赖的紧密程度，高内聚是提高一个模块内各元素彼此结合的紧密程度。

（2）模块的规模应适中。一个模块的规模不应过大，过大的模块往往是由于分解不够充分；过小的模块开销大于有益操作，而且模块过多将使系统接口复杂。因此过小的模块有时不值得单独存在。

（3）模块的功能应该可以预测，但也要防止模块功能过分局限。如果模块包含的功能太多，则不能体现模块化设计的特点；如果模块的功能过分的局限，使用范围就过分狭窄。

经过上述分析，本题的正确答案是选项 D。

（3）【答案】A【解析】本题考查软件工程中测试的目的和方法。仅就软件测试而言，它的目的是发现软件的中的错误，但是，发现错误并不是最终目的，最终目的是通过测试发现错误之后还必须诊断并改正错误，这就是调试的目的。

由于测试的目标是暴露程序中的错误，从心理学角度看，由程序的编写者自己进行测试是不恰当的。因此，在软件测试阶段通常由其他人员组成测试小组来完成测试工作。因此，经过上述分析可知选项 A 的说法是正确的，而选项 B、C、D 的说法是错误的。

（4）【答案】C【解析】通常认为，面向对象方法具有封装性、继承性、多态性几大特点。就是这几大特点，为软件开发提供了一种新的方法学。

封装性：所谓封装就是将相关的信息、操作与处理融合在一个内含的部件中（对象中）。简单地说，封装就是隐藏信息。这是面向对象方法的中心，是面向对象程序设计的基础。

继承性：子类具有派生它的类的全部属性（数据）和方法，而根据某一类建立的对象也都具有该类的全部，这就是继承性。继承性自动在类与子类间共享功能与数据，当某个类作了某项修改，其子类会自动改变，子类会继承其父类所有特性与行为模式。继承有利于提高软件开发效率，容易达到一致性。

多态性：多态性就是多种形式。不同的对象在接收到相同的消息时，采用不同的动作。例如，一个应用程序包括许多对象，这些对象也许具有同一类型的工作，但是却以不同的做法来实现。不必为每个对象的过程取一过程名，造成复杂化，可以使过程名复用。同一类型的工作有相同的过程名，这种技术称为多态性。

经过上述分析可知，选项C的说法是错误的。

（5）【答案】D【解析】本题考查数据结构中队列的基本知识。队列是一种限定性的线性表，它只允许在表的一端插入元素，而在另一端删除元素，所以队列具有先进先出的特性。在队列中，允许插入元素的一端叫做队尾，允许删除的一端则称为队头。这与日常生活中的排队是一致的，最早进入队列的人最早离开，新来的人总是加入到队尾。因此，本题中只有选项D的说法是正确的。

（6）【答案】C【解析】本题考查数据结构中二叉树的遍历。根据对二叉树根的访问先后顺序不同，分别称为前序遍历、中序遍历和后序遍历。这三种遍历都是递归定义的，即在其子树中也按照同样的规律进行遍历。下面就是前序遍历方法的递归定义。

当二叉树的根不为空时，依次执行如下3个操作：（1）访问根结点。（2）按先序遍历左子树。（3）按先序遍历右子树

根据如上前序遍历规则，来遍历本题中的二叉树。首先访问根结点，即A，然后遍历A的左子树。遍历左子树同样按照相同的规则首先访问根结点B，然后遍历B的左子树。遍历B的左子树，首先访问D，然后访问D的左子树，D的左子树为空，接下来访问D的右子树，即Y。遍历完B的左子树后，再遍历B的右子树，即E。到此遍历完A的左子树，接下来遍历A的右子树。按照同样的规则，首先访问C，然后遍历C的左子树，即F。C的左子树遍历完，接着遍历C的右子树。首先访问右子树的根结点X，然后遍历X的左子树，X的左子树，即Z，接下来访问X的右子树，右子树为空。到此，把题目的二叉树进行了一次前序遍历。遍历的结果为ABDYECFXZ，故本题的正确答案为选项C。

（7）【答案】A【解析】本题考查数据结构中二叉树的性质。二叉树满足如下一条性质，即：

对任意一棵二叉树，若终端结点（即叶子结点）数为 n_0，而其度数为2的结点数为 n_2，则 $n_0=n_2+1$。

根据这条性质可知，若二叉树中有 n 个度为2的结点，则该二叉树中的叶子结点数为n+1。因此，本题的正确答案是选项A。

（8）【答案】B【解析】本题考查数据库的关系运算。两个关系的并运算是指将第一个关系的元组加到第二个关系中，生成新的关系。因此，并运算不改变关系表中的属性个数，也不能减少元组个数。

两个关系的交运算是包含同时出现在第一和第二个关系中的元组的新关系。因此，交运算不改变关系表中的属性个数，但能减少元组个数。

投影是一元关系操作。投影操作选取关系的某些属性，这个操作是对一个关系进行垂直分割，消去某些属性，并重新安排属性的顺序，再删除重复的元组。因此，投影运算既可以减少关系表中的属性个数，也可以减少元组个数。

两个关系的笛卡儿乘积是指一个关系中的每个元组和第二个关系的每个元组连接。因此，笛卡儿乘积运算能够增加元组属性的个数。

经过上述分析可知，在上述四种运算中，交运算不改变关系表中的属性个数但能减少元组个数。

因此，正确答案是选项 B。

（9）【答案】C

【解析】E-R 模型中，有三个基本的抽象概念：实体、联系和属性。E-R 图是 E-R 模型的图形表示法，在 E-R 图中，用矩形框表示实体，菱形框表示联系，椭圆形框表示属性。因此，本题的正确答案是选项 C。

（10）【答案】A【解析】本题考查数据库系统的基本概念和知识。数据的逻辑结构，是数据间关系的描述，它只抽象地反映数据元素之间的逻辑关系，而不管其在计算机中的存储方式。数据的存储结构，又叫物理结构，是逻辑结构在计算机存储器里的实现。这两者之间没有必然的联系。因此，选项 A 的说法是错误的。

数据库可以看成是长期存储在计算机内的、大量的、有结构的和可共享的数据集合。因此，数据库具有为各种用户所共享的特点。不同的用户可以使用同一个数据库，可以取出它们所需要的子集，而且容许子集任意重叠。数据库的根本目标是要解决数据的共享问题。因此，选项 B 的说法是正确的。

数据库设计是在数据库管理系统的支持下，按照应用的要求，设计一个结构合理、使用方便、效率较高的数据库及其应用系统。数据库设计包含两方面的内容：一是结构设计，也就是设计数据库框架或数据库结构；二是行为设计，即设计基于数据库的各类应用程序、事务等。因此，选项 C 的说法是错误的。

数据库系统除了数据库管理软件之外，还必须有其他相关软件的支持。这些软件包括操作系统、编译系统、应用软件开发工具等。对于大型的多用户数据库系统和网络数据库系统，还需要多用户系统软件和网络系统软件的支持。因此，选项 D 的说法是正确的。

因此，本题的正确答案是选项 A。

（11）【答案】A【解析】本题是对 SQL 有关概念的考查，SQL 是结构化查询语言（Structured Query Language）的简称。在 VFP 中所对应的操作有数据查询、数据定义和数据操作，其中对应数据操作的命令有 INSERT、UPDATE 和 DELETE 三种。

由此可以看出，题目中只有答案 A 所列出的命令不是 SQL 数据操作命令。所以正确答案为 A。

（12）【答案】C【解析】在关系模型中，关键字的定义为：属性或属性的组合，其值唯一地标识一个元组。在 Visual FoxPro 中，关键字表示为字段或字段的组合，所以答案 C 正确。

（13）【答案】B【解析】本题考查数据库系统的基本知识。对于数据库系统的一些常见名词的定义如下：

数据库是指存储在计算机存储设备上、结构化的相关数据集合。它不仅包括描述事物的数据本身，而且还包括相关事物之间的联系。

数据库管理系统指为了数据库的建立、使用和维护而配置的软件。它提供了安全性和完整性等统一控制机制，方便用户对数据库的操作。

数据库系统指引进数据库技术后的计算机系统。它实现了有组织地、动态地存储大量相关数据的功能，并提供了数据处理和信息资源共享的便利手段：数据库系统分为五部分：硬件系统、数据库集合、数据库管理系统及相关软件、数据库管理员和用户。

数据库应用系统指系统开发人员利用数据库资源开发出来的、面向某一类实际应用的应用软件系统。

从上面的定义可以看出，Visual FoxPro 是一种数据库管理系统，所以正确答案为 B。

（14）【答案】C【解析】本题考查表单基本操作知识。在 Visual FoxPro 中调用表单的正确命令为：

```
DO FORM <表单文件名> [NAME <变量>]
[LINKED] [WITH <实参1> <, 实参2>,…] [TO
<变量>] [NOSHOW]
```

在题目所列出的答案中：

选项 A 表示运行名为 mf1.prg 的命令文件，所以错误。选项 B 有一定的迷惑性，FROM 与表单的 FORM 很类似，但其是错误的关键字，所以错误。选项 D 中的 RUN 命令是在 Visual FoxPro 中运行外部命令的关键字，所以错误。选项 C 是正确答案。

（15）【答案】D【解析】本题考查对 SQL 语句的掌握。SQL 语句中的 HAVING 子句用来指定包括在查询结果中的组必须满足的筛选条件。利用 HAVING 子句，可以设置当分组满足某个条件时才检索。在查询中，首先利用 WHERE 子句限定元组，然后进行分组，最后再用 HAVING 子句限定分组。所以说，"HAVING <条件表达式>" 用来筛选满足条件的分组，故 D 为正确答案。

（16）【答案】D【解析】本题考查考生对 SQL 语句中用于插入数据的 INSERT 语句的掌握。

向数据表中插入记录的 SQL 命令是 INSERT，其语法为：

INSERT　INTO　表名 [(字段名 1[, 字段名 2, …]) VALUES (表达式 1[,表达式 2, …])

由此可以看出，选项 C 的语法错误，故不是正确答案。

而在 INSERT 语句中插入记录的各个字段值（VALUES 后面的字段列表）要与的所列出的字段顺序相同，并且数据类型也需要相同。所以选项 A 与选项 B 均错误（选项 A 中对 GRADE 字段所插入的数值为 "98'"，为字符型数据；而选项 B 中对 CNO 所插入的数值为 C11，不是字符型数据）。

选项 D 为正确答案。

（17）【答案】B【解析】本题考查对 SQL 语句中 SELECT 短语的掌握。在 SQL 语句中的 SELECT 短语用来指定显示在查询结果中的字段、常量或表达式，在其中可以使用别名；而在 SELECT 中列出的字段、常量或表达式的顺序决定了结果集中的顺序，如果在多表查询中，FROM 短语所引用的多个表有同名的列，在 SELECT 短语中引用此列时必须加入表名（或别名）的前缀，以限定所查询的字段的来源表。

综上所述，选项 B 的叙述是错误的，在 SELECT 短语中还可以包含常量及表达式，不一定必须与表中的列相关。所以 B 为正确答案。

（18）【答案】D【解析】本题考查考生对 BETWEEN 的理解和掌握。表达式 "年龄 BETWEEN 12 AND 46" 的含义是：选择 "年龄" 在 12 和 46 之间的那些记录。请注意，用 BETWEEN 作取值范围限定时，是包括限定条件的两个端点值的，因此表达式所设定的限定条件相当于 "年龄" 大于等于 12 并且小于等于 46。选项 A 及选项 C 所使用的关系运算符错误，而选项 B 则不是一个正确的逻辑表达式，所以选项 D 为正确答案。

（19）【答案】A【解析】本题考查考生对 SQL 语句中的 HAVING 短语的掌握。在 SQL 语句中，利用 HAVING 子句，可以设置当分组满足某个条件时才检索。HAVING 子句总是跟在 GROUP BY 子句之后，不可以单独使用。在查询中，首先利用 WHERE 子句限定元组，然后进行分组，最后再用 HAVING 子句限定分组。而 GROUP BY 子句一般在 WHERE 语句之后，没有 WHERE 语句时，跟在 FROM 子句之后。另外，也可以根据多个属性进行分组。

综上所述，选项 A 为正确答案。

（20）【答案】C【解析】本题考查考生对 DISTINCT 短语的理解。在 SQL 查询语句中，DISTINCT 短语的作用是去掉查询结果中的重复值。所以答案 C 正确。

（21）【答案】C【解析】本题考查数据表关联之间的参照完整性的概念。参照完整性是指：当插入、删除或修改一个表中的数据时，通过参照引用相互关联的另一个表中的数据，来检查对表的数据操作是否正确。在 Visual FoxPro 中，为了建立参照完整性，必须首先建立表之间的联系。在数据库设计器中设计表之间的联系时，要在父表中建立主索引，在子表中建立普通索引，然后通过父表的主索引和子表的普通索引建立两个表之间的联系。

参照完整性规则包括更新规则、删除规则和插入规则。

更新规则规定了当更新父表中的连接字段（主关键字）值时，如何处理相关的子表中的记录。当其选定为 "限制" 时，则子表中有相关记录时，禁止更新主关键字。

删除规则规定了当删除父表中的记录时，如何处理子表中相关的记录，当其选定为 "限制" 时，则子表中有相关记录时，禁止删除主表中的记录。

插入规则规定了当插入子表中的记录时，是否进行参照完整性检查，当选择为 "限制" 时，则主表中没有相应记录时，子表中禁止添加记录。

此题目中，主表的 "学号" 字段为主关键字，所以当更新规则为"限制"、在 SC 中有相关记录时禁止修改主表中的该字段值,选项 A 错误。

同样,在 SC 表有相应记录时,也不允许删除表 S 中的记录,选项 B 错误。

还有,插入规则为"限制"只是限制子表,而对主表没有限制,所以选项 D 错误。

正确答案为选项 C。

(22)【答案】B【解析】空值既不等同于空字符串(故选项 A 错误)也不等同于数值 0(故选项 D 错误),VFP 支持空值,故选项 C 错误。空值表示字段或者变量还没有确定的值,因此选项 B 为正确答案。

(23)【答案】B【解析】本题考查内存变量的作用范围。根据作用范围,内存变量分为公共变量、私有变量和局部变量。公共变量:在任何模块中都使用,但需要首先建立。使用 PUBLIC 进行声明建立公共内存变量。私有变量:可以在程序中直接使用,作用域为建立它的模块及其下属的各层模块,当建立它的模块运行结束后,私有变量会消失。局部变量:只有在建立它的模块中使用,不能在上层或下层模块中使用。使用 LOCAL 命令建立指定的局部内存变量,当建立局部变量的程序运行结束时,它会自动释放。所以,此题正确答案为 B。

(24)【答案】C【解析】索引是以独立的索引文件的形式存在的,它是根据指定的索引关键字表达式建立的。索引文件可以看成索引关键字的值与记录号之间的对照表,也就是说,在该文件中,包含有指向表记录的指针。索引文件必须与原表一起使用,查询时根据索引关键字表达式的值先在索引文件中找到某字段所在的记录号,然后再到表里直接定位。这样的查找方式使顺序查找和随机查找都有较高的效率。打开索引文件时,将改变表中记录的逻辑顺序,但并不改变表中记录的物理顺序。当对表进行插入、删除和修改等操作时,系统会自动维护索引,也就是说索引会降低插入、删除和修改等操作的速度。综上所述,可以看出此题的正确答案为 C。

(25)【答案】C【解析】数据的完整性包括实体完整性、域完整性及参照完整性三种,其中实体完整性是为了保证表中记录惟一的特性,即在一个表中不允许有重复的记录。Visual Foxpro 利用主关键字或候选关键字来保证表中记录的惟一,即保证实体惟一性。而在题中的四个选项中,只有选项 C 的"PRIMARY KEY"短语是用来在 SQL 创建表命令中创建主索引,所以选项 C 正确。

(26)【答案】D【解析】本题考查查询的基本知识。查询的来源表可以是数据库表或自由表,所以选项 D 正确。

(27)【答案】C【解析】本题考查考生对创建表知识的掌握。数据库表的有效性规则可以在表的设计器中进行设置,也可以使用 SQL 中的短语来创建、修改或删除,但题中没有提到有关 SQL 的内容,所以选项 C 为正确答案,对于其余几个选项,在项目管理器中可以添加、删除数据库、表单等项目,而在数据库设计器中则可以进行添加、删除数据表、创建视图等操作;在表单设计器中可以对表单进行修改。

(28)【答案】A

【解析】如果要删除表中的某个字段值,使用 SQL 语言的语法为:

```
ALTER TABLE 表名 [DROP[COLUMN]字段名]
```

则此题中,满选项 A 为正确答案。

(29)【答案】C【解析】本题考查考生对索引知识的掌握程度。在 Visual FoxPro 中可以有如下四种索引。(1)主索引:永久关联中创建参照完整性时主表和被引用表使用的索引。每一个表只能建立一个主索引,只有数据库表才能建立主索引。(2)候选索引:候选索引也是一个不允许在指定字段和表达式中出现重复值的索引。数据库表和自由表都可以建立候选索引,一个表可以建立多个候选索引。主索引和候选索引都存储在.CDX 结构复合索引文件中,不能存储在独立复合索引文件和单索引文件中,因为主索引和候选索引都必须与表文件同时打开和同时关闭。(3)惟一索引:系统只在索引文件中保留第一次出现的索引关键字值。数据库表和自由表都可以建立惟一索引。(4)普通索引:是一个最简单的索引,允许关键字值的重复出现,适合用来进行表中记录的排序和查询，也适合于一对多永久关联中"多"的一边（子表）的索引。数据库表和自由表都可以建立普通索引。综上所述，正确答案为 C。

（30）【答案】A【解析】选项 B 中没有指定 DESC 关键字，则所生成的新表是默认的升序排列，所以错误。选项 B 与选项 C 的 Order By 子句后面，"年龄"以字符串形式给出，没有正确的表达题意，所以错误，选项 A 能够实现题目要求的所有条件，所以正确。

（31）【答案】D【解析】此题考查对 SQL 中子查询的用法。选项 A 表示查询在表 SC 中课程号同时等于"C1"和"C5"的记录的学号内容，因为每条记录中只有一个"课程号"，所以此查询不可能有结果，此选项错误。选项 B 与选项 C 为错误语句，执行会出现"子查询返回多条记录"错误。选项 D 则表示查询所有"课程号"等于 C1，并且"学号"在所有"课程号"等于 C5 的记录集中的记录。故符合题意，此选项为正确答案。

（32）【答案】D【解析】此题考查 SQL 语句进行多表查询的操作知识。在进行多表联合查询时，如果 SELECT 列表中的字段名在多个表中都有，则必须要在列表中指定所引用字段的来源，选项 A 及选项 B 均未指定"学号"字段的来源表，所以错误。

选项 C 有一定的迷惑性，由于 JOIN ON 后面紧跟联接的条件，所以"FROM S JOIN SC JOIN C"应当理解为"SC 表与 C 表联接后，再与 S 表联接"，所以第一个 ON 后面应当紧跟 SC 与 S 表联接条件，而第二个 ON 后才是 SC 表与 S 表的联接条件。所以选项 D 正确。

（33）【答案】B【解析】表与表单是不同的两个概念，不能混为一谈，所以选项 A 错误；数据库文件具有 .dbc 扩展名，所以选项 C 错误，其中可以包含一个或多个表、关系、视图和存储过程，但其中并不存储用户数据。所以选项 B 正确。数据库中的表文件都是独立的文件，所以选项 D 错误。

（34）【答案】A【解析】本题考查表单知识。表单中的 Unload 事件在表单释放时引发，是表单对象释放时最后一个需要引发的事件，所以选项 A 正确。而其余选项中：Init 事件是在表单创建时引发；Load 事件在表单对象建立之前引发，也就是在运行表单时，先引发表单的 Load 事件，再引发表单的 Init 事件；Release 方法是将表单从内存中释放。

（35）【答案】B【解析】在 Visual FoxPro 中，调用报表预览的命令格式为：

```
REPORT FORM <报表文件名> <PREVIEW>
[ IN SCREEN]/ [WINDOW 表单名] [范围] [FOR
条件表达式]
```

所以，选项 B 为正确答案，而其余几个选项均为错误命令。

二、填空题

（1）【答案】【1】63 或 2^6-1【解析】在满二叉树中，每层结点都是满的，即每层结点都具有最大结点数。深度为 k 的满二叉树，一共有 2^k-1 个结点，其中包括度为 2 的结点和叶子结点。因此，深度为 7 的满二叉树，一共有 2^7-1 个结点，即 127 个结点。根据二叉树的另一条性质，对任意一棵二叉树，若终端结点（即叶子结点）数为 n_0，而其度数为 2 的结点数为 n_2，则 $n_0= n_2+1$。设深度为 7 的满二叉树中，度为 2 的结点个数为 x，则改树中叶子结点的个数为 x+1。则应满足 x+(x+1)=127，解该方程得到，x 的值为 63。结果上述分析可知，在深度为 7 的满二叉树中，度为 2 的结点个数为 63。

（2）【答案】【2】黑箱 或 黑盒 或 黑箱（盒）【解析】对于软件测试而言，黑箱（盒）测试是把程序看成一个黑盒子，完全不考虑程序的内部结构和处理过程，它只检查程序功能是否能按照规格说明书的规定正常使用，程序是否能适当的接收输入数据产生正确的输出信息。与黑箱（盒）测试相反，白箱（盒）测试的前提是可以把程序看成装在一个透明的白盒子里，也就是完全了解程序的结构和处理过程。它按照程序内部的逻辑测试程序，检验程序中的每条通路是否都能按照预定要求正确处理。

等价类划分是把所有可能的输入数据（有效的和无效的）划分成若干个等价类，则可以合理的做出下述假定：每类中的一个典型值在测试中的作用与这一类中所有其他值的作用相同。显然，等价类划分完全不考虑程序的内部结构和处理过程，因此它属于黑箱（盒）测试。

（3）【答案】【3】数据库管理系统 或 DBMS

【解析】数据库管理系统（Database Management System，DBMS）是一种操纵和管理数据库的大型软件，是用于建立、使用和维护数据库，简称 DBMS。它对数据库进行统一的管理和控制，以保证数据库的安全性和完整性。用户通过 DBMS 访问数据库中的数据，数据库管理员也通过 DBMS 进行数据库的维护工作。它提供多种功能，可使多个应用程序和用户用不同的方法在同时或不同时刻来建立，修改和询问数据库。因此，数据库系统中，数据库管理系统是实现各种数据管理功能的核心软件。本题的答案是数据库管理系统或 DBMS。

（4）【答案】【4】开发 或 软件开发【解析】一般说来，软件生命周期由软件定义、软件开发和软件维护三个时期组成。软件定义时期的任务是确定软件开发工程必须完成的总目标；导出实现工程目标应该采用的的策略及系统必须完成的功能；确定工程的可行性；估计完成该项工程需要的资源和成本，并且制定工程进度表。软件开发时期的任务是设计程序结构，给出程序的详细规格说明；编写程序代码，并且仔细测试编写出的每一个程序模块；最后进行综合测试，也就是通过各种类型的测试使软件达到预定的要求。软件维护时期的任务是使软件持久的满足用户的需要。具体地说，就是诊断和改正在使用过程中发现的软件错误；修改软件从而适应环境的变化；根据用户的要求改进或扩充软件使其更完善；修改软件为将来的维护活动预先做准备。显然，编码和测试属于软件开发阶段。划线处应填入"开发"或"软件开发"。

（5）【答案】【5】数据字典 或 DD【解析】本题考查数据流图和数据字典的概念。数据流图（Data Flow Diagram，DFD）是一种结构化分析描述模型，用来对系统的功能需求进行建模，它可以用少数几种符号综合地反映出信息在系统中的流动、处理和存储情况。尽管数据流图给出了系统数据流向和加工等情况，但其各个成分的具体含义仍然不清楚或不明确，因此，在实际中常采用数据词典这一基本工具对其作进一步的详细说明。数据词典（Data Dictionary，简称 DD）和数据流图密切配合，能清楚地表达数据处理的要求。数据词典用于对数据流图中出现的所有成分给出定义，它使数据流图上的数据流名字、加工名字和数据存贮名字具有确切的解释。每一条解释就是一条词条，按一定的顺序将所有词条排列起来，就构成了数据词典，就象日常使用的英汉词典、新华词典一样。因此，划线处应填入"数据字典"或"DD"。

（6）【答案】【6】T 或 .T. 或 真 或 逻辑真【解析】表单的 AutoCenter 属性用来控制表单是否在主窗口中居中显示，当其值为"真"时，表单运行时自动居于主窗口中中部，所以此题的答案为"T 或 .T. 或 真 或 逻辑真"。

（7）【答案】【7】2【解析】At 函数为字符函数，格式如下：AT(<字符表达式 1>，<字符表达式 2>[，<数值表达式>])，表示如果<字符表达式 2>是<字符表达式 1>的子串，则返回<字符表达式 1>值的首字符在<字符表达式 2>值中的位置。若不是子串，则返回 0。而 RIGHT 函数的格式为：RIGHT(<字符表达式>，<长度>)，用来从指定表达式值的右端取一个指定长度的子串作为函数值。在本题中，RIGHT("STUDENT",4) 是表示从字符串"STUDENT"的右侧取长度为 4 的子串，结果为"DENT"，而该字符串包含了"EN"字符串，其首字符位置在第 2 位，所以此 AT 函数的返回值为 2。

（8）【答案】【8】逻辑 或 布尔 或 条件【解析】字段有效性规则，是用来指定该字段的值必须满足的条件，限制该字段的数据的有效范围。因此该空填写"逻辑"或"布尔"或"条件"。

（9）【答案】【9】实体【解析】本题考查考生数据完整性的知识。数据的完整性包括实体完整性、域完整性及参照完整性三种，其中实体完整性是为了保证表中记录惟一的特性，即在一个表中不允许有重复的记录。Visual Foxpro 利用主关键字或候选关键字来保证表中记录的惟一，即保证实体惟一性。所以答案为"实体"。

（10）【答案】【10】KROW【答案】此程序运行过程如下：变量 a 使用 LEN 函数取字符串变量 one 的长度，one 变量中包含四个字符，所以变量 a

的值为 4，随后，程序将变量 a 值赋予变量 i。在 do while 循环中，i=4，大于 1，循环执行条件满足，执行 two=two+SUBSTR(one,i,1)，此时，Substr(one,4,1) 的值为 "K"（从 "WORK" 字符串的第 4 位开始取一个长度为 1 的字符串）；i=i-1，i 值变为 3。重复此操作，则变量 two 的值依次为 K、KR、KWO、KROW。最后，i<0，退出循环，此时 two 的值为 "KROW"。

（11）【答案】【11】TOP 10【12】DESC【解析】SQL 查询的语法为：

```
SELECT[ALL|DISTINCT][TOP 数值表达式
[PERCENT]]
        [表别名]检索项[AS 列名]
        [,[Alias.]检索项[AS 列名] …]
        FROM[数据库名!]表名[逻辑别名]
WHERE 连条件 [AND 连接条件…]
        [AND|OR<条件表达式>[AND|OR<条件
表达式>…]]]
[GROUP BY<列名>[,<列名>…]]
[HAVING<条件表达式>]
[UNION[ALL|SELECT<语句>
[ORDER BY 排序项[ASC|DESC][,排序项
[ASC|DESC]…]]
```

其中，要查询前某一定条数的记录，需要使用 TOP 子句，在本题中，需要查询前 10 名的歌手，所以在【11】空中，需要填入 "TOP 10"；而如果 Order By 子句后面不加指定子句，则默认为升序排列，那样一来，"最后得分" 最高的 10 名选手的记录应当排列在查询结果的最后 10 位，所以要使用 DESC 子句指定结果降序排列（分数高的记录排列在前面，依次减少），所以在【12】空中应当填入 "DESC"。

（12）【答案】【13】ALTER【解析】在 SQL 语句中修改表结构的语句为：

```
ALTER TABLE 表名 1
[DROP[COLUMN]字段名 3]
[SET CHECK 逻辑表达式 3[ERROR 字符型
文本信息 3]]
[DROP CHECK]
[ADD PRIMARY KEY 表达式 3TAG 标识名 2]
[PRIMARY KEY]
[ADD UNIQUE 表达式 4[TAG 标识名 3]
[DROP UNIQUE TAG 标识名 4]
[ADD FOREIGN KEY[表达式 5]TAG 标识名
4
REFERENCES 表名 2[TAG 标识名 5]]
[DROP FOREIGN KEY TAG 标识名 6[SAVE]
[RENAME COLUMN 字段名 4TO 字段名 5]
[NOVALIDATE]
```

所以，在【13】空中应当填入 "ALTER"。

（13）【答案】【14】.EXE 或 EXE 【解析】在项目管理器中，选中项目主程序，并单击"连编"按钮。在"连编选项"对话框中：

选择"连编应用程序"复选框，生成一个.app 文件选择"连编可执行文件"，生成一个.exe 文件。所以答案为 ".EXE"。

（14）【答案】MODIFY 或 MODI【解析】对于报表设计器，使用 CREATE REPORT <文件名>命令，可以创建报表并打开报表设计器；而使用 MODIFY REPORT <文件名>命令，则打开报表设计器并同时打开一个已有报表。

2007 年 9 月笔试真题

（考试时间 90 分钟，满分 100 分）

一、选择题（每小题 2 分，共 70 分）

下列各题 A)、B)、C)、D) 四个选项中，只有一个选项是正确的，请将正确选项涂写在答题卡相应位置上，答在试卷上不得分。

（1）软件是指
- A）程序
- B）程序和文档
- C）算法加数据结构
- D）程序、数据与相关文档的完整集合

（2）软件调试的目的是

  A）发现错误   B）改正错误   C）改善软件的性能 D）验证软件的正确性

（3）在面向对象方法中，实现信息隐蔽是依靠

  A）对象的继承 B）对象的多态 C）对象的封装 D）对象的分类

（4）下列叙述中，不符合良好程序设计风格要求的是

  A）程序的效率第一，清晰第二   B）程序的可读性好

  C）程序中要有必要的注释   D）输入数据前要有提示信息

（5）下列叙述中正确的是

  A）程序执行的效率与数据的存储结构密切相关

  B）程序执行的效率只取决于程序的控制结构

  C）程序执行的效率只取决于所处理的数据量

  D）以上三种说法都不对

（6）下列叙述中正确的是

  A）数据的逻辑结构与存储结构必定是一一对应的

  B）由于计算机存储空间是向量式的存储结构，因此，数据的存储结构一定是线性结构

  C）程序设计语言中的数组一般是顺序存储结构，因此，利用数组只能处理线性结构

  D）以上三种说法都不对

（7）冒泡排序在最坏情况下的比较次数是

  A）$n(n+1)/2$ B）$n\log_2 n$ C）$n(n-1)/2$ D）$n/2$

（8）一棵二叉树中共有 70 个叶子结点与 80 个度为 1 的结点，则该二叉树中的总结点数为

  A）219   B）221   C）229   D）231

（9）下列叙述中正确的是

  A）数据库系统是一个独立的系统，不需要操作系统的支持

  B）数据库技术的根本目标是要解决数据的共享问题

  C）数据库管理系统就是数据库系统

  D）以上三种说法都不对

（10）下列叙述中正确的是

  A）为了建立一个关系，首先要构造数据的逻辑关系

  B）表示关系的二维表中各元组的每一个分量还可以分成若干数据项

  C）一个关系的属性名表称为关系模式

  D）一个关系可以包括多个二维表

（11）在 Visual FoxPro 中，通常以窗口形式出现，用以创建和修改表、表单、数据库等应用程序组件的可视化工具称为

  A）向导   B）设计器   C）生成器   D）项目管理器

（12）命令? VARTYPE(TIME())的结果是

  A）C   B）D   C）T   D）出错

（13）命令? LEN(SPACE(3)-SPACE(2))的结果是

  A）1   B）2   C）3   D）5

（14）在 Visual FoxPro 中，菜单程序文件的默认扩展名是

A）mnx   B）mnt   C）mpr   D) prg

（15）要想将日期型或日期时间型数据中的年份用 4 位数字显示，应当使用设置命令

    A）SET CENTURY ON   B）SET CENTURY OFF

    C）SET CENTURY TO 4   D）SET CENTURY OF 4

（16）已知表中有字符型字段职称和性别，要建立一个索引，要求首先按职称排序、职称相同时再按性别排序，正确的命令是

    A）INDEX ON 职称+性别 TO ttt   B）INDEX ON 性别+职称 TO ttt

    C）INDEX ON 职称,性别 TO ttt   D）INDEX ON 性别,职称 TO ttt

（17）在 Visual FoxPro 中，UnLoad 事件的触发时机是

    A）释放表单   B）打开表单   C）创建表单   D）运行表单

（18）命令 SELECT 0 的功能是

    A）选择编号最小的未使用工作区   B）选择 0 号工作区

    C）关闭当前工作区中的表   D）选择当前工作区

（19）下面有关数据库表和自由表的叙述中，错误的是

    A）数据库表和自由表都可以用表设计器来建立

    B）数据库表和自由表都支持表间联系和参照完整性

    C）自由表可以添加到数据库中成为数据库表

    D）数据库表可以从数据库中移出成为自由表

（20）有关 ZAP 命令的描述，正确的是

    A）ZAP 命令只能删除当前表的当前记录

    B）ZAP 命令只能删除当前表的带有删除标记的记录

    C）ZAP 命令能删除当前表的全部记录

    D）ZAP 命令能删除表的结构和全部记录

（21）在视图设计器中有，而在查询设计器中没有的选项卡是

    A）排序依据   B）更新条件   C）分组依据   D）杂项

（22）在使用查询设计器创建查询时，为了指定在查询结果中是否包含重复记录（对应于 DISTINCT），应该使用的选项卡是

    A）排序依据   B）联接   C）筛选   D）杂项

（23）在 Visual FoxPro 中，过程的返回语句是

    A）GOBACK   B）COMEBACK   C）RETURN   D）BACK

（24）在数据库表上的字段有效性规则是

    A）逻辑表达式   B）字符表达式

    C）数字表达式   D）以上三种都有可能

（25）假设在表单设计器环境下，表单中有一个文本框且已经被选定为当前对象。现在从属性窗口中选择 Value 属性，然后在设置框中输入：={^2001-9-10}-{^2001-8-20}。请问以上操作后，文本框 Value 属性值的数据类型为：

    A）日期型   B）数值型   C）字符型   D）以上操作出错

（26）在 SQL SELECT 语句中为了将查询结果存储到临时表应该使用短语

    A）TO CURSOR   B）INTO CURSOR

        C）INTO DBF   D）TO DBF

（27）在表单设计中，经常会用到一些特定的关键字、属性和事件。下列各项中属于属性的是

        A）This   B）ThisForm   C）Caption   D）Click

（28）下面程序计算一个整数的各位数字之和。在下划线处应填写的语句是

```
SET TALK OFF
INPUT "x=" TO x
s=0
DO WHILE x!=0
  s=s+MOD(x,10)
  _____
ENDDO
? s
SET TALK ON
```

        A）x=int(x/10) B）x=int(x%10)   C）x=x-int(x/10) D）x=x-int(x%10)

（29）在 SQL 的 ALTER TABLE 语句中，为了增加一个新的字段应该使用短语

        A）CREATE   B）APPEND   C）COLUMN   D）ADD

    （30）~（35）题使用如下数据表：

    学生.DBF：学号（C,8），姓名（C,6），性别（C,2），出生日期（D）

    选课.DBF：学号（C,8），课程号（C,3），成绩（N,5,1）

（30）查询所有 1982 年 3 月 20 日以后（含）出生、性别为男的学生，正确的 SQL 语句是

        A）SELECT * FROM 学生 WHERE 出生日期>={^1982-03-20} AND 性别="男"

        B）SELECT * FROM 学生 WHERE 出生日期<={^1982-03-20} AND 性别="男"

        C）SELECT * FROM 学生 WHERE 出生日期>={^1982-03-20} OR 性别="男"

        D）SELECT * FROM 学生 WHERE 出生日期<={^1982-03-20} OR 性别="男"

（31）计算刘明同学选修的所有课程的平均成绩，正确的 SQL 语句是

        A）SELECT AVG(成绩) FROM 选课 WHERE 姓名="刘明"

        B）SELECT AVG(成绩) FROM 学生,选课 WHERE 姓名="刘明"

        C）SELECT AVG(成绩) FROM 学生,选课 WHERE 学生.姓名="刘明"

        D）SELECT AVG(成绩) FROM 学生,选课 WHERE 学生.学号=选课.学号 AND 姓名="刘明"

（32）假定学号的第 3、4 位为专业代码。要计算各专业学生选修课程号为"101"课程的平均成绩，正确的 SQL 语句是

        A）SELECT 专业 AS SUBS(学号,3,2),平均分 AS AVG (成绩) FROM 选课

            WHERE 课程号="101" GROUP BY 专业

        B）SELECT SUBS(学号,3,2) AS 专业,AVG(成绩) AS 平均分 FROM 选课

            WHERE 课程号="101" GROUP BY 1

        C）SELECT SUBS(学号,3,2) AS 专业,AVG(成绩) AS 平均分 FROM 选课

            WHERE 课程号="101" ORDER BY 专业

        D）SELECT 专业 AS SUBS(学号,3,2),平均分 AS AVG (成绩) FROM 选课

            WHERE 课程号="101" ORDER BY 1

（33）查询选修课程号为"101"课程得分最高的同学，正确的 SQL 语句是

        A）SELECT 学生.学号,姓名 FROM 学生,选课 WHERE 学生.学号=选课.学号

AND 课程号="101" AND 成绩>=ALL(SELECT 成绩 FROM 选课)

B）SELECT 学生.学号,姓名 FROM 学生,选课 WHERE 学生.学号=选课.学号
AND 成绩>=ALL (SELECT 成绩 FROM 选课 WHERE 课程号="101")

C）SELECT 学生.学号,姓名 FROM 学生,选课 WHERE 学生.学号=选课.学号
AND 成绩>=ANY(SELECT 成绩 FROM 选课 WHERE 课程号="101")

D）SELECT 学生.学号,姓名 FROM 学生,选课 WHERE 学生.学号=选课.学号 AND
课程号="101" AND 成绩>=ALL(SELECT 成绩 FROM 选课 WHERE 课程号
="101")

（34）插入一条记录到"选课"表中，学号、课程号和成绩分别是"02080111"、"103" 和 80，
正确的 SQL 语句是

A）INSERT INTO 选课 VALUES("02080111","103",80)

B）INSERT VALUES("02080111","103",80) TO 选课(学号,课程号,成绩)

C）INSERT VALUES("02080111","103",80) INTO 选课(学号,课程号,成绩)

D）INSERT INTO 选课(学号,课程号,成绩) FROM VALUES("02080111","103",80)

（35）将学号为"02080110"、课程号为"102"的选课记录的成绩改为 92，正确的 SQL 语句是

A）UPDATE 选课 SET 成绩 WITH 92 WHERE 学号="02080110" AND 课程号="102"

B）UPDATE 选课 SET 成绩=92 WHERE 学号="02080110" AND 课程号="102"

C）UPDATE FROM 选课 SET 成绩 WITH 92 WHERE 学号="02080110" AND 课程号
="102"

D）UPDATE FROM 选课 SET 成绩=92 WHERE 学号="02080110" AND 课程号="102"

二、填空题（每空 2 分，共 30 分）

请将每一个空的正确答案写在答题卡【1】～【15】序号的横线上，答在试卷上不得分。

注意：以命令关键字填空的必须拼写完整。

（1）软件需求规格说明书应具有完整性、无歧义性、正确性、可验证性、可修改性等特性，
其中最重要的是 【1】。

（2）在两种基本测试方法中， 【2】测试的原则之一是保证所测模块中每一个独立路径至
少要执行一次。

（3）线性表的存储结构主要分为顺序存储结构和链式存储结构。队列是一种特殊的线性表，
循环队列是队列的 【3】 存储结构。

（4）对下列二叉树进行中序遍历的结果为 【4】 。

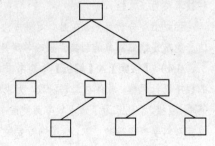

（5）在 E-R 图中，矩形表示 【5】。

（6） 如下命令查询雇员表中"部门号"字段为空值的记录

SELECT * FROM 雇员 WHERE 部门号【6】

（7） 在 SQL 的 SELECT 查询中，HAVING 子句不可以单独使用，总是跟在 【7】 子句之后一起使用。

（8） 在 SQL 的 SELECT 查询时，使用 【8】 子句实现消除查询结果中的重复记录。

（9） 在 Visual FoxPro 中修改表结构的非 SQL 命令是 【9】。

（10） 在 Visual FoxPro 中，在运行表单时最先引发的表单事件是 【10】 事件。

（11） 在 Visual FoxPro 中，使用 LOCATE ALL 命令按条件对表中的记录进行查找，若查不到记录，函数 EOF()的返回值应是 【11】。

（12） 在 Visual FoxPro 表单中，当用户使用鼠标单击命令按钮时，会触发命令按钮的 【12】 事件。

（13） 在 Visual FoxPro 中，假设表单上有一选项组：○男　○女，该选项组的 Value 属性值赋为 0。当其中的第一个选项按钮"男"被选中，该选项组的 Value 属性值为 【13】。

（14） 在 Visual FoxPro 表单中，用来确定复选框是否被选中的属性是 【14】。

（15） 在 SQL 中，插入、删除、更新命令依次是 INSERT、DELETE 和 【15】。

2007 年 9 月笔试真题解析

一、选择题

（1）【答案】D【解析】本题考查软件的定义。软件是计算机系统中与硬件相互依存的另一部分，它包括程序、相关数据及其说明文档的总和。因此，本题正确答案是选项 D。

（2）【答案】B【解析】本题考查软件工程调试。调试与测试是两个不同的过程，有着根本的区别：调试是一个随机的、不可重复的过程，它用于隔离和确认问题发生的原因，然后修改软件来纠正问题；测试是一个有计划的，可以重复的过程，它的目的是为了发现软件中的问题。因此，软件调试的目的是为了改正软件中的错误。本题的正确答案是选项 B。

（3）【答案】C【解析】通常认为，面向对象方法具有封装性、继承性、多态性几大特点。就是这几大特点，为软件开发提供了一种新的方法学。

封装性：所谓封装就是将相关的信息、操作与处理融合在一个内含的部件中（对象中）。简单地说，封装就是隐藏信息。这是面向对象方法的中心，也是面向对象程序设计的基础。

继承性：子类具有派生它的类的全部属性（数据）和方法，而根据某一类建立的对象也都具有该类的全部，这就是继承性。继承性自动在类与子类间共享功能与数据，当某个类作了某项修改，其子类会自动改变，子类会自动继承其父类所有特性与行为模式。继承有利于提高软件开发效率，容易达到一致性。

多态性：多态性就是多种形式。不同的对象在接收到相同的消息时，采用不同的动作。例如，一个应用程序包括许多对象，这些对象也许具有同一类型的工作，但是却以不同的做法来实现。不必为每个对象的过程取一过程名，造成复杂化，可以使过程名复用。同一类型的工作有相同的过程名，这种技术称为多态性。

经过上述分析可知，在面向对象方法中，实现信息隐蔽是依靠对象的封装。正确答案是选项 C。

（4）【答案】A【解析】本题考查软件工程的程序设计风格。软件在编码阶段，力求程序语句简单、直接，不能只为了追求效率而使语句复杂化。除非对效率有特殊的要求，程序编写要做到清晰第一、效率第二。

人们在软件生存期要经常阅读程序，特别是在软件测试和维护阶段，编写程序的人和参与测试、维护的人都要阅读程序，因此要求程序的可读性要好。

正确的注释能够帮助读者理解程序，可为后续阶段进行测试和维护提供明确的指导。所以注释不是可有可无的，而是必须的，它对于理解程序具有重要的作用。

I/O信息是与用户的使用直接相关的，因此它的格式应当尽可能方便用户的使用。在以交互式进行输入/输出时，要在屏幕上使用提示符明确提示输入的请求，指明可使用选项的种类和取值范围。

经过上述分析可知，选项A是不符合良好程序设计风格要求的。

（5）【答案】A【解析】本题考查程序效率。程序效率是指程序运行速度和程序占用的存储空间。影响程序效率的因素是多方面的，包括程序的设计、使用的算法、数据的存储结构等。在确定数据逻辑结构的基础上，选择一种合适的存储结构，可以使得数据操作所花费的时间少，占用的存储空间少，即提高程序的效率。因此，本题选项A的说法是正确的。

（6）【答案】D【解析】本题考查数据结构的基本知识。

数据之间的相互关系称为逻辑结构。通常分为四类基本逻辑结构，即集合、线性结构、树型结构、图状结构或网状结构。存储结构是逻辑结构在存储器中的映象，它包含数据元素的映象和关系的映象。存储结构在计算机中有两种，即顺序存储结构和链式存储结构。顺序存储结构是把数据元素存储在一块连续地址空间的内存中；链式存储结构是使用指针把相互直接关联的节点链接起来。因此，这两种存储结构都是线性的。可见，逻辑结构和存储结构不是一一对应的。因此，选项A和选项B的说法都是错误的。

无论数据的逻辑结构是线性的还是非线性的，只能选择顺序存储结构或链式存储结构来实现存储。程序设计语言中，数组是内存中一段连续的地址空间，可看作是顺序存储结构。可以用数组来实现树型逻辑结构的存储，比如二叉树。因此，选项C的说法是错误的。

（7）【答案】C【解析】冒泡排序的基本思想是：将相邻的两个元素进行比较，如果反序，则交换；对于一个待排序的序列，经一趟排序后，最大值的元素移动到最后的位置，其它值较大的元素也向最终位置移动，此过程称为一趟冒泡。对于有n个数据的序列，共需n-1趟排序，第i趟对从1到n-i个数据进行比较、交换。冒泡排序的最坏情况是待排序序列逆序，第1趟比较n-1次，第2趟比较n-2次，依此类推，最后一趟比较1次，一共进行n-1趟排序。因此，冒泡排序在最坏情况下的比较次数是(n-1)+(n-2)+...+1，结果为 n(n-l)/2。本题的正确答案是选项C。

（8）【答案】A【解析】本题考查数据结构中二叉树的性质。二叉树满足如下一条性质，即：

对任意一棵二叉树，若终端结点（即叶子结点）数为 n_0，而其度数为2的结点数为 n_2，则 $n_0 = n_2 + 1$。

根据这条性质可知，若二叉树中有70个叶子结点，则其度为2的结点数为70-1，即69个。二叉树的总结点数是度为2、度为1和叶子结点的总和，因此，题中的二叉树总结点数为69+80+70，即219。因此，本题的正确答案是选项A。

（9）【答案】B【解析】本题考查数据库系统的基本概念和知识。

数据库系统除了数据库管理软件之外，还必须有其他相关软件的支持。这些软件包括操作系统、编译系统、应用软件开发工具等。对于大型的多用户数据库系统和网络数据库系统，还需要多用户系统软件和网络系统软件的支持。因此，选项A的说法是错误的。

数据库可以看成是长期存储在计算机内的、大量的、有结构的和可共享的数据集合。因此，数据库具有为各种用户所共享的特点。不同的用户可以使用同一个数据库，可以取出它们所需要的子集，而且容许子集任意重叠。数据库的根本目标是要解决数据的共享问题。因此，选项B的说法是正确的。

通常将引入数据库技术的计算机系统称为数

据库系统。一个数据库系统通常由五个部分组成，包括相关计算机的硬件、数据库集合、数据库管理系统、相关软件和人员。因此，选项 C 的说法是错误的。

因此，本题的正确答案是选项 B。

（10）【答案】C【解析】本题考查数据库的关系模型。关系模型的数据结构是一个"二维表"，每个二维表可称为一个关系，每个关系有一个关系名。表中的一行称为一个元组；表中的列称为属性，每一列有一个属性名。表中的每一个元组是属性值的集合，属性是关系二维表中最小的单位，它不能再被划分。关系模式是指一个关系的属性名表，即二维表的表框架。因此，选项 C 的说法是正确的。

（11）【答案】B【解析】Visual FoxPro 的设计器是创建和修改应用系统各种组件的可视化工具。利用不同的设计器可以创建表、表单、数据库、查询和报表，其中包括表设计器、查询设计器、视图设计器、表单设计器、报表设计器、数据库设计器及数据环境设计器等等。所以选项 B 为正确答案。

（12）【答案】A【解析】函数 VARTYPE() 的用法如下：

VARTYPE(<表达式>[, <逻辑表达式>])：测试<表达式>的类型，返回一个大写字母，函数返回值为字符型。字母含义如下表所示。

返回字母	数据类型	返回字母	数据类型
C	字符型或备注型	G	通用型
N	数值型、整型、浮点型或双精度型	D	日期型
Y	货币型	T	日期时间型
L	逻辑型	X	Null 值
O	对象型	U	未定义

函数 TIME() 返回系统当前时间，返回值为字符型，所以？VARTYPE(TIME()) 的返回值为"C"，选项 A 为正确答案。

（13）【答案】D【解析】本题考查字符表达式的运算。

字符表达式由字符串运算符将字符型数据连接起来组成，其运算结果仍为字符型数据。字符运算符有两种：

（1）+：前后两个字符串首尾连接形成一个新的字符串。

（2）-：连接前后两个字符串，并将前字符串的尾部空格移到合并后的新字符串尾部。

在本题中，SPACE(3) 产生一个具有 3 个空格的字符串，而 SPACE(2) 产生具有 2 个空格的字符串，两个字符串相减，根据运算规则，产生一个具有 5 个空格的字符串。LEN() 函数测试字符串的长度，所以返回值为 5，选项 D 为正确答案。

（14）【答案】C【解析】本题考查 Visual FoxPro 菜单程序文件的扩展名。在 Visual FoxPro 中，使用"菜单设计器"所定义的菜单保存在 .MNX 文件中，系统会根据菜单定义文件，生成可执行的菜单程序文件，其扩展名为 .MPR，因此答案 C 正确；选项 B 为程序文件；选项 D 为程序文件。

（15）【答案】A【解析】本题考查在 Visual FoxPro 的环境设置命令，Set Century On 表示日期按照世纪格式显示，也就是日期型或日期时间型数据中的年份使用 4 位数字显示，故选项 A 正确，选项 B 是关闭世纪格式显示的命令，选项 C 与选项 D 均为错误命令。

（16）【答案】A【解析】本题考查在 Visual FoxPro 中创建表索引的概念。索引是根据指定的索引关键字表达式建立的，使用命令方式创建索引的格式如下：

```
INDEX ON <索引关键字表达式> TO <单索引文件> | TAG <标识名> [OF <独立复合索引
```

文件名>] [FOR <逻辑表达式>] [COMPACT] [ASCENDING | DESCENDING][UNIQUE] [ADDITIVE]

　　其中关键字表达式，可以是单一字段名，也可以是多个字段组成的字符型表达式，表达式中各字段的类型只能是数值型、字符型和日期型和逻辑型。在此题中的各个选项中，选项 A 正确，表示首先按照职称进行排序，如果职称相同时，再按照性别排序。选项 B 则正好相反，首先按照性别排序。选项 C 与选项 D 均为错误命令，考生一定不要将其与 SQL 语句中的排序方法相混淆。

　　（17）【答案】A【解析】在 Visual FoxPro 中，UnLoad 事件是从内存中释放表单或表单集时发生的事件，所以选项 A 正确。

　　（18）【答案】A【解析】在 Visual FoxPro 中，命令 SELECT 0 的功能是选择一个编号最小且没有使用的空闲工作区。所以选项 A 正确。

　　（19）【答案】B【解析】本题考查考生对数据库表与自由表基本知识的掌握。在 Visual FoxPro 中的表可以是与数据库相关联的数据库表，也可以是与数据库不关联的自由表。二者的绝大多数操作相同（都可以使用表设计器来建立）且可以相互转换（数据库表可以移出数据库成为自由表，自由表也可以加入到数据库中成为数据库表）。而数据库表还具有下面自由表所不具备的特性，如：

　　● 长表名和表中的长字段名
　　● 表中字段的标题和注释
　　● 默认值、输入掩码和表中字段格式化
　　● 表字段的默认控件类
　　● 字段级规则和记录级规则
　　● 支持参照完整性的主关键字索引和表间关系
　　● INSERT、UPDATE 或 DELETE 事件的触发器

　　所以，自由表支持表间联系和参照完整性，所以选项 B 为正确答案。

　　（20）【答案】C【解析】ZAP 命令的作用是将当前打开的表文件中的所有记录完全删除。执行该命令之后，将只保留表文件的结构，而不再有任何数据存在。这种删除无法恢复。所以，选项 C 为正确答案。

　　（21）【答案】B【解析】本题考查对查询设计器及视图设计器的掌握，在查询设计器中共有 6 个选项卡，为"字段"、"联接"、"筛选"、"排序依据"、"分组依据"和"杂项"。而在视图设计器中有"字段"、"联接"、"筛选"、"排序依据"、"分组依据"、"更新条件"及"杂项" 7 个选项卡。由此可以看出，视图设计器所特有的选项卡为"更新条件"选项卡，所以选项 B 正确。

　　（22）【答案】D【解析】本题考查对查询设计器的掌握。在查询设计器中 6 个选项卡分别对应的 SQL 语句短语如下：

　　"字段"选项卡与 SQL 语句的 SELECT 短语对应。

　　"连接"选项卡与 SQL 语句的 JOIN 短语对应。

　　"筛选"选项卡与 SQL 语句的 WHERE 短语对应

　　"排序依据"选项卡与 SQL 语句的 ORDER BY 短语对应。

　　"分组依据"选项卡与 SQL 语句的 GROUP BY 短语对应。

　　"杂项"选项卡中包含有"无重复记录"选项，此选项与 DISTINCT 对应。

　　选项 D 为正确答案。

　　（23）【答案】C【解析】在 Visual FoxPro 中，过程的定义格式如下：

定义过程：
PROCEDURE|FUNCTION<过程名>
<命名序列>
[RETURN[<表达式>]
[ENDPROC | ENDFUNC]

　　当过程执行到 RETURN，将返回到调用程序，返回表达式的值。如果没有 RETURN 命令，则在过程结束处自动执行一条隐含的 RETURN 命令。如果 RETURN 命令不带 <表达式>，则返回逻辑值.T.。所以，正确答案为选项 C。

　　（24）【答案】A【解析】字段有效性规则，是用来指定该字段的值必须满足的条件，限制该字段的数据的有效范围。为逻辑表达式。选项 A 正确。

　　（25）【答案】B【解析】本题考查对于日期时间型表达式的掌握，由日期型或日期时间型常量和日期运算符组成。运算符有两个：+和-。对于本

题来说,两个日期型常量相减,所得出的结果为两个日期之间所相差的天数,为一个数值性结果,所以选项 B 为正确答案。

(26)【答案】B【解析】在 SQL 语句中,使用短语 INTO CURSOR CursorName 把查询结果存放到临时的数据库文件当中(CursorName 是临时的文件名),此短语产生的临时文件是一个只读的 dbf 文件,当关闭文件时,该文件将会被自动删除。所以选项 B 为正确答案。查询结果的存储还有一些其他选项,如:

使用 INTO ARRAY ArrayName 短语把查询结果存放到数组当中,ArrayName 是任意的数组变量名

使用短语 INTO DBF|TABLE TableName,把查询结果存放到永久表当中(选项 C 及选项 D)。

使用短语 TO FILE FileName[ADDITIVE]把查询结果存放到文本文件当中(选项 A)。

(27)【答案】C【解析】在本题列出的选项中:

This: 表示对当前对象的引用。

ThisForm: 表示对当前表单的引用。

Caption: 为对象的标题文本属性。

Click: 为单击对象时所引发的事件。

所以选项 C 为正确答案。

(28)【答案】A【解析】此程序运行步骤如下:

首先等待用户屏幕输入一个数字,由变量 x 保存该数字;将 0 赋值给变量 s,此变量用于计算各位数字和;使用一个 Do While 循环语句,首先判断 x 是否等于 0,如果等于 0,退出循环;如果不等于零,则使用 MOD()(取余)函数求出 x 除以 10 的余数(数字的个位数),并累加到变量 s 中。接下来,程序应当将变量 x 除以 10 并取整,使之缩小 10 倍,以便将 x 的 10 位数字变为个位数字,所以在此应当选择选项 A。其余选项均为错误选项。

(29)【答案】D【解析】SQL 的 ALTER TABLE 增加表字段的语句格式为:

ALTER TABLE 表名 ADD 字段名 数据类

型标识[(字段长度[, 小数位数])]

根据题意,应当使用 ADD 短语,选项 D 为正确答案。

(30)【答案】A【解析】本题考查考生对逻辑表达式的掌握,题目要求查询所有 1982 年 3 月 20 日以后(含)出生,并且性别为"男"的记录,题目所给出的选项意义如下:选项 A 查询所有 1982 年 3 月 20 日以后(含)出生并且性别为"男"的记录,为正确答案。选项 B 查询所有 1982 年 3 月 20 日以前(含)出生并且性别为"男"的记录,错误。选项 C 查询所有 1982 年 3 月 20 日以后(含)出生或者性别为"男"的记录,错误。选项 D 查询所有 1982 年 3 月 20 日以前(含)出生或者性别为"男"的记录,错误。选项 A 为正确答案。

(31)【答案】D【解析】此题中各个选项解释如下:选项 A 错误,此查询只选择了"选课"表,但在"选课"表中并没有"姓名"字段。选项 B 与选项 C 错误,此查询进行了两个表的联合查询,但没有根据关键字将两个表联接起来。选项 D 正确。

(32)【答案】B【解析】本题中所给出的四个选项中,选项 A 与选项 C 的错误很明显,因为分组短语 GROUP BY 后面所跟的"专业"字段,在查询的结果中并不存在,所以这两个选项不予考虑。而选项 D 则有一定的迷惑性,但题目仔细观察可以看出,其 Select 短语后面所跟随的"专业"字段列表在"选课"表中不存在,所以为错误选项。故选项 B 为正确答案。

(33)【答案】D【解析】本题所给出的四个选项中:

选项 A 中的子查询并没有限定选择"课程号"为"101",则此命令选择出来的结果是"101"课程得分大于等于所有科目成绩的记录,如果其余课目的成绩有记录大于"101"科目的最高成绩,则此查询无结果,此选项错误。

选项 B 中的查询并没有限定选择"课程号"为"101",则此命令选择出来的结果是所有课程得分大于等于所有"101"科目成绩的记录,如果其余课目的成绩有记录大于"101"科目的最高成

绩，则此查询将查询出错误结果，此选项错误。

选项 C 中的查询并没有限定选择"课程号"为"101"，则此命令选择出来的结果是所有课程得分大于等于任意"101"科目成绩的记录，此查询将查询出错误结果，此选项错误。

选项 D 符合题意，将查询出正确结果，故为正确答案。

（34）【答案】A【解析】使用 SQL 插入表记录的命令 INSERT INTO 向表中插入记录的格式如下：

INSERT INTO 表名 [(字段名 1[, 字段名 2, …]) VALUES (表达式 1[,表达式 2, …])

由此命令格式可以看出，选项 A 为正确答案。

（35）【答案】B【解析】SQL 中的 UPDATE 语句可以更新表从数据，格式如下：

UPDATE<表名> SET<列名 1>=<表达式 1> [,列名 2>=<表达式 2...] [WHERE<条件表达式 1>[AND|OR<条件表达式 2>...]

由此命令格式可以看出，选项 B 为正确答案。选项 A 错误的使用了 With 短语，而选项 C 及选项 D 均使用了错误的 FROM 短语。

二、填空题（每空 2 分，共 30 分）

（1）【答案】【1】正确性【解析】本题考查软件工程中需求规格说明书的评审。衡量需求规格说明书好坏的标准按重要性次序排列为：正确性、无歧义性、完全性、可验证性、一致性、可理解性、可修改性和可追踪性。因此，划线处应填入"正确性"。

（2）【答案】【2】白盒 或 白箱 或 白盒子 或 White Box【解析】本题考查软件工程的测试。测试一般有两种方法：黑盒测试和白盒测试。黑盒测试不考虑程序的内部逻辑结构和处理过程，只着眼于程序的外部特性。用黑盒测试来发现程序中的错误，必须用所有可能的输入数据来检查程序能否都能产生正确的输出。白盒测试是在了解程序内部结构和处理过程的基础上，对程序的所有路径进行测试，检查路径是否都能按预定要求正确工作。因此，划线处应填入"白盒（箱）"或"White

Box"。

（3）【答案】【3】顺序【解析】队列是一种特殊的线性表，即限定在表的一端进行删除，在表的另一端进行插入操作的线性表。允许删除的一端叫做队头，允许插入的一端叫做队尾。线性表的存储结构主要分为顺序存储结构和链式存储结构。当队列用链式存储结构实现时，就称为链队列；当队列用顺序存储结构实现时，就称为循环表。因此，本题划线处应填入"顺序"。

（4）【答案】【4】ACBDFEHGP【解析】根据对二叉树根的访问先后顺序不同，分别称为前序遍历、中序遍历和后序遍历。这三种遍历都是递归定义的，即在其子树中也按照同样的规律进行遍历。下面就是中序遍历方法的递归定义。当二叉树的根不为空时，依次执行如下 3 个操作：（1）按中序遍历左子树。（2）访问根结点。（3）按中序遍历右子树。根据如上前序遍历规则，来遍历本题中的二叉树。首先遍历 F 的左子树，同样按中序遍历。先遍历 C 的左子树，即结点 A，然后访问 C，接着访问 C 的右子树，同样按中序遍历 C 的右子树，先访问结点 B，然后访问结点 D，因为结点 D 没有右子树，因此遍历完 C 的右子树，以上就遍历完根结点 F 的左子树。然后访问根结点 F，接下来遍历 F 的右子树，同样按中序遍历。首先访问 E 的左子树，E 的左子树为空，则访问结点 E，然后访问结点 E 的右子树，同样按中序遍历。首先访问 G 的左子树，即 H，然后访问结点 G，最后访问 G 的右子树 P。以上就把整个二叉树遍历一遍，中序遍历的结果为 ACBDFEHGP。因此，划线处应填入"ACBDFEHGP"。

（5）【答案】【5】实体 或 实体集 或 Entity【解析】E-R 模型中，有三个基本的抽象概念：实体、联系和属性。E-R 图是 E-R 模型的图形表示法，在 E-R 图中，用矩形框表示实体，菱形框表示联系，椭圆形框表示属性。因此，划线处应填入"实体"或"实体集"或"Entity"。

（6）【答案】【6】IS NULL【解析】空值是一个特殊的值，测试一个属性值是否为空时，不能用属"性=NULL "或者"属性=! NULL "，应该使用"

属性 IS NULL"（属性为空）或者"属性 IS NOT NULL"（属性不为空），本题要查询不为空的记录，所以答案为"IS NULL"

（7）【答案】【7】GROUP BY 或 GROUP【解析】本题考查考生对 SQL 语句中的 HAVING 短语的掌握。在 SQL 语句中，利用 HAVING 子句，可以设置当分组满足某个条件时才检索。HAVING 子句总是跟在 GROUP BY 子句之后，不可以单独使用。在查询中，首先利用 WHERE 子句限定元组，然后进行分组，最后再用 HAVING 子句限定分组。而 GROUP BY 子句一般在 WHERE 语句之后，没有 WHERE 语句时，跟在 FROM 子句之后。另外，也可以根据多个属性进行分组。综上所述，答案为 GROUP BY 或 GROUP

（8）【答案】【8】DISTINCT【解析】在 SQL 查询语句中，DISTINCT 短语的作用是去掉查询结果中的重复值。所以答案为 DISTINCT。

（9）【答案】【9】MODIFY STRUCTURE【解析】在 Visual FoxPro 的命令窗口中，使用 MODIFY STRUCTURE 命令可以将当前已打开的表文件的表设计器打开，在表设计器中可以对表修改，如进行增加、插入、删除及移动字段等操作。正确答案为 MODIFY STRUCTURE。

（10）【答案】【10】LOAD 【解析】在运行表单时，率先引发的表单事件有 LOAD 和 INIT 事件，而 LOAD 在表单对象建立之前引发，也就是在运行表单时，先引发表单的 Load 事件，再引发表单的 Init 事件。所以正确答案为 LOAD。

（11）【答案】【11】.T. 或 真 或 逻辑真【解析】LOCATE 命令在表指定范围中查找满足条件的第一条记录。格式为：

LOCATE FOR< 逻辑表达式 1>[< 范围 >][WHILE <逻辑表达 2>]：

<逻辑表达式 1>：表示所需满足的条件。

<范围>：指定查找范围，缺省时为 ALL，即在整个表文件中查找。

如果找不到记录，则记录指针指向文件结束标志，而函数 EOF()则是判断当前打开的表中记录指针是否指向文件尾，如果指向文件尾，则返回值为.T.。所以答案为："T."或"真"或"逻辑真"。

（12）【答案】【12】Click 或 单击 或 鼠标单击【解析】当用鼠标单击一个对象时执行该对象的 Click 事件，所以正确答案为 Click。

（13）【答案】【13】1【解析】选项组又称为选项按钮组，是包含选项按钮的一种容器。一个选项组中往往包含若干个选项按钮，但用户只能从中选择一个按钮。当用户单击某个选项按钮时，该按钮即成为被选中状态，而选项组中的其他选项按钮，不管原来是什么状态，都变为未选中状态。选项组的 Value 属性用于指定选项组中哪个选项按钮被选中。当初始值设为 0 时，表示在表单上的选项组中没有选中任何选项按钮，而选定第一个选项按钮后，该属性值就被赋值为 1，如果选定第二个选项组按钮，则该属性值被赋值为 2…依此类推。所以，本题的答案为 1。

（14）【答案】【14】Value【解析】复选框用于标识一个两值状态，如真(.t.)或假(.f.)。当处于"真"状态时，复选框内显示一个对勾，当处于"假"状态时复选框内为空白。复选框的属性 Value 用来指明复选框的当前状态，其状态如表。

属性值	说明
0 或 .F.	（默认值），未被选中
1 或 .T.	被选中
>=2 或 null	不确定，只在代码中有效

所以本题中正确答案为 Value。

（15）【答案】【15】UPDATE 【解析】在 SQL 中，插入、删除、更新命令依次是 INSERT、DELETE 和 DELETE。所以答案为 UPDATE。

第三部分 上机全真模拟题及解析

第1套上机全真模拟题

基本操作题

（1）新建一个名为"外汇"的数据库。

（2）将自由表"外汇汇率"、"外汇账户"、"外汇代码"加入到新建的"外汇"数据库中。

（3）用 SQL 语句新建一个表"RATE"，其中包含 4 个字段"币种 1 代码" C(2)、"币种 2 代码" C(2)、"买入价" N(8,4)、"卖出价" N(8,4)，请将 SQL 语句存储于 rate.txt 中。

（4）表单文件 test_form 中有一个名为 form1 的表单（如图），请将文本框控件 Text1 的设置为只读。

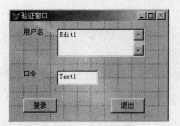 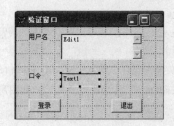

简单应用题

（1）使用"一对多表单向导"生成一个名为 sell_EDIT 的表单。要求从父表 DEPT 中选择所有字段，从子表 S_T 表中选择所有字段，使用"部门号"建立两表之间的关系，样式为"阴影式"；按钮类型为"图片按钮"；排序字段为"部门号"（升序）；表单标题为"数据输入维护"。

（2）在考生文件夹下有一个命令文件 TWO.PRG，该命令文件用来查询各部门的分年度的"部门号"、"部门名"、"年度"、"全年销售额"、"全年利润"和"利润率"（全年利润/全年销售额），查询结果先按"年度"升序、再按"利润率"降序排序，并存储到 S_SUM 表中。

注意，程序在第 5 行、第 6 行、第 8 行和第 9 行有错误，请直接在错误处修改。修改时，不可改变 SQL 语句的结构和短语的顺序，不允许增加或合并行。

综合应用题

在考生文件夹下，打开学生数据库 SDB，完成如下综合应用。

设计一个表单名为 sform 的表单，表单文件名为 SDISPLAY，表单的标题为"学生课程教师基本信息浏览"。表单上有一个包含三个选项卡的"页框"（Pageframe1）控件和一个"退出"按钮（Command1）。其他功能要求如下：

（1）为表单建立数据环境，向数据环境依次添加 STUDENT 表、CLASS 表和 TEACHER 表。

（2）要求表单的高度为 280，宽度为 450；表单显示时自动在主窗口内居中。

（3）三个选项卡的标签的名称分别为"学生表"（Page1）、"班级表"（Page2）和"教师表"（Page3），每个选项卡分别以表格形式浏览"学生"表、"班级"表和"教师"表的信息。选项卡位于表单的左边距为 18，顶边距为 10，选项卡的高度为 230，宽度为 420。

（4）单击"退出"按钮时关闭表单。

第 1 套上机全真模拟题解析

基本操作题

【答案】

（1）在命令窗口中输入：Create Database 外汇，同时打开数据库设计器。

（2）在数据库设计器中使用右键单击，"选择"添加表"命令，双击考生文件夹下的自由表"外汇汇率"、"外汇账户"、"外汇代码"。

（3）使用到的 SQL 语句为：

```
Create Table rate (币种 1 代码 C(2), 币种 2 代码 C(2), 买入价 N(8,4), 卖出价;N(8,4))
```

（4）在命令窗口中输入：Modify Form test_form，打开表单设计器。选择"text1"控件，在属性面板里将其"ReadOnly"属性改为"真"。如图所示。

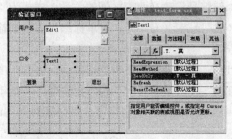

【解析】

使用 Create Database dbname 或使用菜单的"新建"选项可新建数据库，同时打开数据库设计器，在其中完成自由表的添加。

使用 SQL 新建表的语法结构为：

```
Create Table tablename (columns)
```

表单控件属性的修改在属性面板里完成，控制文本框是否为只读的属性为 ReadOnly。

简单应用题

【答案】

第一小题按如下步骤进行操作:

（1）选择"开始"→"新建"命令，选择"表单"选项后，单击"向导"按钮，选择"一对多表单向导"。

（2）单击"数据库和表"右下边的按钮，选择考生目录下的 dept 表和 s_t 表。分别从父表和子表中选择全部字段。

（3）单击"下一步"，默认两表以"部门号"建立联系，如图所示。

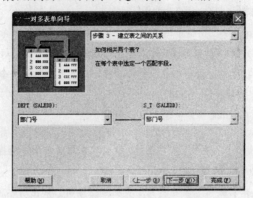

（4）单击"下一步"，将表单样式设置为"阴影式"，按钮类型为"图片按钮"。

（5）单击"下一步"，排序字段选择"部门号"；设置表单标题为"数据输入维护"。

第二小题按如下步骤进行操作:

（1）在 FoxPro 命令窗口中输入 Modify Command two.prg 命令，打开 two.prg。

（2）将代码修改为:

```
OPEN DATABASE saleDB
SELECT S_T.部门号,部门名,年度,;
一季度销售额 + 二季度销售额 + 三季度销售额 + 四季度销售额 AS 全年销售额,;
一季度利润 + 二季度利润 + 三季度利润 + 四季度利润 AS 全年利润,;
(一季度利润+二季度利润+三季度利润+四季度利润) / (一季度销售额+二季度销售额+;
三季;度销售额+四季度销售额) AS 利润率;
FROM S_T, DEPT;
WHERE S_T.部门号 = DEPT.部门号;
ORDE BY 年度, 利润率 DESC;
INTO TABLE S_SUM
```

（3）键入 Ctrl+W 键保存并关闭文档窗口。

【解析】

（1）使用一对多表单向导建立表单时，可按照表单向导的提示对题目中的要求一步步设置，向导默认自动选择两个表中具有相同名称及类型的字段做为联接字段，在本题中就是两个表共有的"部门号"字段。

（2）本题考查 SQL 语句的多表查询，以及表中没有的新字段的使用，基本语法格式为:

```
Select columns, 表达式 as 新字段名 from table1 Where; table1.column=table2.column Order by columns [desc] into table tablename
```

在本题中，第五行应该是全年利润/全年销售额，应该将全年利润及全年销售额计算使用括号括起先进行计算，尔后计算利润率，所以在两端应当加入"()"；而在第六行中，使用 SQL 查询语句查询多表时，应当注意表名之间应使用"，"而不是空格分开；第七行中使用 Group by 子句对记录进行分组时，多个字段名称之间也需要使用"，"分开；第八行中子句中应当加入"Table"条件，以对应将结果输出到表中的

137

题意。

综合应用题

【答案】

（1）在 Visual FoxPro 的命令窗口内输入命令：Create Form SDISPLAY，打开表单设计器，在属性面板中设置其 Name 属性为 sform，Caption 属性为"学生课程教师基本信息浏览"；Height 属性为 280，Wideth 属性值为 450，AutoCenter 属性为"T – 真"，如图所示。

（2）依次选择 Visual FoxPro 主窗口中的"显示"→"数据环境"菜单命令，右击，选择"添加"，在打开的对话框内选择 STUDENT 表、COURSE 表和 TEACHER 表。

（3）单击表单控件工具栏上的"命令按钮"控件图标，向表单添加一个命令按钮，选中该命令按钮，在属性对话框中将其 Caption 属性改为"退出"。

（4）双击该命令按钮，在 Click 事件中输入如下代码：

```
Thisform.Release
```

（5）单击表单控件工具栏上的"页框"控件图标，在表单里添加一个页框控件，设置其属性 PageCount 为 3，Left 为 18，Top 为 10，Height 为 230，Wideth 为 420。

（6）右键单击页框，选择"编辑"命令对三个页面进行编辑，如图所示。

（7）将三个页面的 Caption 属性分别设置为"学生表"、"班级表"和"教师表"。将数据环境中的 3 个表分别拖入对应的页面中。

（8）单击工具栏上的"保存"图标保存表单。

表单运行结果如图所示。

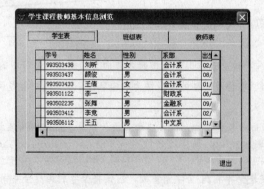

【解析】

本题考查表单的建立与表单控件属性的设置。

选中表单上要设置属性的控件，在属性面板中选择要设置的属性，在属性框中选择输入属性值。控件高度的属性为 Height，宽度属性为 Wideth，左边距属性为 Left，顶边距属性为 Top，位于中央的属性为 AutoCenter。打开表单数据环境的方法为单击主菜单"显示"→"数据环境"。

要在表单控件上显示表内容，可直接将表从数据环境中拖入表单控件中。

第 2 套上机全真模拟题

基本操作题

（1）请在考生文件夹下建立一个项目WY。

（2）将考生文件夹下的数据库KS4加入到新建的项目WY中。

（3）利用视图设计器在数据库中建立视图my_VIEW，视图包括hjqk表的全部字段（顺序同表hjqk中的字段）和全部记录。

（4）从表HJQK中查询"奖级"为一等的学生的全部信息(GJHY表的全部字段)，并按"分数"的降序存入存入新表NEW中。

简单应用题

（1）编写程序"汇率.prg"，完成下列操作：根据"外汇汇率"表中的数据产生 rate 表中的数据。要求将所有"外汇汇率"表中的数据插入 rate 表中并且顺序不变，由于"外汇汇率"中的"币种1"和"币种2"存放的是"外币名称"，而 rate 表中的"币种1代码"和"币种2代码"应该存放"外币代码"，所以以插入时要做相应的改动，"外币名称"与"外币代码"的对应关系存储在"外汇代码"表中。

注意：程序必须执行一次，保证 rate 表中有正确的结果。

（2）使用查询设计器建立一个查询文件 JGM.qpr。查询要求：外汇帐户中有多少"日元"和"欧元"。查询结果包括了"外币名称"、"钞汇标志"、"金额"，结果按"外币名称"升序排序，在"外币名称"相同的情况下按"金额"降序排序，并将查询结果存储于表 JG.dbf 中。

综合应用题

设计一个文件名和表单名均为 myaccount 的表单。表单的标题为"外汇持有情况"，界面如图所示。

表单中有一个选项按钮组控件（myOption）、一个表格控件（Grid1）以及两个命令按钮"查询"（Command1）和"退出"（Command2）。其中，选项按钮组控件有两个按钮"现汇"（Option1）、"现钞"（Option2）。运行表单时，在选项组控件中选择"现钞"或"现汇"，单击"查询"命令按钮后，根据选项组控件的选择将"外汇账户"表的"现钞"或"现汇"（根据"钞汇标志"字段确定）的情况显示在表格控件中。

单击"退出"按钮，关闭并释放表单。

注：在表单设计器中将表格控件 Grid1 的数据源类型设置为"SQL 说明"。

第 2 套上机全真模拟题解析

基本操作题

【答案】

（1）在命令窗口中输入：Create Project WY。

（2）在项目管理器中，单击"数据"选项卡，选择列表框中的"数据库"，单击"添加"命令按钮，在系统弹出"打开"对话框中，双击考生文件夹下的 KS4 数据库。

（3）打开数据库设计器，单击工具栏上的"新建"图标，选择"新建视图"。将"hjqk"表添加到视图设计器中；在视图设计器中的"字段"选项卡中，将"可用字段"列表框中的字段全部添加到"选择字段"列表框中。如图所示。

保存视图，文件名为 my_view。

（4）使用到的 SQL 语句为 Select * From hjqk Where 奖级="一等" Into Table new。

【解析】

使用视图设计器建立视图时，按照设计器上的各个选项上的提示对题目中的要求进行一一设置即可。SQL 语句进行条件查询属于简单查询，查询表的全部字段时，可用*号代替表的这些字段。

简单应用题

【答案】

第一小题按如下步骤进行操作：

（1）在 FoxPro 的命令窗口中输入 Modify Command 汇率.prg 命令。

（2）输入如下的代码：

```
SELECT 外汇代码.外币代码 AS 币种1代码,;
外汇代码_a.外币代码 AS 币种2代码, 外汇汇率.买入价, 外汇汇率.卖出价;
    FROM  外汇!外汇代码 INNER JOIN 外汇!外汇汇率;
    INNER JOIN 外汇!外汇代码 外汇代码_a ;
    ON  外汇汇率.币种2 = 外汇代码_a.外币名称 ;
    ON  外汇代码.外币名称 = 外汇汇率.币种1;
    INTO TABLE rate.dbf
```

（3）关闭并保存程序文件。

第二小题按如下步骤进行操作：

（1）选择"文件"→"新建"命令，选择"查询"选项后，单击"新建文件"按钮打开查询设计器。

（2）将"外币代码"、"外币帐户"和"外币汇率"三个表添加到查询设计器中。在"联接条件"对话框中单击"确定"按钮使用默认的联接方式。

（3）在查询设计器中的"字段"选项卡中，在"可用字段"列表框中，按照题目要求，将相应的字段添加到"选定字段"列表框中。

（4）在"排序依据"选项卡中将"选定字段"列表框中的"外币名称"和"金额"依次添加到"排

序条件"中。

（5）在"排序选项"中分别选择"升序"和"降序"，如图所示。

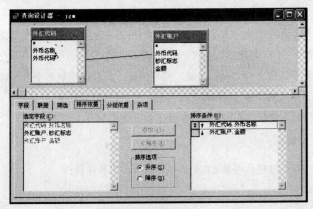

（6）完成查询设计，将查询以"jgm"为文件名保存。

【解析】

第一小题考查多表查询，查询的数据源语法格式可以使用：

Select field1, field2… from table1 inner join table2 on table1.colunm=tale2.column 命令完成。Inner join 子句只有在其他表中包含对应记录（一个或多个）的记录才出现在查询结果中。而如果使用 join 子句，则需要在使用 ON Join Condition 指定连接条件。

例如本题，要查询在"外汇汇率"表中的所有数据，并且要将该表中的"外币名称"改变为"外币代码"，则需要加入对"外汇代码"表的联结，更由于需要在结果中一条记录中显示两个外汇代码，则还需要再次对外汇代码表进行联接，所以使用两个 Inner Join 子句。

为了使用同一个表进行两次联接，则第二次联接"外汇代码"表时，为其指定别名"外汇代码_a"。将查询结果输入到表可以使用 into table tablename 子句。

（2）本题考查使用查询向导建立查询，可以在查询设计向导中按照设计向导的步骤按照题目中的要求一步步设置，注意两表（或多表）之间的联接字段的设置。

综合应用题

【答案】

（1）在 Visual FoxPro 的命令窗口内输入命令：Create Form myaccount，打开表单设计器，设置其 Caption 属性值为"外汇持有情况"。

（2）单击主菜单"显示"→"数据环境"命令，右击数据环境窗口，选择"添加"命令，在打开的对话框内选择"外汇帐户"表，如图所示。

（3）单击表单控件工具栏上的"选项按钮"控件图标，在表单里添加一个选项按钮组控件，设置 ButtonCount 属性为 2，右键单击选项按钮组，选择"编辑"，分别设置按钮的 Caption 属性为"现汇"和"现钞"。

（4）单击表单控件工具栏上的"表格"控件图标，向表单添加一个"表格"控件，在属性面板中将其 RecordSource 属性改为"4-SQL 说明"。

（5）单击表单控件工具栏上的"命令按钮"控件图标，向表单添加两个命令按钮，在属性面板中将其 Caption 属性分别改为"查询"和"退出"。

（6）双击"退出"命令按钮在 Click 事件中输入如下程序段：

```
Thisform.Release
```

（7）双击"查询"命令按钮，在其 Click 事件中输入如下程序段：

```
SELECT 外汇账户
DO CASE
  CASE THISFORM.myOption.VALUE=1
  THISFORM.GRID1.RECORDSOURCE="SELECT 外币代码，金额;
  FROM 外汇账户;
  WHERE 钞汇标志 = [现汇];
  INTO CURSOR TEMP"
  CASE THISFORM.myOption.VALUE=2
  THISFORM.GRID1.RECORDSOURCE="SELECT 外币代码，金额;
  FROM 外汇账户;
  WHERE 钞汇标志 = [现钞];
  INTO CURSOR TEMP"
ENDCASE
```

（8）单击工具栏上的"保存"图标，保存表单。

表单运行结果如图所示。

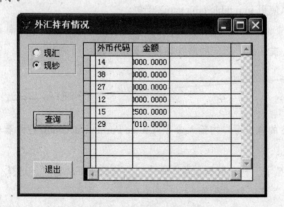

【解析】

选项按钮组属于容器型控件，对其中的子控件进行属性设置时，应右击按钮组，选择"编辑"命令，再选择要设置属性的子控件，在属性面板里设置属性。

在表格控件中显示查询结果需要设置其两个属性值，一个是 RecordSourceType，一个是 RecordSource，根据题目的要求，在前者设置为 SQL 说明的情况下，后者应该设置为 SQL 查询语句。

查询命令按钮的事件中使用 do case 分支查询结构辨别用户单击了哪个选项按钮。

第 3 套上机全真模拟题

基本操作题

（1）从数据库 stock 中移去表 stock-fk（不是删除，）

（2）将自由表 stock-name 添加到数据库中。

（3）为表 stock-sl 建立一个普通索引，索引名和索引表达式均为"股票代码"。

（4）为 stock-name 表的股票代码字段设置有效性规则，规则是："left（股票代码,1)="6""，错误提示信息是"股票代码的第一位必须是 6"。

简单应用题

（1）创建一个名为 sview 的视图，该视图的 Select 语句查询 salary-db 数据库中 salarys 表（雇员工资表）的"部门号"、"雇员号"、"姓名"、"工资"、"补贴"、"奖励"、"失业保险"、"医疗统筹"和"实发工资"，其中"实发工资"由"工资"、"补贴"和"奖励"三项相加，再减去"失业保险"和"医疗统筹"得出，请按"部门号"降序排序，最后将定义视图的命令放到命令文件 salarys.prg 中并执行该程序。

（2）设计一个名为 Form 的表单，表单标题为"浏览工资"，表单式显示 salary-db 数据库中 salarys 表的记录，供用户浏览。在该表单的右下方有一个命令按钮，名称为 command1，标题为"退出"，当单击该按钮时退出表单。

综合应用题

设计名为 bookbd 的表单（控件名为 form1，文件名为 bookbd）。标题为"出版社情况统计"，表单界面如图所示。

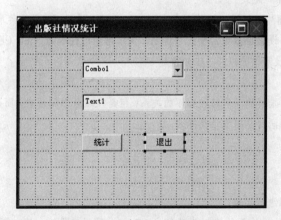

表单中有一个组合框、一个文本框和两个命令按钮"统计"和"退出"。运行表单时组合框中有四个条目"清华出版社"，"经济科学出版社"，"国防出版社"，"高等教育出版社"可供选择，在组合框中选择出版社名称以后，如果单击"统计"命令按钮，则文本框中显示 books 表中该出版社图书的总数。单击"退出"按钮则关闭表单。

143

第 3 套上机全真模拟题解析

基本操作题

【答案】

（1）打开数据库设计器 stock，使用右键单击 stock-fk 表，选择"删除"命令。在弹出的对话框上选择"移去"按钮。如图所示。

（2）在数据库设计器中使用右键单击，选择"添加表"命令，双击考生文件夹下的"stock-name"自由表。

（3）在数据库设计器中使用右键单击数据库表"stock-sl"，选择"修改"命令；单击"索引"选项卡，将字段索引名修改为"股票代码"，在"索引"下拉框中选择索引类型为"普通索引"，将"字段表达式"修改为"股票代码"，单击"确定"按钮。

（4）在数据库设计器中，使用右键单击"stock-name"表，选择"修改"菜单命令。选择"股票代码"字段，在"字段有效性"设置区域内，输入"规则"文本框中的内容为"left（股票代码,1）="6""，在"信息"文本框中输入""股票代码的第一位必须是 6""。

【解析】

从数据库中移出表只是解除了表与数据库的关系，但是在磁盘中保留表。而从数据库中删除表则是解除了表与数据库的关系的同时从磁盘上删除表。

简单应用题

【答案】

第一小题按如下步骤进行操作：

（1）打开数据库 salary-db 设计器，单击 Visual FoxPro 窗口工具栏上的"新建"图标，选择"视图"→"新建文件"按钮，创建一个新的视图，并将 salarys 表添加到视图设计器中。

（2）在视图设计器中的"字段"选项卡中，将"可用字段"列表框中的字段"部门号"、"雇员号"、"姓名"、"工资"、"补贴"、"奖励"、"失业保险"、"医疗统筹"添加到"选定字段"列表框中。

（3）单击"函数与表达式"输入框右侧的按钮，在"函数与表达式"对话框的"表达式"栏中，输入"Salarys.工资+Salarys.补贴+Salarys.奖励-Salarys.医疗统筹-Salarys.失业保险 AS 实发工资"，如图所示。

（4）在"排序依据"选项卡中将"选定字段"列表框中的"部门号"添加到"排序条件"中，（降序）。单击视图设计器上的"SQL"按钮，如图所示。

（5）拷贝其中的 SQL 代码。在命令窗口中输入：Modify Command salarys 命令新建程序。在程序编辑窗口中粘贴 SQL 代码，并保存程序。单击主菜单"程序"→"运行"运行程序。

第二小题按如下步骤进行操作：

（1）在命令窗口内输入：Create Form myForm 命令，创建 MyForm 表单并打开该表单设计器。

（2）右击表单并选择"数据环境"命令，打开数据环境设计器。

（3）单击右键选择"添加"命令，在打开的对话框内选择 salarys 表。

（4）将鼠标指向表的标题栏并将其从数据环境中直接拖到表单上生成浏览表格。

（5）单击表单工具栏上的"命令按钮"图标，在表单上添加一个命令按钮，在其属性窗口中将其 Caption 属性设置为"退出"。

（6）双击命令按钮，在其 Click 事件代码窗口内输入：ThisForm.Release。

（7）保存表单。表单运行结果如图所示。

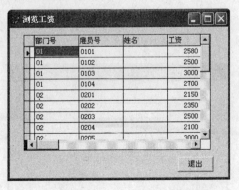

【解析】

（1）本题考查简单视图的建立。视图的建立在数据库设计器中完成。除了表中的字段可以作为视图

145

显示的字段外，字段的运算（如求和或平均）的结果也可以作为视图的显示的内容，方法是在视图设计器的"字段"选项卡的函数与表达式编辑框中输入字段运算表达式，并将表达式添加到选定字段中。如本题中的"Salarys.工资+Salarys.补贴+Salarys.奖励-Salarys.医疗统筹-Salarys.失业保险 AS 实发工资"语句，则是将表达式结果显示为视图的"实发工资"字段。视图建立完成以后，只有在数据库中才能看得到。

（2）本题考查建立简单的表单及表单数据环境的使用。将数据环境中的数据表直接拖入表单中，即可实现表的窗口输入界面在表单中的编辑。

综合应用题

【答案】

（1）在命令窗口内输入：Create Form bookbd，建立新的表单。

（2）单击主菜单"显示"→"数据环境"命令，右击数据环境窗口，选择"添加"命令，在打开的对话框内选择 books 表。

（3）双击表单，在其 init 事件中输入如下代码：

```
Thisform.combo1.additem("清华出版社")
Thisform.combo1.additem("经济科学出版社")
Thisform.combo1.additem("国防出版")
Thisform.combo1.additem("高等教育出版社")
```

（4）单击表单控件工具栏上的"组合框"控件图标，在表单中添加一个组合框控件。单击表单控件工具栏上的"文本框"控件图标，在表单里添加一个文本框。单击表单控件工具栏上的"命令按钮"控件图标，在表单里添加两个命令按钮，设置其 Caption 属性分别为"统计"和"退出"。

（5）双击"统计"按钮，在其 Click 事件里输入下列代码：

```
Select books
shuliang=0
go Top
do while not eof()
    if allt(出版单位)=allt(Thisform.combo1.DisplayValue)
        shuliang=shuliang+1
    endif
    skip
enddo
Thisform.text1.Value=shuliang
Thisform.refresh
```

（6）双击"退出"按钮，在其 Click 事件里输入下列代码：

```
Thisform.Release
```

表单运行界面如图所示。

（7）单击工具栏上的"保存"图标保存表单。

【解析】

为组合框中添加条目可使用 additem 函数。在"统计"按钮的事件代码中，可使用两种方法统计符合查询条件的图书数：

一种是使用 do while 循环语句遍历表中的每条记录，设置一个初始值为 0 的变量，表中的记录满足条件时，变量值加 1。

另一种方法是使用 SQL 的 Count 关键字来统计符合条件的记录数，语法结构为：

Select Count(出版单位) From books Where 出版单位=Thisform.combo1.DisplayValue to 变量。

最后再将文本框的值设为变量的值即可。

第 4 套上机全真模拟题

基本操作题

（1）建立数据库 books.dbc，将自由表 zo.dbf 和 book.dbf 添加到该数据库中。

（2）为 zo.dbf 表建立主索引，索引名为"pn"，索引表达式为"作者号"。

（3）为 book.dbf 表分别建立两个普通索引，其一索引名为"tn"，索引表达式为"图书编号"；其二索引名和索引表达式均为"作者号"。

（4）建立 zo.dbf 表和 book.dbf 之间的联系。

简单应用题

（1）列出所有赢利（现价大于买入价）的"股票简称"、"现价"、"买入价"和"持有数量"，并将检索结果按"持有数量"降序排序存储于表 temp 中，将 SQL 语句保存在考生文件夹下的 temp.txt 中。

（2）使用一对多报表向导建立报表。要求：父表为 stock-name，子表为 stock-sl，从父表中选择字段："股票简称"；从子表中选择全部字段；两个表通过"股票代码"建立联系；按"股票代码"降序排序；报表样式为"经营式；报表标题为："股票持有情况"；生产的报表文件名为 repo。

综合应用题

在考生文件夹下有仓库数据库 CHAXUN3 包括三个表文件：

ZG（仓库号 C(4)，职工号 C(4)，工资 N(4)）

DGD（职工号 C(4)，供应商号 C(4)，订购单号 C(4)，订购日期 D，总金额 N(10)）

GYS（供应商号 C(4)，供应商名 C(16)，地址 C(10)）

设计一个名为 CX3 的菜单，菜单中有两个菜单项"查询"和"退出"。程序运行时，单击"查询"应完成下列操作：检索出"工资"多于 1230 元的职工向"北京"的供应商发出的订购单信息，并将结果按"总金额"降序排列存放在 caigou 文件（和 DGD 文件具有相同的结构，caigou 为自由表）中。

单击"退出"菜单项，程序终止运行。

第 4 套上机全真模拟题解析

基本操作题

【答案】

（1）在命令窗口中输入：Create Database books，新建数据库，同时打开数据库设计器。使用右键单击，选择"添加表"命令，双击考生文件夹下的"zo"和"book"自由表。

（2）在数据库设计器中使用右键单击数据库表 zo，选择"修改"命令；单击"索引"选项卡，将字段索引名修改为"pn"，在"索引"下拉框中选择索引类型为"主索引"，将"字段表达式"修改为"作者号"，单击"确定"按钮。

（3）用与（2）中相同的方法为表 book 建立普通索引。

（4）在数据库设计器中，将 zo 表中"作者号"主索引字段拖到"book"表中"作者号"索引字段上。

【解析】

本题考查数据库表的管理。使用命令 Create database 新建数据库，同时打开数据库设计器，在数据库设计器中添加表。使用右键单击数据库表选择"修改"命令，打开表结构设计器。按表结构设计器中的索引选项卡上的提示设置表索引。

简单应用题

【答案】

第一小题按如下步骤进行操作：

（1）使用的 SQL 语句为：

Select stock_name.股票简称,stock_sl.现价,stock_sl.买入价,stock_sl.持有数量 from stock_name inner join stock_sl on stock_name.股票代码=stock_sl.股票代码 Where stock_sl.现价>stock_sl.买入价=.t. Order by stock_sl.持有数量 desc into table temp

（2）新建 temp.txt 文件，并且将 SQL 语句输入（或复制）到文本中。

第二小题按如下步骤进行操作：

（1）单击 FoxPro 窗口中"文件"→"新建"命令，选中"报表"选项，依次单击"向导"→"一对多向导"。

（2）在选择父表和子表字段对话框中，分别从 stock-name 中选择字段"股票简称"及从 stock-sl 中选择所有字段。

（3）单击"下一步"，使用默认的"股票代码"建立关系。并将"股票代码"（降序）选择为可用的字段或索引标志，如图所示。

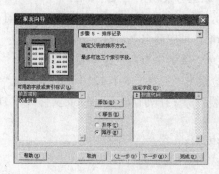

（4）在接下来的对话框单击"下一步"，样式选择"经营式"式。单击"下一步"，报表标题设置为"股票持有情况"。单击"完成"按钮，完成对报表的建立，以 repo 为文件名保存报表。

【解析】

（1）本题考查基于三表之间的查询，确定联接关键字及正确的设置选择条件是做出题目的前提条件，在本题中，Strock_fk 表中的"股票代码"及"股票名称"是联接其余两表的关键字段。

（2）使用一对多报表向导建立报表，可在打开向导以后按照向导的提示对题目的要求一步步设置。

综合应用题

【答案】

（1）在命令窗口中输入命令：Create Menu CX3，单击"菜单"图标按钮。

（2）按题目要求输入主菜单名称"查询"和"退出"。

（3）在"统计"菜单项的结果下拉列表中选择"过程"，单击"编辑"按钮，在程序编辑窗口中输入：

```
SET TALK OFF
SET SAFETY OFF
SELECT * FROM DGD;
WHERE;
职工号 IN (SELECT 职工号 FROM ZG WHERE 工资>1240) ;
AND 供应商号 IN (SELECT 供应商号 FROM GYS WHERE 地址="北京") ;
ORDER BY 总金额 DESC ;
INTO TABLE caigou
SET SAFETY ON
SET TALK ON
```

（4）在"退出"菜单项的结果下拉列表中选择"命令"，在命令编辑窗口中输入：Set SysMenu to Default.。菜单界面如图所示。

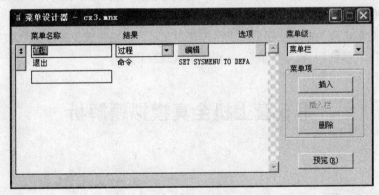

选择 Visual FoxPro 主窗口中的"菜单"→"生成"菜单命令。

【解析】

编写"统计"菜单项过程的 SQL 代码时，查询语句的条件部分可使用 where 职工号 in (Select 职工号 From ZG Where 工资>1240)，即先从 ZG 表中查询出工资大于 1240 的职工的职工号，在把 DGD 表中的职工号是否在其中作为查询的条件。

供应商号的条件设定可使用相同的方法，即先从 GYS 表中查询出地址为北京的所有供应商号，再使用 in 函数判断 DGD 表中供应商号是否在其中作为查询的判断条件。

第 5 套上机全真模拟题

基本操作题

（1）根据 soce 数据库，使用查询向导建立一个包含学生"姓名"和"出生日期"的标准查询 query.qpr。

（2）从 soce 数据库中删除视图 new。

（3）用 SQL 命令向 score 表插入一条记录：学号为"981020"，课程号为"1015"，成绩为 78，并将命令保存在考生文件夹 sql.txt 中。

（4）打开表单 jd，向其中添加一个标题为"关闭"的命令按钮，名称为 command1，单击"关闭"按钮则关闭表单。

简单应用题

（1）用 SQL 语句完成下列操作：将选课在 5 门课程以上（包括 5 门）的学生的"学号"、"姓名"、"平均分"和"选课门数"按"平均分"降序排序，并将结果保存于表 stutemp 中，将 SQL 语句保存在 sql.txt 文本中。

（2）建立一个名为 menulin 的菜单，菜单中有两个菜单项"查询"和"退出"。查询项下还有一个子菜单，子菜单有"按姓名"和"按学号"两个选项。在"退出"菜单项下创建过程，过程负责使程序返回到系统菜单。

综合应用题

在考生文件夹下设计名为 Supper 的表单（表单的控件名和文件名均为 Supper），表单的标题为"机器零件供应情况"。表单中有一个表格控件和两个命令按钮查询和关闭。

运行表单时单击查询命令按钮后，表格控件中显示"供应"表工程号为"A7"所使用的零件的"零件名"、"颜色"、和"重量"。并将结果放到表 CI 中。

单击"关闭"按钮关闭表单。

第 5 套上机全真模拟题解析

基本操作题

【答案】

（1）选择 FoxPro 窗口中的"开始"→"新建"菜单命令，选中"查询"选项，单击"向导"→"查询向导"；单击"数据库和表"下拉式列表，选择考生目录下的"student"表；选择字段"姓名"和"出生日期"；单击"下一步"直到第五步，保存查询，文件名为 query。

（2）打开数据库"soce"设计器，使用右键单击视图 new，选择"移去"命令。

（3）在命令窗口中输入：

`Insert Into score [学号,课程号,成绩] Values ("981020","1015",78)。`

（4）在命令窗口中输入：Modify Form jd 打开表单设计器。单击表单工具栏上的命令按钮后，在表单上绘制添加一个命令按钮；在属性面板里修改其 Caption 属性为"关闭"。双击该按钮，在其 Click 事件中输入：thisform.release。表单运行界面如图所示。

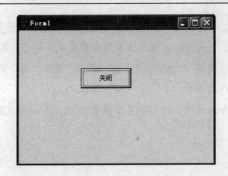

【解析】

使用查询向导建立查询，按照查询向导的提示一步步设置即可。在数据库设计器中使用右键单击要删除的视图，选择"删除"命令，并在出现的对话框中选择"移去"按钮可删除视图。SQL 语句的插入记录使用的语法结构为：

```
Insert Into tablename Values(column1,column2…)
```

简单应用题

【答案】

第一小题按如下步骤进行操作：

在 FoxPro 命令窗口中输入如下语句：

```
Select 学生.学号,学生.姓名, avg(成绩) as 平均分, count(课程号) as 选课门数 from 学生 , 选课 Where 选课.学号=学生.学号 Order by 平均分 desc Group by 选课.学号 having count(课程号)>=5 into tables stutemp
```

第二小题按如下步骤进行操作：

（1）在命令窗口中输入命令：Create Menu menulin，单击"菜单"图标按钮打开菜单设计器。

（2）按题目要求输入主菜单名称"查询"和"退出"。在"退出"菜单项的"结果"下拉列表中选择"命令"，在命令编辑栏中输入：Set Sysmenu To Default。

（3）在"查询"菜单项的"结果"下拉列表中选择"子菜单"，单击"创建"按钮，输入两个子菜单名称"按姓名"和"按学号"。

（4）单击 Visual FoxPro 窗口中的"菜单"→"生成"命令。菜单界面如图所示。

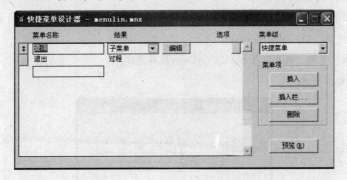

【解析】

（1）本题考查三表关联查询及 SQL 语句的统计方法。查询某一组记录的平均值要使用的函数为 avg(列名称)，统计记录个数要使用的函数为 count()，但应当注意的是，如果使用这些函数，则一定要对记录进行分组操作，使用 Group by 分组字段子句完成此项操作。

（2）本题考查菜单的建立与功能设计。菜单的建立一般在菜单设计器中进行，在命令窗口中输入 Create Menu menuname 命令，以 menuname 为文件名创建新菜单，并打开菜单设计器。设计过程中注意菜单项"结果"的选择，一般可以选择"过程"、"命令"或"子菜单"等。如选择"命令"，则直接在"命令"输入栏中输入该菜单要执行的命令。

Set Sysmenu To Default 命令的作用是将当前菜单恢复成 Visual FoxPro 默认菜单。

综合应用题

【答案】

（1）在 Visual FoxPro 的命令窗口内输入命令：Create Form supper，打开表单设计器，设置其 Name 属性为 supper，其 Caption 属性值为"机器零件供应情况"。

（2）单击"显示"→"数据环境"命令，右击数据环境窗口，选择"添加"命令，在打开的对话框内选择"零件"表和"供应"表。

（3）单击表单控件工具栏上的"表格"控件图标，在表单里添加一个"表格"控件，设置其 RecordSourceType 属性为"4 - SQL 说明"，如图所示。

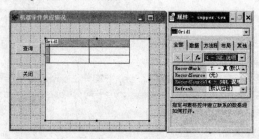

（4）单击表单控件工具栏上的"命令按钮"控件图标，向表单添加两个命令按钮。

（5）选中第一个命令按钮，在属性对话框中将其 Caption 属性改为"查询"，双击该按钮，在其 Click 事件里输入如下代码：

```
Thisform.grid1.RecordSource="Select 零件名,颜色,重量 From 零件 Where 零件号 in; (Select 零件号 From 供应 Where 工程号='A7')  Into Cursor temp"
Select 零件名,颜色,重量 From 零件 Where 零件号 in (Select 零件号 From 供应; Where 工程号='A7') Into Table ci
```

（6）选中第二个命令按钮，在属性对话框中将其 Caption 属性改为"关闭"，双击该命令按钮在 Click 事件中输入如下程序段：Thisform.Release。

（7）单击工具栏上的"保存"图标，以 myform 保存表单。

表单运行结果如图所示。

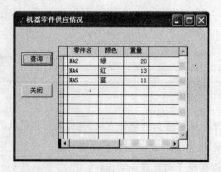

【解析】

本题考查表单的建立与表格的显示。

在表格中显示查询结果，关键是对表格 RecordSourceType 和 RecordSource 两个属性的设置。本题中设置 RecordSourceType 为 "4-SQL 说明"，在查询命令按钮的 Click 事件里将其 RecordSource 设为 SQL 查询即可。

注意在 SQL 语句的最后要使用 Into Cursor temp 子句将查结果放入临时表，否则查询结果将不但表格中显示，还会弹出一个表来显示查询结果。

查询条件部分可使用 Where 零件号 in; (Select 零件号 From 供应 Where 工程号='A7')，即先从供应表中查询出工程号为 A7 的 "零件号"，再使用 in 函数判断零件表中的 "零件号" 是否在其中作为查询的条件。

第 6 套上机全真模拟题

基本操作题

（1）将 "销售表" 中的在 2000 年 12 月 31 日前（含 2000 年 12 月 31 日）的记录复制到一个新表 "销售表 2001.dbf" 中

（2）将 "销售表" 中的日期（日期型字段段）在 2000 年 12 月 31 日前（含 2000 年 12 月 31 日）的记录物理删除。

（3）打开 "商品表" 使用 Browse 命令浏览时，使用 "文件" 菜单中的选项将 "商品表" 中的记录生成文件名为 "商品表.htm" 的 html 格式的文件。

（4）为 "商品表" 创建一个主索引，索引名和索引表达式均是 "商品号"，为 "销售表" 创建一个普通索引（升序），索引名和索引表达式均是 "商品号"

简单应用题

（1）在考生文件夹下有一个学生数据库 sj16，其中有数据库表 "学生资料" 存放学生信息，使用菜单设计器制作一个名为 student 的菜单，菜单项包括 "操作" 和 "文件"。每个菜单栏都包含有子菜单，"操作" 菜单中包含 "输出学生信息" 子菜单、"文件" 菜单中包括 "打开" 及 "关闭" 子菜单。其中选择 "输出学生信息" 子菜单应完成下列操作：打开数据库 sj6，使用 SQL 的 select 语句查询数据库表 "学生资料" 中的所有信息，关闭数据库。"关闭" 菜单项对应的命令为 Set Sysmenu To Default，使之可以返回到系统菜单。"打开" 菜单项不做要求。

（2）在考生文件夹下有一个数据库 x_date，其中有数据库表 x_stu、x_sc 和 x_co。用 SQL 语句查询 "数据库" 课程的考试成绩在 95 分以下（含 95 分）的学生的全部信息，并将结果按 "学号" 升序存入 xxb.dbf 文件中。

综合应用题

在考生文件夹下，对 "商品销售" 数据库完成如下综合应用。

（1）编写名为 BETTER 的命令程序并执行，该程序实现如下功能：

将 "商品表" 进行备份，备份名称为 "商品表备份.dbf"；

将 "商品表" 中的 "商品号" 前两位编号为 "10" 的商品的单价修改为出厂价的 10%；

（2）设计一个名为"form"，标题为"调整"的表单，表单中有两个标题分别为"调整"和"退出"的命令按钮。

单击"调整"命令按钮时，调用程序 BETTER，对商品"单价"进行调整。

单击"退出"命令按钮时，关闭表单。

表单文件名保存为 myform

第 6 套上机全真模拟题解析

基本操作题

【答案】

（1）使用到的 SQL 语句为：

Select * From 销售表 Where 日期<={^2000-12-31} Into Table 销售表 2001

（2）在命令窗口中输入：

```
Delete From 销售表 Where 日期<={^2000-12-31}
pack
```

（3）在命令窗口中输入：

```
use 商品表
brow
```

选择 FoxPro 主菜单"文件"→"另存为 html"命令，单击"确定"按钮。

（4）在数据库设计器中使用右键单击数据库表"商品表"，选择"修改"命令；单击"索引"选项卡，将字段索引名修改为"商品号"，在"索引"下拉框中选择索引类型为"主索引"；将"字段表达式"修改为"商品号"，单击"确定"按钮。使用相同的方法为表"销售表"建立普通索引。如图所示。

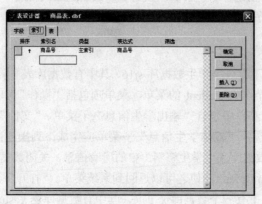

【解析】

复制表的一个简单方法是在 select 语句的最后使用 Into Table tablename 子句，则查询的结果直接存入表中。要注意的是 delete 命令只是逻辑删除记录，而逻辑删除之后还要使用 pack 命令才能彻底物理删除记录。

简单应用题

【答案】

第一小题按如下步骤进行操作：

（1）在命令窗口中输入命令：Create Menu student，单击"菜单"图标按钮。

（2）按题目要求输入主菜单名称"操作"和"文件"。在"操作"菜单项的"结果"下拉列表中选择"子菜单"。

（3）单击"操作"旁的"创建"按钮，输入子菜单名称"输出学生信息"，菜单项的"结果"下拉列表中选择为"过程"，单击"编辑"按钮后，在编辑窗口中输入：

```
Open Database sj6
Select * from sj6!学生资料
close Database
```

（4）在"菜单级"下拉列表中选择"菜单栏"返回上一级菜单。

（5）在"文件"菜单的"结果"列中选择子菜单，单击"创建"按钮后，分别输入"打开"和"关闭"菜单项。

（6）在"关闭"菜单项的"结果"列中选择"命令"，并在编辑框中输入：Set Sysmenu To Default。

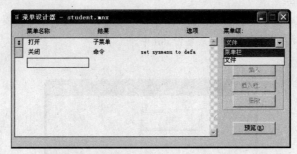

（7）单击 Visual FoxPro 窗口中的"菜单"→"生成"命令生成可执行文件（.MPR）。

第二小题按如下步骤进行操作：

所使用到的 SQL 语句为：

Select x_stu.* from x_sc inner join x_stu on x_sc.学号=x_stu.学号　inner join; x_co on x_sc.课程号=x_co.课程号　Where x_co.课程名="数据库" and x_sc.成绩<=95; Order by x_stu.学号　into table xxb【解析】

（1）本题考查菜单的建立与功能设计。菜单的建立一般在菜单设计器中进行，在命令窗口中输入 Create Menu menuname 命令创建新菜单，并打开菜单设计器。设计过程中注意菜单项结果的选择，如选择"过程"，则需要单击相应的"编辑"按钮打开编辑框，并在其中输入 FoxPro 命令组，如选择"子菜单"，则可以单击"创建"按钮来建立下级菜单。

打开和关闭数据库分别要使用的命令为 Open Database dbname 和 Close Database。

（2）本题考查三表的关联查询，注意确定同时与其余两表联接的关键表及表中的关键字段（在本题中为 X_sc 表中的"学号"和"课程号"）。

综合应用题

【答案】

（1）在命令窗口中输入 Modify Command Better，新建一个命令程序文件；在命令程序文件中输入以下代码：

```
Set talk off
Set exac on
Set safety on
open database 商品销售
use 商品表
copy to 商品表备份
```

155

```
replace all 单价 with 出厂单价*0.1 for allt(subs(商品号,1,2))="10"
Set exac off
Set talk on
```

保存该命令程序。

（2）在 Visual FoxPro 的命令窗口内输入命令：Create Form myform，打开表单设计器。

（3）单击表单控件工具栏上的"命令按钮"控件图标，向表单添加两个命令按钮。

（4）选中第一个命令按钮，在属性对话框中将 Caption 属性改为"调整"。以同样的方法，将第二个命令按钮的 Caption 属性改为"退出"。

（5）双击命令按钮"调整"，在 Click 事件中输入如下程序段：

```
Do better.prg
```

（6）双击命令按钮退出，在 Click 事件中输入如下程序段：

```
Thisform.Release
```

（7）保存表单，在命令窗口中输入命令：do Form myform，在运行表单界面中单击"调整"命令按钮，系统将计算结果自动保存在新表商品表备份.dbf中。

表单运行结果如图所示。

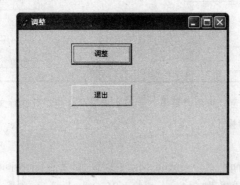

【解析】

（1）本题考查了考生对 Visual FoxPro 命令程序的建立及对表操作的命令的掌握能力。新建一个命令文件可以在命令窗口里输入 Modify Command，也可以使用菜单栏里的菜单。

（2）本题考查了考生对建立一个简单表单及对调用命令程序的掌握能力。调用命令程序可使用 do programename.prg 来实现。

第7套上机全真模拟题

基本操作题

（1）新建一个名为"图书馆管理"的项目。

（2）在项目中建一个名为"图书"的数据库。

（3）将考生文件夹下的自由表 book、borr 和 loan 添加到图书数据库中。

（4）在项目中建立查询 qlx，查询 book 表中"价格"大于等于 75 的图书的所有信息，查询结果按"价格"降序排序。

简单应用题

设计一个表单完成以下功能：

（1）表单上有一标签，表单运行时表单的 Caption 属性显示为系统时间，且表单运行期间标签标题动态显示当前系统时间。标签标题字体大小为 20，布局为"中央"，字体颜色为"红色"，标签"透明"。

（2）表单上另有三个命令按钮，标题分别为"红色"，"黄色"和"退出"。当单击"红色"命令按钮时，表单背景颜色变为红色；当单击"黄色"命令按钮时，表单背景颜色变为黄色；单击"退出"命令按钮表单退出。表单的 Name 属性和表单文件名均设置为 myForm，标题为"可控变色时钟"。

综合应用题

对考生文件夹下的 book 表新建一个表单，完成以下要求。表单标题为"图书信息浏览"，文件名保存为 myform，Name 属性为 form1。表单内有一个组合框，一个命令按钮和四对标签和文本框的组合。

表单运行时组合框内是 book 表中所有书名（表内书名不重复）供选择。当选择书名后，四对标签和文本框将分别显示表中除书名字段外的其他四个字段的字段名和字段值。

单击"退出"按钮退出表单。表单运行界面如图所示。

第 7 套上机全真模拟题解析

基本操作题

【答案】

（1）在命令窗口中输入：Create Project 图书馆管理

（2）在项目管理器中，单击"数据"选项卡，选择列表框中的"数据库"，单击"新建"命令按钮并选择"新建数据库"按钮，输入数据库名"图书"，选择路径单击"保存"按钮。

（3）打开"图书"数据库设计器，在其中使用右键单击，选择"添加表"命令，双击考生文件夹下的自由表 book、borr 和 loan。

（4）在项目管理器中，单击"数据"选项卡，选择列表框中的"查询"，单击"新建"命令按钮并选择"新建查询"按钮。在对话框中选择数据库"图书"及表 book。

（5）在"字段"选项卡中将可用字段列表框中的字段全部添加到选择字段列表框中。单击"筛选"选项卡，设置筛选条件为"价格>=75"。如图所示。

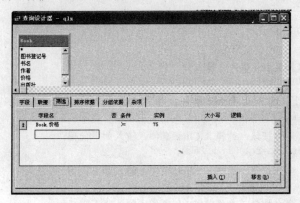

（6）在"排序依据"选项卡中，将选择字段列表框中的"价格"添加到排序条件列表框中（降序）。

（7）保存查询，文件名为 qlx。

【解析】

本题考查项目的建立及项目元素的管理。使用命令 Create Project projectname 新建项目并打开项目管理器。按照项目管理器上的各个选项卡的提示完成题目中的各项目元素的添加和建立。

简单应用题

【答案】

此题按如下步骤进行操作：

（1）在命令窗口中输入 Create Form myfom 新建表单，并进入表单设计器。

（2）在表单中添加如下控件：

● 三个命令按钮，Caption 属性分别设置为"红色"，"黄色"和"退出"

● 一个 Timer 控件，设置其 Interval 属性为 1000，如图所示。

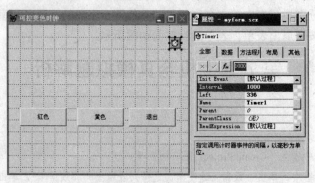

● 一个标签控件，设置其 Alignment 属性为"2-中央"，BackStyle 属性为"0-透明"，ForeColor 属性为 255，255，0；FontSize 属性为 20，表单最终界面如图所示。

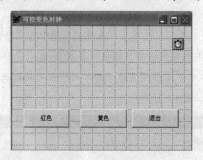

（3）双击表单，选择其 Init 事件，输入如下代码：

```
ThisForm.label1.Caption=time()
```

（4）双击 Timer1，选择其 Timer 事件，输入如下代码：

```
ThisForm.label1.Caption=time()
```

（5）双击"红色"命令按钮，选择其 Click 事件，输入如下代码：

```
ThisForm.BackColor=rgb(0,0,255)
```

（6）双击"黄色"命令按钮，选择其 Click 事件，输入如下代码：

```
ThisForm.BackColor=rgb(255,255,0)
```

（7）双击"退出"命令按钮，选择其 Click 事件，输入如下代码

```
ThisForm.Release
```

　（8）保存表单，文件名为 myForm。

【解析】

　　本题考查了表单的建立、控件布局设置、时间控件的使用方法等。要注意的是系统时间是按秒来变化显示的，而且 Timer 控件的 Interval 属性设置单位为毫秒，因而设置该属性时应当设置为 1000。

　　在表单的 Init 属性中 ThisForm.Laber1.Caption=time()的意义在于表单初始启动时就开始显示时间。而Timer 控件的 Timer 事件则是在每经过一个循环之后所运行的内容。

　　表单背景色用的 rgb 函数来设置。

综合应用题

【答案】

　　（1）在命令窗口内输入：Create Form myform 建立新的表单。单击"显示"→"数据环境"命令，右击数据环境窗口，选择"添加"命令，在打开的对话框内选择 book 表。

　　（2）在表单中添加一个组合框控件，设置组合框的 RowSourceType 属性为"字段"，设置其 SourceType属性为 "book.书名"，双击组合框，在其 InterActiveChange 事件里添加如下代码：

```
Set exac on
Select book
locate for allt(书名)=allt(Thisform.combo1.displayValue)
Thisform.refresh
```

　　（4）将数据环境中的表 book 的字段 "作者"、"索书号"、"出版社"、和 "价格" 拖入表单，可看到表单中自动添加了四对标签和文本框，如图所示。

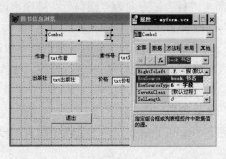 

　　（5）在表单里添加一个命令按钮，设置其 Caption 为 "退出"。双击 "退出" 按钮，在其 Click 事件里输入下列代码：

```
Thisform.Release
```

　　（6）保存表单，文件名为 myform。

　　表单运行结果如图所示。

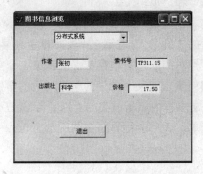

【解析】

本题考查了表单的建立、表内容查询及数据环境的使用。

先将 book 表放入数据环境中，题目中要求的四对标签和文本框无须从表单控件工具栏中拖入表单，只需从数据环境中将相应字段拖入表单中即可。

组合框中的书名选项通过设置组合框的 RowSourceType 属性为"字段"，设置其 SourceType 属性为"book.书名"实现。

第 8 套上机全真模拟题

基本操作题

（1）将考生文件夹下的自由表"积分"添加到数据库"员工管理"中。

（2）将数据库中的表"职称"移出，使之变为自由表。

（3）从数据库中永久性地删除数据库表"员工"，并将其从磁盘上删除。

（4）为数据库中的表"积分"建立候选索引，索引名称和索引表达式均为"姓名"。

简单应用题

（1）使用报表向导建立一个简单报表。要求选择"工资"表中所有字段；记录不分组；报表样式为"带区式"；列数为"3"，字段布局为"行"，方向为"横向"；排序字段为"部门号"（升序）；报表标题为"雇员工资浏览"；报表文件名为 myreport。

（2）在考生文件夹下有一个名称为 myForm 的表单文件，表单中的两个命令按钮的 Click 事件下的语句都有错误，其中一个按钮的名称有错误。请按如下要求进行修改，修改完成后保存所做的修改。

①将按钮"察看雇员工资"名称修改为"查看雇员工资"；

②单击"查看雇员工资"命令按钮时，使用 SELECT 命令查询工资表中所有字段信息供用户浏览；

③单击"退出表单"命令按钮时，关闭表单。

综合应用题

对考生文件夹下的 student 数据库设计一个表单，表单标题为"宿舍查询"，表单中有三个文本框和两个命令按钮"查询"和"退出"。

运行表单时，在第一个文本框里输入某学生的学号（S1----S9），单击"查询"按钮，则在第二个文本框内会显示该学生的"姓名"，在第三个文本框里会显示该学生的的"宿舍号"。

如果输入的某个学生的学号对应的学生不存在，则在第二个文本框内显示"该生不存在"，第三个文本框不显示内容；如果输入的某个学生的学号对应的学生存在，但在宿舍表中没有该学号对应的记录，则在第二个文本框内显示该生的"姓名"，第三个文本框显示"该生不住校"。

单击"退出"按钮关闭表单。表单运行界面如图所示。

第8套上机全真模拟题解析

基本操作题

【答案】

（1）在"员工管理"数据库设计器中使用右键单击，选择"添加表"命令，双击考生文件夹下的"积分"自由表。

（2）使用右键单击"职称"表，选择"删除"命令。在弹出的对话框上选择"移去"按钮，则从数据库中移去了表。

（3）使用右键单击"员工"表，在选择"删除"命令。在弹出的对话框上选择"删除"按钮，则彻底删除了表"员工"。

（4）在数据库设计器中使用右键单击数据库表"积分"，选择"修改"命令；单击"索引"选项卡，将字段索引名修改为"姓名"；在"索引"下拉框中选择索引类型为"候选索引"，将"字段表达式"修改为"姓名"；单击"确定"按钮。

【解析】

数据库中移去表和删除表是两个不同的概念，移去表只是将表与数据库的关系解脱，但是表仍然在磁盘中，而删除表则是将表从磁盘上删除。表的移出和删除都可在数据库设计器中进行。

简单应用题

【答案】

解答第一小题按如下步骤进行操作：

（1）依次"开始"→"新建"→"报表"→"向导"→"报表向导"，打开报表向导。

（2）单击"数据库和表"旁边的按钮，选择工资表，可用字段选择所有字段。

（3）单击"下一步"，"分组记录"选择"无"。

（4）在随后的向导中，分别将报表样式设置为"带区式"；报表布局中将列数选择为3，字段布局选择"行"，方向选择"横向"，并将"部门号（升序）"选择为索引标志。如图所示。

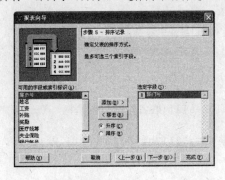

（5）设置报表标题为"雇员工资浏览"并单击"完成"按钮，保存报表名为 myreport。

解答第二小题按如下步骤进行操作：

（1）在命令窗口中输入 modify Form myForm，打开表单 myForm.scx。

（2）选中表单中的"察看雇员工资"命令按钮，在属性对话框中修改 Caption 为"查看雇员工资"，如图所示。

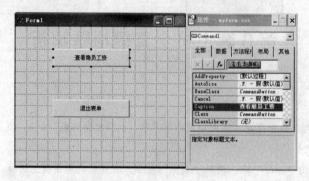

（3）双击该按钮，将其 Click 事件代码由：

```
Select From Dept
```

修改为

```
Select * from 工资
```

（4）双击退出命令按钮，将其 Click 事件代码由：

```
Delete ThisForm
```

修改为

```
ThisForm.Release
```

【解析】

（1）本题利用报表设计器设计一个简单报表，设计过程中注意按照每个向导界面需要完成的操作即可。

（2）本题修改表单控件属性，直接在属性窗口中修改即可完成。注意方法的使用，例如关闭表单的 Release 操作，及浏览表内容的正确的 SQL 语句"Select * from tablename"。

综合应用题

【答案】

（1）在命令窗口内输入：Create Form myform 建立新的表单。设置其 Caption 属性为"宿舍查询"。

（2）通过表单控件工具栏，在表单上添加三个文本框和两个命令按钮："查询"和"退出"。

（3）单击"显示"→"数据环境"命令，右击数据环境窗口，选择"添加"命令，在打开的对话框内选择"学生"表和"宿舍"表。

（4）双击查询按钮，在其 Click 事件中添加如下代码：

```
Set exac on
Select 学生
locate for allt(学号)=allt(Thisform.text1.Value)
if found()
   Thisform.text2.Value=allt(姓名)
   Select 宿舍
   locate for allt(学号)=allt(Thisform.text1.Value)
   if found()
```

```
        Thisform.text3.Value=allt(宿舍)
    else
        Thisform.text3.Value="该生不住校"
    endif
else
    Thisform.text2.Value="该生不存在"
    Thisform.text3.Value=""
endif
Thisform.refresh
```

（5）双击"退出"按钮，在其 Click 事件里输入下列代码：

```
    Thisform.Release
```

（6）保存表单，文件名为 myform。

表单运行结果如图所示。

【解析】

本题考查了表单的建立、文本框的使用和表内容的查询。

当表单设计到多个表的操作时，建议使用数据环境，这样能够加快和方便对表的操作。

做本题可以不用建立表之间的关联，对数据库中的两个表分别使用 locate 命令查询即可。

第 9 套上机全真模拟题

基本操作题

（1）创建一个新的项目"宿舍管理"。

（2）在新建立的项目中创建数据库"住宿人员"。

（3）在"住宿人员"数据库中建立数据表 student，表结构如下：

学号	字符型（7）
姓名	字符型（10）
住宿日期	日期型

（4）为新建立的 student 表创建一个主索引，索引名和索引表达式均为"学号"。

简单应用题

（1）在数据库"住宿管理"中使用一对多表单向导生成一个名为 myForm 的表单。要求从父表"宿舍"中选择所有字段，从子表"学生"表中选择所有字段，使用"宿舍"字段建立两表之间的关系,样式为"边框式";按钮类型为"图片按钮";排序字段为"宿舍"(升序);表单标题为"住宿浏览"。

(2)编写 myprog 程序,要求实现用户可任意输入一个大于 0 的整数,程序输出该整数的阶乘。如用户输入的是 5,则程序输出为"5 的阶乘为:120"

综合应用题

成绩管理数据库中有 3 个数据库表"学生"、"成绩"和"课程"。建立文件名为 myform,标题为"成绩查询"的表单,表单包含 3 个命令按钮,标题分别为"查询最高分"、"查询最低分"和"退出"。

单击"查询最高分"按钮时,调用 SQL 语句查询出每门课的最高分,查询结果中包含"姓名","课程名"和"最高分"三个字段,结果在表格中显示,如图所示。

单击"查询最低分"按钮时,调用 SQL 语句查询出每门课的最低分,查询结果中包含"姓名","课程名"和"最低分"三个字段,结果在表格中显示。

单击"退出"按钮时关闭表单。

第 9 套上机全真模拟题解析

基本操作题

【答案】

(1)在命令窗口中输入:Create Project 宿舍管理。

(2)在项目管理器宿舍管理中,单击"数据"选项卡,选择列表框中的"数据库",单击"新建"命令按钮。在对话框中单击"新建数据库"图标按钮,在数据库名文本框中输入新的数据库名称"住宿人员",单击保存按钮。操作结果如图所示。

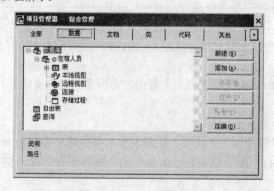

（3）在数据库设计器中，使用右键单击，选择"新建表"菜单命令，以 student 为文件名保存。根据题意，在表设计器中的"字段"选项卡中依次输入每个字段的字段名、类型和宽度。

（4）在数据库设计器中，使用右键单击数据库表 stuednt，选择"修改"菜单命令。单击"索引"选项卡，将字段索引名修改为"学号"，在"索引"下拉框中选择索引类型为"主索引"，将"字段表达式"修改为"学号"。

【解析】

项目的建立可以通过菜单命令、工具栏按钮或直接在命令框里输入命令来建立，数据库的建立在项目管理器中完成，表的建立在数据库管理器中完成，而索引的建立在表设计器中完成。

简单应用题

【答案】

解答第一小题按如下步骤进行操作：

（1）单击"开始"→"新建"→"表单"→"向导"→"一对多表单向导"。

（2）在表单向导中，"宿舍"及"学生"表分别作为父表和子表，并选择两表中所有可用字段到选定字段列表框中；表之间的关联设置为"宿舍"，表单样式设置为"边框"，按钮类型为"图片按钮"，排序字段选择"宿舍"（升序）；设置表单标题为"住宿浏览"。

（3）单击"完成"按钮，将表单以 myForm 文件名保存。表单运行界面如图所示。

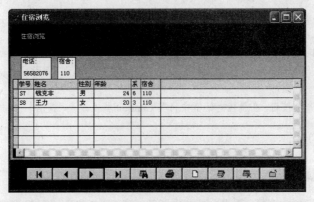

解答第二小题按如下步骤进行操作：

（1）在窗口中输入 Modify Command MyForm，新建 Myform 程序。

（2）在程序编辑窗口中输入如下代码：

```
Set talk off
Set safety off
input "请输入一个整数："to zhengshu
jicheng=1
for i=1 to zhengshu
    jicheng=jicheng*i
endfor
?zhengshu
??"的阶乘为："
??jicheng
Set talk on
Set safety on
```

（3）保存该程序。

【解析】

（1）本题考查的是一对多表单的建立。表单设计器中的表单向导中的一对多表单向导可以帮助完成此类表单的建立。按照向导的指引一步步地按照题目中的设置完成即可。

（2）本题考查的是命令程序的编写及数学计算公式的正确使用。在本题中要正确设置初始变量的值为 1。

综合应用题

【答案】

（1）在 Visual FoxPro 的命令窗口内输入命令：Create Form myform，打开表单设计器，设置其 Caption 属性值为"成绩查询"。

（2）单击"显示"→"数据环境"命令，右击数据环境窗口，选择"添加"命令，在打开的对话框内选择"学生"表、"课程"表和"成绩"表。

（3）单击表单控件工具栏上的"命令按钮"控件图标，向表单添加三个命令按钮。

（4）选中第一个命令按钮，在属性对话框中将其 Caption 属性改为"查询最高分"。双击该命令按钮，在 Click 事件中输入如下代码：

```
Select 学生.姓名,课程.课程名称,max(成绩.成绩) as 最高分 From 成绩 inner join 学生 on 成绩.学号=学生.学号 inner join 课程 on 成绩.课程号=课程.课程号 Group by 课程.课程名称
```

（5）选中第二个命令按钮，在属性对话框中将其 Caption 属性改为"查询最低分"。双击该命令按钮，在 Click 事件中输入如下代码：

```
Select 学生.姓名,课程.课程名称,min(成绩.成绩) as 最低分 From 成绩 inner join 学生 on 成绩.学号=学生.学号 inner join 课程 on 成绩.课程号=课程.课程号 Group by 课程.课程名称
```

（6）选中第三个命令按钮，在属性对话框中将其 Caption 属性改为"退出"。双击该命令按钮，在 Click 事件中输入如下代码：

```
Thisfrom.release
```

（7）单击工具栏上的"保存"图标，以 myform 为文件名保存表单。

表单运行结果如图所示。

【解析】

本题考查的主要是 SQL 语句多表。本题所提供的数据库中的三个表，成绩表通过学号和课程号分别可以和"学生"表和"课程"表关联。因此，在书写 SQL 语句时，可以使用"成绩 inner join 课程 on 成

绩.课程号=课程.课程号 inner join 学生 on 成绩.学号=学生.学号"。

其次，本题还考查了在 SQL 语句中 Max() 和 Min() 函数的用法。

第 10 套上机全真模拟题

基本操作题

（1）打开"学生"数据库，将表 cource 表从数据库中移出，并永久删除。

（2）为表 grade 的考试成绩字段定义默认值为 0。

（3）为表 grade 的考试成绩字段定义约束规则：考试成绩>=0 and 考试成绩<=100，违背规则的提示信息是"考试成绩输入有误"。

（4）为表 student 添加字段"班级"，字段数据类型为字符型（6）。

简单应用题

建立表单 myForm，表单上有三个标签，界面如图所示。

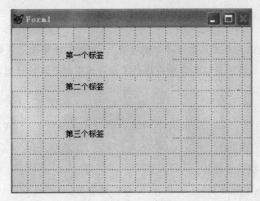

当单击任何一个标签时，都使其他两个标签的标题互换。

（2）根据表 authors 和表 books 建立一个查询，该查询包含的字段有"作者姓名"、"书名"、"价格"和"出版单位"。要求按"价格"排序（升序），并将查询保存为 query。

综合应用题

建立满足如下要求的应用并运行，所有控件的属性必须在表单设计器的属性窗口中设置：

（1）建立一个表单 myform，标题为"定货信息浏览"。其中包含两个表格控件，第一个表格控件用于显示表 customer 中的记录，第二个表格控件用于显示与表 customer 中当前记录对应的 order 表中的记录。

要求两个表格尺寸相同、水平对齐。

（2）建立一个菜单 mymenu，该菜单只有一个菜单项"退出"，该菜单项对应于一个过程，并且含有两条语句，第一条语句是关闭表单 myform，第二条语句是将菜单恢复为默认的系统菜单。

（3）在 myform 的 Load 事件中执行生成的菜单程序 mymenu.mpr。

第 10 套上机全真模拟题解析

基本操作题

【答案】

（1）打开数据库"学生"设计器，使用右键单击 cource 表，在弹出的快捷菜单上选择"删除"命令。选择"删除"按钮。

（2）在数据库设计器中，使用右键单击 grade 表，选择"修改"菜单命令。选择"考试成绩"字段，在默认值框中输入 0。

（3）在数据库设计器中，右 grade 表，选择"修改"菜单命令。选择"考试成绩"字段，在"字段有效性"设置区域内，输入"规则"文本框中的内容为"考试成绩>=0 and 考试成绩<=100"，在"信息"文本框中输入"考试成绩输入有误"。

（4）在数据库设计器中，使用右键单击 student 数据表，选择"修改"菜单命令。在"字段"选项卡列表框内的"系"字段后插入一个新的字段。输入新的字段名为"班级"，选择类型为"字符型"，宽度选择为 6。

【解析】

本题考查了数据库与表的关系（从数据库中删除表）、表结构的修改。从数据库中删除表可以在打开数据库设计器时在其中完成；修改表结构需要在数据库设计器中打开表设计器，在表设计器中完成对表结构的修改。

简单应用题

【答案】

解答第一小题按如下步骤进行操作：

（1）在命令窗口中输入 Create Form myForm 命令新建表单。

（2）通过表单控件工具栏在表单上添加三个标签控件，设置其 Caption 分别为"第一个标签"、"第二个标签"和"第三个标签"。

（3）双击"第一个标签"，在其 Click 事件中输入：

```
biaoti=ThisForm.label2.Caption
ThisForm.label2.Caption=ThisForm.label3.Caption
ThisForm.label3.Caption=biaoti
```

（4）双击"第二个标签"，在其 Click 事件中输入：

```
biaoti=ThisForm.label1.Caption
ThisForm.label1.Caption=ThisForm.label3.Caption
ThisForm.label3.Caption=biaoti
```

（5）双击"第三个标签"，在其 Click 事件中输入：

```
biaoti=ThisForm.label1.Caption
ThisForm.label1.Caption=ThisForm.label2.Caption
ThisForm.label2.Caption=biaoti
```

（6）保存表单。

解答第二小题按如下步骤进行操作：

（1）新建查询，并将表 authors 和 books 添加到查询设计器中。

（2）使用默认的"作者编号"作为联接字段。

（3）将"可用字段"列表框中的题目要求的字段全部添加到"选定字段"列表框中。在"排序依据"

选项卡中将"选定字段"列表框中的价格添加到"排序条件"中，在"排序选项"中选择升序，如图所示。

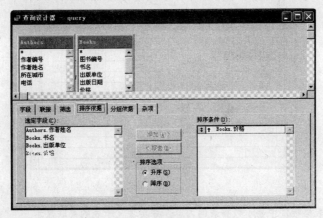

（2）完成查询设计，将查询以 query 为文件名保存。

【解析】

（1）本题考查表单的设计和事件的编写。在标签控件的 Click 事件中的编写代码，单击标签时触发事件。程序设计中，替换两个标签的标题时，可先将第一个标签的标题值赋予一个变量，然后将第二个标签标题值赋予第一个标签标题，最后将变量赋予第二个标签标题，实现两个标签的标题替换。

（2）本题是一道建立查询的题目。可以在查询设计向导中按照设计向导的步骤按照题目中的要一步步设置即可。如果要添加表中没有的字段，要通过函数和表达式框旁生成按钮来进行设置。

综合应用题

【答案】

（1）在 Visual FoxPro 的命令窗口内输入命令：Create Form myform，打开表单设计器，设置其 Caption 属性值为"定货信息浏览"。

（2）单击"显示"→"数据环境"命令，右击数据环境窗口，选择"添加"命令，在打开的对话框内选择 customer 表和 order 表（表间关联已经建立）。将两表从数据环境中拖入表单中，位置按照题目中的要求设置。表单运行界面如图所示。

（3）双击表单，在 Load 事件中输入如下代码：

```
Do mymenu.mpr
```

（4）在命令窗口中输入 Create Menu mymune，在弹出的菜单设计器中的"菜单名称"中输入"退出"，结果为"过程"，相关代码为：

```
Form1.release
Set sysmenu to default
```

（5）选择菜单命令"菜单"→"生成"，生成可以执行的菜单文件。保存菜单。

表单运行结果如图所示。

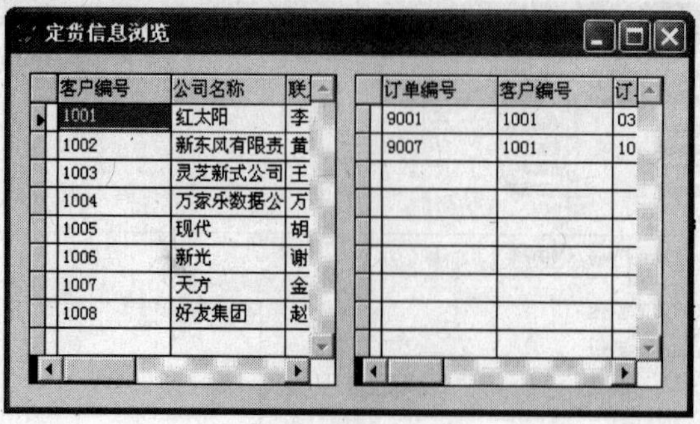

【解析】

本题考查的是在表格控件中显示数据表的内容，并实现父子表的关联显示。

当数据环境中的父子表建立永久性关联以后，将数据环境中的表拖入表单以后，运行表单时将实现两表之间的联动显示。

本题的另一个考查点是菜单的设计生成与调用。调用菜单一般在表单的 Load 事件中完成。

表格的布局可通过工具栏中的"布局"工具栏来设置。

第 11 套上机全真模拟题

基本操作题

（1）在数据库salarydb中建立表"部门"，表结构如下：

字段名	类型	宽度
部门号	字符型	6
部门名	字符型	20

随后在表中输入5条记录，记录内容如下：

部门号	部门名
01	销售部
02	采购部
03	项目部
04	制造部
05	人事部

（2）为"部门"表创建一个主索引（升序），索引名为"dep"，索引表达式为"部门号"。

（3）通过"部门号"字段建立salarys表和"部门"表间的永久联系。

（4）为以上建立的联系设置参照完整性约束：更新规则为"限制"；删除规则为"级联"；插入规则为"忽略"。

简单应用题

（1）Prog1.prg 中有 3 行语句，分别用于：

① 查询出表 book 的书名和作者字段。

② 将价格字段的值加 2。

③ 统计科学出版社出的书籍的平均价格。

每一行中均有一处错误，请更正之。

（2）在考生文件夹下有表"book"，在考生文件夹下设计一个表单，标题为"book 输入界面"。该表单为"book"表的窗口输入界面，表单上还有一个标题为"退出"的按钮，单击该按钮，则退出。

综合应用题

设计一个文件名为myform的表单，所有控件的属性必须在表单设计器的属性窗口中设置。表单的标题设为"零件金额统计"。表单中有一个组合框（combo1）、一个文本框（text1）和一个命令按钮"退出"。

运行表单时，组合框中有"s1"、"s2"、"s3"、"s4"、"s5"、"s6"等项目信息表中的项目号可供选择，选择某个项目号以后，则文本框显示出组合框里的"项目"号对应的项目所用零件的"金额"（某种零件的金额=单价*数量）。

单击"退出"按钮关闭表单。

第 11 套上机全真模拟题解析

基本操作题

【答案】

（1）在数据库设计器中，使用右键单击，选择"新建表"菜单命令，以"部门"为文件名保存。根据题意，在表设计器中的"字段"选项卡中依次输入每个字段的字段名、类型和宽度。保存表结构时，系统会提问"现在输入记录吗？"的提示框，单击"是"按钮，进入表记录输入窗口为表添加 5 条记录。

（2）在数据库设计器中，使用右键单击数据库表"部门"，选择"修改"菜单命令，进入"部门"表的数据表设计器界面，单击"索引"选项卡，将字段索引名修改为"部门"，在"索引"下拉框中选择索引类型为"主索引"，将"字段表达式"修改为"部门号"。

（3）在数据库设计器中，将"部门"表中索引下面"部门号"主索引字段拖到"工资"表中"部门号"普通索引字段上。

（4）单击菜单命令"数据库"→"清理数据库"，使用右键单击"部门"表和"工资"表之间的关系线，选择"编辑参照性关系"，弹出参照完整性生成器，根据题意，在相应的选项卡中逐个设置参照规则。

【解析】

本题考查的是数据库表的基本操作，注意每个小题完成操作的环境，建立表之间的级联以及设置参照完整性，都是在数据库环境中完成的。设置参照完整性要先清理数据库，表结构设计器和索引是在表设计器中进行的。

简单应用题

【答案】

解答第一小题按如下步骤进行操作:

(1)将代码修改为如下代码:

```
Select 书名, 作者 from book
Update book Set 价格=价格+2
Select avg(价格) from book  Where 出版社="科学"
```

解答第二小题按如下步骤进行操作:

(1)使用 Create Form myForm 命令创建新表单,并打开表单设计器。

(2)打开数据环境设计器,将 book 表添加到表单数据环境中,然后将表 book 从数据环境里直接拖到表单上。如图所示。

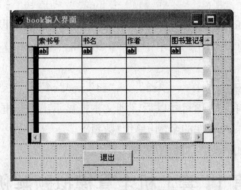

(3)双击"退出"命令按钮,在其 Click 事件代码窗口内输入 ThisForm.Release。

【解析】

(1)本题考查 SQL 语句的基本语法,正确掌握 SQL 语句关键字和语法结构是做此类题目的关键。参见第 21 题及 26 题解析部分。

(2)本题考查建立简单的表单,及表单数据环境的使用。将数据环境中的数据表直接拖入表单中即可实现表的窗口输入界面在表单中的编辑。

综合应用题

【答案】

(1)在 Visual FoxPro 的命令窗口内输入命令: Create Form myform,打开表单设计器,设置其 Caption 属性值为"零件金额统计"。

(2)单击"显示"→"数据环境"命令,右击数据环境窗口,选择"添加"命令,在打开的对话框内选择零件信息、项目信息和使用零件三个表。

(3)单击表单控件工具栏上的"文本框"控件图标,向表单添加一个文本框控件。

(4)单击表单控件工具栏上的"组合框按钮"控件图标,向表单添加一个组合框控件。将组合框的 RowSourceType 设置为"6-字段",将 RowSource 设置为"项目.项目号"。双击组合框,在其 InterActiveChange 事件中输入如下代码:

```
SELECT SUM(零件信息.单价*使用零件.数量);
FROM  零件信息 INNER JOIN 使用零件;
INNER JOIN 项目信息 ;
```

```
ON　使用零件.项目号 = 项目信息.项目号 ;
ON　零件信息.零件号 = 使用零件.零件号;
WHERE 使用零件.项目号 =ALLTRIM(THISFORM.combo1.VALUE);
GROUP BY 项目信息.项目号;
INTO ARRAY TEMP
THISFORM.TEXT1.VALUE=TEMP
```

（5）单击表单控件工具栏上的"命令按钮"控件图标，向表单添加一个命令按钮，选中该命令按钮，在属性对话框中将其 Caption 属性改为"退出"。双击该命令按钮，在 Click 事件中输入如下代码：

```
Thisform.Release
```

表单运行界面如图所示。

（7）保存表单。

【解析】

本题考查表单的设计和多表查询。组合框控件的显示内容由其属性 RowSourceType 和 RowSource 决定，将前者设置为"字段"，后者设置为表的某个字段，则在其中可以选择该字段的所有字段值。

第 12 套上机全真模拟题

基本操作题

（1）将自由表 book 添加到数据库"书籍"中。

（2）将 book 中的记录拷贝到数据库书籍中的另一表 books 中。

（3）使用报表向导建立报表 myreport。报表显示 book 中的全部字段，无分组记录，样式为"简报式"，列数为 2，方向为"横向"。按"价格"升序排序，报表标题为"书籍浏览"。

（4）用一句命令显示一个对话框，要求对话框只显示"word"一词，且只含一个"确定"按钮。将该命令保存在 mycomm.txt 中。

简单应用题

（1）建立一个名为 Menu1 的菜单，菜单中有两个菜单项"浏览"和"退出"。"查看"下还有子菜单"统计"。在"统计"菜单项下创建一个过程，负责统计各个城市的仓库管理员的工资总和，查询结果中包括"城市"和"工资总和"两个字段。"退出"菜单项负责返回系统菜单。

（2）打开 myForm 表单，表单的数据环境中已经添加了表"职工"。按如下要求进行修改（注意要保存所做的修改）：表单中有一个命令按钮控件，编写其 Click 事件，使得单击它的时候退出表单；还有一个"表格"控件，修改其相关属性，使在表格中显示"职工"表的记录。

综合应用题

对考生目录下的数据库"学籍"建立文件名为 myform 的表单，标题为"学籍浏览"。

表单含有一个表格控件，用于显示用户查询的信息；表单上有一个按钮选项组，含有"学生"，"课程"和"选课"三个选项按钮。表单上有一个命令按钮，标题为"退出"。当选择"学生"选项按钮时，在表格中显示"学生"表的全部字段；选择"课程"选项按钮时，表格中显示"课程"表的字段"课程号"；选择"选课"选项按钮时，表格中显示"成绩"在 60 分以上（含 60 分）的"课程号"、"课程名称"和"成绩"。

单击"退出"按钮退出表单。

第 12 套上机全真模拟题解析

基本操作题

【答案】

（1）在"书籍"数据库设计器中使用右键单击，选择"添加表"命令，将考生文件夹下 book 自由表分别添加到数据库中。

（2）在命令窗口中输入：

```
use books
Append From book
```

（3）单击"开始"→"新建"→"报表"→"向导"→"报表向导"；单击"数据库和表"旁边的按钮，选择 book 表，"可用字段"选择全部字段；"分组记录"选择"无"；报表样式选择"简报"式，在定义报表布局中，列数选择 2，方向选择"横向"，如图所示。

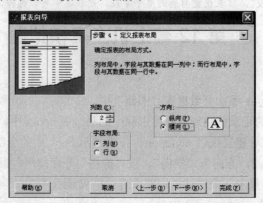

选择索引标志为"价格"（升序）；设置报表标题为"书籍浏览"，单击"完成"按钮。

（4）在考生文件夹下新建一个文本文件 mycomm.txt，在其中输入如下代码：

```
Messagebox("word")
```

【解析】

本题考查了数据库的建立数据表与数据库的关系，表内容的复制，报表的建立及对话框的使用。大量复制表记录要使用 Append From 命令。报表的建立可在向导的提示下一步步设置即可。对话框的生成使用的是函数 messagebox( )。

简单应用题

【答案】

解答第一小题按如下步骤进行操作：

（1）在命令窗口中输入命令：Create Menu Menu1，单击"菜单"图标按钮启动菜单设计器。

（2）按题目要求输入主菜单名称"浏览"和"退出"。在"退出"菜单项的"结果"下拉列表中选择

"命令"，在命令编辑框中输入：Set SysMenu To Default。

（3）在"浏览"菜单项的结果下拉列表中选择"子菜单"。输入子菜单名称"统计"，在"结果"下拉列表中选择"过程"，单击"编辑"按钮,输入如下代码：

```
Select 仓库.城市,sum(职工.工资) as 总和 from 职工 inner join 仓库 on 仓库.仓库号=
职工.仓库号 Group by 仓库.城市
```

（4）选择 Visual FoxPro 主窗口中的"菜单"→"生成"菜单命令。

解答第二小题按如下步骤进行操作：

（1）使用 Modify Form myForm 命令打开表单设计器。

（2）修改表格控件的属性。设置其 RecordSourceType 属性为 0，其 RecordSource 属性为"职工"表。如图所示。

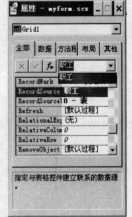

（3）双击命令按钮，在其 Click 事件中输入如下代码：

```
ThisForm.Release
```

【解析】

（1）本题考查菜单的建立与功能设计。注意菜单项"结果"列的选择，由于"过程"用于输入多行的命令，所以在本题中对应"统计"菜单项的结果列选择了"过程"。

（2）本题考查了表单控件事件的编写及表格控件显示数据表的功能。通过对表格控件通过两个属性 RecordSource 和 RecordSourceType 的设置来控制表格控件对表内容的显示，设置不同的 RecordSourceType，则 RecordSource 相应的也不相同。本题中设置 RecordSourceType 为 0，则设置 RecordSource 为"职工"表。

综合应用题

【答案】

（1）在 Visual FoxPro 的命令窗口内输入命令: Create Form myform，打开表单设计器，设置其 Caption 属性值为"学籍浏览"。

（2）单击主菜单"显示"→"数据环境"命令，右击数据环境窗口，选择"添加"命令，在打开的对话框内选择"学生"表、"课程"表和"选课"表。如图所示。

（3）单击表单控件工具栏上的"命令按钮"控件图标，向表单添加一个命令按钮，选中该命令按钮，在属性对话框中将其 Caption 属性改为"退出"。双击该命令按钮在 Click 事件中输入如下程序段：

```
Thisform.Release。
```

（4）单击表单控件工具栏上的"选项按钮"控件图标，在表单里添加一个选项按钮组控件，设置其属性 ButtonCount 为 3，右键单击选项按钮组，选择"编辑"对三个按钮进行编辑。分别设置按钮的 Caption 属性为学生，课程和选课。双击选项组，在其 Click 事件里输入下列代码：

```
Do case
Case this.Value=1
Thisform.grid1.columncount=5
Thisform.grid1.column1.header1.Caption="学号"
Thisform.grid1.column2.header1.Caption="姓名"
Thisform.grid1.column3.header1.Caption="性别"
Thisform.grid1.column4.header1.Caption="年龄"
Thisform.grid1.column5.header1.Caption="系"
Thisform.grid1.RecordSourceType=4
Thisform.grid1.RecordSource="Select * From 学生 Into Cursor temp"
case this.Value=2
Thisform.grid1.columncount=1
Thisform.grid1.column1.header1.Caption="课程名"
Thisform.grid1.RecordSourceType=4
Thisform.grid1.RecordSource="Select 课程名称 From 课程 Into Cursor temp"
case this.Value=3
Thisform.grid1.columncount=3
Thisform.grid1.column1.header1.Caption="课程名"
Thisform.grid1.column2.header1.Caption="课程号"
Thisform.grid1.column3.header1.Caption="成绩"
Thisform.grid1.RecordSourceType=4
Thisform.grid1.RecordSource="Select 课程.课程名称,选课.课程号,选课.成绩; From
课程 inner join 选课 on 课程.课程号=选课.课程号 Where 选课.成绩>=60; Into Cursor
temp"
endcase
Thisform.refresh
```

（5）单击工具栏上的"保存"图标，以 myform 保存表单。

表单运行界面如图所示。

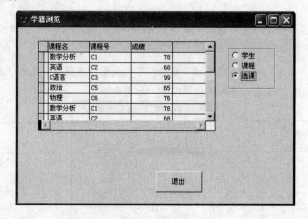

【解析】

本题考查简单表单的建立、表格控件的使用、选项按钮组的设置使用及使用 SQL 语句的多表查询。

要在表格内显示不同的查询内容，因此要在选项按钮组的事件里根据需要设置其显示查询内容的两个重要属性 RecordSourceType 和 RecordSource。选项按钮组内子控件的设置方法是右键单击选择"编辑"后，再选其中的子控件进行设置。

退出表单使用命令 Thisform.Release。

第 13 套上机全真模拟题

基本操作题

对考生文件夹中的"学生"表使用 SQL 语句完成下列四道题目，并将 SQL 语句保存在 mytxt.txt 中。

（1）用 select 语句查询所有住在 2 楼的学生的全部信息（宿舍字段的第一位位楼层号）。

（2）用 Inset 语句为学生表插入一条记录（S10，胡飞，男 23，5，402）。

（3）用 Delete 语句将学生表总学号为 S7 的学生的记录删除删除。

（4）用 Update 语句将所有人的年龄加一岁。

简单应用题

（1）根据考生目录下的数据库"学籍"，建立视图"视图 1"，包括学生表中的字段"学号"、"姓名"、"课程号"和和成绩表中的"成绩"字段。按"学号"升序排序。

（2）建立表单"myForm"，在表单上显示第 1 题中建立的视图"视图 1"的内容。表单上还包含一个命令按钮，标题为"退出"。单击此按钮，关闭表单。

综合应用题

使用报表设计器建立一个报表，具体要求如下：

（1）报表的内容（细节带区）是order_list表的订单号、订购日期和总金额。

（2）增加数据分组，分组表达式是"order_list.客户号"，组标头带区的内容是"客户号"，组注脚带区的内容是该组订单的"总金额"合计。

（3）增加标题带区，标题是"订单分组汇总表（按客户）"，要求是3号字、黑体，括号是全角符号。

（4）增加总结带区，该带区的内容是所有订单的总金额合计。

最后将建立的报表文件保存为report1.frx文件。

第 13 套上机全真模拟题解析

基本操作题

【答案】

（1）Select * From 学生 Where allt(subs(宿舍,1,1))="2"

（2）Insert Into 学生 values("S10","胡飞","男",25,"5","402"）

（3）Delete From 学生 Where 学号="S7"

（4）Update 学生 Set 年龄=年龄+1【解析】

本大题主要考查了 SQL 的操作功能，包括表数据的查询（Select）、插入（insert）、更新（Update）和删除（delete）。四种 SQL 命令分别为：

```
Select column From tablename Where condiction
Insert     Into     tablename     [(fieldname1[,fieldname2,…])]     Values
(eExpression[,eExpression2,…]);
Update[databasename]tablename
Set          columnname1=eExpression1[,columnname2=eExpression2…][Where
```

177

```
filtercondition1 [and /or filtercondition2…]];
    Delete  From  [databeaename]tablename  [Where  filtercondition1[and/or
filtercondition2…]];
```
在本题中的（1）（2）（3）（4）问中可以套用以上格式写出 SQL 语句。

简单应用题

【答案】

解答第一小题按如下步骤进行操作：

（1）打开数据库"学籍"设计器，并在其中新建视图。

（2）将"学生"表添加到视图设计器中，在"字段"选项卡中，按题目中要求显示的的字段添加到"选定字段"列表框中。

（3）在"排序依据"选项卡中将"选定字段"列表框中的"学号"添加到排序字段中，顺序选择"升序"。

（4）以文件名"视图 1"保存视图。

解答第二小题按如下步骤进行操作：

（1）在命令框内输入命令：Create Form myForm，打开表单设计器，并将"视图 1"添加到表单的数据环境中。

（2）将在表单数据环境中的视图拖到表单上。

（3）单击表单控件工具栏上的"命令"按钮控件图标，向表单添加一个命令按钮，在属性对话框中将其 Caption 属性改为"退出"。

（4）双击该命令按钮，在其 Click 事件中输入如下代码：
```
Thisfrom.Release
```

（5）单击工具栏上的"保存"图标，以 myForm 为文件名保存表单。

表单运行结果如图所示。

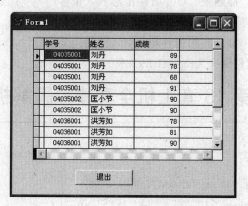

【解析】

本题考查了视图的建立与显示。使用视图向导建立查询，在表单中的数据环境中添加新建立的视图，从数据环境中将视图直接拖入表单中即可实现在表单中显示视图。

综合应用题

【答案】

（1）打开表设计器，为 order_list 表"客户"字段建立一个普通索引，如图所示。

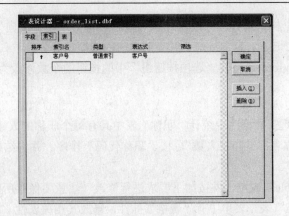

（2）在 Visual FoxPro 命令窗口里输入 cteate Report report1，打开报表设计器。

（3）右击报表空白区，选择快捷菜单命令"数据环境"，在数据环境设计器中，将数据表 order_list 添加到数据环境中。将数据表中的"订单号"、"订购日期"和"总金额"等字段拖入到报表的细节带区。

（4）选择菜单命令"报表"→"数据分组"，输入分组表达式"order_list.客户号"，在数据环境中将 order_list 表的字段"客户号"拖入到组标头带区。

（5）在报表控件栏中单击标签按钮，添加一个标签"客户号"，以同样的方法为组注脚带区添加一个"总金额"标签，并将"总金额"拖放到该带区。

（6）双击域控件"总金额"，在对话框中单击命令按钮"计算"，在弹出的对话框中选择"总和"单选项。

（7）选择菜单命令"报表"→"标题/总结"，在对话框中勾选"标题带区"和"总结带区"复选框。

（8）选择菜单"报表"→"默认字体"命令，根据题意在其中设置字体。通过"报表控件"工具栏为标题带区添加一个标签："订单分组汇总表（按客户）"。

（9）在总结带区添加一个标签"总金额"，再添加一个域控件，在报表"表达式对话框"中为域控件设置表达式为"order_list.总金额"，在格式对话框中选择"数值型"。

（10）单击命令按钮"计算"，在弹出的对话框中选择"总和"单选框。

（11）保存报表，使用常用工具栏中的"预览"按钮预览报表。

【解析】

本题考查利用报表设计器完成报表的设计，涉及到报表分组、标题/总结的设计，以及字体的设计，这些都可以通过报表菜单中的命令来相应完成。

需要注意的是，最初打开的报表并没有组标头、组注脚、标题及总结带区，只有选择了"报表"→"数据分组"和"报表"→"标题/总结"命令，并选定相应的选项之后这些区域才会出现，用户可以上下拖动分区标志来改变各区的大小。

第 14 套上机全真模拟题

基本操作题

（1）将数据库"考试成绩"添加到项目 myproject 当中。

（2）对数据库"考试成绩"下的表 student，使用报表向导建立报表 myreport，要求显示表

student 中的全部字段，样式选择为"经营式"，列数为 3，方向为"纵向"，标题为 student。

（3）修改表 sc 的记录，为学号是"S2"的考生的成绩加五分。

（4）修改表单 myform，将其"选项按钮组"中的按钮的个数修改为 3 个。

简单应用题

（1）在"员工管理"数据库中统计"职称"表中具有每个职称的人数，统计结果中包含字段"职称代码"、"职称名称"和"人数"，按"职称代码"排序。并将结果放在表"职称人数"中。

（2）打开"mytable"表单，并按如下要求进行修改（注意要保存所做的修改）：在表单的数据环境中添加"员工"表。表单中有"表格"控件，修改其相关属性，在表格中显示"员工"表的记录。

综合应用题

按如下要求完成综合应用。

（1）根据"项目信息"、"零件信息"和"使用零件"三个表建立查询，该查询包含"项目号"、"项目名"、"零件名称"和"数量"四个字段，并要求先按"项目号"升序排序、再按"零件名称"降序排序，保存的查询文件名为 chaxun。

（2）建立一个表单，表单名和文件名均为 myform，表单中含有一个表格控件 Grid1，该表格控件的数据源是前面建立的查询 chaxun；在表格控件下面添加一个"退出"命令按钮 Command1，要求命令按钮与表格控件左对齐、并且宽度相同，单击该按钮时关闭表单。

第 14 套上机全真模拟题解析

基本操作题

【答案】

（1）在项目管理器中，单击"数据"选项卡，选择列表框中的"数据库"，单击"添加"命令按钮，双击考生文件夹下的 student 数据库，如下图所示。

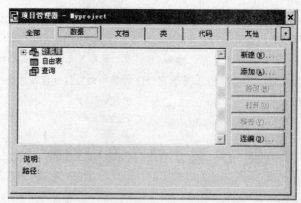

（2）单击"开始"→"新建"→"报表"→"向导"→"报表向导"；单击"数据库和表"旁边的按钮，选择 student 表，可用字段选择全部字段；报表样式选择"经营"式；在定义报表布局中，列数选择 3，

方向选择"纵向";设置报表标题为 student;单击"完成"按钮,以 myreport 为文件名保存报表。

(3)在命令窗口中输入:Update sc Set 成绩=成绩+5 Where 学号="s2"。

(4)命令窗口中输入:Modify Form myform,打开表单设计器。选择 optiongroup1 控件,在属性框内将其 Buttoncount 改为 3。操作界面如图。

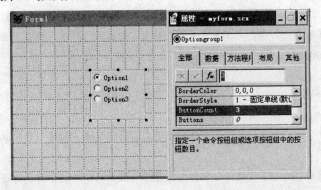

【解析】

本题考查的是项目管理器中项目的添加,报表的建立,表记录的更新和表单属性的修改。数据库的添加在项目管理器中完成。使用报表向导建立报表,只需按照向导的提示一步步对题目中的要求一一设置即可。表内容的更新使用 SQL 语句的 update 命令,其语法格式为 Update tablename Set columname =value 。修改表单的属性在表单设计器里的属性面板里完成,控制选项按钮组的按钮个数的属性为 Buttoncount。

简单应用题

【答案】

解答第一小题按如下步骤进行操作:

在命令窗口中输入如下代码:

Select 职称.职称代码,职称.职称名称,count(员工.职称代码) as 人数 from 职称; inner join 员工 on 职称.职称代码=员工.职称代码 Group by 员工.职称代码 Order by 职称.;职称代码 into table 职称人数

解答第二小题按如下步骤进行操作:

(1)在命令窗口里输入 Modify Form myForm,进入表单的设计器。

(2)单击"显示"→"数据环境",打开数据环境设置器,单击右键,选择"添加"命令,在打开的对话框内选择"员工"表,如图所示。

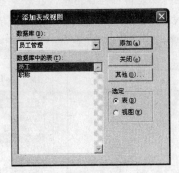

(3)在属性面板里修表格控件的属性,设置其 RecordSourceType 属性为 1,其 RecordSource

为表"员工"。保存表单。

【解析】

（1）本题考查了对数据库中有关联的多个表的查询和统计。当两个表可以通过某个字段关联时，可以使用 table1 inner join table2 on table1.colum=table2.colum（colum 为两表相同的字段）来实现表的连接。统计表中的个数时使用的关键字是 count，当需要分组统计时，使用关键字 Group by colunmName。

（2）本题考查了表单控件事件的编写及表格控件显示数据表的功能。通过对表格控件通过两个属性 RecordSource 和 RecordSourceType 的设置来控制表格控件对表内容的显示。

综合应用题

【答案】

（1）选择"文件" → "新建"命令，并在弹出的对话框中选择"查询"选项后，单击"新建文件"按钮。

（2）将"项目信息"、"零件信息"和"使用零件"三个表添加到查询设计器中。在弹出的联接条件对话框中单击"确定"。

（3）在查询设计器中的"字段"选项卡中，将"可用字段"列表框中的题目要求的字段全部添加到"选定字段"列表框中。

（4）在"排序依据"选项卡中将"选定字段"列表框中的"项目号"和"零件名"依次添加到"排序条件"中，"项目号"选择升序，"零件名称"选择降序，如图所示。

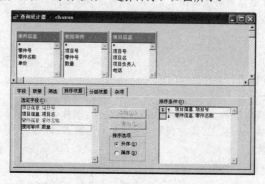

（5）将查询以"chaxun"为文件名保存。

（6）在 Visual FoxPro 的命令窗口内输入命令：Create Form myform。

（7）单击表单控件工具栏上的"表格"控件图标，在表单里添加一个"表格"，设置其属性 RecordSourceType 为 3，RecordSource 属性设置为"chaxun"，如图所示。

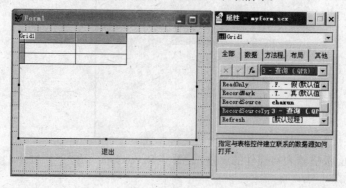

（8）单击表单控件工具栏上的"命令按钮"控件图标，向表单添加一个命令按钮，选中该命令按钮，在属性对话框中将其 Caption 属性改为"退出"。双击该命令按钮，在 Click 事件中输入如下代码：Thisform.Release。

（9）保存表单。

表单运行结果如图所示。

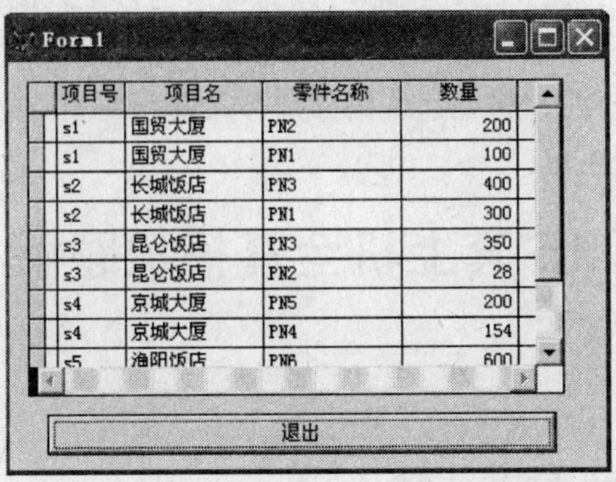

【解析】

本题考查了查询文件的建立及通过表格控件显示查询记录的方法。建立查询文件，关键是在每个表中的字段的选取。通过表格显示查询结果时，将表格的 RecordSourceType 属性设置为"3-查询"，将 RecordSource 属性设置为新建立的查询文件。退出表单使用命令 release。

第 15 套上机全真模拟题

基本操作题

（1）将数据库医院管理下的表"处方"的结构拷贝到新表"mytable"中。

（2）将表"处方"中的记录添加到表 mytable 中。

（3）对数据库"医院管理"中的表"医生"使用表单向导建立一个简单的表单，文件名为 mytable，要求显示表中的字段"职工号"、"姓名"和"职称"，表单样式为"凹陷式"，按钮类型为"文本按钮"，按"职工号"升序排序，表单标题为"医生浏览"。

（4）把表单"myform"添加到项目"myproj"中。

简单应用题

（1）在考生文件夹中有"股票"表和"数量"表。用 SQL 语句查询每种股票的"股票代码"、"股票简称"、"持有数量"和"净收入"，其中"净收入"等于每种股票的"现价"减去"买入价"乘以"持有数量"。查询结果按"净收入"升序排序，"净收入"相同的按"股票代码"排序，将结果存放于表"净收入"中，将使用到的 SQL 代码保存到 mytxt.txt 中。

（2）在考生文件夹下有表"数量"，在考生文件夹下设计一个表单 myForm，表单标题为"股票数量"。该表单为"数量"表的窗口输入界面，表单上还有一个标题为"结束"的按钮，单击该按钮退出表单。

综合应用题

设计文件名为 myform 的表单。表单的标题为"按部门统计销售情况"。表单中有一个选项组控件和两个命令按钮"统计"和"退出"。其中,选项组控件有两个按钮"升序"和"降序"。

运行表单时,在选项组控件中选择"升序"或"降序",单击"统计"命令按钮后,对 xs 表中的销售数据按"部门"分组汇总,汇总对象为每条销售记录的"销售数量"乘以"销售单价",汇总结果中包括"部门号"、"部门名"和"汇总"三个字段,并按"汇总结果"升序或降序(根据所选择的选项组控件),将统计结果分别存入表 mytable 或表 mytable2 中。

单击"退出"按钮关闭表单。

第 15 套上机全真模拟题解析

基本操作题

【答案】

(1)使用 Use 命令打开"处方"表,再输入命令:Copy Structure to mytable。

(2)在命令窗口中输入命令:

```
Use mytable
Append From 处方
```

(3)单击"开始"→"新建"→"表单"→"向导"→"表单向导",单击"数据库和表"右下边的按钮,选择考生目录下的"医生"表,选择字段"职工号"、"姓名"和"职称";单击"下一步",表单样式设置为"凹陷式",按钮类型为"文本",如图所示。

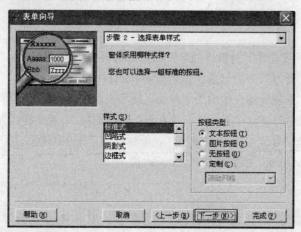

单击"下一步",排序字段选择"职工号"(升序);设置表单标题为"医生浏览"。

(4)在项目管理器中,单击"文档"选项卡,选择列表框中的"表单",单击"添加"命令按钮,双击考生文件夹下的"mytable"表单。

【解析】

本题考查表结构和表记录的复制,表单向导的使用和项目文档的添加。Copy Structure to newtablename 用于将现有的表的结构拷贝到新表,使新表具有现有表的结构。Append From oldtablename 用于从已有表中大批复制表记录到新表中。使用表单向导建立表单,只需按照向导的提示,按照题目中的要求进行设置即可。

简单应用题

【答案】

解答第一小题按如下步骤进行操作:

所用到的 SQL 语句包含如下代码:

```
Select 股票.股票代码,股票.股票简称,(数量.现价-数量.买入价)*数量.持有数量 as;
净收入 from 股票 inner join 数量 on 股票.股票代码=数量.股票代码 Order by ;
净收入, 数量.股票代码 into table 净收入
```

查询结果如图所示。

净收入

股票代码	股票简称	净收入
600026	中海发展	-15780.00
600019	宝钢股份	-10200.00
600007	中国国贸	-1720.00
600005	武钢股份	-1350.00
600008	首创股份	-1020.00
600002	齐鲁石化	-400.00
600003	东北高速	120.00
600009	上海机场	2100.00
600000	浦发银行	2350.00
600011	华能国际	4520.00
600001	邯郸钢铁	6420.00
600016	民生银行	10020.00
600018	上港集箱	15350.00

解答第二小题按如下步骤进行操作:

(1)在命令窗口内输入 Create Form myForm 建立新的表单。

(2)单击“显示”→“数据环境”,打开数据环境设置器,单击右键,选择“添加”命令,在打开的对话框内选择“数量”表。将表从数据环境里直接拖到表单上。

(3)单击表单工具栏上的“命令”按钮图标,在表单上添加一个“命令”按钮控件。在属性面板中将其 Caption 属性改为“结束”,双击命令按钮,在其代码窗口内输入 ThisForm.Release。

(4)保存表单。

【解析】

(1)本题考查 SQL 语句多表查询。当两个表可以通过某个字段关联时,可以使用 table1 inner join table2 on table1.colum=table2.colum(colum 为两表相同的字段)来实现表的连接。Inner join 子句只有在其他表中包含对应记录(一个或多个)的记录才出现在查询结果中。再用 SQL Select 查询语句即可完成此题。

(2)本题考查建立简单的表单,及表单数据环境的使用。将数据环境中的数据表直接拖入表单中,即可实现表的窗口输入界面在表单中的编辑.

综合应用题

【答案】

(1)在 Visual FoxPro 的命令窗口内输入命令: Create Form myform,打开表单设计器,设置其 Caption 属性值为“按部门统计销售情况”。

(2)单击主菜单“显示”→“数据环境”命令,右击数据环境窗口,选择“添加”命令,在打开的对话框内选 xs 表和 bm 表。

(3)单击表单控件工具栏上的“选项按钮”控件图标,在表单里添加一个选项按钮组控件,设置其属性 ButtonCount 为 2,右键单击选项按钮组,选择“编辑”对两个按钮进行编辑。分别设置按钮的 Caption

属性为"升序"和"降序"。

（4）单击表单控件工具栏上的"命令按钮"控件图标，向表单添加两个命令按钮

（5）选中第一个命令按钮，在属性对话框中将其 Caption 属性改为"统计"。双击该命令按钮，在 Click 事件中输入如下代码：

```
do case
    case Thisform.optiongroup1.Value=1
        Select bm.*,sum(xs.单价*xs.销售数量) as 汇总 From bm inner join xs on bm.
部门号=xs.部门号 Group by xs.部门号 Order by 汇总 Into table mytable
    case Thisform.optiongroup1.Value=2
        Select bm.*,sum(xs.单价*xs.销售数量) as 汇总 From bm inner join xs on bm.
部门号=xs.部门号 Group by xs.部门号 Order by 汇总 desc Into table mytable2
endcase
Thisform.refresh
```

（6）选中第二个命令按钮，在属性对话框中将其 Caption 属性改为"退出"。双击该命令按钮，在 Click 事件中输入如下代码：

```
Thisfrom.release
```

（7）单击工具栏上的"保存"图标，以 myform 为文件名保存表单。

表单运行结果如图所示。

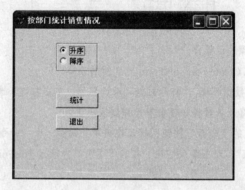

【解析】

本题考查了表单的设计。在设计控件属性时，注意区分控件的 Name 属性和 Caption 属性。

程序部分可使用 do case 的分支选择语句，每个分支中包含一个相应的 SQL 查询语句。根据选项按钮组中的单选项的内容，查找相应的数据并使用 into table tablename 存入新表中。

第四部分　上机真题及解析

第1套上机真题

基本操作题

（1）新建一个名为"项目1"的项目文件。

（2）将数据库"供应产品"加入到新建的"项目1"项目中。

（3）为"产品"表的数量字段设置有效性规则：数量必须大于0并且小于400；错误提示信息是"数量在范围之外"。

（4）根据"产品编号"字段为"产品"表和"外型"表建立永久联系。

简单应用题

（1）在考生文件夹中有一个数据库 STSC，其中有数据库表 STUDENT、SCORE 和 COURSE，利用 SQL 语句查询选修了"网络工程"课程的学生的全部信息，并将结果按"学号"降序存放在 NETP.DBF 文件中（库的结构同 STUDENT，并在其后加入课程号和课程名字段）。

（2）在考生文件夹中有一个数据库 STSC，使用一对多报表向导制作一个名为 CJ2 的报表，存放在考生文件夹中

要求：选择父表 STUDENT 表中"学号"和"姓名"字段，从子表 SCORE 中选择"课程号"和"成绩"，排序字段选择"学号"（升序），报表式样为"简报式"，方向为"纵向"。报表标题为"学生成绩表"。

综合应用题

在考生文件夹下的仓库数据库 GZ3 包括两个表文件：

ZG（仓库号 C(4)，职工号 C(4)，工资 N(4)）

DGD（职工号 C(4)，供应商号 C(4)，订购单号 C(4)，订购日期 D，总金额 N(10)）

在 GZ3 库中建立"工资文件"数据表：GJ3(职工号 C(4)，工资 N(4))，设计一个名为 YEWU3 的菜单，菜单中有两个菜单项"查询"和"退出"。程序运行时，单击"查询"应完成下列操作：检索出与供应商 S7、S4 和 S6 都有业务联系的职工的"职工号"和"工资"，并按"工资"降序存放到所建立的 GJ3 文件中。单击"退出"菜单项，程序终止运行。

注：相关数据表文件存在于考生文件夹下。

第1套上机真题解析

基本操作题

【答案】

（1）在命令窗口中输入：Create Project 项目1。

（2）在项目管理器项目1中，单击"数据"选项卡，选择列表框中的"数据库"，单击"添加"命令按钮，将考生文件夹下的"供应产品"数据库添加到项目管理器中。

（3）在数据库设计器中，使用右键单击"产品"数据表，选择"修改"菜单命令。选择"数量"字段，在"字段有效性"设置区域内，输入"规则"文本框中的内容为"数量>0.AND.数量<400"，在"信息"文本框中输入""数量在范围之外""。如图所示。

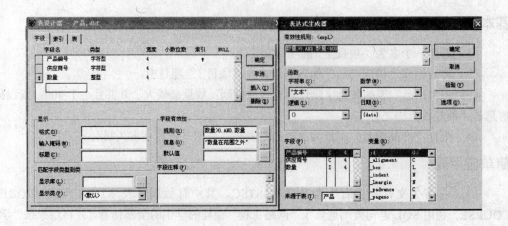

（4）在数据库设计器中，将"外型"表中"产品编号"主索引字段拖到"产品"表中"产品编号"索引字段上。

【解析】

新建项目可以通过菜单命令、工具栏按钮或直接输入命令来建立；数据库的添加在项目管理器中完成；数据库表字段有效性设置在数据表设计器中完成；数据表之间的关联则是在数据库设计器中完成。

简单应用题

【答案】

第一小题按如下步骤进行操作：

（1）在命令窗口输入如下 SQL 语句：

```
Select student.* from score inner join student on score.学号=student.学号 inner ;
join course on score.课程号=course.课程号 Where course.课程名="网络工程" Order by; student.学号 desc into table netp
```

第二小题按如下步骤进行操作：

（1）单击 FoxPro 窗口中"文件"→"新建"命令，选中"报表"选项，依次单击"向导"→"一对多向导"，打开报表向导。

（2）从父表 STUDENT 表中选择字段"学号"和"姓名"；如图所示。

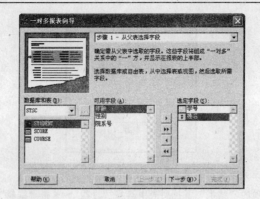

（3）单击"下一步"，从子表 score 中选择字段"课程号"和"成绩"。

（4）单击"下一步"，向导默认两表以字段"学号"建立关系。

（5）单击"下一步"，选择"可用的字段或索引标志"为"学号"（升序），如图所示。

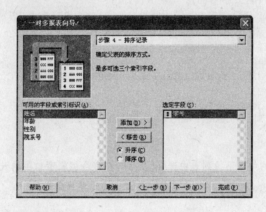

（5）在接下来的向导设置中，依次将"样式"选择"简报"式，"方向"为"纵向"，报表标题设置为"学生成绩表"。单击"完成"按钮，完成对报表的建立，以文件名"cj2"保存报表。

【解析】

（1）本题考查三表的关联查询。查询结果中包含某个表的全部字段时，使用*号来代替所有的字段名称。三表连接的基本语法为：

```
Table1 inner join table2 on table1.column1 = table2.column1 inner join table3
on table1.column2 = table3.column2
```

其中，table1 一定要是与两外两个表都有公共字段的表，在本题中指 Score，在该表中的"课程号"和"学号"分别对应 Course 和 Student 表中相应字段。降序排序使用关键字 desc。

（2）使用一对多报表向导建立报表，可在打开向导以后按照向导的提示对题目的要求一步步设置即可。

综合应用题

【答案】

（1）在命令窗口中输入命令：Create Menu YEWU3，单击"菜单"图标按钮，如图所示。

（2）按题目要求输入主菜单名称"查询"和"退出"。

（3）在"查询"菜单项的"结果"下拉列表中选择"过程"，单击"编辑"按钮，在程序编辑窗口中输入：

```
SET TALK OFF
OPEN DATABASE GZ3
USE DGD
CREATE TABLE GJ3(职工号 C(4),工资 N(4))
SELECT 职工号 FROM DGD WHERE 供应商号 IN ("S4","S6","S7");
GROUP BY 职工号;
HAVING COUNT(DISTINCT 供应商号)=3;
INTO CURSOR CurTable
SELECT ZG.职工号,工资 FROM ZG,CurTable WHERE ZG.职工号=CurTable.职工号;
ORDER BY 工资 DESC;
INTO ARRAY AFieldsValue
INSERT INTO GJ3 FROM ARRAY AFieldsValue
CLOSE ALL
SET TALK ON
```

（4）在"退出"菜单项的结果下拉列表中选择"命令"，在命令编辑窗口中输入：Set SysMenu to Default 。

（5）选择 Visual FoxPro 主窗口中的"菜单"→"生成"菜单命令。

【解析】

本题考查菜单的建立与功能设计。菜单的建立一般在菜单设计器中进行。使用命令 Create Menu menuname 新建菜单，并打开菜单设计器。在设计过程中注意菜单项结果的选择，一般可以选择"过程"、"命令"或"子菜单"等。

- "过程"用于输入多行命令。
- "命令"用于输入单行命令。
- "子菜单"用来建立下级菜单。

本题考查的另一个知识点是使用命令方式建立多表 SQL 语句查询。新建表的 SQL 命令格式为：

```
CREATE TABLE TABLENAME(COLUMNNAME1 DATAFORMAT（WIEDTH）...)
```

将查询结果输入表中的命令格式为：

```
Insert Into tablename
```

在对表查询的 SQL 语句中，可以先将查询结果放在临时表或数组中，再从数组中输入表。

第 2 套上机真题

基本操作题

（1）打开"学生"数据库（该数据库中已经包含了 student 表），并将自由表 course 添加到该数据库中。

（2）在"学生"数据库中建立表 grade，表结构描述如下：

学号	字符型（7）
课程号	字符型（6）
考试成绩	整型

（3）为新建立的 grade 表建立一个普通索引，索引名和索引表达式均是"学号"。

（4）建立表 student 和表 grade 间的永久联系（通过"学号"字段）。

简单应用题

（1）在"商品销售"数据库中，根据"销售表"和"商品"表查询每种商品的"商品号"、"商品名"、"单价"、"销售数量"和"销售金额"（"商品号"和"商品名"取自"商品"表，"单价"和"销售数量"取自"销售"表，销售金额=单价*销售数量），按"销售金额"降序排序，并将查询结果保存到 jine 表中。

（2）在考生文件夹下有一个名称为 modi 的表单文件，该表单中两个命令按钮的 Click 事件中语句有误。请按如下要求进行修改，修改后保存所做的修改。

①单击"刷新标题"按钮时，把表单的标题改为"商品销售数据输入"。

②单击"商品销售输入"命令按钮时，调用当前文件夹下的名称为 input 的表单文件打开数据输入表单。

综合应用题

在考生文件夹下完成如下综合应用。

设计一个表单名为 Form_one、表单文件名为 YEAR_SELECT、表单标题名为"部门年度数据查询"的表单，其表单界面如图所示。其他要求如下：

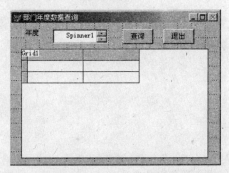

（1）为表单建立数据环境，向数据环境添加 S_T 表(Cursor1)。

（2）当在"年度"标签微调控件(Spinner1)中选择年度并单击"查询"按钮（Command1）时，则会在下边的表格（Grid1）控件内显示该年度各部门的四个季度的"销售额"和"利润"。指定微调控件上箭头按钮（SpinnerHighValue 属性）与下箭头按钮（SpinnerLowValue 属性）值范围为 2010-1999，缺省值（Value 属性）为 2003，增量（Imcrement 属性）为 1。

（3）单击"退出"按钮(Command2)时，关闭表单。

要求：表格控件的 RecordSourceType 属性设置为"4-SQL 说明"。

第 2 套上机真题解析

基本操作题

【答案】

（1）单击菜单栏上的打开图标，在弹出的对话框中选择要打开的"学生"数据库。使用右键单击，选择"添加表"命令，将考生文件夹下的 scource 自由表添加到数据库中。

（2）在数据库设计器中，使用右键单击，选择"新建表"菜单命令，以 grad 为文件名保存。根据题意，在表设计器中的"字段"选项卡中依次输入每个字段的字段名、类型和宽度。如图所示。

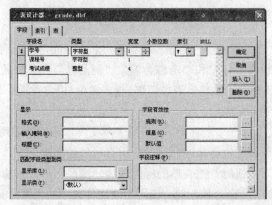

（3）在数据库设计器中，使用右键单击数据库表 grade，选择"修改"菜单命令，单击"索引"选项卡，将字段索引名修改为"学号"，在"索引"下拉框中选择索引类型为"普通索引"，将"字段表达式"修改为"学号"。

（4）在数据库设计器中，将"student"表中"学号"主索引字段拖到"grade"表中"学号"索引字段上。

【解析】

本题考查了数据库和数据表的关系、表索引的建立和表间的关联。添加表、新建表和关联表都可在数据库设计器中完成，表索引的建立在数据表设计器中完成。

简单应用题

【答案】

第一小题按如下步骤进行操作：

（1）使用的 SQL 语句为：

```
Select 商品表.商品号,商品表.商品名,销售表.单价,销售表.销售数量,销售表.单价*;
销售表.销售数量 as 销售金额 from 商品表 inner join 销售表 on 商品表.商品号=销;
售表.商品号 Order by 销售金额 desc into table jine
```

第二小题按如下步骤进行操作：

（1）在命令窗口中输入 Modify From modi 命令打开 modi 表单。

（2）双击"刷新标题"按钮，在其 Click 事件中将语句修改为：ThisForm.Caption = "商品销售数据输入"。

（3）同样，将"商品销售输入"按钮的 Click 事件修改为：DO Form input。

（4）保存表单。

【解析】

（1）本题考查简单视图的建立。在数据库中打开视图设计器，按照设计器上的各个选项卡的提示完成题目的要求即可。

（2）修改表单控件事件的方法是双击该控件，弹出事件编辑窗口，在编辑窗口中选择要修改的事件，在其中修改代码。设定控件标题的方法是：控件.Caption=控件标题，注意控件标题要用英文引号引起。调用表单的命令为：do Form Formname。

综合应用题

【答案】

（1）在 Visual FoxPro 的命令窗口内输入命令：Create Form YEAR_SELECT，打开表单设计器。

（2）在属性面板中设置表单的 Name 属性为 Form_one，其 Caption 属性值为"部门年度数据查询"。

（3）选择主菜单中的"显示"→"数据环境"命令，在"数据环境"窗口中右击，选择"添加"命令，在打开的对话框内选择 S_T 表。

（4）单击表单控件工具栏上的"微调"控件图标，向表单添加一个"微调"控件。在属性面板中将其 SpinnerHighValue 和 SpinnerLowValue 属性分别改为 2010 和 1999，其 Value 属性为 2003，Imcrement 属性为 1。

（5）单击表单控件工具栏上的"表格"控件图标，向表单添加一个"表格"控件。在属性面板中将其 RecordSource 属性改为"4-SQL 说明"。

（6）单击表单控件工具栏上的"命令"按钮控件图标，向表单添加两个命令按钮，在属性面板中将其 Caption 属性分别改为"查询"和"退出"。

（7）双击"退出"命令按钮在 Click 事件中输入如下程序段：Thisform.Release。

（8）双击"查询"命令按钮，在其 Click 事件中输入如下程序段：

```
ThisForm.Grid1.RecordSource="Select * From S_T Where ;
年度=alltrim(Thisform.spinner1.text) Into Cursor temp"
```

（7）单击工具栏上的"保存"图标保存表单。

表单运行结果如图所示。

【解析】

本题考查表单的建立、控件的属性设置及简单的 SQL 查询。

设置表单控件属性只需选中要修改的控件，在属性面板中设置相关属性的值即可。在表格控件中显示查询结果需要设置两个属性值，一个是 RecordSourceType，一个是 RecordSource。根据题目的要求，在前者设置为 SQL 说明的情况下，后者应该设置为 SQL 查询语句，即 thisform.grid1.RecordSource="SQL 查询语句"，SQL 查询语句用引号引起来。本题的 SQL 查询属于简单查询。

第3套上机真题

基本操作题

（1）在考生文件夹下建立项目myproject。

（2）把数据库STSC加入到myproject项目中。

（3）从xuesheng表中查询"建筑"系学生信息（xuesheng表全部字段），按"学号"降序存入新表NEWtable中。

（4）使用视图设计器在数据库中建立视图myVIEW：视图包括xuesheng表全部字段（字段顺序和xuesheng表一样）和全部记录，记录按"学号"降序排序。

简单应用题

（1）用 SQL 语句完成下列操作：列出所有与"红"颜色零件相关的信息（"供应商号"、"工程号"和"数量"），并将检索结果按"数量"降序存放于表 supplytemp 中，将 SQL 语句保存在 sql.txt 中。

（2）建立一个名为 menuquick 的快捷菜单，菜单中有两个菜单项"查询"和"修改"。在表单 myForm 中的 RightClick 事件中调用该快捷菜单。

综合应用题

建立表单，表单文件名和表单名均为 myform_a，表单标题为"商品浏览"，表单样例如图所示。

其他功能要求如下：

（1）用选项按钮组（OptionGroup1）控件选择商品分类（饮料（Option1）、调味品（Option2）、酒类（Option3）、小家电（Option4））。

（2）单击"确定"（Command2）命令按钮，显示选中分类的商品，要求使用 DO CASE 语句判断选择的商品分类（如右图所示）。

（3）在右图所示界面中按 Esc 键返回左图所示界面。

（4）单击"退出"（Command1）命令按钮，关闭并释放表单。

注：选项按钮组控件的 Value 属性必须为数值型。

第3套上机真题解析

基本操作题

【答案】

（1）在命令窗口中输入：Create Project myproject。

（2）在项目管理器 myproject 中，单击"数据"选项卡，选择列表框中的"数据库"，单击"添加"命令按钮，将考生文件夹下的 xuesheng 数据库添加到项目管理器中。

（3）在命令窗口中输入：Select * From xuesheng Where 院系="建筑" order by 学号 Into Table newtable，查询结果自动保存在 newtable 表中。

（4）打开数据库 STSC 设计器，单击主菜单上的"新建"图标，选择"新建视图"。将 xuesheng 表添加到视图设计器中，在视图设计器中的"字段"选项卡中，将"可用字段"列表框中的字段全部添加到"选择字段"列表框中，在"排序依据"选项卡中将"选择字段"列表框中的"xuesheng.学号"添加到"排序条件"中，在"排序选项"中选择"降序"，如图所示。

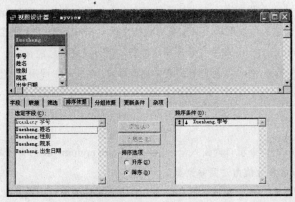

【解析】

本题考查的主要是项目管理器中"数据"选项卡里所包含的 3 个重要内容的设计，包括数据库、视图和查询。需要注意的是新建视图文件时，应该先打开数据库，且视图文件在磁盘中是找不到的，直接保存在数据库中。

简单应用题

【答案】

第一小题按如下步骤进行操作：

（1）在命令窗口输入如下 SQL 语句并执行：

```
Select 供应商号,工程号,数量 from 供应,零件 Where (供应.零件号=零件.零件号) and (零件.颜色="红") Order by 数量 desc into table supplytemp
```

（2）新建 sql.txt 文本文件，并且将该语句输入（或复制）到该文本文件中。

第二小题按如下步骤进行操作：

（1）在命令窗口中输入 Create Menu menuquick 命令，单击"快捷菜单"图标按钮。

（2）在菜单设计器中按题目要求输入主菜单名称"查询"和"修改"。并选择 Visual FoxPro 窗口中的"菜单"→"生成"命令生成菜单文件。

（3）使用 Modify From myForm 命令打开要进行修改的表单。

（4）在表单控件的 RightClick 事件里输入：

```
do menuquick.mpr
```

（5）保存表单。表单运行结果如图所示。

195

【解析】

（1）本题考查两个表个关联查询，查询结果保存在表中使用命令 into table tablename。

（2）在此题中，所创建的快捷菜单必须生成可执行文件（.MPR 文件）才能在表单中被调用，而修改表单不能使用 Create From myForm 命令打开表单设计器，因为该表单已经存在，使用此命令会将原有表单覆盖，只能使用 Modify From 命令来对已有的表单进行修改。在表单中调用菜单使用命令 do menuname。

综合应用题

【答案】

（1）在 Visual FoxPro 的命令窗口内输入命令：Create Form myform_a，打开表单设计器，设置其 Name 属性为 myform_a，Caption 属性值为 "商品浏览"。

（2）单击主菜单 "显示" → "数据环境" 命令，右击数据环境窗口，选择 "添加" 命令，在打开的对话框内选择 "分类" 表和 "商品" 表。

（3）单击表单控件工具栏上的 "选项按钮" 控件图标，在表单里添加一个选项按钮组控件，设置其属性 ButtonCount 为 4，右键单击选项按钮组，选择 "编辑" 对四个按钮进行编辑，如图所示。

分别设置按钮的 Caption 属性分别为 "饮料"、"调味品"、"酒类" 和 "小家电"。

（4）单击表单控件工具栏上的 "命令按钮" 控件图标，向表单添加两个命令按钮，在属性面板中将其 Caption 属性分别改为 "确定" 和 "退出"。双击 "退出" 命令按钮在 Click 事件中输入如下程序段：Thisform.Release。双击 "确定" 命令按钮，在其 Click 事件中输入如下程序段：

```
DO CASE
  CASE THISFORM.OPTIONGROUP1.VALUE=1
    SELECT 商品.*;
  FROM  商品管理!分类 INNER JOIN 商品管理!商品 ;
  ON  分类.分类编码 = 商品.分类编码;
  WHERE 分类.分类名称 = "饮料"
CASE THISFORM.OPTIONGROUP1.VALUE=2
  SELECT 商品.*;
```

```
    FROM  商品管理!分类 INNER JOIN 商品管理!商品 ;
    ON  分类.分类编码 = 商品.分类编码;
    WHERE 分类.分类名称 = "调味品"
CASE THISFORM.OPTIONGROUP1.VALUE=3
    SELECT 商品.*;
    FROM  商品管理!分类 INNER JOIN 商品管理!商品 ;
    ON  分类.分类编码 = 商品.分类编码;
    WHERE 分类.分类名称 = "酒类"
CASE THISFORM.OPTIONGROUP1.VALUE=4
    SELECT 商品.*;
    FROM  商品管理!分类 INNER JOIN 商品管理!商品 ;
    ON  分类.分类编码 = 商品.分类编码;
    WHERE 分类.分类名称 = "小家电"
ENDCASE
```

（5）单击工具栏上的"保存"图标，保存表单。

表单运行结果如图所示。

【解析】

在命令按钮中使用 SQL 查询语句，则执行表单时将以表格形式显示查询结果，按 Esc 键返回。选项按钮组的 Value 属性默认为数值型，所以不需要特别设置。

在"确定"按钮的事件中使用 do case 语句，判断用户选择了哪个选项命令按钮。

退出表单使用 release 命令。

第 4 套上机真题

基本操作题

（1）在考生文件夹下建立项目"销售"。

（2）把考生文件夹中的数据库"客户"加入销售项目中。

（3）为客户数据库中"客户联系"表增加字段：传真C(16)。

（4）为客户数据库中定货表"送货方式"字段默认值设为"公路"。

简单应用题

（1）在考生文件夹中有一个数据库 SJ5，其中 XX 表结构如下：

xx（编号 C（4），姓名 C（10），性别 C（2），工资 N（7 2），年龄 N（2）， 职称 C（10））。

现在要对 XX 进行修改，指定"编号"为主索引，索引名和索引表达式均为"编号"。指定"职称"为普通索引，索引名和索引表达式均为"职称"。"年龄"字段的有效性规则在 30 至 70 之间，默认值为 50。

（2）在考生文件夹中有数据库 SJ5，其中有数据表 XX，在考生文件来下设计一个表单，表单标题为"浏览"。该表单为 XX 表的窗口式输入界面，表格名为 inpu，表单上还有一个名为

rele 的按钮，标题为"退出"。单击该按钮，使用"ThisForm.Release"命令退出表单。最后将表单存放在考生文件夹中，表单名为 myForm。

综合应用题

在考生文件夹下有仓库数据库 CK3,包括如下所示两个表文件：

CK（仓库号 C(4)，城市 C(8)，面积 N(4)）

ZG（仓库号 C(4)，职工号 C(4)，工资 N(4)）

设计一个名为 ZG3 的菜单，菜单中有两个菜单项"统计"和"退出"。程序运行时，单击"统计"菜单项应完成下列操作：检索出所有职工的工资都大于 1220 元的职工所管理的仓库信息，将结果保存在 wh1 数据表（WH1 为自由表）文件中，该表结构和 CK 数据表文件的结构一致，并按"面积"升序排序。

单击"退出"菜单项，程序终止运行。

第 4 套上机真题解析

基本操作题

【答案】

（1）在命令窗口中输入：Create Project 销售

（2）在项目管理器销售中，单击"数据"选项卡，选择列表框中的"数据库"，单击"添加"命令按钮，将考生文件夹下的客户数据库添加到项目管理器中。

（3）选择"客户"数据库，单击"修改"命令按钮，进入数据库设计器。在数据库设计器中，使用右键单击"客户联系"数据表，选择"修改"菜单命令。系统弹出"客户联系"表的数据表设计器，在"字段"选项卡列表框内的"所在地"字段后插入一个新的字段。输入新的字段名为"传真"，选择类型为"字符型"，宽度选择为 16。如图所示。

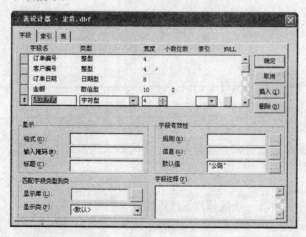

（4）使用右键单击"定货"表，选择"修改"菜单命令。系统弹出"定货"表的数据表设计器。选择"送货方式"字段，在"字段有效性"设置区域内，输入"默认值"为""公路""。

【解析】

在项目设计器中可以完成本题要求的所有要实现的功能。在命令窗口里输入命令 Modify Project

projectname 可进入项目设计器，添加项目中的数据库在其中完成，3 和 4 小题在表结构设计器中完成。

简单应用题

【答案】

第一小题按如下步骤进行操作：

（1）打开数据库 SJ5 的设计器（使用 Modify Database SJ5 命令）。

（2）在 SJ5 数据库设计器中，右键单击数据库表 xx，选择"修改"命令。

（3）单击"索引"选项卡，将字段索引名修改为"编号"，在"索引"下拉框中选择索引类型为"主索引"，将字段表达式修改为"编号"。

（4）在下一行中，将字段索引名修改为"职称"，在"索引"下拉框中选择索引类型为"普通索引"，将字段表达式修改为"职称"，如图所示。

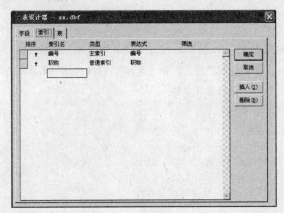

（5）返回"字段"选项卡，选中"数量"字段，在"字段有效性"设置区域内，输入"规则"文本框中的内容为"年龄<=70.AND.年龄>=30"，在"默认值"文本框中输入 50。

（6）保存对表进行的修改。

第二小题按如下步骤进行操作：

（1）在命令框内输入 Create Form myForm 命令新建表单并打开表单设计器。

（2）在表单的属性框内修改 Form 的 Caption 属性为"浏览"。

（3）向表单添加一个命令按钮，选中该命令按钮，在属性对话框中将其 Name 属性改为"rele"（如图所示），将 Caption 属性改为"退出"。

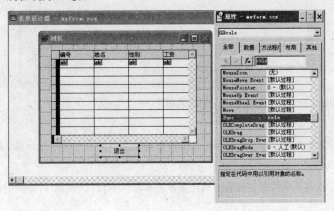

（4）双击命令按钮 rele，在 Click 事件中输入如下程序段：

```
ThisForm.Release
```

（5）打开 sj5 数据库设计器，将表 xx 拖入到表单中，将表格的 Name 属性修改为 "inpu"。

（7）保存并关闭表单后，在命令窗口中输入命令：do Form myForm 执行此表单。

【解析】

（1）本题考查对数据库表结构的修改中关于索引的建立及字段有效性的设置。表结构的修改可在数据表设计器中进行。

（2）本题考查的简单表单的建立。新建表单可以通过菜单命令、工具栏按钮或直接在命令框里输入命令来建立，将数据库中的 xx 表直接拖入表单可实现 xx 表的窗口输入界面，而不需要再做其他设置或修改。

综合应用题

【答案】

（1）在命令窗口中输入命令：Create Menu ZG3，单击 "菜单" 图标按钮。

（2）按题目要求输入主菜单名称 "统计" 和 "退出"。在 "统计" 菜单项的结果下拉列表中选择 "过程"，单击 "编辑" 按钮，在程序编辑窗口中输入：

```
SET TALK OFF
SET SAFETY OFF
OPEN DATABASE ck3.dbc
USE CK
SELECT * FROM CK WHERE 仓库号 NOT IN;
(SELECT 仓库号 FROM ZG WHERE 工资<=1220);
 AND 仓库号 IN (SELECT 仓库号 FROM ZG);
ORDER BY 面积;
INTO TABLE wh1.dbf
CLOSE ALL
SET SAFETY ON
SET TALK ON
```

（3）在 "退出" 菜单项的结果下拉列表中选择 "命令"，在命令编辑窗口中输入：Set SysMenu to Default.。菜单界面如图所示。

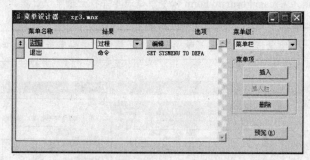

（4）选择 Visual FoxPro 主窗口中的 "菜单" → "生成" 菜单命令。

【解析】

在命令窗口中输入命令：Create Menu menuname 新建菜单同时打开菜单设计器。菜单的建立在菜单设计器中进行。

在设计过程中注意菜单项结果的选择，统计菜单项要输入多行代码，所以应使用过程结果，而退出菜单项应使用命令结果。

编写统计过程中的 SQL 语句时，排序关键字使用 Order by，查询结果输入表中使用 into table tablename。

第 5 套上机真题

基本操作题

（1）将 or_det、or_list 和 custo 表添加到数据库"定货"中。

（2）为 or_list 表创建一个普通索引，索引名和索引表达式均是"客户号"。

（3）建立表 or_list 和表 custo 间的永久联系（通过"客户号"字段）。

（4）为以上建立的联系设置参照完整性约束：更新规则为"限制"，删除规则为"级联"，插入规则为"限制"。

简单应用题

（1）将"定货"表中的记录全部复制到"定货备份"表中，然后用 SQL Select 语句完成下列务：列出所有订购单的"订单号"、"订购日期"、"器件号"、"器件名"和"总金额"，并将结果存储到 result 表中（其中"订单号"、"订购日期"、"总金额"取自"货物"表，"器件号"和"器件名"取自"定货"表）。

（2）打开 mypro.prg 命令文件，该命令文件包含 3 条 SQL 语句，每条 SQL 语句中都有一个错误，请改正（注意：在出现错误的地方直接改正，不能改变 SQL 语句的结构和 SQL 短语的顺序）。

综合应用题

对考生文件夹下的数据库"员工管理"中的"员工"表和"职工"表完成如下操作：

（1）为表"职称"增加两个字段"人数"和"明年人数"，字段类型均为整型。

（2）编写命令程序 myprog，查询职工中拥有每种职称的人数，并将其填入表"职称"的"人数"字段中，根据职称表中的"人数"和"增加百分比"，计算"明年人数"的值，如果增加的人数不足一个，则不增加。

（3）运行该程序。

第 5 套上机真题解析

基本操作题

【答案】

（1）在定货数据库设计器中使用右键单击，选择"添加表"命令，将考生文件夹下的 or_det、or_list 和 custo 三个自由表分别添加到数据库中。

（2）在数据库设计器中，使用右键单击数据库表 or_list，选择"修改"菜单命令，进入 or_list 表的数据表设计器界面，单击"索引"选项卡，将字段索引名修改为"客户号"，在"索引"下拉框中选择索引类型为"普通索引"，将"字段表达式"修改为"客户号"，单击"确定"按钮。

（3）在数据库设计器中，将"custo"表中"客户号"主索引字段拖到"or_list"表中"客户号"索引字段上。

（4）在数据库设计器中，单击菜单命令"数据库"→"清理数据库"，使用右键单击表 or_list 和 custo 之间的关系线，选择"编辑参照性关系"，弹出参照完整 性生成器，根据题意，逐个按照选项卡中分别设置参照规则。如图所示。

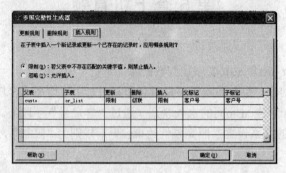

【解析】

本题考查的是数据表与数据库的关系，表索引的建立，表间的关联及关联参照完整性约束的设置。在设置表间关联参照完整性之前要先清理数据库。

简单应用题

【答案】

解答第一小题按如下步骤进行操作：

（1）在命令窗口中输入下列命令来完成复制操作。

```
Select * from 定货 into table 定货备份;
```

（2）再输入如下命令来进行查询操作。

```
selec007 货物.订单号,货物.订购日期,货物.总金额,定货.器件号,定货.器件名 from 货物 inner join 定货 on 货物.订单号=定货.订单号 into table result
```

解答第二小题按如下步骤进行操作：

（1）输入 Modify Command myprog.prg 命令打开文件，修改前的代码如下：

```
UPDATE 定货备份 SET 单价 WITH 单价 + 5
SELECT 器件号,AVG(单价) AS 平均价 FROM 定货备份 ORDER BY 器件号 INTO; CURSOR lsb
SELECT * FROM lsb FOR 平均价 < 500
```

修改后的源代码为：

```
UPDATE 定货备份 SET 单价=单价 + 5
SELECT 器件号,AVG(单价) AS 平均价 FROM 定货备份 GROUP BY 器件号 INTO; CURSOR lsb
SELECT * FROM lsb WHERE 平均价 < 500
```

【解析】

（1）本小题考查的是 SQL 的查询语句和插入语句，复制一个表的内容到另一个表时，可以使用 Select * from tablename Where condition into newtable 语句，多表查询要用到的是表的内连接，即通过某一相同字段连接两个表（本题中使用"订单号"字段）。

与使用 Copy 命令相比，使用 SQL 查询语句不用预先打开所要复制的表。

（2）本题考查的是 SQL 基本查询语句以及数据更新语句的语法，具体说明如下：

①数据更新时，使用 SET Column_Name1 = eExpression1 子句，而 with 子句用于 Replace 命令中。

②在查询结果字段中使用 Avg()或 Sum()函数时，如果不使用 Group by 子句，则默认求全表中的所有数据的均值或汇总。

③在使用 SQL 语句时，条件子句必须使用 Where 开始。

综合应用题

【答案】

（1）在命令窗口中输入 Modify Command myprog 建立一个程序，在程序编辑窗口中输入：

```
Select 员工.职称代码,count(职称代码) as 今年人数 From 员工 Group by 职称代码 Into;
Cursor temp
do while not eof()
    Update 职称 Set 人数=temp.今年人数 Where 职称.职称代码=temp.职称代码
    skip
enddo
    Update 职称 Set 明年人数=int(人数*(100+增加百分比)/100)
```

（2）单击主菜单"程序"→"运行"，运行程序。

【解析】

本题考查表结构的修改和表记录的更新。

使用 Count 和 Group by 关键字统计员工表中各个职称的人数，并将其放入一个临时表中。

使用 do while 循环语句遍历该表，并更新职称表中与其有相同职称代码的记录的人数字段值。

明年人数的更新要使用到 int 函数，该函数功能是取整，将小数位数去掉。

第 6 套上机真题

基本操作题

（1）将数据库"学籍"添加到项目"项目 1"中。

（2）永久删除数据库中的"课程"表。

（3）将数据库中"选课"表变为自由表。

（4）为表学生建立主索引，索引名和索引表达式均为"学号"。

简单应用题

（1）打开考生文件夹中的数据库中的数据库 STSC，使用表单向导制作一个表单，要求选择 STUDENT 表中所有字段，表单样式为"标准式"；按钮类型为定制的"滚动网格型"；表单标题为"学生信息浏览"，表单文件名为 myForm。

（2）在考生文件夹中有一个数据库 STSC，其中有数据库表 STUDENT 存放学生信息，使用菜单设计器制作一个名为 mymenu 的菜单，菜单包括"数据维护"和"退出"两个菜单栏。菜单结构为：数据维护（数据表格方式录入）、退出。其中：

● 数据表格式输入菜单项对应的过程包括下列 4 条命令：打开数据库 STSC 的命令，打开表 STUDENT 的命令，BROWSE 命令，关闭数据库的命令。

● 退出菜单项对应命令 Set Sysmenu To Default，使之可以返回到系统菜单。

综合应用题

对考生文件夹中的"学生"表,"课程"表和"选课"表新建一个表单,界面如图所示。

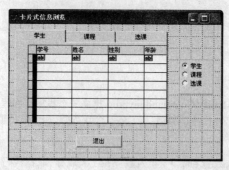

在表单上有一页框,页框内有 3 个选项卡,标题分别为"学生","课程"和"选课"。表单运行时对应的三个页面上分别显示"学生"表,"课程"表和"选课"表。

表单上还有一选项按钮组,共有 3 个待选项,标题分别为"学生","课程","选课"。当单击该选项按钮组选择某一选项时,页框将在对应页面上显示对应表,如单击"课程"选项时,页框将在课程页面上显示"课程"表。表单上有一命令按钮,标题为"退出",单击此按钮,表单将退出。

以文件名 myform 保存表单。

第 6 套上机真题解析

基本操作题

【答案】

(1) 在项目管理器中,单击"数据"选项卡,选择列表框中的"数据库",单击"添加"命令按钮,将考生文件夹下的学籍数据库添加到项目管理器中。

(2) 打开数据库学籍设计器,使用右键单击"课程"表,在弹出的快捷菜单上选择"删除"命令。在弹出的对话框上选择"删除"按钮。

(3) 打开数据库设计器,使用右键单击"选课"表,在弹出的快捷菜单上选择"移去"命令。在弹出的对话框上选择"移去"按钮。

(4) 在数据库设计器中使用右键单击数据库表学生,选择"修改"菜单命令,单击"索引"选项卡,将字段索引名修改为"学号",在"索引"下拉框中选择索引类型为"主索引",将"字段表达式"修改为学号,单击"确定"按钮。结果如图所示。

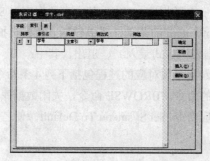

【解析】

本题考查项目元素的添加及两种不同的移出数据库表的区别。添加数据库到项目中可在项目设计器中进行。移去表和删除表的区别是后者将从磁盘上删除,而前者还保留在磁盘中,只是不在属于数据库。

简单应用题

【答案】

解答第一小题按如下步骤进行操作:

(1)选择 FoxPro 窗口中"文件"→"新建"命令,选中"表单"选项,单击"表单向导"按钮打开表单向导。

(2)单击"数据库和表"右下边的按钮,选择 STSC 数据库的 student 表,从中选择所有字段

(3)在接下来的向导对话框中,分别将表单样式设置为"标准式",按钮类型选择"定制",并在下拉框中选择"滚动网格型",如图所示。

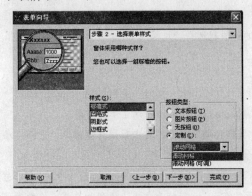

(4)设置表单标题为"学生信息浏览"。保存表单时取表单名为 myForm。

解答第二小题按如下步骤进行操作:

(1)在命令窗口中输入 Create Menu mymenu 命令,在对话框中单击"菜单"图标按钮,进入菜单设计器。

(2)输入主菜单名称"数据维护"和"退出"。在数据维护菜单项的"结果"下拉列表中选择"子菜单"。进入"数据维护"菜单项的子菜单设计器界面。

(3)输入子菜单名称为"数据表格方式录入",在其"结果"下拉列表中选择"过程",单击"编辑"命令按钮进入程序编辑窗口,在其中输入:

```
OPEN DATABASE STSC
USE STUDENT
BROW
CLOSE DATABASE
```

(4)在"菜单级"下拉列表中选择"菜单项"返回上级菜单,在"退出"菜单项的结果下拉框里选择"命令",在命令编辑栏中输入:

```
Set Sysmenu To Defaul007
```

(5)选择 Visual FoxPro 窗口中"菜单"→"生成"菜单命令,生成一个可执行菜单文件 mymunu.mpr。菜单界面如图所示。

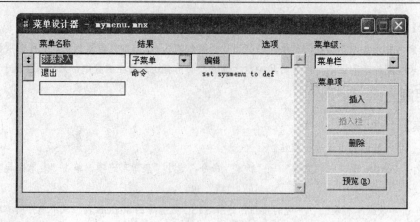

【解析】

（1）本题考查的主要是利用表单向导建立一个表单，注意在每个向导界面完成相应的设置即可。

（2）本题考查的是基本的菜单设计，注意每个菜单项的菜单级，以及结果下拉框中的各个选项的选择，例如用语编写多行命令的一般就选择"过程"，而编写一行命令的则选择"命令"。

综合应用题

【答案】

（1）在命令窗口内输入 Create Form myform 建立新的表单。

（2）单击"显示"→"数据环境"命令，右击数据环境窗口，选择"添加"命令，在打开的对话框内选择"学生"表，"课程"表和"选课"表。

（3）在表单里添加一个页框控件，设置其属性 PageCount 为 3，右键单击页框，选择"编辑"对三个页面进行编辑。分别设置页面的 Caption 属性为学生，课程和选课。将数据环境里的三个表分别拖入对应页面中。

（4）在表单里添加一个选项按钮组控件，设置其属性 ButtonCount 为 3，右键单击选项按钮组，选择"编辑"对三个按钮进行编辑。分别设置按钮的 Caption 属性为学生，课程和选课。双击选项按钮组控件，在其 Click 事件里输入下列代码：

```
do case
        case this.Value=1
            Thisform.pageframe1.ActivePage=1
        case this.Value=2
            Thisform.pageframe1.ActivePage=2
     case this.Value=3
            Thisform.pageframe1.ActivePage=3
endcase
```

（5）在表单里添加一个命令按钮，设置其 Caption 为"退出"。双击"退出"按钮，在其 Click 事件里输入下列代码：

```
Thisform.Release
```

（6）保存表单，文件名为 myform

表单运行界面如图所示。

【解析】

本题考查简单表单的建立、页框和选项按钮组的设置使用及数据环境的使用技巧。

在页面上显示表内容在直接将表从数据环境中拖至页面上。页框和选项按钮组内子控件的设置方法是右键单击选择"编辑"。

退出表单使用命令 Thisform.Release。

第7套上机真题

基本操作题

注意：基本操作题为4道SQL题，请将每道题的SQL命令粘贴到sqlanswer.txt文件，每条命令占一行，第1道题的命令是第1行，第2道题的命令是第2行，以此类推；如果某道题没有做，相应行为空。

在考生文件夹下完成下列操作：

（1）利用 SQL 的"SELECT"命令将"share.dbf"复制到"share_bk.dbf"。

（2）利用 SQL "INSERT"命令插入记录（"600028",4.36, 4.60, 5500）到"share_bk.dbf"表。

（3）利用 SQL "UPDATE"命令将"share_bk.dbf 表中"股票代码"为"600007 的股票"现价"改为"8.88"。

（4）利用 SQL "DELETE"命令删除"share_bk.dbf"表中"股票代码"为 600000 的记录。

将所使用的四条 SQL 语句复制到 mytext.txt 文本中。

简单应用题

（1）用 SQL 语句查询课程成绩在 65 分以上的学生姓名，并将结果按姓名降序存入表文件result.dbf 中。

（2）编写 myprog.prg 程序，实现的功能：先为"学生"表增加一个"平均成绩"字段，类型为 N(6, 2)，根据"选课"表统计每个学生的平均成绩，并写入"学生"表新的字段中。

综合应用题

在考生文件夹中有"销售"数据库，内有"定货"表和"货物"表。货物表中的"单价"

与"数量"之积应等于定货表中的"总金额"。

现在有部分"定货"表记录的"总金额"字段值不正确，请编写程序挑出这些记录，并将这些记录存放到一个名为"修正"的表中（与定货表结构相同，自己建立），根据货物表的"单价"和"数量"字段修改修正表的"总金额"字段（注意一个修正记录可能对应几条定货记录）。最后修正表的结果要求按"总金额"升序排序。

编写的程序最后保存为myprog.prg。

第 7 套上机真题解析

基本操作题

【答案】

（1）SELECT * FROM share INTO Table share_bk

（2）INSERT INTO share_bk VALUES ("600028",4.36, 4.60, 5500)

（3）UPDATE share_bk SET 现价=8.88 WHERE 股票代码="600007"

（4）DELETE FROM share_bk WHERE 股票代码="600000"

【解析】

（1）本题考查了表内容的复制，可使用 SQL 的 "Select" 语句及 Into Table tablename 来完成。

（2）数据插入的一般 SQL 语句为：

```
Insert Into tablename [(fieldname1[,fieldname2,…])] Values (eExpression[,
eExpression2,…]);
```

（3）数据更新的一般 SQL 语句为：

```
Update[databasename]tablename                                    Set
columnname1=eExpression1[,columnname2=eExpression2…][Where
filtercondition1[and/or filtercondition2…]];
```

（4）数据删除的一般 SQL 语句为：

```
Delete From [databeaename]tablename [Where filtercondition1[and/or fil-
tercondition2…]];
```

简单应用题

【答案】

解答第一小题按如下步骤进行操作：

在命令窗口中输入如下代码执行即可。

```
Select distinct 学生.姓名 from 学生 inner join 选课 on 学生.学号=选课.学号 Where
选课.成绩>=65 Order by 学生.姓名 desc into table result.dbf
```

解答第二小题按如下步骤进行操作：

（1）在命令窗口中输入 Modify Command Myprog，新建一个名为 myprog 的程序，在程序窗口中输入：

```
Set talk off
Set safety off
CLOSE ALL
USE 选课 IN 0
USE 学生 EXCL IN 0
ALTER TABLE 学生 ADD 平均成绩 N(6,2)
SELECT 学生
```

```
DO WHILE not EOF()
  SELECT AVG(成绩) FROM 选课 WHERE 选课.学号=学生.学号 INTO ARRAY cj
  REPLACE 平均成绩 with cj(1,1)
  cj(1,1)=0
  SKIP
ENDDO
Set talk on
```

Set safety on

【解析】

（1）本题本题考查的是 SQL 语句的多表查询，在完成本题时可使用 SQL 语句的 inner join 命令建立学生表和选课表在"学号"字段上的关联。

（2）本题考查了使用命令方法修改表结构及表内容的统计和增加。但注意使用此方法时，表必须独占打开（Use 命令中的 EXCLUSIVE 子句），并且使用 Alter Table tablename Add newfield 命令插入新的字段，而平均成绩的统计可使用 avg()函数。

将平均成绩替换到"学生"表中，则是采取了先将"选课"表中对应的学生平均程序查询出来后，放入临时数组中，然后使用 Replace 命令替换到学生表中新的字段中。

综合应用题

【答案】

在窗口中输入 Modify Command Myprog 建立新的程序，并进入程序编辑器。在程序编辑器中输入如下代码：

```
SET TALK OFF
SET SAFETY OFF
SELECT 订单号,SUM(单价*数量) AS 总金额;
FROM 货物;
GROUP BY 订单号;
INTO CURSOR CurTable
SELECT 定货.*;
FROM 定货,CurTable;
WHERE 定货.订单号=CurTable.订单号 AND 定货.总金额<>CurTable.总金额;
INTO TABLE 修正
USE 修正
DO WHILE NOT EOF()        &&遍历 OD_MOD 中的每一条记录
    SELECT CurTable.总金额 FROM CurTable;
    WHERE CurTable.订单号=修正.订单号;
    INTO ARRAY AFieldsValue
    REPLACE 总金额 WITH AFieldsValue
    SKIP
ENDDO
CLOSE ALL
SELECT * FROM 修正 ORDER BY 总金额;
INTO CURSOR CurTable
SELECT * FROM CurTable INTO TABLE 修正
SET TALK ON
```

SET SAFETY ON

【解析】

本题主要考查的是 SQL 语句的应用，包括数据库定义，数据修改和数据查询功能。

设计过程中注意数据表和数据表中字段的选取。

修改每条记录时，可利用 do while 循环语句逐条处理表中的每条记录。

第8套上机真题

基本操作题

（1）将考生文件夹下的自由表"商品表"添加到数据库"客户"中。

（2）将表"定货"的记录复制到表"商品"中。

（3）对数据库客户下的表 custo，使用报表向导建立报表 myreport，要求显示表 custo 中的全部记录，无分组，报表样式使用"经营式"，列数为 2，方向为"纵向"，按"定单号"排序，报表标题为"定货浏览"。

（4）对数据库客户下的表"定货"和"客户联系"，使用视图向导建立视图 myview，要求显示出"定货"表中的字段"定货编号"、"客户编号"、"金额"和"客户联系"表中的字段"公司名称"，并按"金额"排序（升序）。

简单应用题

（1）建立表单，标题为"系统时间"，文件名为 myForm。完成如下要求：

表单上有一命令按钮，标题为"显示时间"；一个标签控件。单击命令按钮，在标签上显示当前系统时间，显示格式为：yyyy 年 m 月 dd 日。如果当前月份为一月到九月，如 3 月，则显示为"3 月"，不显示为"03 月"。显示示例：如果系统时间为 2004-04-08，则标签显示为"2004 年 4 月 08 日"。

（2）在考生文件夹的下对数据库"图书借阅"中的表 book 的结构做如下修改：指定"索书号"为主索引，索引名为"ssh"，索引表达式为"索书号"。指定指定"作者"为普通索引，索引名和索引表达式均为"作者"。字段价格的有效性规则是"价格>0"，默认值是 10。

综合应用题

学籍数据库里有"学生"、"课程"和"选课"三个表，建立一个名为 myview 的视图，该视图包含"学号"、"姓名"、"课程名"和"成绩"4 个字段。要求先按"学号"升序排序，再按"课程名"升序排序。

建立一个名为 myform 的表单，表单标题为"学籍查看"，表单中含有一个表格控件，该控件的数据源是前面建立的视图 myview。在表格控件下面添加一个命令按钮，该命令按钮的标题为"退出"，要求单击按钮时弹出一个对话框提问"是否退出？"，运行时如果选择"是"则关闭表单，否则不关闭。表单运行界面如图所示。

第8套上机真题解析

基本操作题

【答案】

（1）在客户数据库设计器中使用右键单击，选择"添加表"命令，双击考生文件夹下 custo 表将其添加到数据库中。

（2）打开表 custo，在命令窗口输入命令：Append From 客户联系。

（3）单击"开始"→"新建"→"报表"→"向导"→"报表向导"，单击"数据库和表"旁边的按钮，选择 custo 表，可用字段选择全部字段；如图所示。

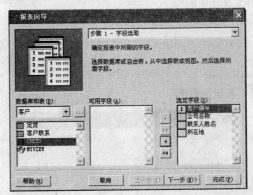

分组记录选择"无"；报表样式选择"经营"；在定义报表布局中，列数选择 2，方向选择"纵向"；设置报表标题为"定货浏览"，单击完成按钮。

（4）打开数据库"客户"的数据库设计器，单击主菜单上的"新建"图标，选择"新建视图"。将"客户联系"表和"定货"表添加到视图设计器中，在视图设计器中的"字段"选项卡中，将"可用字段"列表框中的题目中要求显示的字段添加到"选择字段"列表框中，在"排序依据"选项卡中将"选择字段"列表框中的"金额"添加到"排序条件"中，如图所示。

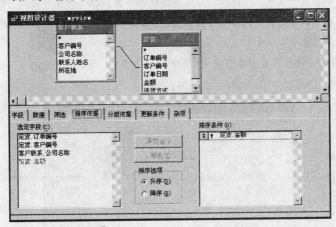

单击"保存"，以 myview 保存视图。

【解析】

本题考查的是数据库元素的添加,表记录的大批量拷贝,报表的建立和视图的建立,往数据库中添加自由表可在数据库设计器中完成。表记录的大批量拷贝使用 Append From 命令从某个表中拷贝记录。使用向导和视图建立报表和视图只需按照向导的提示一步步操作完成题目中的设置即可。

简单应用题

【答案】

解答第一小题按如下步骤进行操作：

（1）在命令窗口中输入：Create Form myForm，新建表单。通过表单工具控件栏在表单上添加一个标签控件和一个命令按钮控件。

（2）在属性窗口中修改表单和命令按钮的 Caption 属性分别为："系统时间"和"显示时间"。双击"显示时间"命令按钮，在其 Click 事件中输入：

```
riqi=dtoc(date(),1)
nian=subs(riqi,1,4)
yue=iif(subs(riqi,5,1)="0",subs(riqi,6,1),subs(riqi,5,2))
ri=subs(riqi,7,2)
ThisForm.label1.Caption=nian+"年"+yue+"月"+ri+"日"
```

（3）保存表单。表单运行界面如图所示。

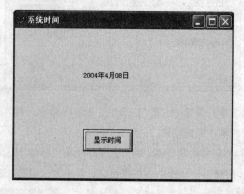

解答第二小题按如下步骤进行操作：

（1）打开数据库"图书借阅"设计器，右键单击数据库表 book，选择"修改"命令。

（2）单击"索引"项卡，将字段索引名修改为"shh"，在"索引"下拉框中选择索引类型为"主索引"，将字段表达式修改为"索书号"

（3）在下面一行中，将字段索引名修改为"作者"，在"索引"下拉框中选择索引类型为"普通索引"，将字段表达式修改为"作者"。如图所示。

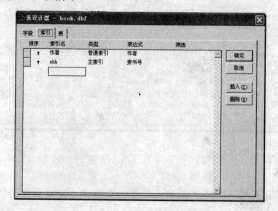

（4）在"字段"选项卡下，选中"价格"字段，在"字段有效性"设置区域内，输入"规则"文本框中的内容为"价格>0"，在默认值框内输入10。单击"确定"按钮。

【解析】

（1）本题考查表单的设计和基本函数的使用。获得系统日期的函数是 date（），使用函数 dtoc(date(),1) 将系统时间转化为 yyyymmdd 格式的字符串。要在标签上显示系统时间，需要将标签控件的 Caption 属性设置为系统时间的值。

（2）本题考查的是表结构的设置，表结构的设置在表结构设计器中完成。右键单击要设置的数据库表，在弹出的快捷菜单中选择"修改"，即可进入表的结构设计器界面。

综合应用题

【答案】

（1）打开"学籍"数据库设计器，单击主菜单上的"新建"图标，选择"新建视图"。

（2）将"学生"、"课程"和"选课"表添加到视图设计器中。

（3）在视图设计器中的"字段"选项卡中，将"可用字段"列表框中的"学生.学号"，"学生.姓名"，"课程.课程名"和"选课.成绩"字段添加到"选定字段"列表框中，如图所示。

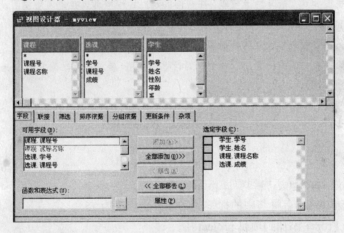

（4）在"排序依据"选项卡中将"选定字段"列表框中的"学生.学号"添加到"排序条件"中，在"排序选项"中选择"升序"。

（5）将"选定字段"列表框中的"课程.课程名称"添加到"排序条件"中，在"排序选项"中也选择"升序"。

（6）完成视图设计，将视图以 myview 为文件名保存。

（7）在 Visual FoxPro 的命令窗口内输入命令：Create Form myform，打开表单设计器，设置其 Caption 属性值为"学籍查看"。

（8）单击"显示"→"数据环境"命令，右击选择"添加"命令，在打开的对话框内选择"学生"、"课程"和"选课"表及 myview 视图。

（9）单击表单控件工具栏上的"表格"控件图标，向表单添加一个表格控件，选中该控件，在属性对话框中将其 RecordSourceType 属性改为"1-别名"，将 RecordSource 属性改为"myview"。

（10）单击表单控件工具栏上的"命令按钮"控件图标，向表单添加一个命令按钮，选中该命令按钮，在属性对话框中将其 Caption 属性改为"退出"。

双击命令按钮 comp，在 Click 事件中输入如下程序段：

```
if MessageBox("是否退出？",4)=6
   Thisform.Release
endif
```

（10）单击工具栏上的"保存"图标保存表单。

表单运行界面如图所示。

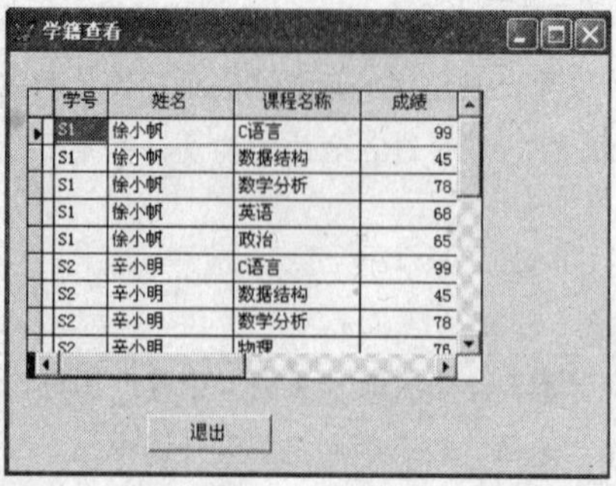

【解析】

本题包括建立视图和建立表单两大步骤。在视图的建立过程中可以在是使用视图设计器建立，也可以用命令直接建立，建立好的视图只能在数据库中看到。

建立表单时要正确设置表格控件的数据源和相关属性。

本题另一考查点是表格的关闭方法以及消息对话框的使用，要求考生准确掌握 MessageBox() 函数的各个参数的含义及使用方法。

第 9 套上机真题

基本操作题

（1）将数据库 student 添加到项目 project 中。

（2）修改表单 form1，将其中的标签的字体大小修改为 15。

（3）把表单 From1 添加到项目 project 中。

（4）为数据库 student 中的表宿舍建立"唯一索引"，索引名称为"telp"，索引表达式为"电话"。

简单应用题

（1）使用报表向导建立一个简单报表。要求选择客户表 Customer 中所有字段；记录不分组；报表样式为"随意式"；列数为 1，字段布局为"列"，方向为"纵向"；排序字段为"会员号"（升序）；报表标题为"客户信息一览表"；报表文件名为 myreport。

（2）使用命令建立一个名称为 sb_view 的视图，并将定义视图的命令代码存放到命令文件 pview.prg 中。视图中包括客户的"会员号"（来自 Customer 表）、"姓名"（来自 Customer 表）、客户所购买的"商品名"（来自 article 表）、"单价"（来自 OrderItem 表）、"数量"（来自 OrderItem 表）和"金额"（OrderItem.单价 * OrderItem.数量），结果按"会员号"升序排序。

综合应用题

将order_detail表全部内容复制到od表，对od表编写完成如下功能的程序：

（1）把"订单号"尾部字母相同并且订货相同（"器件号"相同）的订单合并为一张订单，新的"订单号"取原来的尾部字母，"单价"取最低价，"数量"取合计。

（2）生成结果先按新的"订单号"升序排序，再按"器件号"升序排序。

（3）最终记录的处理结果保存在newtable表中。

（4）最后将程序保存为prog1.prg，并执行该程序。

第9套上机真题解析

基本操作题

【答案】

（1）在项目管理器中，单击"数据"选项卡，选择列表框中的"数据库"，单击"添加"命令按钮，将考生文件夹下的 student 数据库添加到项目管理器中。

（2）命令窗口中输入 Modify Form form1，打开表单设计器。选择 table1 控件，在属性框内将其"fontsize"属性改为 15。如图所示。

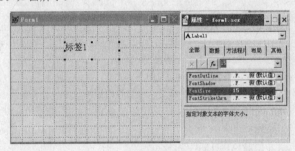

（3）在项目管理器中，单击"文档"选项卡，选择列表框中的"表单"，单击"添加"命令按钮，双击考生文件夹下的 form1 表单。

（4）在数据库设计器中使用右键单击数据库表"宿舍"，选择"修改"菜单命令，进入宿舍表的数据表设计器界面，单击"索引"选项卡，将字段索引名修改为"telp"，在"索引"下拉框中选择索引类型为"唯一索引"，将"字段表达式"修改为"电话"，单击"确定"按钮。

【解析】

表单属性的修改在表单设计器里的属性面板里进行操作。在项目设计器中将表单添加到项目中。建立索引的一个简单的方法是在表结构设计器中进行。

简单应用题

【答案】

解答第一小题按如下步骤进行操作：

（1）启动报表向导，并将 Customer 表所有字段加入到报表的"可用字段"中。

（2）在向导中，设置分组记录为"无"，报表样式选择"随意式"，报表布局列数选择 1，字段布局选择"列"，方向选择"纵向"，如图所示。

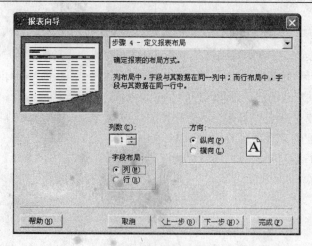

（3）选择索引标志为"会员号"（升序），并设置报表标题为"客户信息一览表"

（4）单击"完成"按钮并保存报表名为"myreport"。

解答第二小题按如下步骤进行操作：

（1）在 Visual FoxPro 命令窗口输入如下命令。

```
CREA VIEW sb_view as;
SELECT Customer.会员号, Customer.姓名, Article.商品名, Orderitem.单价,;
  Orderitem.数量, OrderItem.单价 * OrderItem.数量 as 金额;
FROM  ecommerce!customer INNER JOIN ecommerce!orderitem;
  INNER JOIN ecommerce!article ;
  ON  Article.商品号 = Orderitem.商品号 ;
  ON  Customer.会员号 = Orderitem.会员号;
ORDER BY Customer.会员号
```

（2）输入 Modify Command pview.prg 命令打开程序编辑窗口，并将上述代码复制（或输入）到该文件中。

（3）退出并保存该 PRG 文件。

【解析】

（1）使用报表向导建立较为简单的报表，只需要按照报表向导中的提示对题目中的要求进行设置即可完成本题。

（2）本题考查利用 SQL 的定义视图功能，生成一个视图文件，在视图中要生成新字段名，需要通过关键字 AS 指定。

读者也可以使用窗口方式根据题意创建视图，然后保存生成视图的代码。

综合应用题

【答案】

在命令窗口中输入：Modify Command myproj 命令，新建一个命令程序，并打开程序编辑窗口，在其中输入如下代码：

```
SET TALK OFF
SET SAFETY OFF
use order_detail
copy structure to od
use od
Append From order_detail.dbf
```

```
USE OD
COPY STRUCTURE TO NEWtable
SELECT RIGHT(订单号,1) AS 新订单号,器件名,器件号,;
RIGHT(订单号,1)+器件号 AS NEWNUM;
FROM OD;
GROUP BY NEWNUM;
ORDER BY 新订单号,器件号;
INTO CURSOR CurTable
DO WHILE NOT EOF()
    SELECT MIN(单价) AS 最低价,SUM(数量) AS 数量合计;
    FROM OD;
    WHERE RIGHT(订单号,1)=CurTable.新订单号 AND 器件号=CurTable.器件号;
    INTO ARRAY AFieldsValue
    INSERT INTO NEWtable VALUES;
    (CurTable.新订单号,CurTable.器件号,CurTable.器件名, AFieldsValue(1,1),
AFieldsValue(1,2))
    SKIP
ENDDO
CLOSE ALL
SET TALK ON
SET SAFETY ON
```

单击保存。

【解析】

复制表可分为两步去做，第一步复制表结构，使用的语句为 copy structure to，第二步为复制表内容，使用的语句为 Append From tablename，也可以在使用 Use 命令打开表之后，使用 Copy to tablename 命令直接复制。

第10套上机真题

基本操作题

（1）将考生文件夹下的自由表"学生"添加到数据库"学籍"中。

（2）从数据库"学籍"中永久性地删除数据库表"课程"，并将其从磁盘上删除。

（3）为数据库"学生"中的表"学号"建立主索引，索引名称和索引表达式均为"学号"，为数据库中的表"选课"建立普通索引，索引名称为"cod"，索引表达式为"学号"。

（4）建立表"学生"和表"选课"之间的关联。

简单应用题

（1）在"支出"数据库中查询每个人的"剩余金额"（剩余金额=工资减去电话、电费和气费），查询结果中包括"编号"、"姓名"、"工资"和"剩余金额"字段，并将查询结果保存在一个新表"newtable"中。

（2）通过邮局向北京城邮寄"特快专递"，计费标准为每克 0.05 元，但是超过 100 克后，超出部分每克多加 0.02 元。编写程序 myprog，根据用户输入邮件重量，计算邮费。

综合应用题

考生文件夹下存在数据库"书籍"，其中包含表 authors 和表 books，这两个表存在一对多的联系。

对该数据库建立文件名为 myform 的表单，其中包含两个表格控件。第一个表格控件用于显示表 authors 的记录，第二个表格控件用于显示与表 books 当前记录对应的 authors 表中的记录。

表单中还包含一个标题为"退出"的命令按钮，要求单击此按钮退出表单。

第 10 套上机真题解析

基本操作题

【答案】

（1）在"学籍"数据库设计器中使用右键单击，选择"添加表"命令，双击考生文件夹下的自由表"学生"。

（2）打开数据库"学籍"设计器，使用右键单击"课程"表，在选择"删除"命令。在弹出的对话框上选择"删除"按钮。

（3）在数据库设计器中使用右键单击数据库表"学生"，选择"修改"命令；单击"索引"选项卡，将字段索引名修改为"学号"，在"索引"下拉框中选择索引类型为"主索引"，将"字段表达式"修改为"学号"，单击"确定"按钮。用同样的方法为表选课建立索引名为 cod 索引表达式为学号的普通索引。

（4）在数据库设计器中，将"学生"表中"学号"主索引字段拖到"选课"表中"cod"索引字段上。如图所示。

【解析】

本题考查数据库表的管理。在数据库设计器中为已经建立索引的两表建立关联，只需将建立主索引的表的索引字段拖到建立普通索引的表的索引字段上即可。

简单应用题

【答案】

解答第一小题按如下步骤进行操作。

（1）在命令窗口中输入如下的 SQL 代码：

SELECT 日常支出.编号,日常支出.姓名,基本情况.工资, (基本情况.工资-日常支出.电话-日常支出.电费-日常支出.气费) as 剩余金额 from 基本情况 inner join 日常支出 on 日常支出.编号=基本情况.编号 into table newtable

解答第二小题按如下步骤进行操作。

（1）在命令窗口中输入 Modify Command myprog 命令新建程序。在程序编辑窗口中输入：

```
Set talk off
clea
input"请输入邮件重量："to zhl
If zhl<=100
```

```
    yf=zhl*0.05
else
    yf=zhl*0.05+(zhl-100)*0.02
endif
?yf
```

保存程序。

【解析】

（1）本题考查了对数据库中有关联的多个表的查询。注意选择关联字段，在本题中为两表共有"编号"字段。

（2）本题需要使用 if/else/endif 分支结构语句判断邮件重量，使用不同的资费计算方法计算邮费。

综合应用题

【答案】

（1）在 Visual FoxPro 的命令窗口内输入命令：Create Form myform，打开表单设计器。

（2）单击主菜单"显示"→"数据环境"，在数据环境窗口右击，选择"添加"命令，在打开的对话框内选择 authors 表和 books 表（数据库中的两个表的关联已经建立）。将数据环境中的 authors 表和 books 表拖入到表单中。如图所示。

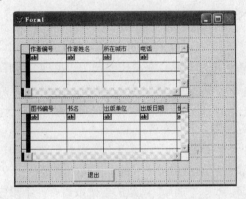

（3）单击表单控件工具栏上的"命令按钮"控件图标，向表单添加一个命令按钮，选中该命令按钮，在属性对话框中将其 Caption 属性改为"退出"。双击命令按钮 comp，在 Click 事件中输入如下程序段：

```
Thisform.Release
```

（4）保存表单。

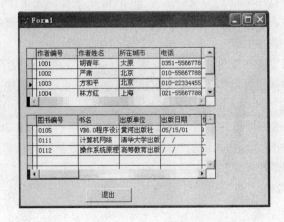

【解析】

本题考查了存在一对多关联的两个数据库表的关系。

当在表单的数据环境添加了这样的两个表后，表单运行时子表将只显示父亲的当前记录对应的子表记录。

解答本题时注意考生文件夹中是否已经对两表建立关联，如果没有，应当先建立关联再往表单的数据环境中添加两表。添加到数据环境中的两表的关联将继续保留。

第 11 套上机真题

基本操作题

（1）建立项目文件，文件名为"项目 1"。

（2）将数据库"支出"添加到项目"项目 1"中。

（3）建立简单的菜单"菜单 1"，要求有 2 个菜单项："查询"和"退出"。其中"退出"菜单项负责返回到子菜单，对"查询"菜单项不做要求。

（4）书写简单的命令程序 myprog，显示对话框，对话框内容为"hello"，对话框上只有一个"确定"按钮。

简单应用题

（1）建立一个名为 Menu1 的菜单，菜单中有两个菜单项"操作"和"返回"。"操作"菜单项下还有两个子菜单项"操作 1"和"操作 2"。"操作 1"菜单项负责查询 sco 表中等级为"一等"的学生的信息；"操作 2"菜单项负责查询 add 表中有论文的学生的信息。在"返回"菜单项下创建一个命令，负责返回到系统菜单。

（2）考生文件夹下有一个文件名为"表单 1"的表单文件，其中有 2 个命令按钮"统计"和"关闭"。它们的 Click 事件下的语句是错误的。请按要求进行修改（要求保存所做的修改）：单击"统计"按钮查询 add 表中"中国"国籍的学生数，统计结果中含"国家"和"数量"2 个字段。"关闭"按钮负责退出表单。

综合应用题

对考生目录下的数据库 rate 建立文件名为 myform 的表单。表单含有一个表格控件，用于显示用户查询的信息；表单上有一个按钮选项组，含有"外币"浏览，"各人持有量"和"各人资产"三个选项按钮。表单上有一个命令按钮，标题为"浏览"。

当选择"外币浏览"选项按钮并单击"浏览"按钮时，在表格中显示 hl 表的全部字段；选择"各人持有量"选项按钮并单击"浏览"按钮时，表格中显示 sl 表中的"姓名"，hl 表中的"外币名"和 sl 表中的"持有数量"。

选择"各人资产"选项按钮并单击"浏览"按钮时，表格中显示 sl 表中每个人的"总资产"（每个人拥有的所有外币中每种外币的"基准价"＊"持有数量"的总和）。

单击"退出"按钮退出表单。

界面如图所示。

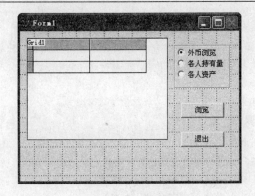

第 11 套上机真题解析

基本操作题

【答案】

（1）在命令窗口中输入：Create proejct 项目 1。

（2）在项目管理器中，单击"数据"选项卡，选择列表框中的"数据库"，单击"添加"命令按钮，在系统弹出"打开"对话框中，双击考生文件夹下的支出数据库。

（3）在命令窗口中输入：命令：Create Menu 菜单 1，单击"菜单"图标按钮。按题目要求输入主菜单名称"查询"和"退出"。在"退出"菜单项的结果下拉列表中选择"命令"在命令编辑框中输入：Set SysMenu to Default。单击"菜单"→"生成"。菜单界面如图所示。

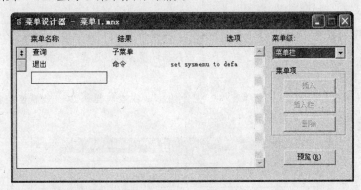

（4）使用到的代码为：messagebox("hello")。

【解析】

可使用 messagebox 函数建立对话框，函数的参数即为对话框中要显示的内容。

简单应用题

【答案】

解答第一小题按如下步骤进行操作：

（1）在命令窗口中输入命令：Create Menu Menu1，单击"菜单"图标按钮。

（2）按题目要求输入主菜单名称"操作"和"返回"。在"返回"菜单项的结果下拉列表中选择"命令"，在命令编辑框中输入：Set SysMenu to default。

（3）在"操作"菜单项的结果下拉列表中选择"子菜单"，单击"编辑"按钮。输入两个子菜单名称"操作 1"和"操作 2"。选择"结果"均为"命令"，分别在命令编辑窗口中输入：

```
Select * from sco Where 等级="一等";
Select * from add Where 有论文否=.t.
```

（4）选择 Visual FoxPro 菜单"菜单"→"生成"命令。

解答第二小题按如下步骤进行操作：

（1）在命令窗口里输入 Modify Form myForm，进入表单的设计器。

（2）双击"统计"按钮，修改命令其 Click 事件代码窗口中的代码为：

```
Select 国家,count(国家) from add Where 国家="中国"
```

（3）双击退出按钮，修改命令其代码窗口中的代码为：

```
ThisForm.Release
```

（4）保存表单。

【解析】

（1）本题考查菜单的建立和基本的 SQL 语句使用。菜单的建立一般在菜单设计器中进行。设计过程中注意菜单项结果的选择，一般可以选择"过程"、"命令"或"子菜单"等。使用 SQL 语句进行条件查询属于简单的 SQL 应用，正确掌握 SQL 语句的语法结构和关键字即可完成此题。

（2）本题考查基本的 SQL 查询。使用 Where 条件语句进行条件判断的时候要注意，如果字段的数据类型为字符型，则等号后面的值应该用双引号引起来。退出表单使用 Thisform.Release 命令。Quit 命令是退出 Visual FoxPro。

综合应用题

【答案】

（1）在命令窗口里输入 Modify Form myform，打开表单设计器。

（2）单击"显示"→"数据环境"命令，右击数据环境窗口，选择"添加"命令，在打开的对话框内选择 hl 表和 sl 表。

（3）单击表单控件工具栏上的"表格"控件图标，在表单里添加一个表格控件，设置其属性 RecordSourceType 属性为 4，如图所示。

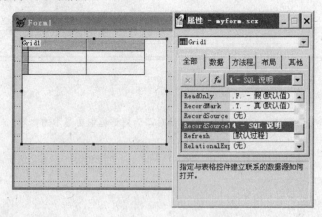

（5）单击表单控件工具栏上的"选项组按钮"控件图标，在表单里添加一个选项按钮组控件，设置其属性 ButtonCount 为 3，右键单击选项按钮组，选择"编辑"对三个按钮进行编辑。分别设置按钮的 Caption 属性为"外币浏览"，"各人持有量"和"各人资产"。

（6）单击表单控件工具栏上的"命令按钮"控件图标，向表单添加两个命令按钮。

（7）选中第一命令按钮，在属性对话框中将其 Caption 属性改为"浏览"。双击该命令按钮在 Click 事件中输入如下程序段：

```
Do case
Case Thisform.optiongroup1.Value=1
Thisform.grid1.columncount=3
Thisform.grid1.column1.header1.Caption="姓名"
Thisform.grid1.column2.header1.Caption="外币代码"
Thisform.grid1.column3.header1.Caption="持有数量"
Thisform.grid1.RecordSourceType=4
Thisform.grid1.RecordSource="Select * From hl Into Cursor temp"
case Thisform.optiongroup1.Value=2
Thisform.grid1.columncount=3
Thisform.grid1.column1.header1.Caption="姓名"
Thisform.grid1.column2.header1.Caption="外币名称"
Thisform.grid1.column3.header1.Caption="持有数量"
Thisform.grid1.RecordSourceType=4
Thisform.grid1.RecordSource="Select sl.姓名,hl.外币名称,sl.持有数量 From hl;
inner join sl on sl.外币代码=hl.外币代码 Order by sl.姓名 Into Cursor temp"
case Thisform.optiongroup1.Value=3
Thisform.grid1.columncount=2
Thisform.grid1.column1.header1.Caption="姓名"
Thisform.grid1.column2.header1.Caption="总资产"
Thisform.grid1.RecordSourceType=4
Thisform.grid1.RecordSource="Select sl.姓名,sum(hl.基准价*sl.持有数量)as 总;
资产 From hl inner join sl on sl.外币代码=hl.外币代码 Group by sl.姓名 order ;by sl.
姓名 Into Cursor temp"
endcase
Thisform.refresh
```

（8）选中第二个命令按钮，在属性对话框中将其 Caption 属性改为"退出"。双击该命令按钮，在 Click 事件中输入如下程序段：

```
Thisform.Release。
```

（9）单击工具栏上的"保存"图标，以 myform 保存表单。

表单运行结果如图所示。

【解析】

本题考查简单表单的建立、表格控件的使用、选项按钮组的设置使用及使用 SQL 语句的多表查询。

本题中要在表格内显示不同的查询内容，因此要在选项按钮组的事件里根据需要设置其显示查询内容的两个重要属性 RecordSourceType 和 RecordSource。

选项按钮组内子控件的设置方法是右键单击选择"编辑"。

退出表单使用命令 Thisform.Release。

第 12 套上机真题

基本操作题

（1）对数据库"mydb"下的表"商品"，使用报表向导建立查询"查询1"，要求查询表中的单价在1000（含）元以上的记录。

（2）为表"商品"增加字段"利润"，类型和宽度为数值型（8，2）。

（3）为表"利润"的字段设置有效性规则，要求利润>=0，否则提示信息"这样的输入无利可图"。

（4）设置表"商品"的字段"利润"的默认值为"单价-出厂单价"。

简单应用题

（1）使用菜单设计器制作一个名为"菜单2"的菜单，菜单有两个菜单项"工具"和"视图"。"工具"菜单项有"拼写检查"和"字数统计"两个子菜单；"视图"菜单项下有"普通"、"页面"和"表格"三个子菜单。

（2）对"仓库管理"数据库编写程序 myprog，完成如下操作：

① 在仓库表中插入一条记录（WH12,南京，450）。

② 统计各个城市的仓库个数和总面积，统计结果中包含"城市"、"仓库个数"和"仓库总面积"三个字段。将统计结果保存在表 mytable 中。

综合应用题

设计文件名为 myform 的表单。表单的标题设为"产品类型统计"。表单中有一个组合框、两个文本框和两个命令按钮，标题分别为"统计"和"退出"。

运行表单时，组合框中有产品类型"分类编码"可供选择，在做出选择以后,单击"统计"命令按钮，则第一个文本框显示出"产品类型"名称，第二个文本框中显示出"产品"表中拥有这种产品类型产品的记录数。

单击"退出"按钮关闭表单。

第 12 套上机真题解析

基本操作题

【答案】

（1）选择 FoxPro 窗口中的"开始"→"新建"菜单命令，选中"查询"选项，单击"向导"→"查询向导"；单击"数据库和表"旁边的按钮，选择"商品"表，可用字段选择全部字段；单击"筛选"选项卡，输入筛选条件为"单价>=1000"，如图所示。

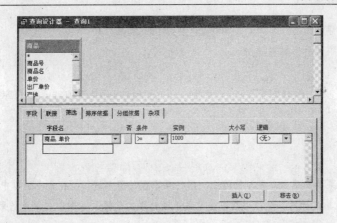

（2）在数据库设计器中，使用右键单击"商品"数据表，选择"修改"菜单命令。在"字段"选项卡列表框内的最后插入一个新的字段。输入新的字段名为"利润"，选择类型为"数值型"，宽度为"8"，小数位数为"2"。

（3）在（2）中的表结构设计器中，选择"利润"字段，在"字段有效性"设置区域内，输入"规则"文本框中的内容为"利润>=0"，在"信息"文本框中输入""这样的输入无利可图""。

（4）选择"利润"字段，在"默认值"框内输入"单价-出厂单价"。

【解析】

本题考查数据库表的结构设置。设置字段的有效性规则和默认值可在表结构设计器中选择要设置的字段，在字段有效性选项里根据提示进行设置即可。

简单应用题

【答案】

解答第一小题按如下步骤进行操作：

（1）在命令窗口中输入命令：Create Menu 菜单2，单击"菜单"图标按钮。

（2）按题目要求输入主菜单名称"工具"和"视图"。在两个菜单项的结果下拉列表中均选择"子菜单"。

（3）单击"工具"菜单项的子菜单"编辑"按钮，输入两个子菜单名"拼写检查"和"字数统计"。

（4）在菜单级的组合框里选择"菜单栏"（如图所示）返回上一级菜单。

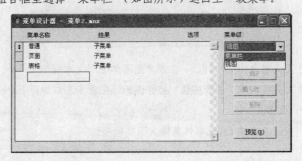

（5）单击"视图"菜单项的子菜单"编辑"按钮，输入三个子菜单名"普通"、"页面"和"表格"。

（6）选择 Visual FoxPro 菜单"菜单"→"生成"命令。

解答第二小题按如下步骤进行操作：

（1）在命令窗口中输入：Modify Command. Myprog，新建程序。

（2）在程序编辑窗口中输入：

```
Set talk off
insert into 仓库 values("WH12","南京",450)
Select 城市,count(仓库号) as 仓库数,sum(面积) as 总面积 from 仓库 Group by 城市;
into table mytable
Set talk on
```

（3）执行程序。

【解析】

（1）本题考查菜单的建立。菜单的建立一般在菜单设计器中进行，在命令窗口中输入：Create Menu MenuName，打开菜单设计器。设计过程中注意菜单项结果的选择，本题中主菜单结果都应该选择"子菜单"。

（2）本题考查了命令程序的建立与编写。使用命令 Modify Command. CommandName 新建程序，并打开程序编辑窗口。在书写程序时，使用 SQL 语句的插入功能，基本格式为 insert into tableName value (eExpression1, eExpression2…)。

综合应用题

【答案】

（1）在命令窗口内输入：Create Form myform 建立新的表单，修改其 Caption 属性为"产品类型统计"。

（2）单击主菜单"显示"→"数据环境"，右击数据环境窗口，选择"添加"命令，在打开的对话框内选择"产品"表和"产品类型"表。

（3）单击表单控件工具栏上的"组合框"控件图标，在表单中添加一个组合框控件，设置设置组合框的 RowSourceType 属性为"字段"，设置其 SourceType 属性为"产品类型.分类编码"，如图所示。

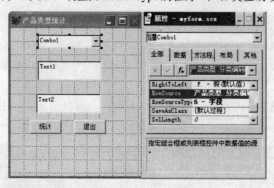

（4）单击表单控件工具栏上的"文本框，在表单里添加 2 个文本框。

（5）单击表单控件工具栏上的"命令按钮"控件图标，在表单里添加两个命令按钮，设置其 Caption 属性分别为"统计"和"退出"。

（6）双击"统计"按钮，在其 Click 事件里输入下列代码：

```
Select 种类名称 From 产品类型 Where 分类编码=allt (Thisform.combo1.displayValue); Into array temp
Thisform.text1.Value=temp(1,1)
Select count(商品编码) From 产品 Where 分类编;
码=allt(Thisform.combo1.displayValue) Into array temp2
Thisform.text2.Value=temp2(1,1)
```

（7）双击"退出"按钮，在其 Click 事件里输入下列代码：

```
Thisform.Release
```

（8）保存表单，文件名为 myform。

表单运行界面如图所示。

【解析】

本题考查的是简单表单的建立和 SQL 查询语句的使用。

本题的特殊之处在于查询条件与组合框的值的结合，即在 where 语句中使用表字段名与组合框值是否相等的判断。

第 13 套上机真题

基本操作题

（1）建立项目文件，文件名为"项目 1"。

（2）在项目"项目 1"中建立数据库，文件名为 mydb。

（3）在数据库"mydb"中建立数据库表"mytable"，不要求输入数据。表结构如下：

路线号	字符型（8）
司机	字符型（8）
首班时间	日期时间型
末班时间	日期时间型

（4）建立简单的菜单 mymenu，要求有 2 个菜单项："开始"和"结束"。其中"开始"菜单项有子菜单"统计"和"查询"。"结束"菜单项负责返回到系统菜单。

简单应用题

（1）在考生文件夹下，有一个数据库 SDB，其中有数据库表 STUDENT、SC 和 COURSE。在表单向导中选取"一对多表单向导"创建一个表单。要求：从父表 STUDENT 中选取字段"学号"和"姓名"，从子表 SC 中选取字段"课程号"和"成绩"，表单样式选"浮雕式"，按钮类型使用"文本按钮"，按"学号"降序排序，表单标题为"学生成绩"，最后将表单存放在考生文件夹中，表单文件名为 myForm。

（2）在考生文件夹中有一数据库 SDB，其中有数据库表 STUDENT，SC 和 COURSE。建立"成绩大于等于60分"、按"学号"升序排序的本地视图 GRADELIST，该视图按顺序包含字段"学号"、"姓名"、"成绩"和"课程名"。

综合应用题

在考生文件夹下，对"支出"数据库完成如下综合应用：

（1）建立一个名称为 myview 的视图，查询结果中包括"工资"字段和"日常支出"表中的全部字段。

（2）设计一个名称为 myform 的表单，表单上设计一个页框，页框有"视图"和"表"两个选项卡，在表单的右下角有一个"退出"命令按钮。要求如下：

① 表单的标题为"支出浏览"。

② 单击选项卡"视图"时，在选项卡中使用表方式显示 myview 视图中的记录。

③ 单击选项卡"表"时，在选项卡中使用"表格"方式显示表日常支出的记录。

④ 单击"退出"命令按钮时，关闭表单。

第 13 套上机真题解析

基本操作题

【答案】

（1）在命令窗口中输入：Create Project 项目 1。

（2）在项目管理器中，单击"数据"选项卡，选择列表框中的"数据库"，单击"新建"命令按钮并选择"新建数据库"按钮。输入数据库名 mydb，选择路径单击"保存"。

（3）在数据库设计器中，使用右键单击，选择"新建表"菜单命令，以"mytable"为文件名保存。根据题意，在表设计器中的"字段"选项卡中依次输入每个字段的字段名、类型和宽度，如图所示。

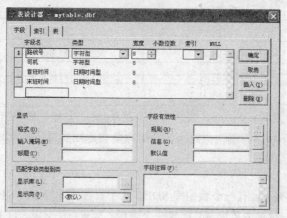

保存表结构时，系统会提问"现在输入记录吗？"。单击"否"按钮。

（4）在命令窗口中输入命令：Create Menu mymenu，单击"菜单"图标按钮。按题目要求输入主菜单名称"开始"和"结束"。在"结束"菜单项的"结果"下拉列表中选择"命令"。在命令编辑框中输入：Set SysMenu to Default。在"开始"菜单项的结果下拉列表中选择"子菜单"。单击"创建"按钮，进入子菜单设计器界面，输入两个子菜单项的名称"统计"和"查询"。选择"菜单"→"生成"命令。菜单界面如图所示。

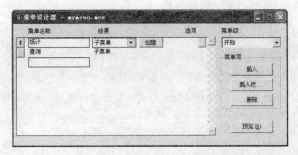

【解析】

可在命令窗口中输入：Create Project projectname 来建立项目，同时打开项目管理器。菜单的建立在菜单设计器中完成，需要注意的是菜单项"结果"下拉列表中各个选项的区别。

简单应用题

【答案】

解答第一小题按如下步骤进行操作：

（1）新建报表并启动一对多表单向导。

（2）在向导中，父表在子表分别选择考生目录下的表 STUDEN 和 SC，并分别选择题目中要求显示的字段；如图所示。

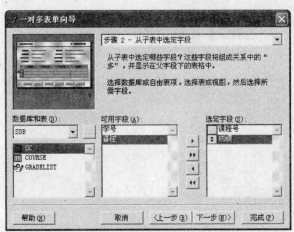

（3）在接下来的表单向导对话框中，设置表单样式为"浮雕式"，按钮类型为"文本按钮"，排序字段选择"学号"（降序），表单标题为"学生成绩"。

（4）保存表单，文件名为 MyForm。

解答第二小题按如下步骤进行操作：

（1）打开数据库，单击工具栏上的"新建"图标，选择"新建文件"。

（2）将数据库表 STUDENT，SC 和 COURSE 添加到视图设计器中。

（3）在视图设计器中的"字段"选项卡，将"可用字段"列表框中题目要求显示的字段全部添加到"选定字段"列表框中。

（4）在"排序依据"选项卡中将"选定字段"列表框中的"学号"添加到"排序条件"中（升序）。

（5）在"筛选"选项卡中，设置筛选条件为"成绩>=60"。

（6）保存视图，文件名为 gradelist。

【解析】

（1）使用一对多表单向导建立表单时，可按照表单向导的提示对题目中的要求一步步设置，向导默认自动选择两个表中具有相同名称及类型的字段做为联接字段，在本题就是两个表共有的"学号"字段。

（2）本题考查简单视图的建立。视图的建立在数据库设计器中完成。使用命令 open Database dbName 打开数据库设计器，在其上右击选择"新建本题视图"，可打开视图设计器。视图建立完成以后，只有在数据库中才能看的到。

综合应用题

【答案】

（1）打开数据库"支出"设计器，单击主菜单上的"新建"图标，选择"新建视图"。

（2）将"日常支出"和"基本情况"表添加到视图设计器中。

（3）在视图设计器中的"字段"选项卡中，将"可用字段"列表框中题目要求显示的字段全部添加到"选定字段"列表框中。

（4）将视图以 myview 件名保存。

（5）在命令窗口内输入：Create Form myform 建立新的表单。

（6）单击主菜单"显示"→"数据环境"命令，右击数据环境窗口，选择"添加"命令，在打开的对话框内选择日常支出表和 myview 视图，如图所示。

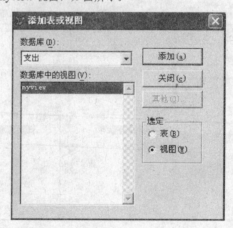

（7）在表单里添加一个页框控件，设置其属性 PageCount 为 2，右键单击页框，选择"编辑"对两个页面进行编辑。分别设置页面的 Caption 属性为"视图"和"表"。将数据环境里的一个表和一个视图分别拖入对应页面中。

（8）单击表单控件工具栏上的"命令按钮"控件图标，向表单添加一个命令按钮，选中该命令按钮，在属性对话框中将其 Caption 属性改为"退出"。双击该命令按钮，在其 Click 事件中添加如下代码：

```
Thisform.Release
```

（8）保存表单。

表单运行结果如图所示。

【解析】

本题考查的主要是简单视图的建立和页框控件的使用。

表单的数据环境中不但可以添加数据表，还可以添加视图。

在页面中显示视图和表的一个简单的方法是将表和视图直接从数据环境拖入页面中。

第 14 套上机真题

基本操作题

（1）将考生文件夹下的数据库"积分管理"中的表"积分"拷贝到表"积分 2"中（拷贝表结构和记录）。

（2）将表"积分 2"的添加到数据库"积分管理"中。

（3）对数据库"积分管理"下的表"积分"，使用视图向导建立视图"myview"，要求显示出表中的所有字段，并按"积分"排序（降序）。

（4）修改表单 myform，将其中选项按钮组中的两个按钮的标题属性分别设置为"学生"和"教师"。

简单应用题

（1）考生文件夹下有数据库"订货管理"，其中有表 customer 和 orderlist。用 SQL SELECT 语句完成查询：列出目前有订购单的客户信息（即有对应的 order_list 记录的 customer 表中的记录），同时要求按"客户号"升序排序，将结果存储到 results 表中，将使用的 SQL 语句保存到 mysql.txt 中。要求查询结果不重复，即查询结果中同一客户的信息只显示一次。

（2）打开并按如下要求修改 Form1 表单文件（最后保存所做的修改）：

① 在"确定"命令按钮的 Click 事件(过程)下的程序有两处错误，请改正之。

② 设置 Text2 控件的有关属性，使用户在输入口令时显示"*"。

综合应用题

考生文件夹下有学生管理数据库 student，数据库中有 score 表。表的前五个字段已有数据。

请编写并运行符合下列要求的程序：

设计一个名为form_stu的表单，表单中有两个命令按钮，按钮的名称分别为cmdYes和cmdNo，标题分别为"计算"和"关闭"。

程序运行时，单击"计算"按钮应完成下列操作。

（1）计算每一个学生的总成绩。总成绩的计算方法是：考试成绩+加分，加分的规则是：如果该生是少数民族(相应数据字段为.T.)加分5分，优秀干部加分10分，三好生加分20分，加分不累计，取最高的。例如，如果该生既是少数民族又是三好生，加分为20分。如果都不是，总成绩=考试成绩。

（2）根据上面的计算结果，生成一个新的自由表ZCJ，该表只包括"学号"和"总成绩"两项，并按"总成绩"的升序排序，如果"总成"绩相等，则按"学号"的升序排序。

单击"关闭"按钮，程序终止运行。

第 14 套上机真题解析

基本操作题

【答案】

（1）在命令窗口中输入：

```
use 积分
Copy to 积分 2
```

（2）在"积分管理"数据库设计器中使用右键单击，选择"添加表"命令，双击考生文件夹下的"积分 2"自由表。

（3）打开数据库"积分管理"设计器，单击主菜单上的"新建"图标，选择"新建视图"。将"积分"表添加到视图设计器中，在视图设计器中的"字段"选项卡中，将"可用字段"列表框中的字段全部添加到"选择字段"列表框中，如图所示。

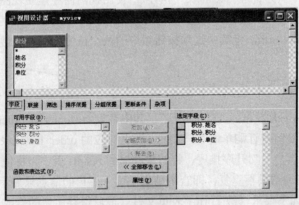

在"排序依据"选项卡中将"选择字段"列表框中的"积分"添加到"排序条件"中。

（4）在命令窗口中输入：Modify Form myform，打开表单设计器。使用右键单击选项按钮组控件，选择"编辑"命令。选择第一个按钮，在属性面板中设置其 Caption 为"学生"。用同样的方法设置第二个按钮的 Caption 为"教师"。

【解析】

将一个表的结构和记录拷贝到另一个表可在打开表之后使用 Copy to tablename 命令；修改表单中的容

器型控件需使用右键单击控件，选择"编辑"命令后对其中的子控件进行属性设置。

简单应用题

【答案】

解答第一小题按如下步骤进行操作：

在命令窗口中输入：

```
Select distinct customer.* from customer inner join orderlist on;
customer.客户号=orderlist.客户号 Order by customer.客户号 into table results
```

解答第二小题按如下步骤进行操作：

（1）双击"确定"按钮，修该其 Click 事件代码为：

```
If ThisForm.text1.text = ThisForm.text2.text
    wait "欢迎使用……" window timeout 1
ThisForm.Release
else
    wait "用户名或口令不对，请重新输入……" window timeout 1
endif
```

（2）选中文本框 text2，在属性面板中修改其 passwordchar 属性为 "*"，如图所示。

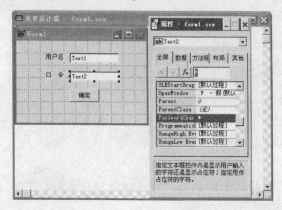

【解析】

（1）本题考查多表联接查询，注意两表联接的公共字段。在查询结果中只显示一次查询结果可在查询项前使用关键字 distinct，将查询结果保存到表中使用 into table tableName。

（2）两个文本框内容的比较是比较其 value 或 text 值。退出表单的命令为 release。控制文本框输入值的掩饰码的属性为 passwordchar，将其属性设置为 "*" 后，则在其中输入的文字以 "*" 代表。

综合应用题

【答案】

（1）在 Visual FoxPro 的命令窗口内输入命令：Create Form myform，打开表单设计器，右击表单，选择"数据环境"，如图所示。

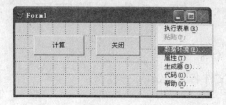

选择 score 表。

（2）单击表单件工具栏上的"命令按钮"控件图标，在表单里添加两个命令按钮，设置其 Caption 属性分别为"计算"和"关闭"。

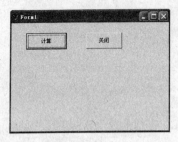

（3）双击"计算"按钮，在其 Click 事件里输入下列代码：

```
SET TALK OFF
    Select SCORE
    go Top
    DO WHILE NOT EOF()
        STORE 0 TO JF
        DO CASE
            CASE 三好生
                JF=20
            CASE 优秀干部
                JF=10
            CASE 少数民族
                JF=5
            OTHERWISE
                JF=0
        ENDCASE
        REPLACE 总成绩 WITH 考试成绩+JF
        SKIP
    ENDDO
    SELECT 学号,总成绩 FROM SCORE ORDER BY 总成绩,学号;
    INTO TABLE ZCJ
    SET TALK ON
```

（4）双击"关闭"按钮，在其 Click 事件里输入下列代码：

```
Thisform.Release
```

（5）保存表单，文件名为 myform。

【解析】

本题考查表单的设计。

在表单的数据环境中添加表，在表单的控件中可以使用 select tablename 直接调用表，而无须也不能再使用 use tablename 打开表。

程序部分可使用一个 do 循环来依次浏览表中的记录，再使用分支语句对每条记录进行判断加分统计。

最后使用 SQL 语句的 into table tablename 等查询去向语句将查询结果存入到新的数据表中。

第 15 套上机真题

基本操作题

（1）建立项目文件，文件名为 proj。

（2）将数据库"share"添加到项目中。

（3）对数据库"share"下的表"数量"，使用查询向导建立查询"myquery"，要求查询出表"数量"的"持有数量"字段值在 2500 以上的记录.。并按"持有数量"排序（升序）。

（4）用 Select 语句查询表股票中的汉语拼音以"p"开头的记录，将使用的 SQL 语句保存在 mytxt.txt 中。

简单应用题

（1）在考生文件夹中有一个数据库 SDB，其中有数据库表 STUDENT、SC 和 COURSE 表。在考生文件夹下有一个程序 myprog.PRG，该程序的功能是检索同时选修了课程号 C1 和 C2 的学生的学号。请修改程序中的错误，并调试该程序，使之正确运行。考生不得增加或删减程序行。

（2）设计表单 myForm1，表单中有两个列表框，其中左边的列表框中有 student 表中的所有字段名。表单中有两个命令按钮"添加"和"移除"，在左边的列表框中选择字段名并单击"添加"命令按钮后，在右边的列表框中添加该字段名。在右边的列表框中选择字段名，并单击"移除"命令按钮后，从列表框中移除该字段名。表单界面如图所示。

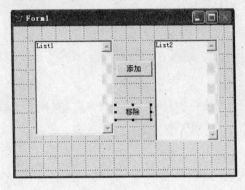

综合应用题

（1）打开基本操作中建立的数据库 sdb，在数据库中已经建立了一个视图，要求利用报表向导制作一个报表，选择 SVIEW 视图中所有字段；记录不分组；报表样式为"随意式"；排序字段为"学号"（升序）；报表标题为"学生成绩统计一览表"；报表文件名为 pstudent。

（2）设计一个名称为 form2 的表单，表单上有"浏览"和"打印"两个命令按钮。单击"浏览"命令按钮时，执行 SELECT 语句查询前面定义的 SVIEW 视图中的记录，单击"打印"命令按钮时，调用报表文件 pstudent 浏览报表的内容。

第 15 套上机真题解析

基本操作题

【答案】

（1）在命令窗口中输入：Create Project proj。

（2）在项目管理器中，单击"数据"选项卡，选择列表框中的"数据库"，单击"添加"命令按钮，在系统弹出"打开"对话框中，双击考生文件夹下的 share 数据库。

（3）单击主菜单上的"新建"图标，选择"新建查询"。将"数量"表添加到查询设计器中，在视图设计器中的"字段"选项卡中，将"可用字段"列表框中的字段全部添加到"选择字段"列表框中。在"筛选"选项卡中将"筛选条件"设定为"持有数量>2500"。如图所示。

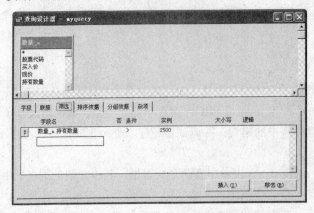

单击"排序依据"选项卡，将列表框中的"持有数量"添加到排序条件中，按"升序"排序。保存查询，文件名取为 myquery。

（4）在命令窗口中输入：

```
Select * From 股票 Where left(汉语拼音,1)="p"
```

【解析】

使用查询向导建立查询只需按照向导的提示一步步操作完成题目中的设置即可。判断汉语拼音的是否以 p 开头可使用 left(汉语拼音,1)="p"来判断。

简单应用题

【答案】

解答第一小题按如下步骤进行操作：

在命令窗口中输入 Modify Command. Myprog 打开命令编辑窗口，将其中代码修改为：

```
SELECT 学号;
FROM SC ;
WHERE 课程号 = 'c1' AND 学号 IN ;
SELECT 学号 FROM SC ;
WHERE 课程号 = 'c2' )
```

解答第二小题按如下步骤进行操作：

（1）在命令窗口内输入 Create Form myForm1 建立新的表单。

（2）将 student 表添加到表单数据环境中。

（3）通过表单控件工具栏在表单上添加两个列表框和两个命令按钮。

（4）在属性面板中设置两个命令按钮的 Caption 属性分别为"添加"和"移除"，将列表框 list1 的 RowSourceType 属性设置为"8"，RowSource 属性设置为"student"。如图所示。

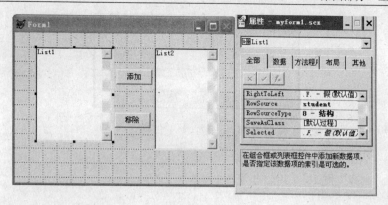

（5）双击"添加"命令按钮，在其 Click 事件中输入：

```
ThisForm.list2.additem(ThisForm.list1.value)
```

（6）双击"移除"命令按钮，在其 Click 事件中输入：

```
i=1
do while i<=ThisForm.list2.listcount
    if ThisForm.list2.selected(i)
        ThisForm.list2.removeitem(i)
    else
        i=i+1
    endif
enddo
```

（7）保存表单。

【解析】

（1）本题考查 SQL 的基本的嵌套查询，查询设计中注意 in（包含）短语的使用，并注意在每个数据表中字段的选取。

（2）本题考查列表框的属性设置和方法使用。在列表框中添加和移除条目分别使用函数 Additem() 和 Removeitem()。注意后一函数的参数是数值型的，即列表框中第几条条目被移除。统计列表框中条目的个数的函数为 Listcount（）。

综合应用题

【答案】

（1）依次单击"开始"菜单→"新建"命令→"报表"选项→"向导"按钮→"报表向导"选项。

（2）根据题意，选择视图文件 sview，在"可用字段"选择全部字段。

（3）分组记录选择"无"。

（4）报表样式选择"随意式"。

（5）在定义报表布局中，列数、字段布局选择和方向选择默认值，选择索引标志为"学号"。

（6）设置报表标题为"学生成绩统计一览表"。

（7）单击完成按钮，保存报表名为 "pstudent"。

（8）在 Visual FoxPro 命令窗口中输入：Modify Form form2，打开表单设计器。

（9）单击表单工具栏上的命令按钮图标，在表单上添加两个命令按钮，在属性面板里修改其 Caption 属性分别为"浏览"和"打印"。表单界面如图所示。

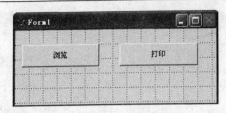

（10）双击"浏览"按钮，在其 Click 事件中输入如下代码：

```
open database sdb
Select * From sview
```

（11）双击"打印"按钮，在其 Click 事件中输入如下代码：

```
Report Form pstudent.frx preview
```

表单运行结果如图所示。

保存表单。

【解析】

本题考查了视图的建立以及视图在报表和表单中的使用。建立视图需要先打开数据库设计器，因为视图是保存在数据库中的。

报表的设计只需按照向导的提示一步步对题目中的要求设置即可。

表单的命令按钮事件中浏览报表的内容可使用 report Form reportname preview。

附录 应试策略

考生须知

① 考生必须凭本人的身份证（部队考生可凭军官证、士兵证）、准考证参加考试。证件不全或不符者不得参加考试。如身份证遗失、换证等，可暂凭临时身份证参加考试；尚未办领身份证的考生，可暂凭户口簿或其他有效证件参加考试

② 考生应严格遵守考场规则，自觉维护良好的考试纪律。如有违纪行为（包括未遂），将按有关规定严肃处理。违纪考生的处分决定，将由各考点发出书面通报，并抄送考生所在单位或主管部门。

③ 考生进入考场时，首先要在本考场考生名单上的规定栏目内签到，并注意核对，发现差错及时登记。

④ 考生在正式开考前，要在答题卡规定的栏目内准确清楚地填写准考证号、姓名等。凡填写错误或不清，后果由本人自负。如故意乱写、涂改等将按违纪严肃处理。

⑤ 答题卡要用钢笔或圆珠笔写明准考证号，并用 2B 铅笔将对应数字涂黑。切勿使用钢笔或圆珠笔涂写数字，否则无效。填空题答案要做在答题卡的下半部分，只能使用钢笔或圆珠笔，不得使用铅笔，考生在考前应事先准备好所需的 2B 铅笔、塑料橡皮、小刀等，以免影响考试。

⑥ 上机考试应在监考老师的指导下完成。不得擅自登录与己无关的考号，不得擅自拷贝或删除与己无关的目录和文件，否则成绩一律作零分，并视其情节轻重严肃处理。

⑦ 笔试和上机考试仅其中一项成绩合格的，下次考试凭上次考试成绩单，该项可免考，只报名参加未通过项的考试。

⑧ 考生如因工作调动或户口迁移，需要转地区办理免考，省内转考考生只需出具上次考试成绩单即可报名；外省转入的考生除出具考试成绩单外，还需凭转出省承办机构的转考介绍信才可办理；考生转往外省，需先至考点办理转考申请后，携带本人身份证和准考证及成绩证明，到省考办办理转考手续。

⑨ 考生成绩合格，凭身份证、准考证领取全国计算机等级考试证书，该证书遗失不补。

笔试答题技巧

笔试答题注意事项

等级考试的二级、三级选择题使用标准答题卡进行机器评阅。考生要特别注意：

① 考前准备好身份证、准考证等重要凭证，以及 2B 铅笔、钢笔、铅笔刀、橡皮等答题工具。

② 拿到答题卡后，首先确认无破损，卡面整洁，否则立即请求监考老师予以更换。

③ 建议先在试卷上写好答案，检查后，确认无误，再在答题卡上涂写。要避免漏涂、错涂、多涂，要多核对答案。

④ 避免浅涂。如果颜色太浅，机器阅卷会视为未涂，即使答案正确也不给分。涂黑颜色要适当深而清晰。但也要防止用力过猛而捅破答卷，否则也会影响到评卷的准确性。答题时如果无意弄坏了答题卡，一定要请监考老师重新更换新的。

⑤ 保持卷面整洁。答案不能折叠和撕裂，以免影响阅卷。

⑥ 交卷前，一定要再仔细检查准考证号、姓名和答题卡上的所有答案。答案写在试卷上不给分，只有在答题卡上才给分。选择题用 2B 铅笔填涂，填空题用蓝色钢笔或圆珠笔答题。

选择题答题技巧

笔试部分的考题分为两种类型。第 1 种是选择题，要求考生从 4 个给出的 A、B、C、D 选项中选出一个正确的选项作为答案。注意，这类题目中每题只有一个选项是正确的，多选或者不选都不给分，选错也不给分，但选错不倒扣分。第 2 种是填空题。

第 1 种类型的试题都是客观选择题。在题目中给出 4 个选项，必须而且只能从 4 个给出的选项种选择一个答案。答题技巧如下。

① 如果对题中给出的四个选项，一看就能肯定其中的一个是正确的，那么可以直接得出正确选择。注意，必须有百分之百的把握才行。

② 对四个给出的选项，一看就知其中的一个或两个或三个选项错误的。在这种情况下，可以使用排除法，既排除给出的选项中错误的，最后一个没有被排除的就是正确答案。

③ 在排除法中，如果最后还剩两个或三个选项，或对某个题一无所知时，也别放弃选择，在剩下的选项中随机选一个。如果剩下的选项值有两个，还有 50% 答对的可能性。如果是在三个选项中进行选择，仍有 33% 答对的可能性。就是在四个给出的答案中随机选一个，还会有 25% 答对的可能性。因为不选就不会得分，而选错了也不扣分。所以应该不漏选，每题都选一个答案，这样可以提高考试成绩。

填空题答题技巧

对于填空题，必须要仔细考虑。因为有许多东西的答案可能不止一个，只要填对其中的一种就认为是正确的。另外应注意，有的题目其中对一些细节问题弄错也不给分。所以，即使有把握答对或有可能答对的情况下，一定要认真填写，字迹要工整、清楚，可不能有错。

在答题时，对于会的题目要保证一次答对，不要想再次印证，因为时间有限。对于不会的内容，可以根据经验先初步确定一个答案，但应该在自己的答案上做一个标志，表明这个答案不一定对，在时间允许的情况下，可以回过头来重读这些作了标志的题。

切记不要在个别题上花费太多的时间，因为每个题的得分在笔试部分仅占一分和二分，有时甚至可以放几个题，因为这样做对整个考试成绩影响并不大。相反，如果在个别题目花费了太多的时间，最后其他的题都没有时间去做，即使个别题得分了，可能考试成绩并不高，或者成绩不及格，这就太不合算了。

上机考试指南

上机考试要点

在解答 VFP 上机部分考题时，应对主要考试知识点做到心中有数，VFP 上机部分考题共有 3 大题：基本操作题、简单应用、综合应用。

各题型的考查对象是：

① "基本操作题"部分主要考:项目管理器的应用、表的建立和修改、各种索引文件的建立、数据库的一些有效性规则和默认值的设定、关联的建立等。

② "简单应用"部分主要考:查询设计器、视图设计器的应用、程序文件的建立、程序改错、SQL 语句、菜单的建立、简单表单的设计等。

③ "综合应用"部分主要考:应用程序对数据库进行操作。

（2）上机考试的知识点主要有:

① 数据库与数据表的基本操作，主要包括：创建和修改数据表结构，设置库表字段的高级属性，记录的输入和维护，建立结构式复合索引，建立多表之间的关系并设置参照完整性。

② 用查询设计器设计查询和视图。

③ 常用命令，主要有：数据库的打开、修改和删除，记录的浏览、定位、筛选、统计、查找、复制、追加、替换和删除，程序和表单的执行，系统环境的设置等。

④ 常用函数，特别是部分常用的数据转换函数、日期和时间函数、字符函数、数值函数、数据库操作函数。

⑤ SQL 命令，特别是 SELECT-SQL、UPDATE-SQL 、CREATE TABLE-SQL.

⑥ 常用控件的关键性事件、属性和方法。

⑦ 用表单向导和表单设计器设计与数据绑定型的表单。

⑧ 用菜单设计器设计各种菜单。

⑨ 设置数据库表中字段的有效性规则。

⑩ 设置多个表之间的参照完整性。

⑪ 构造多字段索引表达式。

⑫ 设计含有表达式和分组条件的多表查询与参数化视图。

⑬ 为对象编写事件代码和方法程序。

⑭ 程序设计。

复习经验

1. 针对性训练

VFP 是一门理论和实践结合比较紧的课程，应通过读书和上机，积累运用电脑的技巧。通过读书很难一下获得很多技巧，动手上机，主动地提出实验任务，并付诸实施，方能有收效。不可以仅以书本为中心，当然也不能丢开书本一味盲目上机，中心任务是要根据考试大纲的要求把理论体系及知识点与上机运用相结合，要多做些上机模拟题，熟悉上机考试的题型和环境。

应较熟练地掌握 30～50 个左右的程序例子，并且还要掌握一定的解题技巧:

（1）认真研究表结构

拿到题目先要看一下所用表的结构，要记住字段名和字段类型，浏览一下记录，为的是让自己对操作对象有所了解，因为在程序中要求所应用的字段名必须与表中字段名完全相同、条件表达式中常量的类型必须与相应的字段类型一致，否则，在运行程序时就容易弹出"找不到变量"或"操作符/操作数类型不匹配"等出错对话框。

（2）深刻领会"要素评分法"的意思

考试系统对考生编的程序进行评分，满分是 30 分，但并不是要么全对，要么全错。而是根据程序题的要求，提取一些要素进行评分，如要求建的库建了，给几分，建对了，再给几分；要求输出的结果在目的库里有没有，有给几分，结果正确，再给几分；表单对象的属性设定好了、菜单设定了，都会得分的。这就给我们一个启示:要吃透题目，在可能的情况下，把自己能做的事情都做完。

（3）学会程序调试的一些技能

① 可在有疑问的地方设置一些临时检查变量，在检查变量的下面让程序暂停(WAIT)，这样才不至于犯一些"想当然"的错误，完成后再删除检查变量。

② 一定要在运行中调试和编写程序，这样可使你很快找到错误，不必走弯路，并能很好地控制每一条语句，做到心中有数，充分利用电脑本身的资源。

③ 在平时要多积累调试经验，应该熟悉一些常见的出错信息，要大体知道可能是什么原因引起的，相应地采用什么方法去解决。

2. 良好考试心态

成功是实力和心态共同作用的，因而考生考前要注意以下几点：

① 不要因临近考试而胆战心惊。

② 不要因某些题不会而顾虑彷徨。

③ 不要因题目容易而掉以轻心，不要盲目乐观。

④ 保持良好心态，珍惜复习时间！

3. 考试分数计算

上机考试以等第分数通知考生成绩。等第分数分为"不及格"、"及格"、"良好"、"优秀"四等。100～90 分为"优秀"。89～80 分为"良好"。79～60 分为"及格"。59～0 分为"不及格"。

在证书上，只印"优秀"或"及格"两种，"良好"在最后证书上按"及格"对待。

笔试和上机考试成绩均在及格以上者，由教育部考试中心发合格证书。笔试和上机考试成绩均为优秀的，合格证书上会注明优秀字样，良好按及格对待。

4. 等待评分结果

上机考试结束后，考生将被安排到考场外的某个休息场所等待评分结果，考生切忌提早离开，因为考点将马上检查考试结果，如果有数据丢失等原因引起的评分结果为 0 的情况，考点将酌情处理。说不定需要重考一次。如果这时找不到考生，考点只能将其机试成绩记为 0 分。

5. 考试过程中的注意事项

① 几乎每次考试都有难题、简单题，遇到难题不要心慌，不要轻易放弃；遇到简单的题目不要得意忘形，因为计算机等级考试的合格线是一个水涨船高的标准，你会别人也会，你不会别人也不会，所以一定要保持正常的心态。

② 不要故意提前交卷以示自己高人一筹，这其实是一种虚荣心在作怪！记住：阅卷人绝不会因你提前交卷而加分，还是仔细多检查一遍为好！

③ 不要在某一道难题目上花过多的时间，特别是上机操作时，实在不会就跳过去，先操作

完其他会的内容，最后有时间再来试。

④ 若遇到机器故障自己无法排除时，应及时报告监考老师协助解决或更换机器接着考试。

⑤ 理解题意很重要。考生应对编程题目认真分析研究，不要匆忙开始编程，一般一些题目都有一点小弯。稍不注意，就会理解错误，那将会影响成绩。

⑥ 要有输出结果，再好的程序不运行不会得满分。

⑦ 按要求存盘。一定要按考试要求的各种文件名调用和处置文件，千万不可搞错。如要求建立一个表单 STOCK_FORM，可考生却随手写成了 STOCK_FROM，结果就会前功尽弃。

6. 不同考场可能有的区别

有些考场要求考生输入准考证号并进行验证以后，进入要求单击按钮开始考试的界面。有些考场给每个考生固定了考试机器，考生无需输入准考证号，直接便可以按提示单击按钮，开始考试并计时。

正是因为有这些区别，所以各个考场在考试之前都会为考生安排一次模拟考试，模拟考试所使用的考试环境与该考场正式考试所使用的一样，因此，建议考生参加各个考场正式考试之前的模拟考试。

7. 考试无法正常进行怎么办

在上机考试期间，若遇到死机等意外情况（即无法正常进行考试），可进行二次登录，当系统接受考生的准考证号，并显示出姓名和身份证号，考生确认是否相符，一旦考生确认，则系统给出提示。

此时，要由考场的老师来输入密码，然后才能重新进入考试系统，进行答题。如果考试过程中出现故障，如死机等，则可以对考试进行延时，让考场老师输入延时密码即可延时 5 分钟。

8. 考生文件夹的重要性

当考生登录成功后，上机考试系统将会自动产生一个考生考试文件夹，该文件夹将存放该考生所有上机考试的考试内容以及答题过程，因此考生不能随意删除该文件夹以及该文件夹下与考试内容无关的文件及文件夹，避免在考试和评分时产生错误，从而导致影响考生的考试成绩。

假设考生登录的准考证号为 777799990001，如果在单机上考试，则上机考试系统生成考生文件夹将存放在 C 盘根目录下的 WEXAM 文件夹下，即考生文件夹为 C:\WEXAM\777799990001；如果在网络上考试，则上机考试系统生成的文件夹将存放到 K 盘根目录下的用户目录文件夹下，即考生文件夹为 K:\用户目录文件夹为 777799990001。考生在考试过程中所有操作都不能脱离上机系统生成的考生文件夹，否则将会直接影响考生的考试成绩。在考试界面的菜单栏下，左边的区域可显示出考生文件夹路径。考生一定要按照要求将文件存入指定的文件夹，并按照指定的文件名保存文件，一定不要存入别的文件夹和自己为文件另起新的名称。

上机考试过程

全国计算机等级考试上机考试使用教育部考试中心研制开发的专用考试系统，该系统提供了开放式的考试环境，具有自动计时、断点保护、自动阅卷和回收等功能。这里以本书配套光盘的上机模拟环境为例说明上机考试的过程。实际考试过程与此类似。

登录

（1）启动考试系统，出现的第 1 个界面是欢迎界面。如图所示。

（2）单击"开始登录"或回车后，如图所示，需要在窗口中的"准考证号"处输入正确的准考证号。

（3）如果准考证号不正确，软件将自动提示正确的准考证号码。如果准考证号码输入正确，则进入验证身份证号和姓名的界面，如图所示。

（4）验证无误后，单击"是"，进入如图所示的界面。在此输入 123 重新抽题，输入 abc 会重复进行上一题的考试。

（5）单击"密码验证"按钮后，将直接选题界面，考生可以抽取指定的题目也可以随机抽题（真实环境没有此步骤）。

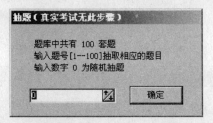

（6）密码验证通过后（输入正确的密码后回车），显示如图所示的考生须知界面。

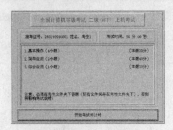

（8）单击"开始考试并计时"按钮开始计时考试。

考试

（1）软件成功启动后将进入试题显示窗口，如图所示。

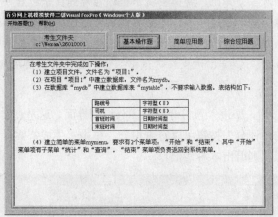

（2）准备答题时，选择"开始答题"|"启动 Visual FoxPro"，系统将启动 Visual FoxPro 程序。考生根据题意作题，如图所示。

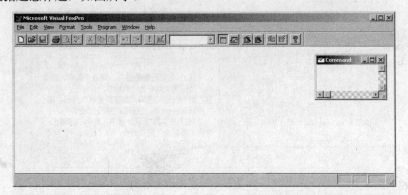

交卷

（1）全部试题回答结束后，单击控制菜单的"交卷"按钮，如图所示。

（2）系统询问是否要交卷。参见下图。

（3）选择"是"，出现如图所示的对话框。

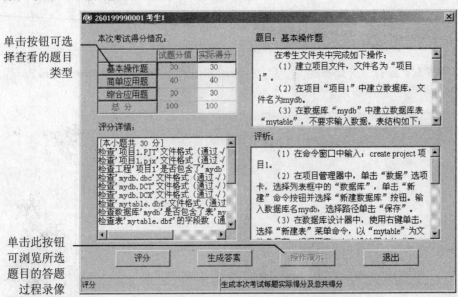

注意：当倒计时只有 5 分钟时，将弹出提示框，在看到提示框后一定保存程序。为了更好地进行考试，需注意在上机考试过程中，考生不能离开自己的目录。系统需要读取存放在考生目录下的数据文件，而程序运行后的生成数据文件也要存放到考生目录下。一旦当前目录不正确，就会影响这些文件操作。为此，考生在考试中尽量不要使用切换磁盘或当前目录等命令（如 d: 和 cd 等），否则很可能影响自己的成绩。

（4）单击"是"按钮，即进入题目分析和评分细则界面。这是真实考试环境所没有的。如图所示。在这里，单击"评分"按钮可以查看得分；单击"生成答案"按钮，则查看该题的答案；单击"退出"按钮，则退出本对话框。

单击按钮可选择查看的题目类型

单击此按钮可浏览所选题目的答题过程录像

　　上机题目中很多极为相似，题目要求上仅相差一个词如大于和小于、整数和小数的差别，每一类题都有十几道题，这些题在程序当中体现也就是一个大于号小于号、多一个字母和少一个字母的差别，但细微的差别会引起结果文件的极大变化，而上机考试只按结果文件与标准文件的吻合程度给分。每年都有很多考生背题，却无法通过考试，而且即使自己编错了也不知道自己错在何处，有的连自己出错了都不知道。所以考生还是要努力掌握每一道题的做法，切勿投机取巧。再有，考生编完程序后一定要运行一遍程序。